MÚSICA LENTA

RAINBOW ROWELL

MÚSICA LENTA

Tradução de Luara França

Rocco

Título original
SLOW DANCE
A Novel

Copyright © 2024 *by* Rainbow Rowell

Todos os direitos reservados.
Nenhuma parte desta obra pode ser reproduzida ou transmitida
por meio eletrônico, mecânico, fotocópia ou sob
qualquer outra forma sem a prévia autorização do editor.

Edição brasileira publicada mediante acordo
com a autora a/c The Lotts Agency, Ltd.

Direitos para a língua portuguesa reservados
com exclusividade para o Brasil à
EDITORA ROCCO LTDA.
Rua Evaristo da Veiga, 65 – 11º andar
Passeio Corporate – Torre 1
20031-040 – Rio de Janeiro – RJ
Tel.: (21) 3525-2000 – Fax: (21) 3525-2001
rocco@rocco.com.br|www.rocco.com.br

Printed in Brazil/Impresso no Brasil

Preparação de originais
BIA SEILHE

CIP-BRASIL. CATALOGAÇÃO NA PUBLICAÇÃO
SINDICATO NACIONAL DOS EDITORES DE LIVROS, RJ

R787m

Rowell, Rainbow
  Música lenta / Rainbow Rowell ; tradução Luara França. - 1. ed. - Rio de Janeiro
: Rocco, 2024.

  Tradução de: Slow dance: a novel
  ISBN 978-65-5532-482-2
  ISBN 978-65-5595-302-2 (recurso eletrônico)

  1. Ficção americana. I. França, Luara. II. Título.

24-93149   CDD: 813
                   CDU: 82-3(73)

Gabriela Faray Ferreira Lopes - Bibliotecária - CRB-7/6643

Esta é uma obra de ficção. Nomes, personagens, lugares e incidentes
são produtos da imaginação da autora e foram usados de forma fictícia, sem intenção
de retratá-los como reais. Qualquer semelhança com acontecimentos reais,
localidades, organizações ou pessoas, vivas ou não, é mera coincidência.

Para meus amigos Kai e Paul,
minhas máquinas do tempo

UM

Janeiro de 2006

O CONVITE DO CASAMENTO CHEGOU, e Shiloh confirmou presença, claro que iria.

Mikey era um amigo antigo, e ela não tinha ido ao primeiro casamento dele. Na época, não podia bancar uma viagem para Rhode Island. (Ainda não podia bancar uma viagem para Rhode Island.)

Mas dessa vez ele ia se casar em Omaha, bem ali no fim da rua — claro que Shiloh estaria lá. Todo mundo estaria lá.

Todo mundo amava Mikey. Ele mantinha as pessoas por perto. Shiloh nunca soube muito bem como ele conseguia.

Ela escolheu a opção "sim" no cartão de RSVP e escreveu: "Pode contar comigo!"

Na semana antes do casamento, comprou um vestido na liquidação. Um de estampa floral com fundo vinho e um decote considerável. Deveria ser um mídi, ideal para eventos semiformais, mas em Shiloh batia nos joelhos. As mangas também eram um pouco curtas demais — ela daria um jeito usando uma jaqueta jeans por cima. (Será que *dava* pra usar uma jaqueta jeans num casamento? Num segundo casamento?) (Ia ficar tudo bem. Ela ia colocar um broche de flor de seda na lapela.)

O casamento caiu em uma das sextas de Ryan. Shiloh esperou que ele viesse buscar as crianças para começar a se arrumar. Não queria que Ryan a visse de maquiagem. Ou de salto alto. Não queria que a visse se *esforçando*.

Pode ter gente que goste de ficar bonita para encontrar o ex, para jogar na cara o que ele perdeu ou coisa do gênero. Shiloh preferia que Ryan nunca mais pensasse nela. Que se achasse bom demais para ela. Que a achasse desleixada.

Shiloh era uma mulher de trinta e três anos, divorciada e com dois filhos com menos de seis anos — talvez ela tivesse *mesmo* ficado desleixada.

Ryan estava atrasado, mesmo depois de Shiloh avisar a ele que tinha compromisso. (Ela não devia ter dito a ele que tinha compromisso.)

As crianças estavam cansadas de esperar, com fome e emburradas quando Ryan finalmente apareceu, invadindo a sala como se ela o tivesse convidado para entrar.

— Eles estão com fome — avisou Shiloh.

— E por que você não deu comida para eles, Shy?

— Porque você deveria ter levado os dois para jantar

E ele disse...

Não importava o que ele disse depois. A verdade é que Ryan ia continuar dizendo as mesmas coisas de sempre pelos próximos quinze anos de guarda compartilhada, e Shiloh continuaria ouvindo porque... Bem, porque ela havia cometido uma *série* de *sérios* erros e enganos.

Era quase engraçado como Shiloh tinha construído mal a própria vida — especialmente para alguém que um dia se orgulhara da própria capacidade de tomar decisões.

Ainda na adolescência, ela se achava muito boa nisso. Acreditava que era boa em tomar decisões porque *gostava* de tomar decisões. Ela se sentia bem com isso, uma rajada de emoção. Se uma pessoa demorava para decidir algo, ou se demorava entre duas opções, Shiloh adorava se meter e resolver o problema. O mundo continuaria girando, porém com mais rapidez e clareza, se ela estivesse no comando.

Se Shiloh pudesse dizer algo para sua versão adolescente, diria que tomar decisões não valia de nada se não fossem as corretas — ou pelo menos estivessem próximas do correto.

Por fim, Ryan saiu levando as crianças. Shiloh tirou a etiqueta de promoção do vestido. Passou maquiagem. Prendeu o cabelo. Ficou na ponta dos pés para conseguir fechar o zíper das botas nas panturrilhas.

Já tinha perdido a cerimônia, mas não perderia a festa. Ninguém perderia. Todo mundo estaria lá.

DOIS

A FESTA FOI NO SALÃO que ficava no segundo andar de um clube de luta para jovens. Dessa vez, Mikey tinha se casado com alguém daquele mesmo bairro, uma mulher um ou dois anos mais nova e que tinha estudado no mesmo colégio que eles.

Era um jantar à la carte, com lugares designados à mesa. Chique.

— Shiloh! — chamou alguém, assim que ela passou pela recepção. — A gente achou que você não vinha!

Era Becky. Shiloh e Becky tinham trabalhado juntas no jornalzinho do colégio. Eram unha e carne — tinham até roubado uma placa de trânsito juntas uma vez — e ainda se falavam pelo Facebook. (Shiloh quase nunca entrava no Facebook.)

— Eu vim — disse Shiloh, lutando para abrir um sorriso.

Seria uma noite de muita luta, já estava sentindo.

— Você está na nossa mesa — contou Becky. — É praticamente uma reunião do pessoal do jornal. Todo mundo está aqui. Ah, meu Deus, espera aí... você *estava* na nossa mesa, mas, como a gente achou que você não viria, demos seu lugar para o Aaron King, se lembra dele? Acho que ele era um ano mais novo que a gente?

— Eu me lembro, sim... Sem problemas.

— Mas você deveria passar para dar um oi. Todo mundo está lá.

— Ninguém consegue falar não pro Mikey — disse Shiloh.

— Você tem razão. Além disso, todos pensaram que seria open bar. — Ela soltou uma risada. — Bem...

Shiloh seguiu Becky pelo salão. Ela permaneceu com a cabeça erguida e o olhar fixo à frente, em um esforço consciente de não procurar rostos conhecidos. Qualquer pessoa que Shiloh reconhecesse teria que se *esforçar* para entrar no campo de visão dela.

Elas chegaram até a mesa. Lá estavam Tanya e o marido de Becky. Meu Deus, Shiloh não via Tanya havia anos. O marido da Tanya, é, eles já tinham se visto, oi, oi. Abraços. Oi. Nia. E Ronny. Shiloh odeia Ronny. Pelo menos, o odiava, mas será que ainda se sentia assim? De qualquer forma, deu um abraço nele. Pessoas, tantas pessoas. Vindas daquela minúscula parte da vida de Shiloh (não parecia minúscula na época). Tantas pessoas que a conheciam e se lembravam dela. Todas estavam comendo salada e se desculpando por terem dado o lugar dela para outra pessoa, mas estava tudo bem, Shiloh não se importava. Conseguiria uma cadeira depois. Era bom vê-los, ela disse, e era verdade. Bom saber quem da velha guarda estava ali.

E quem não estava.

Fazia sentido que ele não tivesse ido — estava morando na Virgínia, não? A última notícia que Shiloh teve era que ele estava na Virgínia. Talvez alguém fizesse algum comentário sobre isso…

Claro que ele não tinha ido. Ele era da Marinha. Talvez estivesse embarcado em algum lugar do mundo. Talvez não voltasse muito para casa. Ela já tinha ouvido que ele não voltava muito para casa…

Ele não estava presente, e outras pessoas estavam. Então, ela poderia aproveitar o momento. Aproveitar a companhia deles. Aproveitar *alguma coisa*.

Shiloh não queria ficar pairando perto dos antigos amigos enquanto eles terminavam de comer saladas. Ela se espremeu entre algumas mesas, passou por algumas pessoas até chegar ao canto designado a Aaron King. (Na verdade, ela *não* se lembrava dele.) Um casal estava sentado ali, cercado por cadeiras vazias.

— Se importam se eu sentar? — perguntou Shiloh.

Eles não se importavam. Os dois se apresentaram — eram o tio e a tia de Mikey — e disseram que já tinham comido a parte dela do jantar.

— Comemos tudo. Achamos que estávamos sozinhos na mesa! — disse o tio.

— A gente ia acabar comendo o seu pedaço de bolo também — comentou a tia, com uma risada calorosa.

— Podem ficar à vontade — respondeu Shiloh, tranquilizando-os ao se sentar.

Uma vela branca estava perto do prato dela, com os dizeres *Mike & Janine, 20 de janeiro de 2006*.

Shiloh pegou a vela e a cheirou. Lavanda.

Ao ter certeza de que ele não estava ali, já podia olhar ao redor. Era seguro.

As mesas estavam dispostas de um lado do salão, e uma pista de dança havia se formado do outro. Luzes piscavam e refletiam em globos espelhados pendurados num canto. Shiloh já tinha ido em dois ou três casamentos ali, mas nunca tinha visto o espaço tão bonito. Havia pisca-piscas em todos os lugares possíveis. As cadeiras estavam envoltas em tule.

Shiloh *gostava* de casamentos. Talvez parecesse improvável, mas era verdade. Ela gostava de ver as pessoas usando suas melhores roupas. Gostava de começos. Gostava das flores e das lembrancinhas e dos docinhos que levava para casa.

Muitos convidados eram pessoas das quais Shiloh se lembrava vagamente da época do colégio… Eles pareciam todos um pouco mais velhos, mais gordos e mais destruídos pela vida, em diferentes níveis.

Era fácil reconhecer os amigos nova-iorquinos de Mikey. Gente do mundo da arte. Uma mulher estava com um vestido justo amarelo e um cara estava de pantalona preta e botas de plataforma.

Shiloh costumava se esforçar muito para não estar vestida como todos no recinto — mas havia perdido o ímpeto para isso. A verdade é que nunca tivera estilo como aquelas pessoas.

Sentia-se desleixada em comparação a elas. Como se tivesse se vestido de qualquer jeito, apesar de ter se esforçado ao máximo depois de anos.

Olhou em volta, procurando Mikey. Tinha que se desculpar por ter perdido a cerimônia. Talvez ele nem tivesse percebido. Afinal, tinha outras coisas com que se preocupar.

Alguém perto de Shiloh começou a dar batidinhas na taça com um garfo, depois outras pessoas começaram a fazer o mesmo, todos se virando para ver o beijo dos noivos. Shiloh seguiu os olhares até a mesa principal.

Mikey estava lá. Com os cachos loiros e aquele sorrisão meio bobo. Usava um terno branco. Janine estava ao lado dele, com seu vestido de noiva. As madrinhas usavam vestidos de cetim verde pastel. E os padrinhos. E Cary.

Cary.

Shiloh fechou as mãos apoiadas no colo.

Cary era um dos padrinhos.

Óbvio… era óbvio. Fazia sentido.

Era óbvio que Cary estava lá.

Ele não perderia aquele casamento.

TRÊS

SHILOH VINHA PENSANDO NESSE MOMENTO desde que recebeu o convite, mas não sabia como imaginar Cary na cena. Ele não tinha Facebook, não aparecia nas buscas do Google.

Continuava a imaginá-lo como ele era no ensino médio — estranhamente, com a farda da escola militar —, ainda que não o tivesse visto desde... o encontro de cinco anos de formatura. No mesmo círculo de amigos, de frente para ela. Cary e ela quase não conversaram aquele dia. Shiloh levou Ryan ao encontro — na época, estavam casados havia um ano. (Não tinham convidado Cary para o casamento.)

Shiloh imaginara aquele momento — quando veria Cary de novo — por meses, mas, mesmo na imaginação dela, não significaria tanto para ele quanto para ela. Cary não teria pensado nisso o dia todo. Não teria imaginado ela lá ou se preocupado com essa possibilidade. Não teria comprado uma roupa nova só por via das dúvidas.

Ele parecia bem. Ali. Naquele momento. À distância. Parecia mais bonito que todos os outros, menos envelhecido. Bronzeado. O cabelo ainda estava curto...

Ele se virou, quase como se pudesse sentir o olhar de Shiloh. Ela estava longe demais para dizer que os olhares deles se encontraram — ou mesmo para saber se ele a reconheceu —, mas sorriu de leve e levantou a mão em um aceno. Cary acenou de volta. Poderia estar fazendo isso só porque alguém acenou para ele.

Shiloh baixou a mão. Cary ainda olhava na direção dela.

Ele se levantou e passou por trás dos noivos. Falou alguma coisa para Mikey. Olhou para Shiloh mais uma vez e saiu por trás das cadeiras das madrinhas, caminhando na direção dela.

Shiloh ajeitou a jaqueta jeans. (Por que estava usando jaqueta jeans?) Cary estava de terno azul-marinho — talvez não se alugassem mais smokings para casamentos. Ele estava indo até a mesa dela, e Shiloh se levantou e achou que não deveria ter feito isso — como se ela fosse o cavalheiro e ele, a donzela —, mas seria estranho voltar a se sentar. Ajeitou a jaqueta de novo. Cary a olhava como se dissesse *estou chegando*. Ela acenava com a cabeça como se respondesse *estou vendo você* e sorria. Ela levantou a mão de novo, e ele fez o mesmo. Ele estava quase chegando — as mesas estavam bem próximas e cheias, era difícil de passar. Shiloh começou a se perguntar se deveria abraçá-lo. Tinha abraçado quase todo mundo na outra mesa, além de alguns maridos e esposas. Ela se tornou muito boa em abraços casuais.

— Shiloh — disse Cary, quando chegou até ela.

— Cary.

Ela sorriu para ele.

Ele sorriu de volta.

Ele estava *bonito*. Mesmo assim, de pertinho. Com cabelo castanho-claro e o rosto em formato de coração, o queixo fino e pontudo. Estava sempre barbeado. (Era permitido usar barba na Marinha?) Era magricela no ensino médio, mas tinha ganhado corpo, crescido. Ficado mais ajeitado. Parecia que tinha conseguido mesmo mudar de vida.

— Que bom te ver — comentou Shiloh.

— É — respondeu Cary, assentindo. — Você não estava na cerimônia.

— Não. Tive um probleminha com as crianças.

Cary sabia que ela tinha filhos?

Ele assentiu, então talvez soubesse.

— Você é um dos padrinhos.

— É, acho que me saí tão bem da primeira vez que ele me chamou de novo.

Shiloh soltou uma risadinha.

— Você tem que fazer um discurso?

— Não, só o padrinho principal, Bobby. Ele está muito bêbado, então estou animado para ver como vai ser.

— Talvez deva preparar alguma coisa, só por via das dúvidas.

— Eu improviso.

Shiloh concordou com um movimento de cabeça.

— Belo terno.

Cary olhou para a própria roupa.

— Obrigado. Usamos smoking no outro casamento, mas Janine disse: "Vocês não precisam alugar smokings, podem só comprar um terno azul-marinho. Assim, vão poder usar mais de uma vez." — Cary voltou o olhar para Shiloh. — Não sei se ela sabe que é *bem* mais caro comprar um terno do que alugar um smoking.

— Ela não deve se importar.

— É, talvez não. É o grande dia dela. Eu sou só um acessório.

— Você veio de avião?

— Sim, sim — respondeu Cary, assentindo.

— Da Virgínia? — Shiloh apontou para o lado por alguma razão.

— Na verdade, vim de San Diego.

— Ah — disse Shiloh, apontando para o lado oposto.

— Você estava certa na primeira tentativa — disse Cary, puxando a mão dela para a outra direção.

— Norte, sul… — Shiloh soltou uma risada envergonhada.

— Leste e oeste. — Cary também estava sorrindo um pouquinho.

— Isso, isso.

— Eu *estava* na Virgínia, mas fui transferido para San Diego há dois anos.

— Achei que você morava em um navio no meio do mar…

— Eu *trabalho* em um navio.

— Sério?

— Sério. — Ele fez que sim com a cabeça. Ainda estava meio sorrindo. — Mas moro em um apartamento.

— Então o seu escritório fica num navio?

— Isso.

Shiloh também ainda estava meio que rindo. Mesmo que não fosse engraçado e tudo parecesse meio estranho.

— Nem imagino como funciona a Marinha…

— Não tem problema. Por que você saberia?

É. Por que Shiloh saberia como Cary passava os dias e as noites? Ou por onde ele andava? O que ele fazia, como se sentia…

— Bem, eu pago o seu salário, então deveria saber — disse ela.

— Eu estava mesmo querendo conversar com você sobre isso…

Shiloh segurou a risada para responder.

— É mesmo?

Ele estava sorrindo e olhando bem nos olhos dela. Shiloh estava de salto, então estava um pouco mais alta que Cary.

— Mikey me disse que você continua morando aqui — comentou Cary.

Shiloh prendeu uma mecha de cabelo atrás da orelha.

— É, continuo.

— Ele disse que você trabalha com teatro.

— Não trabalho com teatro — respondeu ela de pronto. — Trabalho com teatro infantil.

— Isso *é* teatro.

— É mais um cargo administrativo.

— Parece interessante — disse ele.

— É… — Shiloh estava balançando a cabeça. — Bem sem fins lucrativos.

— E tem filhos.

— Tenho. Dois. Uma menina e um menino.

Cary assentiu.

— Com seis e quase três anos — completou Shiloh.

— Eu deveria ter perguntado a idade deles.

— Não é obrigatório.

— Tem fotos deles?

— Hum…

Será que tinha? Shiloh olhou para a bolsa, pensativa.

— Não tem problema — disse Cary, parecendo se desculpar. Estranho. — Desculpa, achei que seria bom eu perguntar isso.

— Acho que nunca mostro fotos, porque nunca sei como reagir quando as pessoas *me* mostram fotos dos filhos delas, e isso mesmo eu já sendo mãe.

— Eu normalmente digo: "Ah, olha só!"

— É uma boa saída. — Shiloh soltou uma risada. Mais natural dessa vez. — Não é que meus filhos não sejam bonitinhos ou algo assim. Eles são muito fofos... Mas você vai ter que acreditar em mim.

— Eu acredito.

Cary estava sorrindo. A boca dele estava fechada, e as bochechas estavam vincadas. Ele sempre teve aquelas marcas de expressão nas bochechas, embaixo dos olhos, da testa. Até no colégio. Como se tivesse rosto demais para aquele espaço. Cary dava um meio sorriso quando estava feliz e franzia a sobrancelha quando estava bravo.

Ele era tão familiar para Shiloh.

Ficar *perto* dele era tão familiar.

Eles poderiam estar parados do lado dos armários da escola. Parados do lado da van da mãe dele. Parados na fila do cinema.

— É tão estranho estar conversando com você — comentou Shiloh.

Ela tentou rir ao dizer isso, como se perguntasse: *Não é mesmo? Não é engraçado?*

Cary pareceu chateado ao responder:

— É?

Shiloh ficou decepcionada.

— É tão estranho estar conversando com você — repetiu ela, dessa vez sem rir — e não saber, sabe... nada.

Cary passou a língua pelo lábio superior.

E não saber tudo, pensou Shiloh.

Uma garçonete passou perto deles com um carrinho.

— Aceitam frango? — perguntou ela ao casal sentado à mesa.

Shiloh olhou para Cary. Ela precisava deixar aquela situação menos estranha. Era a primeira conversa deles em catorze anos, e ela não queria que terminasse assim. Ela não queria que *terminasse*.

— Talvez a gente possa conversar mais sobre...

— Aceita frango? — A garçonete estava falando com Shiloh.

— Sim, obrigada — respondeu ela.

— Frango — disse Cary, levantando a mão.

A garçonete deixou dois pratos na mesa deles.

— Você não tem que voltar para a mesa principal? — perguntou Shiloh.

— Ninguém vai sentir a minha falta.

— E não vai perder alguma comida diferenciada lá...
— Frango diferenciado?
— E cerveja liberada.
Cary puxou uma cadeira para ela.
— Ninguém vai sentir a minha falta.

QUATRO

Antes

ELES ESTAVAM ESPREMIDOS NO BANCO da frente do carro da mãe de Cary porque o banco detrás estava cheio de tranqueiras. Tipo sacolas cheias de coisas que a mãe dele tinha comprado no brechó, mas que não levava para dentro de casa até que tudo estivesse quebrado de tanto ficar ali embolado e apertado. Era um ciclo vicioso, mas Cary tentava ignorar. Shiloh se perguntava se a casa dele também era assim. Ela nunca tinha entrado na casa dele.

Cary sempre dirigia, Mikey ficava no banco do passageiro e Shiloh se sentava entre os dois. Ela se aproximava mais de Cary, porque ficar tão perto de Mikey seria estranho. E porque Mikey não iria se incomodar.

Cary se incomodava. Shiloh o perturbava enquanto ele dirigia. Ele estava usando uma calça comprada no saldão do Exército com um furo na costura, do lado de fora da coxa. Ela colocou o dedo ali, e Cary tentou afastar a perna.

— Não rasga a minha calça.

— Ela já está rasgada.

Eles estavam indo assistir a um filme, *Delicatessen*. Omaha só tinha um cinema que passava filmes cult, e os três amigos viam praticamente tudo que passava lá. Mikey gostava dessas coisas de arte. E Shiloh *meio* que gostava… ainda que a maioria dos filmes a que assistissem não fizesse nenhum sentido, e eles ficassem meio que constrangidos. (Europeus fumando em sacadas. Ou transando em cozinhas sujas.) Mas os filmes eram confusos de um jeito que fazia com que Shiloh se sentisse inteligente. Como se pelo menos ela soubesse o suficiente para estar ali, na vanguarda de alguma coisa. Dos três, Cary era o mais propenso a sair do cinema e dizer: "Bem, isso foi um lixo." Mas ele ainda ia. Ainda dirigia. Ainda pagava quando Shiloh não conseguia comprar o ingresso. (Cary trabalha em um mercadinho nos fins de semana.)

No cinema, Cary sempre se sentava no meio. Porque ele e Mikey tinham que se sentar juntos, para ficar trocando piadas. Shiloh tinha que se sentar perto de Cary, porque sim.

— Eu teria sugerido menos canibalismo — comentou Cary quando *Delicatessen* terminou.

— Ou talvez você usasse *mais* canibalismo. Não dá para ter certeza — respondeu Mikey.

— Tá bom, claro — concordou Cary. — De qualquer forma, foi uma quantidade desagradável de canibalismo.

— Acho que o canibalismo foi uma metáfora… — argumentou Shiloh.

— Para o quê? — perguntou Cary.

— Não sei. Só estou dizendo que acho que foi.

— Bem, estou com fome — disse Mikey.

Shiloh riu.

— Aonde a gente pode ir que seria legal? — perguntou ele. — Eu só tenho três dólares.

Shiloh tinha mais um dólar. Cary tinha oito, mas tinha que guardar cinco para o combustível.

Eles foram ao Taco Bell.

Eles pediram um burrito de feijão para cada e um Nacho Supreme para dividir. Shiloh e Mikey comeram a maioria dos nachos porque Cary estava dirigindo. Shiloh tentou colocar um nacho na boca dele, mas Cary só fez uma careta e afastou o braço dela.

Cary tinha mãos ossudas. Nós dos dedos protuberantes. Pulsos proeminentes. A pele dos ombros constantemente irritada. Era como se ele não estivesse conseguindo a dose diária recomendada de alguma coisa. Estava pálido e tinha muitas pintas. Pintas bem escuras, mesmo as do rosto. Era relativamente alto e forte quando necessário, mas tinha alguma coisa mirrada nele. Como se tivesse ficado alto às custas de alguma outra função vital. Shiloh não ficaria surpresa se descobrisse que Cary só tinha um rim. Ou que estava digerindo os próprios intestinos. Ele deveria aceitar os nachos que ela oferecia.

Cary sempre levava Mikey para casa primeiro, depois Shiloh. Eles moravam a alguns quarteirões de distância.

Ela morava perto de Miller Park. Era um dos grandes e antigos parques que faziam parte do desenho original da cidade. Tinha um parquinho, uma piscina e um campo de golfe… (Quem, em North Omaha, jogava *golfe*?) Algumas gangues tinham trocado tiros no parque. Com alguma frequência. Era contra a lei rodar de carro por ali à noite. Shiloh sempre tentava convencer Cary a passar mesmo assim, e ele nunca aceitava.

Às vezes, os dois andavam de carro por um tempo antes de ele levá-la para casa. Como estavam no último ano do colégio, podiam fazer basicamente o que quisessem. Os pais deles não ficavam controlando esse tipo de coisa.

Cary morava com a mãe (na verdade, era avó dele, mas era uma longa história) e o quarto marido da mãe, que Cary não chamava nem de padrasto.

Shiloh só tinha a mãe. O pai sempre fora ausente. Ausente do tipo: Shiloh nunca viu uma *foto* dele. A mãe dela tinha alguns namorados que iam e vinham. Era sempre um alívio quando eles iam.

Na noite em questão, Cary foi direto para a casa de Shiloh depois de deixar Mikey na casa dele. Mas entrou na garagem de ré para que pudessem ficar olhando para o parque por um tempo. Isso significava que ele não queria voltar para casa.

Shiloh não irritava tanto Cary quando estavam só os dois. Ela ainda implicava com ele da mesma forma, talvez até mais, mas Cary não ficava *irritado*. Ele deixava que ela mexesse no rádio e fuçasse os bolsos dele. Às vezes, ela até mexia no cabelo dele.

Na época do Ensino Fundamental, Cary sempre precisava de um corte de cabelo, que ficava escorrido e embaraçado. Agora que pagava pelos próprios cortes, o cabelo dele estava sempre cheirando a maçãs. Deixava Shiloh mexer no cabelo dele, mas ela não podia puxar; se fizesse isso, ele afastava a mão dela.

Às vezes, ela sentia que o desapontava. Como se tivesse quase certeza de que ele *fingia* estar irritado com ela. Mas, por baixo disso, tinha vezes em que ele parecia *realmente* irritado com ela.

— Você me comeria... — Shiloh passou o dedo por um passante do bolso da calça cargo dele — ... se estivéssemos presos em uma montanha e eu morresse primeiro?

— Passo — respondeu Cary.

— Você está passando a ideia de me comer? Ou a pergunta?

— Os dois.

— Eu comeria você. Em parte para sobreviver, e em parte para manter um pedaço de você comigo pelo pouco tempo que me restasse.

Ele fez uma careta para ela, que o cutucou.

— Sai dessa. O que você faria? — perguntou ela.

— Você morreu?

— Morri, mas faz pouco tempo, estou só parcialmente congelada.

— Não, eu não comeria você. Qual seria a razão que me restaria para viver?

— Um avião poderia passar e ver você no dia seguinte.

— Passo.

— Acho que o mundo vai esquecer de nós dois — disse Shiloh, cutucando a coxa dele.

Cary segurou o pulso de Shiloh por um segundo e depois afastou a mão dela.

CINCO

Antes

FOI ASSIM QUE ACONTECEU:

Cary e Shiloh iam para a escola juntos.

Quando chegavam, ficavam com o mesmo grupo de amigos, próximos ao armário de um deles. A não ser que Shiloh estivesse irritada com algum deles. Daí ia ficar com as meninas do jornal. Ou ia para a sala do jornal e trabalhava — Shiloh era a editora-chefe. Às vezes ficava nas escadarias na frente da escola com um grupo de alunos mais novos, porque tinha uma queda por um deles, Kurt. Ele morava em um bairro legal e era bom em matemática.

Às vezes Shiloh tinha clube de teatro pela manhã. (Com Cary.) Ou clube de ciências. (Também com Cary.) E às vezes precisava chegar cedo à escola porque não tinha feito a lição de casa e estava de detenção.

Quando as aulas começavam, ela ia para o primeiro período de jornalismo e Cary para o ensino militar.

Depois ele ia para a sala do jornal, porque os dois tinham tempo de estudo lá. Com Mikey. Os três ficavam de sacanagem na sala escura de revelação de fotos. (Figurativamente falando. Claro.) Ou ficavam de sacanagem no laboratório de informática. Ou, se tivessem algum prazo para cumprir, trabalhavam.

E então blá-blá-blá aulas.

Depois, almoçava com Cary e Mikey e mais uma galera do jornal. Shiloh comia de graça, mas dividia o almoço com uma garota chamada Lisa, com a condição de que Lisa comprasse sorvete para as duas todos os dias.

Depois, mais aulas. Francês. Literatura com Cary. Jornalismo para o anuário.

Sempre tinha algo depois das aulas. Treinos. Coisas do jornal. Mikey tinha começado um clube de Anistia Internacional, e todos participavam. Escreviam cartas para o presidente do Chile, pedindo que libertasse presos políticos. Cary tinha algumas bobagens da escola militar alguns dias depois das aulas, então Shiloh se ocupava com outras coisas. Ela ajudava a professora de artes a refazer a mascote da escola, ainda que não estivesse no clube de artes e não tivesse nenhum talento artístico. Kurt, o cara mais novo de quem ela gostava, era do time masculino de vôlei, então às vezes ela ia assistir aos treinos.

Se Shiloh não tivesse mais nada para fazer depois da aula, ficava esperando perto da bandeira. Por Cary.

Poderia andar sozinha até a própria casa. Mas nunca fazia isso.

SEIS

Antes

A MÃE DE CARY PRECISAVA do carro, então Shiloh e ele estavam indo para a escola a pé. Era uma caminhada de quarenta minutos, e os dois tinham que passar por bairros barra-pesada onde não conheciam ninguém. (North Omaha era uma junção de bairros barra-pesada, mas é diferente quando é o *seu* bairro barra-pesada.)

Cary estava com o uniforme da escola militar, o que deixava tudo pior.

Shiloh odiava aquele uniforme. Odiava o que ele significava — guerras e assassinato de bebês e a ligação óbvia com a Juventude Hitlerista — e odiava que fosse tão *feio*. O blazer quadradão verde, de tecido sintético, a camisa verde-clara, a gravata preta de poliéster.

A calça não ficava bem em ninguém, ainda menos nas garotas. Eram muito largas na barra, e as de Cary estavam curtas — porque ele recebeu o uniforme quando ainda estava em fase de crescimento. Ele *ainda* estava em fase de crescimento.

Quem estava na escola militar precisava usar o uniforme toda segunda-feira, mesmo se estivesse calor. Aí, as pessoas ficavam meio fedidas. Quando Shiloh entrava no carro com Cary nas manhãs de segunda, dava para sentir o cheiro. O cheiro de guardado. De suor velho. Nem todo mundo lavava o blazer da escola militar toda a semana. Cary tinha muitas medalhas e patches no peitoral, mas Shiloh sentia tanto nojo da escola militar que nunca tocava em nada.

Ela odiava Cary ser aluno de lá. *Odiava*. Tentava não pensar nisso, mas não tinha como *não* pensar naquele momento, porque estavam longe do bairro deles, e Cary estava usando aquele uniforme idiota. A calça de cintura alta. A regata que chamava atenção para os ombros que sempre pareciam meio ardidos. Ele estava com o blazer pendurado no braço. Alguém já tinha se pendurado na janela de um carro e gritado: "E aí, Recruta Zero?" Esse seria o insulto mais *simpático* que alguém poderia receber, e ainda assim era humilhante. A situação fez com que Shiloh se lembrasse de uma vez que os dois estavam voltando para casa da escola e alguém passou de carro por eles e gritou: "Sua namorada tem um bundão!" Os dois ficaram tão envergonhados que nem conseguiram conversar pelo restante do caminho. Shiloh quase não conseguia *olhar* para Cary e, quando o fez, viu que o garoto estava tão envergonhado quanto ela.

— Não sabia que você tinha que usar isso o dia todo — disse Shiloh, dez minutos depois do "Recruta Zero" e faltando quinze minutos para terminar a caminhada.

Finalmente estavam em um território conhecido, passando pela loja de penhores, a loja de bebidas e a barbearia onde todos os velhos brancos do bairro cortavam o cabelo curto demais. (Quase ninguém fazia nada certo. O cabelo de todo mundo era comprido demais ou curto demais. Todo mundo era muito barulhento ou muito quieto. Nada tinha a cor certa. A música era horrível. Os filmes eram confusos. Shiloh odiava aquilo. Odiava tudo aquilo.)

— É obrigatório.

— Você poderia trocar de roupa depois da aula.

— É obrigatório usar o uniforme o dia todo.

— *Eu* trocaria, se *eu* fosse você.

— Você ia levar uma advertência.

— Ah, para.

Cary não respondeu mais. Talvez achasse que não havia mais nada a ser dito. Shiloh sentiu vontade de bater nele. Sentiu vontade de dar uma rasteira nele. Sentiu vontade de empurrá-lo da calçada.

— Não entendo por que você quer tanto isso — comentou ela. — Tipo, para a vida *toda*.

Depois da formatura, Cary se alistaria na Marinha. Já tinha sido aceito. Ele ia ganhar bolsa integral para a faculdade. Shiloh não sabia muito bem dos detalhes — porque não tinha perguntado. Porque *odiava* que aquilo estivesse acontecendo.

— São só seis anos — respondeu Cary.

— Seis anos cumprindo ordens e... — Shiloh tentou achar uma maneira de dizer a pior parte. — E sendo um *instrumento*.

— Não tem nada de errado em ser um instrumento. Eles são necessários.

— Um instrumento... de um governo *corrupto*.

Ele não respondeu nada.

— Tipo, você sabe que os militares cometeram atrocidades. *Atrocidades* — continuou ela. — E ainda assim quer ser parte disso.

— Eu não vou cometer atrocidades — disse Cary, sem qualquer entonação na voz.

Shiloh nunca disse algo sem entonação.

— Você não vai poder *decidir*. Eles não vão *pedir sua opinião*. Não é como se existisse uma opção com e uma sem atrocidades. Você acha que os soldados em Mỹ Lai, no Vietnã, *escolheram* aquilo?

— Você não sabe nada sobre Mỹ Lai.

Cary sabia tudo sobre aquilo. Lia livros sobre militares e assistia a filmes de guerra. O professor que coordenava a escola militar tinha servido no Vietnã e contado aos alunos várias histórias reais de batalhas.

Já era uma merda a escola deles ter dois professores militares, e que usassem uniforme o tempo todo. Era como se existisse um *batalhão* próprio, bem ali no ensino médio! Por que escolas públicas precisam de uniformes militares? A partir da sétima série? Crianças de doze anos de uniforme militar! Treinando com rifle! Era bem chocante quando se parava para pensar. Embrulhava o estômago. Shiloh devia escrever uma coluna sobre isso no jornal da escola.

Cary era aluno da escola militar desde a sétima série. Era um dos mais bem colocados da cidade toda. Tinha ganhado até um sabre comemorativo.

— Só não entendo como você pode dar as rédeas da sua vida para outra pessoa — disse Shiloh. — Por que deixaria que eles *usassem* você.

— Alguém tem que fazer isso.

— Fazer o quê?

— Servir.

Servir. Ah, meu Deus. Ela odiava aquela palavra. Odiava aquele jeito de pensar. Por que Cary tinha que *servir* alguém? Por que ele *gostaria* disso?

— Primeiro — disse ela —, não sei se isso é bem verdade. Que alguém *tem* que fazer isso. E segundo, não tem que ser *você*.

— Você está querendo dizer que não precisamos de um exército profissional?

Shiloh não sabia a diferença de um exército profissional e um amador, mas achava que o mundo todo ficaria melhor sem botas estadunidenses deixando suas marcas em todo lugar.

— Estou dizendo que não precisamos dar tanto do nosso dinheiro e sangue para dominar o mundo todo pela força.

— Tá bom, John Lennon.

— Não é assim.

— Mas é isso que parece, você está dizendo que temos que tentar a paz.

— Não sou John Lennon. Ele batia na esposa.

— Isso não era muito pacifista da parte dele...

— O que *estou* dizendo é que nossas forças armadas servem para que a gente possa matar quem não concorda com a gente. Não entendo por que você gostaria de fazer *parte* disso. Você poderia *matar* uma pessoa, Cary. Você vai trabalhar em um submarino com armas nucleares. Armas nucleares são uma *atrocidade*.

— A ideia é nunca precisar usá-las.

— Então a gente gasta zilhões de dólares em mísseis, esperando que nunca sejam usados?

— Isso mesmo.

— Que maluquice.

— Você não sabe do que está falando.

— Eu sei que não quero que você mate pessoas!

Cary parou de andar. Shiloh não queria que ele parasse. Os dois estavam quase atravessando a rua Treze, e não tinha semáforo, então eles precisavam prestar atenção e correr.

— Você não acha que é melhor eu estar lá? — perguntou Cary. As sobrancelhas bem juntas acima dos olhos de um marrom-amarelado. — Quando pensa nos submarinos, nas bombas e nas armas... não preferiria ter alguém igual a mim lá? Alguém em quem você confia?

— Não. Não quero você nem perto dessas coisas! — Só de pensar nisso, Shiloh já ficava sem ar. — Se o exército tem que existir, se estamos presos a isso, deixe outra pessoa ter a alma corrompida.

— Você acha mesmo que vai corromper a minha alma?

— Você acha mesmo que matar bebês *não* vai corromper sua alma?

— Eu não vou matar *bebês*!

— Não existem *bombas* que salvem bebês. Elas não *diferenciam os alvos*.

Eles estavam parados na frente do 7-Eleven da rua Treze. Cary estava com o uniforme de Recruta Zero e a mochila de vinte quilos. Shiloh estava com um vestido vintage, algo que uma esposa robusta de 1952 usaria, com calcinhas enormes por baixo. Ela estava gritando, e Cary quase respondia, também aos gritos:

— Só não entendo quem você acha que deveria proteger esse país! De quem acha que é essa responsabilidade!

— Não é sua!

— Se não é minha, é de *quem*?

— Eu não me importo!

Cary balançou a cabeça e saiu andando em meio aos carros.

— Cary! — gritou Shiloh.

A rua tinha quatro pistas, e ele atravessou uma de cada vez. Pessoas buzinaram, e ele ignorou. Quando chegou ao outro lado, continuou andando.

Demorou muito para que o trânsito desse uma brecha. Ele já estava bem longe quando Shiloh conseguiu atravessar.

SETE

— ENTÃO VOCÊ CONHECE O Mike do Exército? — O tio de Mikey estava bastante falador.

— Da Marinha — respondeu Cary, muito educado.

— O que você disse? — perguntou a tia de Mikey. — A música está tão alta que não consigo ouvir nem meus pensamentos.

— Não consigo me ouvir *comer* — disse o tio.

— Da Marinha! — gritou Cary.

— Bem, obrigada pelo seu serviço ao país!

— Eu que agradeço! — disse Cary.

Ele lançou um olhar para Shiloh e parecia bem autoconsciente.

— Isso acontece sempre? — perguntou ela, mesmo com a música. Estava cortando o pedaço de frango da refeição servida. — Estranhos saem atrás de você agradecendo pelo seu serviço ao país?

— Está com inveja porque ninguém faz o mesmo com você.

— Sua mãe me agradeceu pelo serviço que prestei a ela ontem à noite.

Cary começou a rir até roncar.

— Você está engasgando? — perguntou Shiloh, encostando no braço dele.

— É só alface — respondeu ele enquanto engolia.

— Então você *está* engasgando?

Ele fez que não com a cabeça e pegou o copo de água.

Shiloh observou. Observou com atenção. Estava feliz por estarem nessa mesa no canto do salão, onde ninguém repararia em como os olhos dela estavam arregalados ao observá-lo com tanta atenção.

De perto, Cary ainda parecia mais jovem do que qualquer outro convidado. Talvez fosse culpa da maresia. Talvez fosse o fato de não ter filhos.

Os dois estavam sentados um pouco de lado na cadeira para que ficassem de frente um para o outro. Cary estava mais corpulento do que ela imaginava que ele ficaria. "Corpulento" não era bem a palavra. Só que o corpo dele não parecia mais com uma composição de arames e cordas tensionados. As bochechas estavam redondas, e o queixo pontudo estava mais preenchido.

Shiloh sentia como se estivesse passeando pelo corpo dele para detectar mudanças, como se os olhos dela fossem mãos. Ou talvez *não* estivesse procurando mudanças — talvez estivesse tentando encontrar tudo que ainda permanecesse igual. Todas as formas em que ela o reconhecia. As formas em que ele ainda era Cary.

Ela estava brincando com um guardanapo. Cary parecia estar pensando no que dizer. Shiloh precisava ser mais rápida do que ele — tentar deixar tudo leve.

— Como vocês conheceram o Michael? — perguntou a tia, do outro lado da mesa.

— Estudamos juntos no colégio — respondeu Cary.

— Vocês estudaram em North? — perguntou o tio.

— Isso mesmo.

Cary desceu o olhar para o prato e pegou o garfo.

— Mike foi para a escola de artes depois — disse o homem.

Cary assentiu e continuou comendo o frango. Shiloh observou o próprio prato.

— Vocês viram as obras dele?

— Vi, muito boas — respondeu Cary.

Eles tinham mesmo visto. Tinham visto no começo, e também como tudo evoluiu com o tempo. Era bastante abstrato. Shiloh nunca conseguiu entender muito bem como se sentia em relação à arte de Mikey — nunca soube se *entendia* tudo. Honestamente, não sabia se existia algo ali para ser entendido. Mas às vezes as obras dele faziam com que ela se sentisse desesperadamente triste. Então deviam mesmo ser tão boas quanto o pessoal de Nova York, de Tóquio e de Phoenix no Arizona diziam que eram.

A primeira esposa de Mikey era daquele mundo. O mundo da arte. Só que naquele momento ele estava se casando com uma garota de North Omaha e comemorando em um centro juvenil. Shiloh sentia como se aquilo fosse mais uma obra que ela não entendia muito bem feita pelo amigo.

— E vocês dois são casados há quanto tempo? — perguntou a tia para Cary.

— Ah... A gente...

— Não somos casados. Apenas velhos amigos — disse Shiloh.

— Há quanto tempo *vocês* são casados? — perguntou Cary, educado.

— Não somos casados! — respondeu a mulher, horrorizada. — Ele é meu irmão!

— Ah, desculpa! Eu não devia...

— Nem estamos de aliança! — comentou ela, envergonhada. Assim como Cary.

— Bem, nós também não — retrucou Shiloh, sabendo que apenas Cary a ouviria. Ela deu um cutucão no ombro dele. — Você ainda pode voltar para a mesa principal. Todo mundo lá está bebendo champanhe.

— Eu vou se você for comigo. A gente puxa uma cadeira.

Shiloh fez que não com a cabeça.

— Me fala, quando você chegou na cidade?

— Na verdade, cheguei hoje. Perdi o jantar de ensaio ontem.

— Como foi a cerimônia?

— Foi boa. O normal. Andar até o altar, levantar quando preciso, não cair.

Shiloh deu uma risadinha.

— Não foi isso que quis dizer… Como foi, no geral. Não para você especificamente.

— Ah! — Cary sorriu. — Foi boa. Normal. Católica.

— Mikey estava nervoso?

Cary pensou um pouco antes de responder.

— Não sei se já o vi nervoso *alguma* vez…

— Também não sei. Ei… — Shiloh se aproximou dele. — *Você* se lembra da Janine da época da escola?

— Lembro — respondeu Cary. — Mikey namorou com ela no último ano.

Shiloh deu um tapinha no braço de Cary.

— Não sabia que Mikey tinha namorado alguém no último ano!

Cary deu de ombros.

— Eles eram bem discretos. Os pais dela eram religiosos.

Shiloh ainda estava chocada.

— Não acredito que ele nunca me *contou*… Éramos melhores amigos!

— Acho que *eu* era o melhor amigo dele… — Cary estava sendo insuportável.

— Estou falando de nós três.

Cary continuou mastigando o frango e depois deu de ombros mais uma vez, provocando.

— Vocês nunca me contavam essas coisas de namoro — comentou Shiloh, sem conseguir manter tudo leve.

Cary também namorava em segredo. Ou pelo menos nunca contava nada para Shiloh.

Um dia, ela estava fazendo coisas para o anuário na parte da escola militar, vendo as fotos do baile deles… e lá estava Cary, com o uniforme para ocasiões formais e parado ao lado de uma menina rechonchuda com roupa brilhante. Parecia que a menina morava no bairro deles. Estudava na escola católica. O nome dela era Angie.

Até hoje, Shiloh não sabia quando Cary tinha começado a namorar Angie. Só sabia que eles tinham terminado um pouco antes da formatura.

Shiloh tinha chorado ao ver a foto — *as fotos*, eram dezenas.

O choro não era porque Cary tinha uma namorada. (Ele podia ter uma namorada.)

Era porque ele não tinha *contado* para Shiloh. Era porque *ninguém* tinha contado para Shiloh. Claro que Mikey sabia — ele que tinha tirado as fotos.

Quando parou de chorar, Shiloh escolheu a melhor foto, na qual a namorada de Cary estava mais bonita, e deixou que ocupasse o maior lugar no anuário. Cary era o comandante da escola deles e tinha recebido algum prêmio durante o baile militar. Fazia sentido que a foto maior fosse dele.

Shiloh não namorou ninguém durante o ensino médio — mas não teria escondido de Cary e Mikey se tivesse.

Cary pigarreou.

— Então, o que você está fazendo no teatro agora?

— Estou no departamento de educação — respondeu Shiloh. Ainda pensando em Janine e Angie. — Cuidamos das aulas… atuação, roteiro.

— Você atua?

— Não — respondeu ela, como se fosse uma pergunta boba. Como se não tivesse mestrado em artes cênicas. — Quer dizer, às vezes, em situações de emergência. Temos um elenco principal de atores profissionais.

Cary estava assentindo um pouco rápido demais. Como se estivesse absorvendo duas vezes mais coisas do que Shiloh estava falando.

— Dou bem menos aulas agora — continuou ela. — Faço mais a parte burocrática. Fico sentada numa mesa o dia todo.

Aquilo não era exatamente verdade, mas Shiloh sentia como se tivesse que deixar *bem evidente* que não era nada do que ele esperava que fosse.

Se Cary estivesse procurando semelhanças e diferenças em Shiloh, veria que ela estava *completamente* diferente. Sua forma final não era nada parecida com a fase larval dela. E não de um jeito bom, como numa borboleta.

— Você mora do lado oeste? — perguntou ele.

— Morava.

Era lá que ficavam os subúrbios que eles odiavam quando eram mais novos.

— Agora moro por aqui — continuou Shiloh. — Quer dizer, nesse bairro… na verdade, moro com a minha mãe.

Ela tentou não fazer uma careta ao falar isso.

Cary ficou surpreso.

Shiloh usou toda sua força de vontade para não baixar a cabeça e sorriu.

— Na mesma casa de antes — completou ela.

Cary estava impressionado.

— Perto do parque?

— Perto do parque.

Quando Shiloh e Ryan se separaram, não conseguiram manter a casa do lado oeste — Ryan era professor de teatro no ensino médio —, e o dinheiro que conseguiram com a venda não ajudou muito quando foi dividido por dois.

A mãe de Shiloh queria trabalhar menos, mas sempre estava com dificuldades para pagar a hipoteca. Na época, pareceu fazer sentido que elas juntassem forças.

Então, Shiloh morava na mesma casa velha em que tinha crescido. Tentou fazer com que parecesse *menos* velha… (Com mais uma hipoteca. Fizeram uma obra na cozinha toda. Transformaram o quarto da mãe em suíte. Trocaram parte da fiação.) Só que ainda era a mesma casa. No mesmo bairro.

Shiloh continuava a mesma em tudo que deveria ser diferente. (E vice-versa. Vice, vice-versa.) Cary deveria ser a única pessoa no planeta, além dela mesma, que poderia apreciar a completa decepção que era aquilo.

Porque Cary tinha se sentado com ela na frente daquela mesma casa e tramado todas as formas possíveis para saírem daquele bairro.

Olha para mim, pensou Shiloh. *Olha de verdade para mim.*

Faz meses que tenho pensado em ver você. Agora olha para mim, me enxerga. Acaba logo com isso.

— Então, você... — Cary estava com uma expressão séria. — Quer dizer, ouvi que, hum...

— Olá, galera! — Alguém estava falando, da pista de dança, com o microfone na mão. O irmão mais novo de Mikey, Bobby. — Como vocês estããããão?

Ele estava com um drinque em uma das mãos e se apoiando no suporte do microfone com a outra. Estava meio torto.

— Como estããããããããããoooooo? — perguntou de novo, estendendo as letras. Algumas pessoas responderam com estardalhaço. — Estou aqui para falar do cara, do sangue do meu sangue, do meu...

O suporte do microfone foi caindo para o outro lado.

Mikey se levantou, olhando para Cary, que já estava de pé, indo para a pista de dança.

Bobby recebeu Cary de braços abertos.

— Caaaaaarrrryyyyyy. O que está rolaaaaaaaando? Que saudade, cara!

Cary o pegou pela cintura e o levantou, dizendo algo no ouvido dele, baixinho para que ninguém mais ouvisse.

— Pode creeeer — disse Bobby. Os olhos fechados. — Pode creeeeer. Estamos aqui para falar do *Mikey*.

Com delicadeza, Cary pegou o microfone da mão dele.

— Estamos aqui... hum, nós dois, todos nós, para celebrar Mike e Janine em seu dia especial, quando firmaram um compromisso um com o outro... Eu ia dizer "ao começarem a vida juntos", mas... — Cary se virou para a mesa principal, onde Mikey ainda estava de pé, com as mãos apoiadas nos ombros de Janine, e sorriu. — Acho que o amor deles começou há muito tempo. Então vou dizer que estamos aqui para honrar o compromisso deles e a promessa que fizeram hoje.

Shiloh fez uma careta. Claro que Cary ia se prender à parte da *honra sagrada* da coisa toda. Ele sempre adorou um juramento.

— Janine... — continuou ele, com a voz séria e clara. — Conheço Mike desde os doze anos, e ele sempre foi um cara que fez as pessoas se sentirem mais leves.

— Isso mesmo, Cary — intrometeu-se Bobby.

— Acho que todo mundo gostava de estar perto do Mikey porque ele iluminava tudo ao redor — disse Cary.

Todos os convidados concordaram.

— Mas você é a parte mais brilhante do céu dele. Você é a pessoa que faz com que *ele* se sinta mais leve.

Os convidados concordaram mais uma vez. Bobby assentia profusamente.

— Por isso, obrigado, Janine — disse Cary. — Eu agradeço em nome de todos nós que nos iluminamos com a luz que Mikey emana. Obrigada por trazer tanta felicidade para a vida dele.

Bobby levantou o copo no ar.

— Mikey — continuou Cary —, você sabe que nunca me casei. Não consigo imaginar a importância de um dia como esse...

Shiloh percebeu que todas as mulheres solteiras no recinto ficaram com as orelhas em pé.

— Mas estou muito feliz por você. E orgulhoso também. Você é o melhor amigo que já tive, e me sinto honrado por dividir esse dia com você. É o que todos nós sentimos. A Janine e Mike!

— Aos noivos! — concordou Bobby, levantando o copo no ar.

Uma das madrinhas correu para entregar a Cary uma taça de champanhe para que ele brindasse também.

— Aos noivos! — disse Cary.

— Aos noivos! — responderam todos.

— Aos noivos — murmurou Shiloh, erguendo seu copo de Pepsi diet.

Mikey estava indo para a pista de dança. Ele envolveu Cary em um grande abraço quando chegou lá.

Shiloh nunca se sentiu mais distante de outro ser humano. De dois seres humanos. Mikey e Cary, melhores amigos. Ainda melhores amigos. Sempre melhores amigos. Como ela se encaixava nisso?

Pela tangente. Era isso.

Ela começou a pensar nos filhos. Ryan prometeu fazer pipoca e deixar que assistissem a *Hércules*. Por algum motivo, os dois estavam obcecados com o filme da Disney.

Se Shiloh saísse naquele momento, poderia dormir por quinze horas direto antes que Ryan trouxesse as crianças de volta de manhã...

Ou poderia ir encontrar Tom, seu assistente e colega de mesa no teatro. Ele a convidou para assistir ao episódio de *Sopranos* daquela semana...

Ou poderia ficar ali. Poderia voltar para a mesa dos antigos amigos e tentar conversar...

Qual era o sentido de conversar e saber de tudo se ela se afastaria deles de novo depois?

Se Shiloh aprendeu algo sobre si mesma, foi que não conseguia manter as pessoas por perto. Ela só conseguia lidar de verdade com quem estivesse na frente dela. Os filhos. A mãe. O chefe. O assistente. Os professores que trabalhavam com ela. As crianças que estavam inscritas nos programas de teatro. Os pais das crianças. O conselho... Meu Deus, já era tanta gente.

A madrinha estava discursando, contando uma história meio obscena de uma viagem que ela e Janine fizeram para o México. Shiloh estava com pena dela. Não tinha como ser páreo com Cary. Ele era expert em persuasão. Para a apresentação do último ano do ensino médio, tinham encenado *Um conto de Natal* e Cary tinha conseguido fazer um sotaque inglês impecável para

Scrooge. (Shiloh interpretou o fantasma do Natal Presente, com uma guirlanda de azevinhos e sincelos.)

Shiloh levantou o copo mais uma vez quando todos brindaram aos noivos mais uma vez. Não houve discursos no casamento de Shiloh. Ela não quis nada tradicional.

Ryan e ela se casaram no teatro da universidade, um pouco antes da formatura de Shiloh. Ela usou um vestido da sala de figurinos. (De Lady Macbeth... Será que deu azar? Era o único vestido bonito que servia nela.)

Foi um casamento pequeno. Mikey tinha viajado até lá para comparecer.

Aparentemente, os discursos tinham acabado. Mikey e Janine iam cortar o bolo. Cary ainda estava de pé na pista de dança, ao lado de Bobby.

Todas as crianças já estavam perto da mesa do bolo, assim como o fotógrafo.

Shiloh não tinha contratado um fotógrafo profissional para seu casamento. Nem mesmo encomendou um bolo. O que eles tinham feito? Ela não conseguia se lembrar...

Ah, sim... profiteroles sofisticados. Tinham gastado todo o dinheiro em um luxuoso cardápio com comida da Lituânia e na banda.

Não foi ruim. Levando em conta que era um casamento.

Ryan também usou uma roupa do figurino: a vestimenta dos garotos perdidos de *Peter Pan*. Tinha uma foto dos dois dançando na festa, tirada pela mãe de Ryan. O filho dela estava com orelhas de raposa, e Shiloh, com um decote surpreendentemente generoso.

— Não vou cobrar sua promessa — disse o tio de Mikey.

Shiloh olhou para ele.

— Desculpa, o quê?

— Pode comer sua fatia de bolo.

Um dos garçons estava ao lado deles empurrando um carrinho com várias fatias.

— Tem seis pessoas nessa mesa — disse o tio para o garçom. (Não tinha seis pessoas.)

— Não, vou honrar minha promessa. O bolo é todo de vocês — disse Shiloh.

Então, se levantou e foi para a mesa que tinha sido destinada a ela. Procurou por Cary enquanto andava. Ele estava com um grupo de pessoas perto do bar. Ela reconhecia os ombros tensos e como a cabeça se destacava. Ela quis vê-lo, e já tinha visto. Ela quis saber se ele ainda era o mesmo, e era.

— Shiloh! — chamaram da mesa que era dela.

Ela daria a si mesma uma hora para conversar e relembrar o passado. Ainda teria bastante tempo disponível para dormir.

OITO

Antes

O LABORATÓRIO FOTOGRÁFICO ERA SEPARADO da sala do jornal por uma porta giratória. Você passava pelo batente, depois virava até sair do outro lado e estava em uma sala que mais parecia um closet.

Ali só havia espaço para duas ou três pessoas, e um deles sempre era Mikey. Os outros dois normalmente eram Cary e Shiloh.

Um dia, quando Shiloh chegou, as luzes vermelhas estavam ligadas, o que significava que Mikey estava revelando algo. Provavelmente algo não relacionado com a escola.

Ele estava perto da bacia de produtos químicos, pegando uma foto com a pinça plástica. Cary estava sentado em um banquinho, fazendo o dever de casa. Shiloh foi para o banquinho ao lado do dele e o cutucou com um lápis.

Ele deu um tapa no lápis.

Ela se inclinou para o caderno dele para ver o que ele estava escrevendo. Matemática. A caligrafia era toda apertada e linhas retas.

— Está na hora do almoço — disse ela.

— Almoço… — disse Mikey. — Temos que comprar os ingressos do baile no almoço. Hoje é o último dia.

— Com quem você vai?

— Com vocês dois — respondeu Mikey.

Cary continuou fazendo o dever.

Shiloh fez uma careta para Mikey.

— Você não convidou ninguém? — perguntou Shiloh.

— Nem. — Ele balançou a bacia de produtos. — Cary, você convidou alguém?

Cary balançou a cabeça. Estava desenhando gráficos senoides.

— A gente só vai — propôs Mikey. — Não podemos perder o baile.

— Eu perdi todos os outros — comentou Shiloh.

— Porra, Shiloh, agora *mesmo* que você tem que ir. — Mikey continuou chacoalhando a foto na bacia. — Não seja uma daquelas nerds que vai a bailes alternativos quando tem trinta anos, tentando recuperar o tempo perdido.

Ela cruzou os braços.

— Tenho certeza de que essa vai ser a menor perda a ser recuperada.

— Comprei um smoking branco no brechó — disse ele. — Vou enfeitar tudo.

— Deus te acompanhe — retrucou Shiloh. — Não tenho um smoking branco. Nem quinze dólares para gastar no ingresso do baile.

— Eu pago — argumentou Cary.

— Cary paga — repetiu Mikey.

Shiloh sorriu.

— Não sei... Não é obrigatório usar um vestido enorme no baile? Tipo um vestido de casamento da Barbie?

— Usa a roupa que você quiser — disse Cary. — Você sempre faz isso, de qualquer forma.

Shiloh queria um belo vestido vintage de brechó. Queria ser a heroína de um dos filmes de John Hughes. Ou talvez de John Waters.

Mas os vestidos de noiva do brechó perto da casa dela nunca tinham mais do que alguns anos de uso. Com cetim *brilhante*, mangas bufantes e recortes de renda.

Na semana antes do baile, a mãe de Shiloh ficou com dó e a levou até uma loja chamada Richman Gordman, que estava em liquidação. Shiloh acabou com um vestido justo azul que parecia mais algo que uma quarentona divorciada usaria em um bar do que uma colegial. Era o único vestido que cabia em Shiloh e no orçamento.

Shiloh não era gorda, não exatamente, mas era maior do que as outras garotas da idade dela — já tinha o *corpo* de uma quarentona divorciada. Aos dezoito, parecia uma mãe de três bem conservada.

Além disso, era alta demais. Tinha 1,80m. Quase a mesma altura de Cary.

— Vai ficar tudo bem — disse a mãe dela. — Vamos colocar uma flor de cetim no decote e você pode usar as minhas botas.

A mãe de Shiloh tinha um par de botas que ficavam na altura das panturrilhas, de suede bordô e salto plataforma. Eram *literalmente* algo que uma mulher de meia-idade usaria em um bar. Mas ainda assim eram descoladas, e a mãe nunca as emprestava para Shiloh.

Na noite do baile, a mãe a maquiou e fez cachos na parte da frente de seu cabelo, num estilo anos 1940. O cabelo de Shiloh era longo e espesso. Foi preciso quase uma caixa inteira de grampos e um tubo de spray fixador para dar jeito.

O resultado foi melhor do que Shiloh esperava. A garota se admirava no espelho enquanto esperava que Cary a buscasse. O vestido, as botas e o penteado não estavam *combinando*, mas criavam uma heterogeneidade positiva. Nos pulsos, Shiloh usava várias pulseiras douradas, e sua mãe tinha prendido um copo-de-leite feito de seda na frente do vestido — ela tinha razão, tinha mesmo ficado mais bonito. Os lábios ganharam uma camada de batom vermelho vibrante. Ela ia levar o batom na bolsa para possíveis retoques.

Shiloh não sabia se estava *atraente*... Mas sabia que estava diferente. Diferente do que sempre era e diferente de todo mundo. Isso era o mais importante — Shiloh era capaz de raspar a cabeça só para não ficar igual a todo mundo. (Ela *talvez* raspasse a cabeça quando fosse para a faculdade. Ainda estava se decidindo. Precisava chegar lá e ver qual era a situação das cabeças raspadas.)

Ela ouviu a porta se abrir.

— Oi, Cary, você está bonito.

— Obrigado, Gloria.

(A mãe fizera com que Cary a chamasse de "Gloria". Ele odiava, mas seria mal-educado chamá-la de sra. Butler se ela preferia ser chamada de outra forma.)

— Não sabia se Shiloh tinha visto a gente chegar de carro.

— Vocês deveriam ter buzinado — disse Shiloh, enquanto descia a escada.

— Desça devagar ou vai quebrar o pescoço — advertiu a mãe.

— Não gosto de buzinar — respondeu Cary, e levantou o olhar para Shiloh.

A expressão dele ficou séria, surpresa. Shiloh não conseguia entender bem aquela reação — mas ela estava feliz por ter acontecido.

Cary estava com um smoking preto e uma faixa vermelha na cintura. Aparentemente, todos os garotos tinham alugado smokings para o baile; não dava para usar terno. (Bem, *dava*, mas Cary respeitava as convenções.) O smoking era grande demais nos ombros e de poliéster — mas era mais bonito do que o uniforme da escola militar.

— Esperem um pouco — disse a mãe de Shiloh, olhando ao redor da sala. — Vou pegar o dinheiro para o jantar.

Eles iriam ao Kowloon, um restaurante chinês. Dois rangoons de camarão e sopa de ovo custavam sete dólares e noventa e cinco centavos.

— Pode deixar que eu pago — disse Cary.

— Economize, Cary.

— Pode deixar, Gloria. Eu pago.

— Ele paga, mãe. Vejo você mais tarde.

Shiloh deu um abraço de lado na mãe e puxou Cary para fora de casa. Estava escuro (a lâmpada da varanda estava queimada). Shiloh fechou a porta depois de sair.

— Ei, espera — disse Cary.

Ele a segurou pelo pulso antes que ela saísse em disparada na frente.

Shiloh se virou na direção dele. Como estava com as botas de salto plataforma, ficava um pouco mais alta do que Cary.

— Trouxe isso para você — contou Cary, com uma caixa de plástico na mão. — Mas acho que você já tem uma flor.

Shiloh encarou a caixa. Estava cheia de flores. Um minibuquê.

— Ah, meu Deus … Eu tinha que ter comprado flores para você? E para Mikey?

— A gente não precisa de flores — retrucou Cary. — Mas pensamos … Eu pensei, bem, as garotas sempre usam esses buquês nos bailes.

— Então vamos nessa — respondeu Shiloh. — Obrigada.

Cary assentiu. Parecia chateado.

— Não. A sua flor é mais bonita. Você está bonita.

Ele a encarou de cima a baixo.

— Está parecendo uma viajante do tempo.

Shiloh tentou pegar o minibuquê, mas Cary afastou a caixa.

— *Shiloh*.

Ela conseguiu alcançar mesmo assim.

Ao abrir, Shiloh viu o buquê com três cravos brancos e mosquitinhos, presos com uma fita azul.

— A sua flor é mais bonita — repetiu Cary.

Ele tinha razão.

— A minha flor é de plástico — disse Shiloh. — Segura isso.

Ela entregou a caixa para ele e começou a tirar o copo-de-leite. Tinha que ter cuidado, já que sua mãe usara dois alfinetes de segurança.

Cary a observou. Ele entregou o buquê quando ela se livrou da outra flor.

Era difícil prender algo no próprio decote. O buquê vinha acompanhado de um longo alfinete perolado, e era preciso acertar bem o ângulo … Shiloh picou o próprio dedo e xingou.

— Vem cá, deixa que eu faço — disse Cary.

Ele pegou os cravos e o alfinete da mão dela e se aproximou.

— Acho que você já fez isso antes — comentou Shiloh, pensando na foto dele com Angie e lembrando-se das flores presas no vestido regata da menina.

— Seria mais fácil se tivesse alguma luz aqui — respondeu Cary.

Shiloh conseguia ver o topo da cabeça dele.

— Seu cabelo está com cheiro de maçã — disse ela, mais baixo do que pretendia.

— Uhum — respondeu ele, daquele jeito ressentido que lhe era natural.

Shiloh estava o provocando muito menos desde que descobriu que ele tinha namorada. Não que fosse *inapropriado*… ou *proibido*…

Mas ela sempre sentiu que Cary era dela, tipo um território. A provocação era parte da dinâmica deles. Uma coisa Shiloh-e-Cary.

Naquele momento, era diferente — puxar o cabelo dele, cutucar, apoiar em seu corpo — fazer isso sabendo que ele era, oficialmente, território de *outra* pessoa. Uma pessoa com *intenções específicas*.

Shiloh não tinha intenções específicas.

— Pronto — disse Cary, aprumando o corpo.

As flores estavam bem presas ao vestido de Shiloh.

— Espera — disse ela, antes que ele se afastasse.

Shiloh havia guardado o copo-de-leite de tecido na bolsa, mas o pegou de volta, ajeitou o tecido e foi em direção à lapela de Cary.

— Isso fica na gola mesmo ou mais do lado?

Ele baixou o olhar para observar o que ela fazia.

— Ah, não, não precisa ...

— Eu quero. Você não quer que eu faça?

Ele a encarou.

— Você *liga* se eu quero ou não?

Shiloh baixou a mão e deu de ombros.

— Hum ... ligo.

— Na lapela. Abaixo da gravata e acima do bolso.

— Qual lado?

— Do lado do coração.

Shiloh foi para a esquerda dela.

— Do meu outro coração.

— Ah, sim.

Ela sorriu e mudou a flor de lado. Demorou apenas um segundo para prendê-la. Cary permaneceu com a cabeça abaixada, observando, provavelmente preocupado que ela o ferisse. O cabelo dele estava no rosto dela de novo.

— Você ainda está com cheiro de maçã.

— Hum.

— Onde você coloca a flor quando está com o uniforme militar e todas aquelas medalhas?

— Não podemos colocar adornos no uniforme.

Shiloh assentiu. Firmou a última parte por trás da lapela. *Pronto*. A flor estava um pouco torta, mas estava bonita ... Estava bonita *de verdade*. Deixou o smoking mais sofisticado.

— Boa — concluiu ela, dando um tapinha na flor.

Cary se afastou, abrindo o portão, e ela começou a descer os degraus.

— Não vai quebrar o pescoço — comentou, segurando o braço dela.

— Estou bem. Não pareço?

— Você está andando igual o Homem de Lata antes de Dorothy colocar óleo nas juntas dele.

— Estou *bem* — insistiu ela, mas deixou que Cary desse o braço para ela.

Ao chegarem ao final da escada, Mikey saiu do carro.

— Oi, Shiloh! Você parece uma personagem de *Blade Runner*.

— Obrigada. Você parece ... — Mikey tinha desenhado o terno branco inteiro com canetinha preta. Corpos, rostos, slogans políticos. — Um muro do bairro de Keith Haring.

— Me esforcei.

Mikey estava esperando que Shiloh entrasse primeiro, para que ela pudesse ficar no meio, como sempre, mas ela o empurrou em direção ao carro.

— Estou de vestido — disse, como se isso bastasse.

Mikey entrou sem reclamar, depois Shiloh fez o mesmo, apertando-o contra Cary.

— É — disse Mikey para Cary —, você está com um cheiro bom mesmo, como Shiloh falou.

Cary fez uma careta.

O Kowloon estava cheio de outros adolescentes vestidos para o baile. Metade das escolas da cidade estavam fazendo suas festas naquele dia. Todos estavam em casais, menos eles.

Para Shiloh, era só mais uma noite qualquer com Mikey e Cary. Conversando sobre filmes. Sobre as pessoas da escola. Implicando uns com os outros. Bolando planos.

Os três estavam sempre tramando algo — quanto mais absurdo, melhor. Passavam horas imaginando esquemas, planejando, tentando fazer o outro rir.

Os três poderiam entrar na disputa para representante de classe com uma plataforma comunista. Poderiam vir para a escola com camisetas iguais. Poderiam esconder letras de músicas do Dead Kennedys no jornal da escola.

Em algum momento do plano, Cary e Shiloh começariam a se preocupar porque Mikey estaria levando a coisa a sério e tentariam dissuadi-lo.

Às vezes, ele *estava* levando a sério.

Às vezes, os três acabavam executando um plano: Mikey o fazia com alegria, Cary tinha dúvidas e Shiloh tinha um medo desesperado de passar vergonha ou ser pega.

Isso era um plano, não era? Ir ao baile juntos, sem casais, vestidos como se habitassem planetas diferentes.

Shiloh estava um pouco preocupada com Mikey ter algo mais planejado para o próprio baile — como batizar o ponche e deixar todos bêbados. Fazer com que o DJ tocasse música judaica não litúrgica ou estender um cartaz pela pista de dança com os dizeres *Não mataremos por combustível*. Ele era imprevisível, sempre.

Mas, quando chegaram, Mikey fez algo ainda mais surpreendente: dançou. Abandonou Cary e Shiloh assim que chegaram.

Shiloh esperava que o baile se parecesse com o que já tinha visto no cinema. O tema era "O fundo do mar", assim como em *De volta para o futuro*.

Mas o baile aconteceu no centro de conferências de um hotel, e a única coisa parecida com fundo do mar eram os balões em formato de cavalo-marinho que estavam na recepção.

Shiloh e Cary passaram pela entrada de franjas azuis para chegarem ao salão.

Shiloh ficou confusa por um momento. Estava tudo escuro. A música estava alta. As mesas estavam encostadas próximas a uma das paredes, mas quase todo mundo estava dançando. Os tornozelos de Shiloh estavam doendo. Ela foi em direção a uma das mesas e se sentou na cadeira de plástico.

Cary continuou de pé.

— Acho que tem ponche. Você quer?

Ela deu de ombros.

Cary foi atrás do ponche, e Shiloh observou a pista de dança. Estava escuro demais para reconhecer qualquer um. Mikey chamava a atenção com o smoking branco, mas todos os outros se misturavam.

Cary voltou com duas latas de Pepsi e se sentou ao lado dela.

— Acho que ficaram preocupados que alguém batizasse o ponche — disse ele.

— Não pegamos a era de ouro do ponche.

— Quando foi isso? 1700?

— Acho que lá por 1950.

— Você está romantizando os anos 1950 — disse Cary, categórico.

Shiloh pensou mais uma vez no vestido vintage que nunca encontraria em um brechó. Na cinturinha que nunca teve.

— As mulheres eram proibidas de ter conta no banco em 1950 — continuou Cary, como se estivesse ouvindo os pensamentos dela.

— Minha mãe não tem conta no banco — respondeu Shiloh. — Ela desconta o cheque do salário no supermercado e paga nossas contas com dinheiro.

Cary a observou por um tempo, por cima da lata de Pepsi. Depois se virou para a pista de dança. Shiloh acompanhou o movimento e apoiou o pé na cadeira ao lado.

— Você quer dançar? — perguntou ele.

Shiloh nem se preocupou em responder, apenas fez uma careta que ele fingiu não perceber.

Que piada. Shiloh não iria *dançar*. Para começar, ela não sabia dançar — não conseguia nem acompanhar coreografias, daquelas que se aprende em festas de pijama. Segundo que não *queria* saber. Dançar era perda de tempo. A prova estava ali na frente deles.

Cary colocou as mãos nos bolsos. Estava ansioso.

— *Você* pode ir dançar — disse ela.

Era isso que ele queria? Mas Cary deu de ombros.

Talvez ele quisesse dançar com a namorada. Por que ele não tinha levado a garota?

Um baile de escola parece não terminar nunca quando não se está dançando.

Shiloh ficou à mesa com Cary. Algumas amigas passaram e pediram que vigiassem suas bolsas.

Um garoto do clube de teatro se sentou à mesa por um tempo. Estava usando muletas, e o par dele estava dançando. Depois de algumas músicas, ele foi para a pista mesmo assim. Pulando em um pé só. Agarrado na muleta.

Estava barulhento demais para conversar. Toda vez que uma nova música começava, Shiloh anunciava se gostava dela ou não.

Queria que Cary estivesse mais perto. Queria poder se distrair puxando o smoking dele ou chutando seus pés.

Não tocaram muitas músicas lentas.

— Sei que Journey é uma banda de bater cabeça, mas eu amo essa música — disse Shiloh quando "Open Arms" começou a tocar.

Os bate-cabeça eram os alunos de cabelo comprido e camiseta preta que fumavam no banheiro. A maioria dos alunos brancos da escola deles seguia esse perfil. Ou algo parecido.

— Journey não é banda de bater cabeça — respondeu Cary.

Shiloh se virou para responder, mas Becky, da aula de jornalismo, veio correndo até a mesa deles. Estava sem ar de tanto dançar.

— Cary, vem pra pista! Preciso de um par!

Não dava para dançar música lenta sozinho, até Shiloh sabia disso.

— Acho que não — respondeu ele.

— Cary, vamos... *por favor* — pediu Becky.

Ela estava fofa, com um vestido justo roxo com babados em um dos ombros. Ela havia tirado os sapatos e exibia meias com pequenos pompons por cima da meia-calça.

— Pode ir. Vou ficar bem — disse Shiloh.

Cary fez uma careta.

— Eu não preciso dançar.

— Eu sei, mas não me importo. — Shiloh tinha visto as fotos dele no baile. — Pode ir.

Cary suspirou.

Levantou-se e pegou a mão de Becky, foi andando com ela até a pista de dança.

Era tão estranho como as pessoas agiam em bailes...

Cary jamais *tocaria* em Becky nas circunstâncias normais. Mas naquele momento os braços dele estavam na cintura dela, e ele a olhava nos olhos... Era *insuportavelmente* íntimo, tudo isso — como eles *suportavam*? Como conseguiam *fingir* amor e intimidade? Só estavam próximos porque era o que *todos* faziam em um baile. Não tinha significado nenhum, estavam só completando o ritual. Shiloh odiava aquilo. *Odiava*. Não conseguia nem olhar.

Às vezes, achava que ela e Cary eram iguais, que concordavam sobre o mais importante — só que isso obviamente não era verdade. Porque Cary estava com as mãos na cintura de uma menina da qual ele nem *gostava* daquele jeito. Segurando-a bem perto, ainda que tivesse uma namorada. (Ele ainda tinha namorada?)

A música terminou, mas Becky manteve Cary na pista. Ela e outra amiga, conhecida deles, estavam dançando ao redor dele.

Shiloh não suportava vê-lo dançando uma música lenta — e com certeza não suportaria observá-lo dançando uma agitada. Desviou o olhar. Estava envergonhada.

Depois de duas músicas, estava entediada.

Um pouco depois disso, Cary voltou a se sentar perto dela. Tinha tirado o smoking e o apoiado na cadeira. O rosto dele estava vermelho.

— Desculpa — disse ele.

— Tudo bem, pode continuar dançando. Você deveria mesmo ter a experiência completa do baile como veterano.

— E você não?

— Não, estou tendo. — Shiloh colocou a mão no peito. — Estou tendo a minha *própria* versão. Um clássico caso de ser invisível.

— Eu te convidei para dançar… Você não é invisível.

Shiloh levantou o dedo.

— Sou intencionalmente invisível. Escolhi esse papel.

Cary bufou. Não voltou para a pista de dança.

— A gente poderia ir embora…

— É mesmo? — Shiloh se ajeitou na cadeira.

— … mas vou dar carona pro Mikey.

Ela voltou a se recostar na cadeira.

— É mesmo.

Shiloh ficou tão aliviada quando o DJ anunciou a última música. Era "End of the Road", do Boyz II Men.

Cary se virou para ela. Não parecia feliz.

— Você pode, por favor, dançar comigo?

— Por quê?

— Porque é o nosso último baile, e o motivo de *estarmos* aqui é para ter essa experiência.

— Qual experiência?

— *Esta*. — Ele parecia frustrado. — Você coloca uma roupa chique, vem para o baile e *dança*.

— É só um ritual.

— Isso. Rituais são as únicas coisas que temos.

— Fale por você, cabo principal.

Cary baixou a cabeça.

— Como você sabe que sou cabo principal? — perguntou ele.

— Eu leio o jornal da escola. Sou a editora — respondeu Shiloh, com os braços cruzados.

Cary bufou. Sentou-se na cadeira, longe dela.

— Eu deveria saber que você ficaria assim.

— Assim como? — perguntou Shiloh enquanto o observava.

Ele não olhou de volta para ela ao responder.

— Teimosa. Triste.

— Eu *não* estou triste.

Cary bufou mais uma vez antes de responder.

— Quando te vi, na sua casa, achei que *talvez* fosse se permitir aproveitar.

— Estou me permitindo! Estou aqui!

Cary revirou os olhos.

— Todo mundo aqui está dançando — disse ela, apontando para a pista de dança. — Você poderia estar *com* eles. Não tem nada te impedindo.

— É por isso que você não quer dançar, não é?

Cary se virou para ela, estreitando os olhos.

— Porque todo mundo está dançando? Você deve *morrer* por dentro só porque tem que beber água e respirar oxigênio como o restante de nós.

Shiloh travou o maxilar.

— Acho que você está sendo injusto.

— É, talvez. — Cary balançou a cabeça. — É o nosso baile.

— Você já disse isso.

— É um *ritual*...

— Que fabrica sentimentos.

— Não, Shiloh. Que nos permite mostrar os *verdadeiros* sentimentos. Estamos aqui para nos despedir.

— Por conseguinte, Boyz II Men.

— Sim, *por conseguinte*.

Ele balançou a cabeça. Mais de uma vez. Ele estava mordendo a língua... e isso parecia um sinal ruim. (A expressão "mordendo a língua" deveria significar "bem bravo e pensando em coisas ruins".)

Cary repetiu o gesto de balançar a cabeça.

— A gente poderia ter se divertido. Hoje. Seria uma boa memória para se guardar.

De repente, Shiloh conseguiu imaginar: a noite que poderiam ter tido, se ela não se importasse tanto em sentir vergonha...

Se tivesse vencido uma barreira interna...

Na pista de dança com Cary e Mikey. Encostando no ombro de Cary para recuperar o equilíbrio. Talvez tirando as botas. Dançando o passo do robô. Sendo engraçada para esconder o fato de não conseguir ser sexy ou delicada. Dançando uma música lenta com Cary... porque é isso que amigos fazem no baile, não é? Eles se encostam. Olham nos olhos.

Nada disso aconteceria mais. Era a última música. O fim.

Cary estava com raiva. Com o tipo de raiva que o fazia se afastar dela. Ir embora. Mas ele não deixaria Shiloh *e* Mikey ali, então não podia sair.

Mikey estava vindo, correndo até eles. Parou pertinho da mesa.

— Vamos, Shiloh! Levanta!

— Já quer ir embora?

— Não, é a última música, e você tem que ir para a pista, ou não vai quebrar a maldição. Essa noite toda não vai ter valido de nada.

— Que maldição?

— Cary e eu juramos que não deixaríamos você ser uma daquelas chatas que se acha descolada demais para o baile. Uma daquelas garotas que acabam entrando para algum grupinho, para uma banda punk.

— Eu amo essas bandas. Você ama essas bandas.

— Só levanta. Vamos.

Shiloh se virou para Cary, que ainda parecia furioso. Levantou-se. Andou desajeitada até Mikey. Era uns dez centímetros mais alta do que ele, mesmo sem salto.

Mikey pegou a mão dela. Nunca tinham andado de mãos dadas. Quase não doeu.

Dançar, por outro lado, doeu.

Mikey colocou os braços em volta dela. Sorriu.

Shiloh não conseguiu mover as pernas. Realmente, honestamente, não sabia o que fazer com elas. E não gostava de ficar tão próxima de Mike.

As bochechas dela pegavam fogo.

Os olhos estavam marejados de lágrimas.

— Meu Deus — disse Mike, apavorado. — Você não quer *mesmo* dançar.

Ela fez que não com a cabeça.

— Achei que você só precisava de um empurrãozinho para se permitir.

Ela deu de ombros. A ideia de se permitir algo era inimaginável para Shiloh.

— Ei, está tudo bem — disse Mikey, afastando-se. — Vamos embora.

NOVE

— O CARY É CASADO?
— Ouvi dizer que estava noivo.
— A Shiloh saberia.
— Não... não sei.
— Você estava falando com ele agora mesmo.
— Não era sobre isso.
— Vocês não mantiveram contato? Duvido.
— Vocês sabem como eu sou. Não falo com ninguém.
— Eu mandei cutucadas no Facebook tantas vezes, Shiloh...
— Não entro muito lá.
— Por que você mandou cutucadas para a Shiloh, Becky? Isso é usado para dar em cima das pessoas.
— Não é dar em cima... é cutucar.
— Quem diz "dar em cima" em 2006?
— Estamos em 2006! Não deveríamos pensar na nossa reunião de quinze anos de formatura? Não fizemos uma quando completamos dez anos.
— Ouvi que não vamos ter nada. Tammy se mudou para Michigan.
— E daí? Ainda é função dela organizar reuniões. É a única função dela.
— É isso que acontece quando se escolhe a *gostosa* em vez da *inteligente* como representante de turma.
— Deixa pra lá, Sylvia. Você nunca conseguiria mesmo ser representante.
— Se eu tivesse sido, teríamos uma reunião esse ano.
— Você ainda pode organizar isso.
— Isso mesmo! Vai lá, Sylvia!
— Bem, isso não é justo. Teria todo o trabalho e nenhum reconhecimento.
— Talvez a gente consiga fazer o impeachment da Tammy?
— Ótima ideia, Shiloh. Sylvia, organize o impeachment.
— Consigo acreditar que você perdeu contato com todos nós, Shiloh... mas com o Cary?
— Quando vocês terminaram?
— Nunca namoramos.
— Sério?
— Não pode ser... é mesmo?
— Sim, é sério. Eu saberia se tivéssemos namorado.

— Eu sei, mas ele aguentava *tanta* merda que você fazia.
— Que merda, Ronny?
— Ah, você sabe, suas coisas. Você era complicada.
— Eu não era complicada. Era?
— Não, não liga pra ele.
— Obrigada, Sylvia.
— Você era tranquila, mas exigia demais das pessoas.
— Eu não… Isso faz sentido?
— Você queria ligar um aparelho 220 na voltagem 110, Shiloh.
— Galera, não começa. Deixem ela em paz.
— Foi um elogio.
— Você resolvia as coisas, Shiloh. Todo mundo tinha medo de você.
— Cary não tinha.
— Sempre achei que eles namorassem.
— Foram ao baile juntos.
— Não acredito que Cary não é casado. Ele ficou bem gostoso, né?
— Tina!
— É isso que acontece quando não se casa.
— É, ele ainda não perdeu a cara de Oklahoma, mas está bem conservado.
— Ei, Shiloh, não fica assim. Estamos só falando besteira.
— Eu sei, está tudo bem.
— Você mudou.
— É, parece mais calma.
— Você fuma maconha agora, Shiloh?
— Não, tenho dois filhos… Só estou cansada.
— 110 no 220, aí deu curto.
— Todos nós demos curto.
— Mas não Cary, né? Olha só pra ele.
— Se *acalma*, Tina.
— Mikey também não.
— Mikey é famoso.
— Mikey continua sendo Mikey.
— Ouvi dizer que a primeira festa de casamento dele custou trinta mil dólares.
— Disseram que serviram caranguejo. Queria ter ido. Shiloh, você foi, não foi?
— Não, não fui.
— Sério? Jurava que você iria.

DEZ

Antes

ELES TINHAM COMBINADO DE IR para a casa de um amigo depois do baile. Uma pessoa da turma de jornalismo que daria uma festa.

Mas Cary não queria ir. Shiloh não iria sem ele. Não queria ter que arranjar outra carona para casa. Além de outras coisas.

Quando chegaram à festa, Shiloh esperou que Mikey saísse do carro.

— Nunca mais me sento no meio — disse ele, saindo e se alongando. — Sou um cara que se senta na janela. — Ele bateu no ombro de Shiloh. — Dá um desconto pra ele.

Shiloh fez uma careta. *Ela* que merecia um desconto. Onde estava o desconto dela?

Voltou ao carro preocupada, pensando que Cary poderia ir embora sem ela.

Ele não disse nada enquanto voltavam. Cary nunca falava só para preencher um silêncio desconfortável. Na verdade, parecia se fortalecer com o silêncio. Shiloh mexeu no rádio do carro, falando sozinha enquanto mudava as estações.

— Eca, não... Ah. Eu gosto dessa música, mas está quase acabando... Acho essa mais ou menos.

Cary não entrou nem na garagem ao deixá-la em casa. Apenas parou na frente da casa e esperou.

E esperou.

Shiloh ficou sentada olhando pela janela, para a casa. Sentia-se pesada. Como se fosse feita de cimento. Como se não tivesse articulações.

Ela não ia para lugar *algum*.

Se saísse do carro, seria o fim, o fim da noite. Cary continuaria bravo com ela. Poderia ainda estar bravo quando a buscasse na segunda-feira antes da aula.

Por que ele estava tão bravo? Porque Shiloh não queria dançar? Porque ele tinha tentado fazer uma coisa diferente por ela? Mesmo que ela não *quisesse*?

Ele a chamou de teimosa e triste. Bem, ele estava certo. Era exatamente assim que Shiloh se sentia. Teimosa. Triste. Imóvel. Nunca sairia daquele carro. Cary teria que sair, abrir a porta do passageiro, tirar o cinto de segurança de Shiloh e jogá-la na rua. Rolando pela sarjeta.

Não dava para estacionar na frente da casa de Shiloh, a rua era estreita. Um carro parou atrás e buzinou, depois deu a volta. O motorista se apoiou no banco do passageiro para xingar Cary.

Ele soltou o freio e deu a volta no quarteirão. Shiloh fingiu não notar. Era um quarteirão grande. Quando voltaram, ele entrou na garagem e puxou o freio de mão. Deixou o motor ligado.

Shiloh não estava se sentindo mais leve nem mais disposta a sair.

O rádio começou a tocar uma música que ela odiava. Pensou em trocar, mas isso significava se mover.

Cary sabia que ela odiava a música. Deixou tocando.

Shiloh se apoiou na porta. Testa na janela. Respirou fundo como se fosse dizer algo, mas não disse.

Esperou. Respirou fundo novamente, mas não conseguiu.

— Eu não sou triste — murmurou, com o nariz pressionado no vidro.

— O quê? — perguntou Cary.

— Eu não sou triste — repetiu ela, ainda mais baixo.

Ele desligou o rádio.

— *O quê?*

— Eu disse… que ninguém vai se despedir.

Ele desligou o carro.

Shiloh continuou com o rosto na janela.

— Nem sei por que você está bravo.

Cary não disse nada.

— Não queria ter *estragado* o seu baile.

Shiloh o encarou. Ele olhava direto para a frente. As mãos ainda no volante.

— Você poderia ter dançado. Poderia ter convidado alguém.

Cary assentiu.

— Por que você não convidou?

— Porque eu estava indo com você e com o Mikey.

— Eu sei, mas… — Shiloh piscou, devagar, conferindo os canais lacrimais. — Mas você tem namorada, não tem?

— Tenho — respondeu Cary, baixinho.

— Então…

— Eu já fui ao baile da escola dela.

— Ah. Foi legal?

— Foi ok. Igual ao nosso.

— "Fundo do mar"?

— "Bem-vindo à selva."

Shiloh assentiu.

— Você poderia ter convidado ela pro nosso baile.

— Poderia.

— E por que não convidou?

Ele relaxou um pouco. O banco fez barulho.

— Por nada. Mikey queria que nós três fôssemos juntos — respondeu ele.

Shiloh apoiou a cabeça no vidro mais uma vez.

— Eu não sabia que era uma *grande questão*.

— Não era.

— Não sabia que estávamos *criando memórias*.

Ele não respondeu.

— Podemos ouvir música? — perguntou Shiloh.

Cary ligou o rádio. Colocou na rádio de música dos anos 1970, a única de que os dois gostavam.

Shiloh bateu a testa no vidro.

— Não estamos sempre criando memórias?

— Não. O cérebro guarda as novidades. Quando quebramos padrões. Quanto mais fazemos as mesmas coisas, mais elas se misturam.

Era verdade?

Quantas noites Shiloh tinha ficado na garagem com Cary, ouvindo Lite 96? Muitas noites. Ou talvez, noites demais...

Aquela noite desapareceria com as outras? Mergulhada na neblina dos dois?

Ou ela se lembraria da noite por ter sido ruim?

Shiloh voltou o rosto na direção de Cary. O cabelo dele estava com algum tipo de gel. Estava bem escuro, nem parecia loiro. Ele tinha se barbeado — ela sabia porque pequenas espinhas se formavam em seu maxilar, não porque a pele estava mais lisa. O copo-de-leite estava amassado no peito dele. Devia ter acontecido durante a dança com Becky.

A ideia de que aquele momento sumiria da mente de Shiloh — que era apenas um *detrito temporal* — era insuportável. Ela queria botar fogo em alguma coisa só para que aquele momento, aquela noite, ficasse gravada.

Qual era a razão de se estar vivo se não era possível se lembrar dos detalhes?

— Eu *estou* sempre criando memórias — disse ela.

Cary revirou os olhos.

— O seu cérebro funciona de um jeito diferente de todos os outros?

— Funciona — respondeu Shiloh, categórica.

Cary bufou mais uma vez e fez que não com a cabeça.

Shiloh tentou passar a perna esquerda por baixo da direita. O salto da bota ficou preso na meia-calça, o que a fez tirar a bota e deixá-la no chão, cruzar a perna e encostar, virando-se para Cary.

Ele estava olhando para o colo dela.

— Você não conseguia andar direito com essas botas — disse Cary.

Ela não discordou.

— Pelo menos elas são bonitas — continuou ele.

Shiloh puxou o pé descalço ainda mais para baixo da coxa.

Cary levantou o olhar, quase chegando ao rosto de Shiloh.

— Você estava bonita. Com elas. — Ele voltou a encarar o volante, uma leve careta tomando conta de seu rosto. — Sabe, você estava... bonita.

— Bem, então talvez você se lembre disso. Por conta da novidade.

Ele fez que não com a cabeça mais uma vez.

— *Ninguém vai se despedir* — repetiu Shiloh, ainda mais decidida.

— É para isso que serve o baile. E a noite de honras. O jantar dos veteranos, o dia de folga dos formandos. A formatura.

Ele tinha voltado a encarar Shiloh. Ela gostava disso.

— A maioria dos nossos colegas nem vai se mudar — disse ela. — Não precisam se despedir.

— *Você* vai.

— Eu vou pra *Des Moines*. Fica a duas horas daqui — disse Shiloh.

— E Mikey vai para Chicago. E eu... nem sei para onde vou.

Shiloh não sabia o que responder. O pensamento a fez fechar as mãos com força.

— Bem, *eu* não vou me despedir.

— Por que não?

— Porque é idiota. Porque a gente não, sei lá, *terminou*. Só porque acabamos o ciclo obrigatório de educação de Nebraska. Além disso, ainda tem tempo... Eu só me mudo em agosto.

— Mesmo assim, as coisas vão mudar, Shiloh, não importa se você não participar dos rituais.

— Então, você quer *acabar* com tudo? Por que estamos nos formando? — perguntou Shiloh, jogando as mãos ao alto.

— Não disse isso.

— É o que está parecendo.

Cary começou a rebater, mas Shiloh o interrompeu.

— A gente não *precisa* se despedir. Ninguém vai nos *obrigar*.

— Mas a gente não vai se ver depois desse verão.

— E daí? E... por que não?

— Porque vamos morar em estados diferentes.

— Eu sei, mas... — Shiloh fez que não com a cabeça. Queria tacar fogo em alguma coisa. — A gente não precisa obedecer ao que o tempo e o espaço ditam.

Cary riu, uma risada genuína. Alta.

— Agora você é imune à física.

— As pessoas podem fazer o que quiserem, Cary. Temos livre-arbítrio.

Cary levantou o olhar para ela, estava mais encantado do que irritado.

— Ah, é mesmo?

— É — respondeu Shiloh, alongando o "ééé" e se esticando mais para a frente. — A gente pode... *continuar* sendo amigos.

— Eu não posso receber ligações no acampamento militar — disse ele.

Parecia mais triste do que Shiloh esperava.

— Vou escrever cartas — jurou ela.

Cary baixou o olhar. A voz ficou baixa.

— Eu sei que vai.

— Além disso, tenho uma presença muito potente. Você se lembra do sr. Kessler?

Era o professor de inglês deles do nono ano. Cary assentiu.

— Ele disse que um pouquinho de mim já deixa uma grande marca.

Cary gargalhou. As bochechas ficaram vermelhas.

— Então, ainda que a gente não se fale tanto, você ainda vai *sentir* como se tivesse *muito* de mim.

Ele a observou com o canto de olho, uma sobrancelha arqueada.

— É que estou acostumado a *tanto* de você...

— Eu sei. Seus novos amigos podem parecer sem graça em comparação a mim.

— Insossos — disse Cary.

— Fracos — rebateu Shiloh.

— Shiloh, acho que você não tem noção do tanto de tempo que passamos juntos...

— Estamos fazendo uma reserva! Para aguentar o inverno.

— ... e de como vai ser diferente.

— É um inverno metafórico, Cary.

— Shiloh... — murmurou ele. Como se estivesse com dó dela.

Era insuportável. Shiloh avançou e agarrou a gola da camisa de Cary, fazendo a cabeça dele balançar.

— Você *quer* se afastar? — perguntou ela.

— Não.

— Então não se afaste. Seja homem.

— Homem?

— É, não um saco de batatas. Use suas partes humanas: seus dedos, a região do cérebro que processa linguagem escrita. Tome suas próprias *decisões*, Cary. Estamos nos *Estados Unidos*, somos livres.

Cary estava rindo dela, com ela. Baixinho. (Ela tinha conseguido deixá-lo do jeito que gostava.)

Shiloh foi em direção ao cabelo dele, para brincar. Conseguiu passar os dedos pela raiz, tentando desfazer o gel.

— Ai! — disse Cary, movendo a cabeça para longe.

— Não tenta terminar comigo — pediu ela cutucando o ombro dele.

— Nunca disse isso. Só estava tentando trazer fatos para a conversa.

— Me pareceram mais opiniões. Suposições.

Shiloh agarrou a manga do smoking dele e mordeu o lábio por um segundo.

— *Não termine comigo. Não tente se despedir* — disse, intensa.

— Tá *bom*. — Cary estava tentando tirar o braço dali. — Não estraga a minha roupa.

— Não vou estragar.

— Você riscou minha calça jeans com canetinha permanente.

Shiloh tinha *mesmo* feito aquilo, não dava para discutir, mas ela queria, mesmo assim. Queria quebrar alguma coisa. Continuou segurando a manga do casaco.

— Você não é muito boa com limites — comentou Cary, em tom de observação.

Com as outras pessoas, Shiloh era composta de *apenas* limites. Queria morrer quando as pessoas esbarravam nela. Quase não conseguia abraçar a mãe.

— Cary — sibilou ela.

— O que foi, Shiloh?

Ela puxou a manga. Os ombros dele relaxaram. Shiloh queria incendiar *tudo*. Queria se lembrar dele. De todas as partes dele. Queria se lembrar dele mesmo agora que estava *aqui* com ele. Queria fixá-lo no tempo. Passado, presente e futuro.

— Posso fazer o que eu quiser — disse ela. — Não me diga que não.

— Não estou dizendo.

— Quero ficar assim. Com você. Não importa o que aconteça.

Cary arregalou os olhos. Parecia um pouco frustrado.

— É. — Ele suspirou. — Ok.

— Você acredita em mim?

— Acredito.

— Você acredita *em* mim?

— Meu Deus. *Acredito*. — Cary afastou a mão dela da manga. — É isso que você queria ouvir?

Shiloh assentiu.

Cary soltou a mão dela.

Shiloh voltou a se recostar no banco e aumentou o volume do rádio.

A respiração dele ainda estava acelerada, como se estivesse frustrado. Como se... respirar fosse o seu comentário.

— Gosto dessa música — disse Shiloh depois de um tempo. Era "Babe", do Styx. — Ainda que Styx seja caído.

— Styx não é caído — discordou Cary. — Eles não são.

Ele ligou o carro, mas Shiloh sabia que ele só estava fazendo isso para dar carga na bateria para que pudessem continuar ouvindo rádio. Ele não ia embora.

Cary já devia ter aproveitado a experiência completa do baile com a namorada. Eles provavelmente tinham transado no banco traseiro. Capaz de a garota ter chorado. *Angie*. Talvez Cary tivesse chorado também. Porque tudo estava acabando. Porque ele estava indo embora. Porque os dois se afastariam, como as pessoas sempre se afastam.

ONZE

OS NOIVOS DANÇARAM UMA MÚSICA dos Cowboy Junkies. Shiloh tinha se esquecido daquela banda.

Ela gostaria de saber a história de Mike e Janine. Devia ser romântica. Primeiro amor, depois reencontro...

Em seguida, veio a música dos padrinhos. Cary dançou com uma madrinha. As madrinhas usavam um vestido longo, justo, verde e com gola alta. Todas deviam ter por volta dos trinta anos. Já com filhos. A parceira de dança de Cary estava bem bronzeada. As mãos dele a tocavam em dois pontos. Os pontos padrão. A música era "You've Got a Friend", de James Taylor — não era muito boa para dançar, mesmo considerando músicas lentas.

Shiloh nunca entendeu o sentido dessas danças em festas de casamento. Não teve uma no próprio casamento. Mal teve uma festa de casamento.

Quando a música terminou, uma mais agitada começou a tocar. Whitney Houston. Cary olhou na direção de Shiloh e a viu observando. Ela desviou o olhar.

— Cary! — chamou Becky, alguns segundos depois.

Ele estava vindo na direção da mesa deles. Ronny puxou uma cadeira.

— Senta aqui, cara!

— Não posso — respondeu Cary. — Adoraria... mas Janine quer que a gente faça todo mundo dançar. É tipo um esquema bola de neve, preciso levar alguém de volta comigo.

Shiloh estava tentando não olhar para ele, mas era difícil; ela teria oportunidades limitadas até o fim da noite.

Cary olhou para ela e mexeu as sobrancelhas.

— Eu vou! — Tina deu um pulo e pegou a mão dele.

Shiloh observou enquanto eles se afastavam.

— Achei que Tina fosse lésbica agora — disse alguém.

— Foi só um lance, uma vez.

— Foram pelo menos duas vezes, pode perguntar para o ex-marido dela, rá, rá.

— Dá para gostar dos dois, sabia?

— Dos dois o quê?

— Ser lésbica e, sabe, comum.

— Comum e aditivada.

— A gente devia dançar.

— Acho que não podemos ir até que alguém da pista venha nos buscar. Essas são as regras.

— Ah, a regra *bola de neve*. Que difícil.

A música parou com um barulho alto, e o DJ disse "bola de neve!" e todo mundo que estava na pista de dança saiu procurando outro par. Tina e Cary voltaram para a mesa deles.

Um dos padrinhos chegou antes.

— Shiloh, vamos dançar.

— Vai, Shiloh. São regras.

— Não tenho que seguir as regras. Não assinei nenhum contrato — comentou ela.

Outra pessoa se levantou e foi dançar com o padrinho.

Depois do "bola de neve!" seguinte, Shiloh ficou sozinha na mesa. Colocou a mão no bolso da jaqueta e sentiu a chave do carro.

— Ei — chamou alguém.

Ela olhou para cima. Era Cary, o rosto um pouco vermelho de dançar.

— Ei. Ainda está na bola de neve?

Ele olhou ao redor.

— Não. Acho que o plano da Janine deu certo. Todo mundo já está dançando.

— Você quer sentar?

— É. A não ser... — Ele inclinou a cabeça e baixou as sobrancelhas. — *Você* quer dançar?

O lábio inferior de Shiloh já estava entre os dentes. Ela mordeu. Depois assentiu.

— Claro.

Cary tentou não parecer surpreso. Ou talvez não *estivesse*. Talvez não se lembrasse de Shiloh bem o bastante para se surpreender.

Ela ficou de pé.

Ele não pegou a mão dela como tinha feito com Tina. Não tocou no braço nem na cintura de Shiloh. Andaram lado a lado até a pista de dança.

— Não sei dançar músicas muito agitadas — contou Shiloh.

Whitney Houston ainda estava tocando. (*"Don't you want to dance, say you want to dance."*)

— Hum, tudo bem. — Cary estava com uma cara de quem tentava resolver uma equação. — Quer só ficar aqui e balançar o corpo? Isso já conta.

— Hum... — Shiloh olhou para ele. — Vou só balançar a cabeça, ok?

Cary riu.

— Shiloh, por que você não disse... — Ele fez que não com a cabeça, como se não valesse a pena terminar a frase. Então, passou a mão esquerda na cintura dela e tentou enlaçar, com a direita, a mão dela. — Vamos dançar como se fosse música lenta, melhora?

Shiloh deixou que ele pegasse a mão dela.

— Mas é uma música agitada.

— Ninguém se importa.

— Tá. — Ela colocou a mão no ombro dele. — Tudo bem.

Shiloh tinha dançado muitas músicas lentas nos últimos quinze anos. Bem, não muitas, mas *algumas*. O suficiente. Ela tinha entendido que dançar era só se balançar com algum afeto. Que era possível desligar o sistema nervoso e não se preocupar tanto. Dançou com Ryan no casamento deles e no casamento de outras pessoas. Dançou com o pai e os irmãos dele. Não foi horrível. A intimidade não queimava.

Mas isso...

A mão de Cary na cintura dela, logo abaixo da jaqueta. A mão dela na dele. Cary não estava segurando o corpo dela bem perto... só que ainda era mais perto do que eles já tinham estado.

... E era muito.

Ele estava sorrindo para ela. Com os saltos de cinco centímetros que ela estava usando, os dois estavam quase da mesma altura.

— Fiquei feliz por você ter vindo hoje — disse Cary.

— Claro que eu vim.

— Você não foi no último casamento...

— Era em Rhode Island. E eu estava grávida.

— ... e não foi na reunião de dez anos.

— A gente não teve uma reunião de dez anos — disse ela.

— Sério?

— Aham. Tammy desistiu. Ela se mudou para o Michigan.

Cary fez uma careta.

— Por isso que votei na Sylvia.

Shiloh riu.

— Se você disser isso pra Sylvia, é capaz de ela organizar nossa reunião de quinze anos nesse verão.

— Você iria?

Shiloh deu de ombros.

— Não sei. Isso aqui já é uma boa reunião para mim.

— É, Deus nos proteja de vermos nossos antigos amigos duas vezes em um ano.

— Temos uma quantidade limitada de assuntos...

— Temos quinze anos de coisas para contar — comentou ele, sorrindo.

— É, mas vamos falar *mesmo* é da escola.

Ele levantou uma das sobrancelhas.

— E isso é ruim? Reservar algumas horas para falar de alguns anos importantes?

— Foi o *ensino médio*.

— Quanto mais você fala sobre o passado — disse Cary, com sua voz científica —, mais você lembra. Mais ele se revela.

— E isso é bom?

— É, faz sua vida parecer maior.

— Isso parece uma frase de *Ardil-22*, Cary. *Ninguém* quer se lembrar do ensino médio.

Ele estava sorrindo.

— "Ninguém", Shiloh? Desde quando você se importa com isso?

Ela riu. Percebeu que estava apertando a mão dele quando Cary apertou de volta.

Começou outra música, ainda mais agitada. Um cara estava fazendo uma dancinha ritmada com os braços e acertou Shiloh. Cary a trouxe mais para perto.

— Vem aqui — disse ele, puxando-a para longe do centro da pista… e esbarrando em outro casal.

— Não, *aqui* — disse Shiloh, segurando a mão e o ombro de Cary para levá-lo para o outro lado.

Ele a seguiu.

— Ainda estamos dançando, né?

— Se quiser.

— Eu quero. — Ele parou. — Aqui está bom, perto da parede. Longe da caixa de som.

— Sabe, a gente *poderia* estar conversando confortavelmente na mesa…

— Poderíamos — retrucou Cary, sem soltá-la. — Mas dançar é melhor.

— Por quê?

— Porque você *pode* conversar quando se está dançando, mas não precisa. E ninguém pode atrapalhar.

— Alguém pode nos chamar.

— Ninguém vai nos chamar.

— Você acha que mais ninguém quer dançar comigo?

— Acho que, quando duas pessoas estão dançando "Hey Ya!" como se fosse uma música lenta, as outras não vão interromper.

Shiloh fez uma careta e olhou ao redor.

— Agora que você chamou atenção para a música… é difícil *não* dançar.

Cary sorriu.

— Ah é?

— É, um pouco.

Ele a puxou para perto e começou a dançar mais rápido, no ritmo da música.

Shiloh riu.

Cary a segurou perto, mexendo os ombros na batida da música.

Shiloh tentou mover os ombros também. Era mais desajeitada do que ele. Estava rindo. E ficando corada.

— Assim é melhor? — perguntou Cary.

Ele estava sorrindo sem mostrar os dentes. Os olhos brilhando.

Shiloh estava rindo demais (sem fazer barulho) para conseguir responder. Ela baixou a cabeça. Deixou que Cary movesse a mão dela no ritmo da música. Ela se moveu junto, tentando relaxar o pescoço.

"Hey Ya!" se transformou em "Groove Is in the Heart" e depois, para desespero de Shiloh, começou uma do Marky Mark and the Funky Bunch.

Cary os manteve em movimento. Era mais fácil se Shiloh não olhasse para ele... mas ela não conseguia *não* olhar para ele. (O tempo estava acabando.) Shiloh levantou o rosto.

Ele também parecia ter estado rindo.

— *Quem* é essa pessoa dançando comigo? — perguntou ela.

— Sou um homem adulto — respondeu Cary, como se fosse o suficiente.

Shiloh riu mais um pouco, a testa encostada no ombro dele. Estava feliz por não serem obrigados a conversar, era muita coisa com que lidar. Muito mais do que ela tinha imaginado; mais do que apenas olhar para ele e ter uma conversa leve.

E ainda não tinha terminado.

Para que tudo continuasse, Shiloh só precisava manter o autocontrole. (E a autoconsciência e a tristeza profunda sob vigilância.) (Ela poderia ficar triste no dia seguinte. E no próximo. Conseguiria adiar sua *ennui*.)

Shiloh tinha mais uma hora com Cary. Um bônus. Nos braços dele.

A Shiloh adolescente jamais poderia prever — ou mesmo compreender — como aquilo seria precioso. Aquela criança de dezessete anos tinha um *banquete* de horas com Cary. Todo Cary que ela conseguisse comer. Era Cary todo dia. O padrão.

Shiloh não conseguira imaginar uma vida sem Cary... até que isso aconteceu. Uma vida toda sem ele, anos e anos, sem sinal de que isso fosse mudar.

Aquela noite era uma aberração.

Aquelas músicas.

Shiloh fechou os olhos e relaxou os ombros. Prestou atenção em cada parte de seu corpo em que Cary estava tocando.

Quando a música ficou mais lenta, Cary se afastou um pouco. Soltou a mão dela e segurou a cintura da amiga com as duas mãos. A música que tocava era "Faithfully", do Journey.

— Eu amo essa música — disse Shiloh.

— É ótima mesmo — respondeu Cary.

A mão que ele havia segurado pendia ao lado do corpo de Shiloh. Cary a pegou e a apoiou no próprio ombro.

— Obrigada — murmurou Shiloh.

A mão dele voltou para a cintura dela.

Era quase impossível não fazer contato visual naquela posição...

Shiloh não era boa em contato visual.

— Não entendo como as pessoas dançam com estranhos — disse ela. — *Oi, claro, vamos nos olhar nos olhos por três minutos.* Entende?

— Não somos estranhos.

— Eu sei. Mas... meio que somos. Praticamente.

Ele fez uma careta. A *centímetros* da boca dela.

— Praticamente? — repetiu ele.

— Não nos falamos há quinze anos...

— Catorze — corrigiu ele.

— Bem, é mais tempo do que passamos juntos.

— Você acha que isso nos transforma em estranhos?

— Não — disse Shiloh. — Mas talvez sim... Afinal, as células são trocadas no corpo humano a cada sete anos. Então, já trocamos tudo duas vezes desde 1992. Você não tem nenhuma célula que se lembre de mim.

— Tenho certeza de que minhas células se lembram de você, Shiloh.

— Não por experiência própria. — Ela fechou as mãos pegando o blazer dele. — Tudo que suas células sabem sobre mim foi passado a elas oralmente.

— Você está ficando tensa. Não precisa.

— Não estou ficando tensa.

— Eu acreditaria nisso se a gente tivesse acabado de se conhecer. Se eu não soubesse qual é a sua cara de *tensa*.

— Só estou dizendo...

— Você não precisa me olhar nos olhos, tá? — disse ele, parecendo subitamente cansado.

— Eu não *preciso* fazer nada.

Cary parou.

— Você quer parar de dançar?

Shiloh ficou paralisada e depois fez que não com a cabeça.

— Isso é mito — comentou Cary. — Algumas células se renovam rapidamente, mas algumas ficam com você a vida toda.

— Quais?

— Depende do sistema em que estão.

— Eu estava falando em sentido figurado.

— Eu não sou um *estranho*.

— Mas você mudou...

— Você também, Shiloh. — Cary parecia bastante severo. — Me mostra.

Shiloh mordeu o lábio inferior, passou as mãos do ombro para o pescoço dele e voltou a dançar.

Cary apertou a cintura dela e ficou um pouco mais próximo.

***

Se uma pessoa estivesse motivada o suficiente, tudo poderia ser dançado como música lenta — e Cary tinha razão, ninguém iria se intrometer. As pessoas *comentariam*... mas Shiloh não ligava para fofoca.

Ela o puxou ainda mais para perto, perto demais para olhares. Com os braços em volta do pescoço dele e as bochechas coladas. Era uma quantidade *impressionante* de intimidade. (Talvez fosse pior do que o contato visual.) Shiloh não conseguia ficar tão próxima assim dele e ainda conversar, então não conversou. Fechou os olhos. Encurralou o próprio sistema nervoso.

O DJ tocou mais músicas lentas enquanto a noite foi passando. Parecia que o ambiente todo estava ficando mais devagar e confortável para eles dois.

No fim das contas, foi Mikey que interrompeu os dois.

Shiloh sentiu alguém colocar a mão no seu ombro e levantou a cabeça, então viu Mikey.

— Não quero atrapalhar — disse ele, colocando uma das mãos no ombro dela e outra na cintura de Cary. — Estou dançando *com* vocês.

Cary sorriu para ele. Tinha um sorriso especial para Mikey. Entretido. Satisfeito. Querendo saber o que aconteceria a seguir.

Shiloh olhava para Mikey da mesma forma.

— Parabéns — disse ela.

— Achei que você tinha me dado bolo de novo, Shiloh. Você não estava na cerimônia, não é?

— Não acredito que você percebeu!

— Cary percebeu.

— Desculpa ter perdido, Mike. Tive um problema com a babá.

— Estou só te enchendo — disse ele, abraçando a cintura de Shiloh.

— Olha, você está bem bonito. E sua esposa é linda. Estou muito feliz por você.

— E eu estou feliz em *ver* você... — Mike sorriu ao dizer. — Ver vocês dois faz com que eu me sinta jovem. Como se tivéssemos dezessete anos de novo e fôssemos sair daqui para comer um hambúrguer e jogar minigolfe.

— A gente pode fazer isso — disse Cary.

— Os minigolfes estão fechados a essa hora — respondeu Shiloh.

— A gente ainda pode comer hambúrguer.

— Tá bem. — Mikey bateu no ombro de Cary. — Esse é o plano B. Não contem para Janine que tenho um plano B.

— Ainda não conheci Janine...

Shiloh olhou ao redor. Poucos casais continuavam na pista de dança. Algumas crianças estavam brincando com bolas de encher. As luzes no fundo do salão já estavam acesas, e a equipe recolhia as cadeiras. Algumas pessoas estavam de pé no bar.

Devia ser bem mais tarde do que Shiloh achava que era.

— Precisa de ajuda com alguma coisa? — perguntou Cary para Mikey.

— Não. Está tudo certo já. Acho que Janine e eu vamos embora em breve. Estou cansado demais.

— Quer que eu leve vocês? — ofereceu Cary. — Eu não bebi.

— Não precisa, eu também não. Está tudo bem. Vocês podem ficar. Alugamos o lugar, e o DJ, por mais meia hora. Podem pedir a música favorita de vocês.

Agora que Shiloh estava consciente do ambiente, não conseguiria voltar a dançar. Não acreditava que tinha feito aquilo. Era como se tivesse continuado dançando enquanto o vestido se transformava em farrapos e a carruagem, em abóbora.

Além disso, estava com sede e precisava muito ir ao banheiro.

Ela começou a se afastar dos dois.

— Preciso ir ao banheiro.

— Espera — disse Mikey. — Me dá um abraço antes. Estou indo embora.

Ela o abraçou.

— Vou estar em Omaha sempre agora. Vou te ligar, Shiloh.

— Eu vou adorar — respondeu, apertando o abraço.

Os banheiros ficavam no lobby, perto da porta.

Quando Shiloh saiu, Cary estava por perto, conversando com alguém. Ela aguardou do outro lado do lobby.

Ele já parecia triste quando se aproximou.

— Está indo embora?

— Estou. Não achei que ia ficar tanto tempo.

— Vou te acompanhar até seu carro.

— Obrigada.

Cary segurou a porta para ela, e os dois caminharam pelo estacionamento. Estava frio, mas Shiloh não quis levar um casaco.

Eles pararam perto do carro dela.

Cary coçou a nuca. Parecia nervoso.

Shiloh sabia o que queria, mas não sabia como fazer acontecer. Não tinha experiência na mágica de fazer uma noite se transformar em outro tipo de noite. E tinha um histórico bem ruim com momentos de transição.

— Foi muito bom ver você — disse ela. Péssima.

Cary levantou o olhar de uma vez.

— Shiloh, posso confirmar uma coisa?

— Claro?

— Você está morando com a sua mãe, não é?

— Isso mesmo.

— E isso aconteceu porque você não está mais casada, certo?

— Isso mesmo.

— Sinto muito — disse Cary.

— Está tudo bem — respondeu Shiloh, balançando a cabeça.

— Está mesmo?

Ela riu.

— Na verdade, não, tudo está um desastre.

Shiloh estava com os olhos marejados de lágrimas.

— Sinto muito — repetiu Cary.

— Obrigada. Você está noivo, não é?

— *Não!* Como assim? Quem disse que eu estava noivo?

— Becky. Ela disse que ouviu…

— Não. Eu saí três vezes com uma pessoa.

— No total?

— Há pouco tempo. Antes da festa. Saí três vezes com uma pessoa.

— Ok. Bem, espero que dê certo então.

— *Não.* — Cary estava com as duas mãos na cintura. — Quer dizer. Não estou noivo. Não tenho namorada. Saí três vezes com uma pessoa. Esse é todo o compromisso que tenho.

— Ok, Cary.

Cary estendeu o braço e passou a mão na bochecha de Shiloh.

Deu a ela alguns segundos.

E a beijou como se tivesse pensado naquilo a noite toda, como se talvez tivesse pensado naquilo pelos últimos quinze anos.

Shiloh fez o melhor que pôde para não estragar nada.

Ok…

Ok.

Então era um beijo. Um bom beijo.

O que tornava um beijo bom, na opinião de Shiloh, não era a técnica. Era querer o beijo… e ela *queria*. Nunca quis tanto alguém daquele jeito.

Quis Cary mesmo antes de entender o que era querer. Antes de ter palavras para descrever aquilo. Antes de ter noção da dimensão das coisas.

Ela *ansiava* por ele… mas achou que era outra coisa, outro sentimento. Achava que outra pessoa apareceria, *uma pessoa* que mostraria a ela o que amor e desejo significavam. Essa pessoa seria de verdade. De um jeito que nada no ensino médio tinha sido, que ninguém em Omaha tinha sido.

Shiloh se afastaria daquele lugar, e *então* a vida dela começaria, e todos na vida nova e *de verdade* seriam melhores do que as pessoas de antes.

Talvez nunca tivesse dito isso em voz alta. Talvez nunca tivesse pensado nisso com afinco até agora... Como estava enganada.

Shiloh desejou Cary antes de saber o que isso significava... e agora era tarde demais para que o tivesse de verdade.

Mas *estava* ganhando um beijo...

E talvez até ganhasse uma noite. Uma noite bônus com Cary. Uma pausa do destino. Uma *side quest*.

Meu Deus, era tão bom estar com ele. Tão certo. Não havia dúvidas sobre quem estava beijando quem nesse momento. Shiloh estava *sendo* beijada. Estava recebendo o beijo, aceitando. Seguindo. Talvez ele não confiasse o suficiente nela para deixá-la conduzir o momento... e ele tinha razão. As mãos de Shiloh não eram firmes o suficiente.

A mão dela apareceu no meio deles, e Shiloh alisou a camisa de Cary. Com gentileza e um pouco sem jeito.

Quando Cary se afastou um pouco, Shiloh estava sem ar. O olhar dele estava profundo.

— Não vamos nos despedir agora — disse ela.

— Tá.

— A gente podia...

— Sim — concordou Cary, assentindo.

Shiloh inclinou o queixo para a frente, e Cary a beijou de novo. Ainda era tão bom.

— Você veio de carro? — perguntou ela.

— Não. Eu vim com...

— Eu dirijo. Onde você está ficando?

— Ah — disse ele. — Com a minha mãe.

— Ah, claro.

Ela tinha imaginado um quarto de hotel.

Será que deveriam *ir* para um hotel? Voltar para um hotel era diferente de ir à meia-noite até um hotel para uma transa casual.

— Você tem que ir para casa? Por causa das crianças? — perguntou Cary.

— Eles não estão lá — disse ela, decidida. — Quer ir para a minha casa? Quer dizer... Eu sei que isso parece...

— Parece ótimo, Shiloh.

Ela riu. Era tão estranho.

— É mesmo?

— É mesmo — respondeu Cary.

Shiloh pegou as chaves do bolso da jaqueta e apontou para o carro.

— É esse aqui mesmo.

Cary assentiu.

Ela apertou o botão que destrancava as portas. Os dois ficaram ali. Ela sentia que talvez devesse abrir a porta para ele — ele estava esperando que ela fizesse aquilo?

Shiloh foi de uma vez até a porta do motorista. Cary foi para o outro lado.

Assim que se sentou, ela pediu desculpas. Cary estava recolhendo papéis do banco do carona. Shiloh os pegou da mão dele. A bolsa de trabalho dela estava no chão; ela também a pegou.

— Desculpa, ninguém nunca senta aqui.

Ela jogou tudo no banco traseiro, entre as cadeirinhas das crianças. Meu Deus, a realidade estava vindo com tudo, não é mesmo?

Cary se sentou e colocou o cinto de segurança.

— Não se preocupe. — Ele olhou para ela e sorriu. — Nunca estive em um carro com você assim.

Assim, como motorista.

— Minha mãe não me deixou tirar carteira de motorista na escola.

— Eu sei.

— Ela disse que o seguro do carro ia ficar muito mais caro.

— Eu lembro.

— Lembra que você tentou me ensinar?

Ela sorriu para ele.

— Lembro.

Cary também sorriu.

Shiloh se virou para o volante, bastante consciente do que estava fazendo. Ainda bem que a casa dela ficava perto. Quando o carro começou a se mover, Cary não a observou dirigir, prestando atenção nas ruas e nas casas.

— Minha mãe disse que o bairro piorou — comentou ele.

— Tudo piorou. Todo mundo tem arma agora.

Ele concordou.

— Queria que ela se mudasse daqui. — Ele olhou para Shiloh. — Desculpa, foi insensível da minha parte.

— Não, tudo bem, eu entendo... Quantos anos sua mãe tem mesmo?

— Setenta e três.

— Como ela está de saúde?

— Com enfisema.

— Sinto muito, Cary.

— Ela nunca vai se mudar — disse ele, olhando pela janela. — Tem três cachorros.

Shiloh riu. A mãe de Cary sempre teve muitos cachorros. E muitas crianças. E muitos parentes precisando de um lugar para ficar.

— Ela está morando sozinha?

— Não. Minha sobrinha mora lá, com os três filhos dela. A Angel.

Shiloh assentiu. Ela se lembrava de Angel.

Shiloh queria muito ainda morar num bairro de classe média... assim, não teria que fazer Cary passar por um território tão conhecido.

Ela entrou na garagem.

— Vocês tiraram a grade — comentou ele.

— Caiu.

— Ficou bom.

Shiloh pensou em perguntar se ele ainda queria fazer isso. Cary já parecia diferente de como estava no estacionamento. Mais austero. Mas ela não queria dar uma opção de saída para ele... Não queria que fosse fácil para ele ir embora.

Ela desceu do carro. Cary fez o mesmo. Seguiu os passos dela. Estendeu o braço em frente de Shiloh para abrir a tela mosquiteiro da porta.

A boca dele estava no ouvido dela.

— Sua mãe está em casa?

— Acho que não.

Shiloh abriu a porta, respirando fundo antes de encarar o estado da sala. Ela não era desleixada, e sim uma mãe de duas crianças com um emprego fixo que não queria passar cada segundo livre limpando a casa.

Havia brinquedos por todo o lado. Cestos com roupa limpa. Pacotes de biscoito.

— Desculpa... — Shiloh ia começar a se explicar.

Cary ainda estava atrás dela. Shiloh sentiu a mão dele em suas costas.

— Você ainda está no mesmo quarto?

— Não, agora fico no quarto de visita.

— Me mostra.

Shiloh assentiu.

Os dois foram para o segundo andar. Havia mais brinquedos nos degraus. E livros. Papéis. Tantos casacos no cabideiro que mais parecia um monstro.

Cary se manteve bem perto de Shiloh. Ela se virou para pedir desculpas mais uma vez... e ele a beijou. Colocou a mão no pescoço dela e a manteve em pé.

Cary era bom nisso. Devia ter bastante prática...

Afinal, era um homem solteiro de trinta e três anos. Ainda não tinha ficado careca e era alto. Inteligente. Gentil. Grandes chances de não ser alcoólatra. E todo mundo sabia que os uniformes da Marinha eram os mais bonitos.

Sem dúvidas, ele devia transar muito.

Quer dizer, uma quantidade *normal*.

O tipo de quantidade sobre a qual Shiloh lia em revistas femininas quando não conseguia dormir.

Sexo no primeiro encontro. Sexo praticamente anônimo. Sexo em banheiros e carros. Quartos de hotel. Sexo sem compromissos e obrigações.

Shiloh nunca transou assim. Não queria que isso se tornasse uma ocorrência regular.

Só queria fazer isso *naquele momento*.

Cary se afastou. Deu a ela espaço para que continuasse a subir a escada. Shiloh se apressou. O andar de cima tinha dois quartos, além do banheiro. A porta do quarto de Shiloh estava aberta. Tudo estava uma bagunça: pilhas de livros, potes de creme, canecas sujas. Metade do guarda-roupa dela estava na cama.

— Desculpa... — começou a falar, mais uma vez.

Cary passou para a frente dela, fechou a porta e foi andando até as costas dela encostarem na madeira.

— Shiloh... — disse ele, antes de beijá-la.

DOZE

SHILOH DEIXOU QUE ELE A pressionasse contra a porta.

Ela levantou os braços, mas baixou de novo. Tentou outra vez, mas não conseguiu.

Cary pegou os pulsos dela e os apoiou nos próprios ombros. Ela colocou os braços em volta do pescoço dele.

Ele a beijou.

O queixo de Cary estava áspero por conta da barba rente. Ele cheirava a sabonete e perfume. Cheirava a suor. Cheirava ao brinde com champanhe.

Fazia tanto tempo desde que Shiloh estivera próxima assim de outra pessoa. (Que não fossem seus filhos.) Ela *gostava* de beijos, mas era tudo tão… *óbvio*. Beijar era como fazer contato visual, só que pior. Beijar era contato visual carnal.

Cary se afastou.

— Shiloh? — A voz dele estava rouca.

— Sim… — sussurrou ela, inclinando a boca para ganhar mais um beijo.

Ele a beijou de novo, e Shiloh fechou os olhos.

Cary estava tentando tirar o paletó, e Shiloh fez o que pôde para ajudar. A pele dele estava quente sob o tecido grosso. O toque do tecido da camisa dele era suave. Os ombros eram mais largos do que ela esperava.

O paletó foi parar no chão com um barulho suave, e as mãos de Cary logo voltaram para a cintura de Shiloh. Ela agarrou mais uma vez o pescoço dele e pressionou os corpos dos dois.

Cary gemeu… o que fez com que Shiloh estremecesse.

Ele lhe deu um beijo mais intenso.

Shiloh sentiu o tesão aumentar — o que era um alívio. Ela poderia sentir apenas isso e se esquecer das outras coisas. (A tristeza, de novo. O *ennui*.) (Lembranças.)

Ela deixou que a sensação a dominasse. Deixou que tomasse conta de sua mente. Passou a língua pelos lábios de Cary, que deu mais um passo, pressionando-a mais um pouco contra a porta. As mãos dele ainda seguravam o quadril dela.

Sim, pensou ela. *Cary. E por favor.*

Shiloh desgrudou a boca da dele. Como era difícil fazer isso… Cary não queria que ela fizesse aquilo.

— Quero você — sussurrou ela.

Ele a pressionou mais uma vez. Ela se sentia presa. Ele beijou o pescoço dela.

— Eu quero *você* — respondeu Cary. — Shiloh, sempre quis você.

Shiloh fechou os olhos. Ela poderia deixar esse sentimento apagar todo o resto. Suas falhas e ruínas.

Ela tocou de leve o pescoço dele. O cabelo estava tão curto...

Cary tentou tirar a jaqueta dela. Shiloh ainda não acreditava que tinha colocado aquela jaqueta idiota. Ela se retorceu para se livrar da peça.

Cary murmurou e tentou desabotoar o vestido dela. Os botões eram falsos.

— Não — disse Shiloh, rindo.

Ele a encarou.

— Não?

— Não... Sim! — Ela colocou a mão no pescoço dele mais uma vez. — São de enfeite. É só...

— Ah!

Cary tentou pegar a barra da saia dela.

Shiloh riu um pouco mais. Nervosa. Mas feliz. Estava feliz. Ainda sentindo tudo se potencializar. Shiloh ergueu os braços.

— Isso.

Ele puxou o vestido pela cabeça dela.

Shiloh nem conseguia lembrar qual sutiã estava usando. (Não esperava tanto da noite.) Com certeza era um sutiã velho. A calcinha era de algodão e já estava bem para baixo.

Por um segundo, sentiu-se ridícula. Estranha. Imperfeita. Exposta.

Mas Cary voltou a pressionar as costas dela contra a parede, beijou o pescoço, chupou.

As coisas estavam acontecendo mais rápido do que Shiloh tinha esperado. (Ela tinha esperado.) Era bom. Aproveitar o ímpeto era bom, fazia com que fosse mais difícil parar. Shiloh poderia ter mesmo isso. *Ele.*

Que bônus. Que sorte.

Shiloh fechou os olhos para afastar as lágrimas.

— Eu quero você — repetiu ela.

— Shiloh, Shiloh...

Ele a puxou para longe da parede, em direção à cama desfeita. Shiloh nunca o vira dessa forma. Era assim que Cary agia com as namoradas? Só com um pensamento? Sempre no controle?

Ele caiu na cama e a puxou junto, enquanto afastava roupas e livros com os pés. Retirou os sapatos também com os pés. Shiloh soltou uma risada. Cary segurou o rosto dela. Tentou olhar nos olhos dela. Shiloh enfiou a cabeça no pescoço dele e começou a beijar. O corpo dele era tão quente. Estava suando. Estava tirando a camisa. Shiloh assentiu. Ajudou.

— Quero você — sussurrou ela. — Quero tudo isso.

— E eu quero você — disse Cary.

Ele se sentou na beirada da cama e tirou a calça.

Shiloh tirou o sutiã. Cary a encarou e não conseguiu tirar a calça por completo, deixando-a presa no tornozelo. Shiloh não conseguiu olhar para o corpo dele. Cary estava se mexendo com muita rapidez, e o quarto estava escuro.

Sentiu quando ele subiu em cima dela. Sentiu o desejo por ele tomar conta de suas veias, atravessando a pele. Tudo estava acontecendo muito rápido. Ia mesmo acontecer. Ela ia conseguir.

Shiloh abriu as pernas. Ainda estava de calcinha. Cary tocou o seio dela e gemeu.

— Isso é mais do que eu estava esperando — disse ela baixinho.

Ele encostou o rosto no dela, as testas coladas.

— Meu Deus, Shiloh, eu só…

— Quero você.

— Eu sei, eu sei.

Ela começou a tirar a calcinha. Cary se afastou para que fosse mais fácil.

— Onde… é… — Ele puxou a calcinha dela. — Camisinha?

— Eu não… — Shiloh fez uma careta. — Achei que você tivesse. Na carteira.

Cary se sentou apoiado nas panturrilhas.

— Por que eu teria uma camisinha na carteira?

Ele parecia estar se divertindo. O corpo dele apenas uma silhueta contra a janela.

— A gente estava em um casamento, Cary, você poderia arrumar companhia.

— Tenho trinta e três anos.

— É a melhor idade para se dar bem em casamentos.

Cary soltou uma risada e fez que não com a cabeça, como se estivesse afastando um pensamento. Depois deitou-se ao lado de Shiloh.

Ela se virou para ele e deu um tapinha em seu braço.

— Não para agora.

— Não vou parar, só estou reavaliando a situação.

Ela o cutucou mais uma vez.

— Por Deus, não, não reavalie nada. Vamos continuar. Eu fiz laqueadura.

Cary riu… como se aquilo fosse demais.

— É… Não…

— Você pode sair e comprar camisinha — sugeriu ela.

— Não vou a lugar nenhum. Vem aqui.

Shiloh se aproximou.

— Eu posso ir.

Cary passou o braço ao redor dela e beijou seu ombro.

— Talvez minha mãe tenha… — disse ela.

— Cruzes, não!

Ele beijou o ombro dela mais uma vez.

Shiloh se sentou na cama.

— Posso ir na loja de conveniência.

Cary também se sentou.

— Meia-noite?

— É só… — Shiloh procurou o sutiã. — Vamos perder o ímpeto.

— A gente precisa disso?

— Sim, não podemos só… Eu já me transformei em abóbora. Os cavalos viraram ratos. Se isso vai mesmo acontecer, preciso que aconteça rápido… e eu *realmente* quero que aconteça.

Cary tocou a cintura dela.

— Ei, deita aqui. Eu ainda estou aqui.

— Mas você não vai estar aqui amanhã. — Ela ainda procurava o sutiã. — Só temos essa janela.

— Janela?

— Essa fuga da realidade.

Cary afastou a mão.

— Deita, Shiloh.

— Daqui algumas horas você vai ficar sóbrio…

— Eu não estou *bêbado*.

— Você está. Metaforicamente. Você vai sair dessa onda. Em algumas horas, vai estar num avião voltando para a casa, para continuar com a sua vida… A gente não pode pelo menos transar antes?

Cary levantou e procurou a calça.

— Você vai na loja de conveniência? — perguntou Shiloh.

Ele bufou.

— Não, estou indo embora.

— Você não pode ir embora.

— Posso, sim. — Ele estava de pé, vestindo a calça. — Eu… — Cary soltou o ar. — Não vou. Fazer isso. Com você.

Shiloh sentiu o choro vindo. Sentia o choro vindo já fazia um tempo.

— Fazer *o quê*?

Cary voltou a bufar, como se fosse algo parecido com uma risada.

— Nada disso. Foi um erro. Sinto muito, Shiloh.

— Não… Cary. Por favor.

Ele não se virou quando disse:

— Não sei por que achei que você seria diferente.

TREZE

Antes

SHILOH NÃO ATENDEU QUANDO ELE ligou de San Diego, e não havia tempo para enviar uma carta. Cary tinha que estar em Orlando em quatro dias. Se ele fosse trocar a passagem de avião, teria que fazer isso naquele momento.

Ele trocou.

Pararia em Des Moines. E, se Shiloh pudesse vê-lo, veria… e se não pudesse, ou se não quisesse, ou se ele ficasse com medo quando ela atendesse o telefone, ele pegaria o ônibus para Omaha. A mãe dele ficaria feliz em vê-lo. O padrasto dele não, mas iria sobreviver. Todos iriam sobreviver.

— Alô? — Era ela.

— Shiloh?

Ele soava ansioso demais. Pigarreou.

— Isso.

— É o Cary.

— Cary! — Shiloh soava feliz. Realmente feliz. — Oi! Achei que fosse você, mas não tinha certeza. Faz… Você não me ligou.

— Não podia ligar do acampamento.

— Recebi os seus postais.

— Também recebi os seus. E as suas cartas.

Shiloh tinha sido uma das únicas pessoas a escrever para ele no acampamento. Cary sabia que ela gostava de enviar cartas. Ela enviava cartões-postais até quando ainda eram praticamente vizinhos.

— É bom ouvir sua voz. Como você está? Já terminou? Agora já é um soldado de verdade? — perguntou ela.

— Marinheiro. E não. Sim e não. Ainda tenho que fazer alguns treinamentos. Em outra escola, daqui alguns dias. Mas terminei o acampamento. Me formei.

— Você se formou? Algumas pessoas não se formam?

— É… Algumas. É um pouco intenso.

— Intenso *como*?

Cary não queria falar sobre as dificuldades. Não naquela hora. Parado em um orelhão.

— Ei… Estava pensando… Talvez eu possa parar e visitar você no caminho do outro treinamento…

— É... Seria legal. Eu fico no meio do caminho?

— Estou indo de San Diego para Orlando. Tudo fica no meio do caminho.

Shiloh soltou uma risada. O pescoço de Cary ficou menos tenso. Ele apoiou a testa no telefone.

— Quando você vem? — perguntou ela.

— Estava pensando em... hoje?

— *Hoje*? — Ela soava surpresa, não de um jeito bom.

— Não me avisaram com antecedência quando eu ia sair... Tentei ligar algumas vezes quando ainda estava em San Diego, mas você não tem secretária eletrônica.

— Eu sei, desculpa.

— Imagina, eu que peço desculpas. Quer dizer, está tudo bem se não der hoje. — Ele tinha tentado. — Eu vou pra casa. É só pegar um ônibus.

— Não, Cary... não. *Espera*. Vou dar um jeito hoje. Só estou surpresa. Quando você chega?

— Estou no aeroporto.

— Ah, meu Deus, ok. Cary! Isso é ótimo. Vou mostrar tudo para você. Vou fazer uma tour no campus. Você quer que eu vá te buscar? Quando sai o próximo voo?

— Só na segunda.

— Segunda... — Mais uma surpresa que não parecia boa. — Você já tem lugar para ficar?

— Hum... — Cary fechou os olhos. — Não tive muito tempo para planejar as coisas. Estava pensando em dormir num colchão aí no chão.

— Vamos dar um jeito — respondeu Shiloh. — Tenho uma colega de quarto...

— Posso achar outro lugar. Posso ir para casa.

— Não. Você pode dormir aqui no chão, ou então eu encontro outro chão para você. Tenho amigos que estão no dormitório masculino e podem ajudar, caso Darla se sinta desconfortável.

— Sua colega de quarto?

— Isso. Ela é recatada.

— Se for incômodo...

— Não é! — Shiloh já estava decidida, e ele não iria dissuadi-la. — Estou feliz que você esteja aqui, Cary. Quer que eu vá te buscar?

— Eu consigo chegar aí sozinho.

CATORZE

Antes

ELA SAIU COM PRESSA DO elevador, e Cary parecia um pouco mais alto. A boca estava seca, mas ele engoliu mesmo assim.

Shiloh estava diferente. Tinha cortado o cabelo — em um chanel pontudo — e estava com franja. Parecia uma atriz de filme estrangeiro. E estava mais magra. O queixo pontudo. Usava um vestido que Cary nunca tinha visto... justo demais nos seios e curto demais. Estava de meia-calça, mas mesmo assim. Ele não estava acostumado a ver as suas pernas. Não estava nem um pouco acostumado com aquela versão dela.

Ela parecia ansiosa — o que, pelo menos, era familiar. Também era familiar a forma como ela apoiava as mãos na cintura, olhando ao redor como se procurasse alguma coisa errada.

Shiloh passou direto.

— Ei — disse Cary, segurando o braço dela.

Shiloh não o reconheceu e puxou o braço de volta no mesmo instante.

— Ei — repetiu ele, com o tom de voz calmo.

Ela arregalou os olhos, deixou a boca pender aberta.

— Cary...

— Ei — disse ele, pela terceira vez.

Ele sabia que estava diferente. Tinha se preocupado com isso a viagem inteira. O uniforme. O cabelo. Todo mundo que passava pelo saguão o encarava como se ele não pertencesse àquele lugar. Como se estivesse ali por algum motivo estranho e específico.

Shiloh o olhava de cima a baixo. Os sapatos. A gravata. A única medalha que havia ganhado por participar.

— *Ei* — respondeu ela, por fim. Era a amiga dele ali.

Eles nunca tinham se abraçado, então Cary não tentou esse contato naquele momento. Mas conseguiu relaxar e se sentir aliviado.

— Não estava esperando... — Shiloh apontou para ele. — Você é obrigado a usar isso?

— Não. Eu só... A gente chega no acampamento só com as roupas do corpo. Isso é tudo o que tenho para vestir agora.

Ele poderia usar a farda formal, mas isso chamaria ainda mais atenção. Estava com a roupa azul-escura: camisa, calça, gravata. Tudo azul-marinho tão escuro que poderia muito bem ser preto.

Shiloh estava olhando para o peito dele. Tocou de leve no ombro, depois na gravata. Cary esperou um comentário de que ele parecia um oficial da SS. (Shiloh não sabia *nada* sobre uniformes militares.)

— É bonito — disse ela. — Você está bonito.

— Por que você está desviando o olhar?

Shiloh segurou a gravata dele e riu, mas ainda assim não o encarou.

— Estou surtando um pouco com o seu *cabelo*.

Cary riu, ficando corado. Quando pegou a mala, Shiloh soltou a gravata.

— Vamos lá — disse ela, andando de volta na direção do elevador.

— Você não tem que avisar que estou aqui?

— Não precisa, é tudo bem liberal aqui.

— Avisou a sua colega de quarto?

— Ainda não encontrei com ela ... mas não se preocupe.

Eles eram os únicos no elevador. Shiloh apertou o botão.

— Você também cortou o cabelo — comentou Cary. — Achei que ia raspar tudo.

Shiloh tocou na ponta do cabelo.

— Perdi a coragem. Não queria que isso me marcasse para sempre. *A garota careca*. Tipo Sinéad O'Connor. Porque nunca me sentiria normal com cabelo depois disso.

O cabelo de Shiloh era castanho bem escuro e muito, muito liso. Pelo que Cary conseguia se lembrar, era longo e sempre pareceu grosso demais para ficar num penteado. Ele já a vira arrebentando elásticos ao tentar prender o cabelo. As sobrancelhas eram grossas e escuras também, assim como os pelos dos braços. A mãe dela sempre dizia que o pai de Shiloh devia ser grego. "*Meu pai pode ter sido qualquer um*", era o que Shiloh respondia. Agora que estava com o cabelo curto, parecia ainda mais grosso. Como uma lâmina.

— Você não gostou, né?

Ela o conduziu para fora do elevador e se virou para encará-lo, andando de costas.

— Está legal — respondeu Cary.

— Você gostava mais antes?

— Não tenho opinião sobre o seu cabelo.

Ele gostava de tudo nela, não importava o quê. Sempre foi assim.

Shiloh voltou a se virar para andar normalmente.

— Estou deixando crescer — contou ela. — Fico alegre demais assim.

— Qual é o problema com isso?

— Ninguém me leva a sério.

Eles já estavam na porta. Cary nunca tinha estado num dormitório de faculdade antes. Era bem o que se esperava. Parecia um hotel.

Shiloh abriu a porta, e ele entrou. Era pequeno. Espaço para duas camas, duas escrivaninhas, um tapete e uma TV pequena.

— Pode sentar na cama. Ou na cadeira da escrivaninha. Onde quiser. Não tenho nada para beber, mas posso ir buscar um refrigerante.

— Estou bem.

— *Senta*, Cary — disse Shiloh, revirando os olhos.

— Estou esperando você sentar.

— Meu Deus — soltou ela, ao sentar-se no chão e cruzar as longas pernas.

Cary não lembrava de ter visto as pernas de Shiloh antes. Eram tão compridas quanto as dele e provavelmente mais grossas. Bons joelhos e tornozelos. Ele se sentou na cama, olhando para Shiloh, tentando não ficar encarando aquelas pernas.

— O acampamento foi horrível? — perguntou ela.

— Foi legal — respondeu ele, dando de ombros.

— Você disse que teve gente que morreu.

— Eu disse que algumas pessoas não se *formaram*...

— O que aconteceu com elas? Por que não se formaram?

Cary não queria falar sobre isso. O acampamento tinha terminado. Ele estava pronto para deixar tudo isso para trás.

— Elas levaram as coisas pro lado pessoal e deixaram que isso as afetasse.

— E você não?

— Não. Não era sobre mim.

Shiloh riu.

— *Acampamento, dou três estrelas. Não era sobre mim.*

— Nada na Marinha é sobre mim. Sou só uma peça de uma grande máquina.

— Eu ia ficar *maluca* — respondeu ela, séria.

— Ia mesmo — comentou ele, sorrindo.

— Mas você não?

Ela parecia preocupada. Deu um pequeno chute que não o alcançou.

— Era o que eu estava esperando mesmo.

Regras. Rigor. Nada pessoal. Cary ia trabalhar e depois dormia. E tentava manter a cabeça baixa entre uma coisa e outra.

— Você não sentiu falta de casa?

— Hum... — Ele não sabia como responder.

Cary sentiu falta da mãe dele, mas não sentiu falta da casa deles. Não sentiu falta das irmãs, talvez fosse sentir em algum momento. Não sentiu falta da escola nem de Omaha.

Sentiu falta de ser chamado pelo primeiro nome. Sentiu falta de Mikey. Sentiu falta de dirigir. Sentiu falta de roupas normais. Comida normal. Pizza.

Sentiu falta de Shiloh.

Ele sabia que sentiria, mas foi muito pior do que imaginara. As cartas pioraram tudo. Todo mundo desapareceu tão rápido. Parecia que haviam se passado séculos desde o ensino médio. Mas nada de Shiloh desaparecera. Se muito, as lembranças se tornaram mais agudas. Até agora, olhando para ela, Cary sentia saudade.

— Não sei. Acho que sim. Me conta disso aqui. Da faculdade.

— Eu já contei pelas cartas.

— Melhor ainda, não estamos começando do zero.

Shiloh abriu um sorriso enorme para ele. Cary conseguia ver todos os dentes dela. Se estivesse mais perto, poderia ver quais eram tortos.

— Você tem razão — disse ela.

Nunca era difícil fazer Shiloh falar. Ele se encostou na parede para ouvir.

Ela contou da colega de quarto. Das aulas. Dos testes nos quais não passou para o teatro da faculdade.

— Eles quase nunca selecionam calouros.

Ela adorava o dormitório. Adorava estar sozinha. Não sentia falta da mãe. Nem do bairro. Sentia falta de Mikey.

Shiloh tentava encostar em Cary enquanto falava, gesticulando. Nunca fazia contato visual.

Cary tinha bastante prática em ouvi-la falar. Conseguia seguir o raciocínio dela mesmo que a mente dele estivesse vagando. Shiloh avisava quando quer uma resposta: "Isso foi uma pergunta, Cary."

Shiloh falava nervosamente. As frases se acumulavam em espiral. Uma ideia era perseguida por diferentes ângulos...

Mikey ficava maluco. Às vezes ele dizia: "Nada de Shiloh hoje... Tenho barulho suficiente na minha cabeça."

Cary tinha uma tolerância muito maior. Você não precisa *seguir* Shiloh. Podia só assistir. Só ouvir.

Mesmo quando ela o deixava maluco, ele não queria menos dela.

Naquele momento, enquanto ela falava, Cary tentou entender o que estava diferente... Além do cabelo. Além da saia curta.

Ela parecia mais acessível do que ele se lembrava.

Menos frustrada.

— Você está feliz aqui — concluiu ele.

Shiloh torceu o nariz. Bateu nele, quase encostando na perna.

— Como assim?

— Você parece bem feliz — respondeu Cary. — Parece que gosta daqui.

Ela sorriu e deu de ombros.

— É, eu só... É, acho que gosto. — Ela se ajoelhou. A saia subiu um pouco. Ela colocou o cabelo atrás da orelha, mas a mecha voltou a cair. — Me sinto meio mal de falar isso, porque você estava naquele lugar, e agora está indo para outro... mas aqui eu sinto que meu tempo é *meu*, sabe? Como se minha vida fosse minha. Muitos calouros odeiam isso. Vão para casa o tempo todo, desistem. Becky estava aqui, e já foi. E, sabe, às vezes eu *fico* solitária. Muitas vezes, na verdade. Mas… a comida, por exemplo. Posso comer o que eu quiser, quando quiser. Sou responsável por tudo. Tenho a bolsa e meu trabalho, e não preciso pedir ajuda a ninguém. Não preciso nem de carona, porque temos ônibus aqui. Entende?

Cary assentiu.

— Fico feliz.

— Fica feliz em não precisar me dar carona?

— Fico feliz que você esteja se sentindo bem.

Shiloh mexeu as pernas e voltou a se sentar.

— É idiota, né? Não é nem uma boa faculdade. É só Iowa. Mas ainda parece que estou vivendo *la vie en rose*. Tipo, estou usando boina, fumando cigarros e me sentindo como uma adulta do sexo feminino.

— Você está fumando?

— Não, é metafórico.

— A boina também?

Shiloh deu um chutinho nele e fez contato visual.

— A boina é de verdade.

Cary riu.

— Cala a boca.

Ela o chutou mais uma vez. Os sapatos tinham fivelas.

— Para, você vai sujar minha calça e não vou conseguir lavar.

— *Você* tem uma boina pendurada no cinto… Não pense que não vi — disse ela, sorrindo.

— É um quepe. Não existem boinas na Marinha.

Shiloh subiu na cama perto dele e tirou os sapatos.

— Deixa eu ver.

— Eu quero ver a *sua* boina. Vai lá pegar.

Shiloh empurrou o ombro dele.

— Me deixa ver, Cary.

— Não. Não posso usar em ambientes fechados.

— Então me deixa usar.

Ele gostaria de ver isso, mas não.

Os olhos dela estavam grandes e brilhantes. A língua saindo um pouquinho da boca. Cary apontou para ela.

— Sei que você vai pegar meu quepe. Mas estou pedindo… não faça isso.

— Não me diga o que fazer.

Shiloh pegou o dedo dele.

— Não estou dizendo, só avisei que há um limite.

Ele se afastou.

Shiloh cutucou o ombro dele.

— Quando você me diz para não fazer uma coisa, eu só fico com mais vontade de fazer.

— Porque você é irracional e provavelmente precisa tomar remédios. Não estrague meu uniforme.

— Existe alguma lei? — perguntou ela. — Tipo de não estragar correspondência dos outros?

— Exatamente.

— Mentiroso. — Ela puxou a manga dele. — Isso conta?

— Sim.

Ela cutucou o braço dele. Cary ignorou.

— Não preciso de *remédio* — disse ela.

— Você precisa de alguma coisa.

Ela cutucou ainda mais forte.

— *Para*. Isso dói.

— Não dói, nada. Dói?

— Não é gostoso.

O rosto dela ficou triste.

— Não quis machucar você. Desculpa. — Ela deu tapinhas no ombro dele. — Cary, me desculpa.

— Tudo bem.

— Sério mesmo — disse ela, dando mais tapinhas. — Me desculpa.

— Tá bom, tá bom, está tudo bem.

Ela passou a mão na manga da camisa dele.

— Você usa esse uniforme o tempo todo?

— Não. Nunca tinha usado esse antes. É meio formal. Mas a gente pode usar quando viaja.

— É bonito. Quer dizer, fica bonito em você. Posso tirar uma foto?

— Agora?

— É, antes que eu estrague seu uniforme chique.

— Não vou deixar você estragar.

Shiloh ficou de pé e pegou a câmera na mesa. Era pequena e cor-de-rosa. Ela sempre tinha uma câmera.

Cary endireitou a postura.

— Assim está bom? — perguntou ele.

Ela o observava através da lente da câmera.

— Aham. Vou mandar uma cópia pra sua mãe.

— Acho melhor eu levantar.

— Espera. — O flash disparou. — Ok, pode levantar. Faça cara de oficial militar.

Cary se levantou e ajustou a gravata.

— Encosta na parede — disse Shiloh.

Cary obedeceu.

— Sorria! Não estamos na Guerra Civil — disse ela.

Cary sorriu.

— Temos que tirar uma juntos. Podemos mandar para o Mikey.

— Isso! — Shiloh olhou ao redor do quarto. — Acho que... Podemos tentar tirar a foto no espelho.

Ela ficou parcialmente na frente de Cary, para que ambos estivessem refletidos no espelho da porta. Ela olhou pelo visor da câmera.

— Estou na sua frente.

— Está tudo bem. — Cary colocou a mão no ombro dela.

— Espero que Mikey não odeie o meu cabelo. — Shiloh tirou a câmera da frente do rosto e bateu a foto. — Não sei como vai ficar. Talvez Darla possa tirar uma foto de nós dois depois.

— E você me manda uma cópia? — perguntou, olhando para ela pelo espelho.

— Mando.

Shiloh se virou para ele, colocou a câmera no bolso e olhou para o cabelo de Cary.

— Já acostumei com o seu cabelo. Não demorou muito.

Descalça, ela era alguns centímetros mais baixa do que ele. Cary encarou os olhos dela.

— Não estou acostumada a ver tanto do seu rosto — comentou ela. — Você chorou quando eles cortaram?

— Não. Algumas recrutas mulheres choraram.

— Eles raspam o cabelo das mulheres?

— Cortam bem curto. Como o seu.

Shiloh passou a mão pelo cabelo, envergonhada. Então estendeu a mão para a bochecha de Cary.

Ele não desviou.

— Sinto muito que não tenha mais cabelo para você puxar...

Shiloh passou a mão pelos fios curtos logo acima da orelha dele — raspados um pouco antes da formatura —, e então correu os dedos pelo couro cabeludo.

Ela estremeceu.

Depois pousou a mão no topo da cabeça de Cary.

— Não vai me pedir para parar?

Ele balançou a cabeça, de leve.

— Não.

Shiloh passou a mão de novo pelos cabelos curtos e estremeceu mais uma vez, como se não conseguisse se controlar. Ele já a vira fazer isso antes, ao tocar veludo. E algumas pelúcias. Uma vez, tinha acontecido ao tocar a borda de uma tigela quebrada.

Ela levantou a outra mão e tocou as têmporas dele.

— Você tem sorte de ter uma cabeça bonita.

Cary balbuciou algo. Ele ia só tentar respirar até tudo aquilo acabar.

— Mas sinto falta do seu cabelo — sussurrou Shiloh. — A cor está tão diferente agora. Mais escuro... Quase não é mais loiro. Isso é estranho, não é?

Cary assentiu.

Ela tremeu mais uma vez, até os ombros.

Ele colocou a mão na cintura de Shiloh para ajudar no equilíbrio.

— Por que você está se torturando?

— Não, eu gosto — respondeu ela, na defensiva.

Ela passou os dez dedos por todo o cabelo dele, até o pescoço. Cary baixou o olhar... Não sabia que tipo de jogo era aquele.

— *Você* gosta? — perguntou ela.

Ele concordou.

— Seu rosto mudou. Os olhos parecem maiores agora — disse ela.

— Meus olhos estão do mesmo tamanho.

— Tenho testemunhas oculares que dizem o contrário.

Ela fez carinho no couro cabeludo dele. Cary tremeu. Shiloh soltou uma risada baixa.

— Testemunhas *oculares*, sacou?

Ele concordou.

— Cary... — sussurrou Shiloh.

Ele levantou o olhar para ela. Shiloh parecia nervosa. Estava se balançando de um lado para o outro.

— Senti sua falta — disse ela.

— Também senti, Shiloh.

— Estou feliz que você esteja bem.

— Foi só um acampamento.

— Eu sei, mas mesmo assim. É estranho que eu não tenha percebido quanto senti saudade até ter visto você? Estou vendo você agora e percebi, sabe, que tinha um buraco no meu peito... Eu achava que estava bem até então.

— Desculpa.

— Não. Eu... acho que me acostumei a conversar com pessoas que não importam. E daí olhei para você e me lembrei de como é me importar com alguém.

— Shiloh... — Cary apertou a cintura dela. — Eu senti muita saudade.

— Você tem sorte de ter uma cabeça bonita — repetiu ela. — E o rosto também... — Shiloh tocou as bochechas de Cary. Depois o nariz. E o queixo.

Ele não sabia que jogo era aquele.

Ele não sabia se aquilo era um jogo.

Shiloh estava quase chorando.

Cary se adiantou e deu um beijo nela.

QUINZE

Antes

FOI EM FEVEREIRO DO ÚLTIMO ano deles no ensino médio. Eles ficaram na escola até tarde, trabalhando no jornal. Depois, Cary a deixou em casa — foi toda uma questão, ela estava impossível —, e agora ele e Mikey iam jogar *Street Fighter* na pizzaria.

Assim que Shiloh saiu do carro, Mikey mudou a estação de rádio.

— Vocês não têm que fingir só por minha causa, sabe? — disse Mikey.

Cary deu ré até estar de novo na rua.

— Não, não sei. Fingir o quê?

— Que não estão juntos. Namorando *escondido*, digamos assim.

— Do que você está falando?

Mikey o encarou.

— Só estou *dizendo* que você não precisa se preocupar comigo. Não seria estranho... Eu contei para você sobre a Janine.

— Eu não estou... — Cary balançou a cabeça. — Shiloh e eu não somos... isso.

Mikey estava confuso.

— Sério?

— É sério. De onde você tirou uma coisa dessas? Somos só amigos.

— Eu sei, mas vocês são... Sabe... — Mikey arregalou os olhos. Às vezes ele era tão dramático quanto Shiloh. — Bem focados um no outro.

— Somos bons amigos.

— Ela *encosta* bastante em você, Carold.

— É só o jeito dela — respondeu Cary. Mikey sabia disso.

— Ela não é assim comigo.

Cary fez que não com a cabeça.

— Eu sou tipo o cachorrinho dela, ou algo assim. Um porto seguro.

— Então você não... *sente* nada por ela?

— Pela Shiloh?

Mikey revirou os olhos.

— Claro que é pela Shiloh. Eu sei que você não é um robô.

Cary deu de ombros.

— Ela só está fazendo isso porque deixo ela implicar comigo.

— Por que você deixa?

Cary fez uma careta.

— Por que eu deixo *você* implicar comigo? Porque somos amigos.

Mikey se virou, coçando a orelha.

— É, ok. Entendi. Vou deixar pra lá. Quer dizer, estou decepcionado. Realmente queria que fosse um *namoro secreto*...

— Você já tem o seu namoro secreto.

Mikey sorriu.

— Eu sei. Não conta para ninguém. Janine e eu estamos namorando *escondiiido*. — Mikey cantou as últimas palavras como se fosse uma música dos Atlantic Starr.

— Para com isso.

— Antes de parar, como disse que faria... — Mikey falou tudo de uma vez, como se fosse difícil dizer as palavras: — Shiloh-é-louca-por-você-e-essa-é-minha-opinião-profissional-e-eu--apostaria-um-milhão-de-dólares-nisso.

Cary virou com tudo o olhar para Mikey, depois voltou a encarar a rodovia.

— Isso não é verdade. Ela gosta daquele cara... Kurt.

Mikey deu de ombros.

— Kurt não significa nada.

— Ela não gosta de mim desse jeito — disse Cary. — E, se gostasse, perderia o interesse assim que o sentimento fosse recíproco. Ela só gosta de implicar comigo. Ela acha engraçado.

— Um *milhão* de dólares — retrucou Mikey.

Cary soltou um rosnadinho.

— Ok, pode parar agora. Sério mesmo. Você está estranho, e ela nem está aqui.

— Parei. Parei.

Cary dirigiu por um segundo antes de dar um tapa no volante.

— Além disso, eu tenho namorada!

— Estava mesmo me perguntando quando você ia se lembrar disso...

— Vai se ferrar, Mikey.

Mikey estava gargalhando.

Cary balançou a cabeça.

— Vai se ferrar.

DEZESSEIS

Antes

QUANDO CARY COMEÇOU A BEIJAR Shiloh, naquele dia no dormitório, não conseguiu parar.

Sempre *soube* que, quando começasse, não conseguiria parar de beijá-la. Era um dos motivos pelos quais beijar Shiloh sempre fora uma má ideia.

Você não pode namorar a sua melhor amiga do ensino médio.

Cary não podia ter namorado *Shiloh*.

Não tinha nenhum lugar para eles irem. Assim que começassem, estariam na linha de chegada.

Ele já a conhecia tão bem.

Ele já a amava tanto.

O que iam fazer? Se casar?

O que iam fazer se não *pudessem* se casar? Destruir tudo? A amizade? A chance de algo maior?

Cary não estava pronto para... o que poderia acontecer entre ele e Shiloh.

Nem tinha certeza se ela *queria* alguma coisa. Ele tinha quase certeza de que ela não queria o que ele tinha a oferecer... que era tudo.

Talvez um dia, pensava ele, os dois estivessem preparados para isso.

Talvez um dia, não haveria problema em começar a beijá-la e nunca mais parar...

Era esse o dia?

Ou Cary tinha cometido um erro terrível?

DEZESSETE

Antes

ELES FORAM PARAR NA CAMA DELA. Shiloh no colo dele. As mãos de Cary nas coxas dela, por baixo da saia.

Ela havia tocado a gravata dele, o clip da gravata, o nó. Observado o colarinho dele. Coberto as orelhas de Cary com as mãos e depois puxado o lóbulo.

Cary não sabia se ela já tinha sido beijada, mas Shiloh se jogou naquilo... e Cary amou aquela ânsia. Como ela parecia feliz. Como estava sendo autêntica em tudo. A melhor Shiloh possível.

Ela se desvencilhou do beijo para encará-lo. Segurou o rosto de Cary. Ele sentia como se estivesse brilhando — como se estivesse com o sorriso mais idiota do mundo, um gato com o focinho cheio de leite.

Shiloh estava rindo e tocando os lábios.

Ela pulou quando a porta se abriu. Cary segurou o quadril dela.

Shiloh logo ficou de pé. Cary se sentou. Limpou a boca. Arrumou a camisa.

Uma garota loira e rechonchuda entrou. Olhou para Shiloh. Depois para Cary. Arqueou as sobrancelhas.

— Olá.

— Darla... Esse é o Cary, meu amigo da escola. Cary, essa é minha colega de quarto, Darla. Ela é de Iowa City e é ótima.

— Sou?

— É um prazer conhecer você — disse Cary. Ele sabia que estava com o rosto vermelho.

Shiloh se aproximou da colega.

— Posso falar com você? — Ela indicou a porta com a cabeça.

— Claro...

Elas foram para o corredor.

Cary se levantou. Olhou no espelho. Não sabia o que aconteceria agora. Será que ele e Shiloh conseguiriam fazer algo sozinhos de novo? Talvez ele devesse levá-la para sair, estava com muita fome... Isso seria um encontro? Como seria namorar Shiloh? O que estava *acontecendo*?

Darla e ela voltaram ao quarto quinze minutos depois. Cary tinha encontrado algumas bolachas na mesa de Shiloh e estava comendo. Ele se levantou quando a porta abriu.

— Darla vai tirar a nossa foto — avisou Shiloh.

— Tudo bem — respondeu Cary, depois se virou para Darla: — Obrigado.

Shiloh deu a câmera para Darla e veio ficar ao lado de Cary. Ele guardou as bolachas e deixou que os braços enredassem os ombros de Shiloh.

— Estamos bem? — Shiloh estava arrumando o cabelo. — Não se esqueça de ver se estamos bem.

— Vocês estão ótimos — respondeu Darla.

Cary engoliu em seco. Abraçou Shiloh. O flash disparou.

— Tira mais uma — pediu Shiloh.

E Darla tirou, depois devolveu a câmera para Shiloh.

— E agora eu vou estudar — disse ela. — De trinta e seis a quarenta e oito horas.

Darla pegou algumas roupas e colocou na mochila. Shiloh parecia envergonhada. Cary *estava* envergonhado.

— Obrigada pelo seu serviço — comentou Darla, já na porta. — Meu avô era da Marinha.

— Ah... Obrigado. Quer dizer... Obrigado a ele, e a você — respondeu Cary.

Shiloh acompanhou Darla.

Ela estava com a expressão fechada quando voltou.

— Como você conseguiu isso? — perguntou Cary.

— Ela vai ficar no quarto de alguém aqui no corredor, e agora eu estou devendo alguma coisa bem grandiosa e desagradável para ela, que ainda está para ser definida.

— Acho que isso foi simpático da parte dela...

— Cary, senta.

Ele se sentou na cadeira.

— Não. Senta aqui, comigo. — Shiloh se sentou na cama.

Cary foi para o lado dela.

Ela parecia ansiosa. As mãos fechadas em punhos.

Cary se preparou.

— Não sei o que estamos fazendo. Você está indo para Orlando, não é? — perguntou ela.

— Isso.

— Não sei quando vou te ver de novo. *Você* sabe quando vamos nos ver de novo?

— Não — respondeu Cary, fazendo que não com a cabeça.

— Daqui a meses? Anos?

— Acho que meses — disse ele. — Ou anos.

— Não posso pedir para você...

Sim, ela podia.

Ela fez um gesto de enfado com as mãos.

— O que é isso? — Shiloh apontava o espaço entre eles. — *Isso?*

— Não sei, Shiloh. Não planejei isso.

Cary não tinha *planejado* aquilo...

Ele sabia que precisa vê-la. Pensou que talvez pudesse contar, se a situação parecesse adequada, como as cartas dela tinham significado para ele. O que *ela* significava para ele.

Shiloh parecia estar se desfazendo de um lado e se remontando ainda mais nervosa do outro. Estava mordendo o lábio.

— Isso não precisa ser… Cary, talvez isso não seja… Você precisa… — Ela fez o gesto de um avião decolando. — *Fiu.* Voar. Você está voando. Você nem sabe para onde vai. Mas eu vou ficar *aqui*, sabe? Então… não precisa ser…

— Entendi — disse ele, querendo interromper aquela fala. — É, me desculpa.

— Não! Não se desculpe. Eu não estou arrependida. Só estou… tentando ser realista, acho. Estou sendo realista?

— Está — disse ele, assentindo. — Provavelmente não é o melhor momento pra gente… ser…

Shiloh assentiu.

— Isso.

— Quer que eu vá embora?

Ela agarrou o braço dele.

— *Não.*

Cary conseguiu soltar um suspiro sem forças.

— Bem… O que você quer, Shiloh?

O rosto dela se despedaçou. Era o fim para ele. Tudo aquilo ia acabar com ele.

— Quero *você*, Cary. Acho que só quero estar aqui com você. De qualquer forma.

Ele concordou.

— Você também quer? — perguntou ela.

— Quero. — A voz dele estava grave.

Shiloh colocou a mão na dele. Apertou. Era a primeira vez que davam as mãos. Desde sempre. Ficaram sentados por um tempo. Cary não sabia o que aconteceria dali em diante.

Parecia que ele teve um pequeno vislumbre do mundo que queria. Como se uma porta tivesse se aberto e se fechado logo depois.

Mas ele ainda estava com Shiloh, ainda conectado a ela.

Quando ela olhou para ele, Cary percebeu que ela estava chorando.

Não pensou duas vezes: beijou Shiloh.

DEZOITO

Antes

AMBOS FORAM SELECIONADOS PARA A peça de outono no último ano do ensino médio.

Era um suspense. Uma comédia. Cary era o detetive estabanado. Shiloh era a personagem principal, uma senhora cujo colar de diamantes desaparecia.

A mãe de Cary tinha machucado as costas naquele ano. Escorregando no gelo. Ela já tinha problemas antes disso: fumava muito, tinha pressão alta. Na época, estava pregada ao sofá e tomando injeções de corticoide, enquanto Cary fazia todo o restante. Pegava remédios para ela e pagava as contas. Levava a irmã mais velha e os sobrinhos até o supermercado. Além disso, tinha o próprio trabalho e as tarefas da escola. Ele não devia ter se inscrito para a peça, mas queria. E Shiloh queria que ele quisesse.

Ele faltou a vários ensaios. Demorou muito para decorar as falas. Alguns atores secundários fizeram comentários sobre isso. Cary pensou em desistir. Shiloh não o deixou.

A primeira apresentação foi ótima. Shiloh estava engraçadíssima como a senhora. Com as costas curvadas para parecer menor. Com talco no cabelo.

No segundo dia, se apresentaram duas vezes: de tarde e de noite, e Cary ainda teve que acordar cedo por conta da escola militar.

Ele não estava em sua melhor forma na apresentação da noite. Perdeu a entrada no primeiro ato. E acabou se perdendo algumas vezes enquanto estava no palco. Não tinha jantado. Estava cansado.

Logo depois do intervalo, passou pela situação de só se lembrar de que tinha uma fala porque Shiloh ficou encarando seu rosto, como se esperasse algo.

— Vamos acreditar na ciência, sra. Gadby — soltou ele. — Sempre acreditamos na ciência.

Shiloh arregalou os olhos. As outras pessoas continuaram com a cena. Cary percebeu que tinha dito a fala da cena *seguinte*. Tinha pulado várias explicações e outras deixas, e os demais atores no palco o acompanharam pelo precipício.

Agora já estavam embrenhados na cena errada. Todo mundo se olhava com olhos arregalados, como se não soubessem o que fazer além de continuar.

A cena acabou voltando para Shiloh.

Ela levantou o dedo.

— Só um momento, detetive...

Shiloh trouxe a cena toda para o lugar certo, e ainda conseguiu acompanhar todo o restante que tinha acontecido.

Ela estava improvisando e convidando Cary a fazer o mesmo.

Ele a encarou. Falou com sotaque escocês. Entre eles, conseguiram chegar ao ponto em que Cary se perdera e Shiloh se certificou de que a grande piada dele fosse dita.

— Meu Deus, mulher! Não me venha com essa charrete de bebê!

Cary apenas olhou nos olhos de Shiloh e seguiu a deixa. E todo mundo que estava no palco a seguiu também.

Shiloh não saiu do palco antes da cena seguinte, então eles não tiveram tempo de bolar uma estratégia. Só deixaram que ela ficasse lá e os levasse de volta aos trilhos.

O público não reparou.

Cary estava envergonhado pelo erro. Envergonhado mesmo.

Achou que tinha estragado a apresentação toda.

Mas Shiloh o salvara. Segurara a mão dele. Tirara Cary daquela situação.

Depois que a apresentação terminou, os atores que poderiam estar bravos com Cary acabaram tão impressionados com os próprios feitos que nem se preocuparam com mais nada.

DEZENOVE

Antes

— A GENTE DEVIA TRANSAR — disse Shiloh.

Estavam deitados na cama dela, no dormitório da faculdade, ela nos braços de Cary. Passaram horas se beijando. Passaram o dia todo se beijando. Se beijaram como se ambos tivessem entendido que aquilo era o que deveriam ter feito desde sempre.

Cary estava se sentindo um pouco inebriado com aquilo tudo.

— O quê?

— A gente devia transar. Eu nunca transei.

Ele se afastou um pouco antes de responder.

— Isso não é motivo suficiente.

Shiloh se apoiou nos cotovelos e apoiou a cabeça em uma das mãos. Os lábios e o queixo estavam vermelhos por causa dos beijos.

— Para mim parece bem suficiente.

— Acabamos de falar que estou de passagem e que não sabemos quando vamos nos ver de novo.

— *Exatamente*. Essa é a nossa chance. — Ela passou a mão pelo pescoço dele. Os olhos despertos e escuros. — Por favor, Cary. Não quero continuar sendo a pessoa que nunca fez isso. — Ela baixou o olhar e encarou a própria mão. — E quero fazer isso com você.

— Por que eu? — perguntou ele, depois de pigarrear.

Ela encarou os olhos dele mais uma vez.

— Além de estarmos literalmente na minha cama? Porque eu *conheço* você. Eu confio em você. Você deve ser a pessoa em quem mais confio no planeta. Sei que você não me machucaria.

— Claro que eu não vou machucar você.

Shiloh sorriu.

— E eu gosto de você. E você gosta de mim. — Ela passou o dedo pela gola da camiseta dele e puxou. — Você gosta de mim, não gosta?

— É... — A voz dele era monocórdica. — Eu gosto de você.

Ela torceu a camiseta dele.

— Sempre vou me lembrar da minha primeira vez. E, se for com você, sei que não vou me arrepender.

Cary tentou entender aquilo tudo sem exatamente entender, sem deixar que significasse coisas demais.

— Você ainda pode se arrepender — disse ele. — Deveria esperar para fazer isso com uma pessoa que ame.

Shiloh subiu ainda mais o corpo. A voz dela ficou mais alta. Puxou mais forte a camiseta dele.

— Você acha mesmo que isso é necessário? A maioria das minhas amigas está fazendo com... — Ela soltou um som de *puff*. — *Qualquer um*. Além disso, sexo é só uma *coisa*, não é? Uma ação? Não é mágico. Nem sagrado. Apenas corpos. Biologia. Não é preciso esperar o amor verdadeiro destrancar sua vagina... A virgindade é uma construção social, Cary.

— Só concordo com quinze ou vinte por cento do que você está falando — respondeu ele. A camiseta cortando a parte de trás do pescoço.

Shiloh continuou falando.

— E se amor for um fator importante... Bem, eu provavelmente amo *você*. Tipo... — Ela soltou a camiseta dele para conseguir usar mais os braços enquanto falava. — Não sei qual seria outra definição.

Ela baixou as sobrancelhas. A voz virou um murmúrio.

— Não existe nada que você possa fazer para me deixar com raiva de você, Cary. Não tem nenhum momento em que eu não queira te ver... — Ela voltou a tocar a gola da camiseta dele, preocupada. — É como se já tivesse um lugar permanente para você no meu coração.

Cary não sabia se conseguiria falar.

De repente, Shiloh levantou a cabeça. Cutucou a barriga dele.

— Espera aí. Está dizendo que *você* não quer transar com alguém a menos que esteja apaixonado pela pessoa?

Cary não conseguia desviar o olhar dela.

— Não disse exatamente isso.

Ela deu de ombros.

— Mas você já transou, não é?

— É.

— Com a Angie?

Ele não queria ouvir Shiloh falar sobre Angie.

— Foi.

— *Você* se arrependeu?

— Eu... — Ele não queria *pensar* em Angie. — Não quero falar sobre o que já fiz. Isso é uma entrevista de emprego?

— *Não*. Não espero que você seja um expert. Esse não é o motivo de eu querer isso.

— Que bom, Shiloh. Porque eu não sou nenhum expert.

Ela agarrou o tecido que cobria a barriga dele. (Ela estava *destruindo* a camiseta dele. Cary estava feliz por ter tirado a parte do uniforme.)

— Mas você já conhece o passo a passo, não é? Não vai ficar com vergonha.

Cary soltou o ar, discordando.

— É bem provável que eu fique com vergonha.

— Mas você não *me* deixaria com vergonha. — Shiloh levou a mão em punhos para a barriga. — Tipo, você não faria nada para me humilhar. Sei que não faria.

— Claro que não.

Ela estava olhando para a barriga dele e mordendo os lábios.

— Você não riria de mim nem contaria coisas sobre mim.

— Shiloh... — A voz dele estava tão baixa que não conseguiu falar mais nada.

— Eu sei que você não faria isso, Cary. — A voz dela também estava muito baixa.

— Vem aqui. — Ele a puxou contra o peito. Pressionou o rosto no cabelo dela e segurou sua cabeça. — Escuta: você devia fazer sexo por *querer*. Não por ter medo de alguma coisa pior.

— Eu *quero* fazer.

— Você parece assustada.

Ela o encarou, tirando a cabeça das mãos dele.

— Essa é a questão, não *quero* ficar assustada. Quero que seja... adorável. Algo de que vou me lembrar com carinho.

Cary respirou fundo e soltou o ar devagar. Todas as células do corpo dele pareciam estar em dúvida.

— Não sei...

— Não sabe o quê?

— Isso é *estranho*. Parece que estamos discutindo uma medida parlamentar. Sexo devia ser mais orgânico do que isso.

— Como você sabe? Você não é nenhum expert.

— Você está tentando *gerenciar* a coisa toda.

— Cary, estamos apenas conversando.

— Não. — Cary se desvencilhou dela. — Você está manobrando. Está sempre manobrando. Não é um jogo de xadrez... Era para ser mais fácil. Você está sempre planejando.

Shiloh fez uma careta.

— Desculpa se eu não sou *orgânica* o suficiente para você. Vamos voltar a nos beijar e depois a gente pode fazer sexo *acidentalmente* como todo mundo.

Ela tentou voltar a beijá-lo. Cary segurou o queixo dela.

— Quer transar comigo porque você se sente segura. É isso que está dizendo, não é?

— Isso.

— Bem, isso é meio grosseiro, Shiloh.

Ela ficou surpresa.

— Por que seria *grosseiro*? Não existe nada melhor do que se sentir segura. É provavelmente o sentimento mais raro que existe.

Cary suspirou. Ele sentia que estava perdendo a discussão… ou perdendo a vontade de discutir.

— Sexo deve ser emocionante.

— Olha só quanta coisa você tem para me ensinar…

Cary suspirou mais uma vez.

— Você *não acha* que seria emocionante, Cary?

Ele já estava perdido.

— Não foi isso que eu disse.

— Você não está dizendo nada!

— Não é verdade. — Cary fez que não com a cabeça. — Às vezes, na nossa história, isso foi assim. Mas não é verdade agora.

Shiloh deixou a cabeça cair no peito dele.

— Você não quer mesmo? Se não quiser, a gente para.

Ela estava desistindo. Às vezes, Shiloh desistia assim que ganhava.

Cary não conseguia ver o rosto dela. Ele tocou as bochechas dela. Passou a mão pelo cabelo.

— Só não quero que você se arrependa depois.

— Cary… Eu nunca me arrependi de nada com você.

Era tudo muito idiota. Shiloh não tinha camisinha nem conhecia alguém que pudesse ter.

Cary acabou indo até a loja de conveniência.

— Vai levar pelo menos vinte minutos, você já vai estar dormindo quando eu voltar — disse ele.

— Eu *não* vou estar dormindo.

Ele comprou camisinha, Coca-Cola, Pringles e um hidratante labial. Quando voltou ao dormitório de Shiloh, parou para usar o banheiro no andar masculino. Ele ainda estava de uniforme. O outro cara que estava no banheiro o encarou como se ele fosse um policial. Cary lavou o rosto e o secou com o papel.

Quando bateu à porta do quarto de Shiloh, ela ainda estava acordada. Tinha tomado banho e colocado uma camisola antiquada. A única luz vinha da luminária na escrivaninha, e o rádio estava ligado baixinho.

— Não tire sarro de mim. — Foi a primeira coisa que ela disse.

— Não vou fazer isso. Eu vou beijar você.

Ela colocou a mão entre eles.

— Antes de tudo, quero falar que você não precisa fazer isso, Cary.

— Nem você, Shiloh.

A voz dela ficou baixa ao responder:

— Por favor, Cary — quase sussurrou ela. — Eu quero.

E ele também queria.

Cary já tinha feito sexo: no banco traseiro do carro da mãe dele e no sofá no porão de Angie. Nunca em uma cama. E nunca com todo o tempo do mundo.

E nunca com a garota que ele amava.

Estava preocupado em decepcionar Shiloh. Sabia algo que ela não sabia: aquilo acabaria muito mais rápido do que ela esperava, e seria muito mais silencioso. Eram apenas corpos e biologia, e Cary sabia que ainda não era bom naquilo. Não era um expert.

Shiloh ainda estava de camisola na primeira vez que fizeram.

Cary estava preocupado em machucá-la, mas ela não chorou nem fez careta. A coisa toda demorou apenas alguns minutos. Shiloh riu quando acabou, depois ficou beijando o rosto dele sem parar.

— Você está bem? — perguntou Cary.

— Estou. E você?

A resposta era não. Cary estava quente por dentro, uma bagunça. Como se os sentimentos mais verdadeiros dele fossem transbordar e estragar tudo. Estar com Shiloh era sempre trabalhoso: segurar as próprias emoções, segurar os excessos dela. Era demais. A barreira de proteção dele estava caindo.

Cary sentou na cama para lidar com a camisinha. Entregou a Coca-Cola para Shiloh.

Naquele momento, ela estava mais suave. Tinha conseguido o que queria e ainda não decidira o que ia querer depois. Esse era um momento raro para Shiloh: não ter um objetivo.

Ela tirou a camisola, e eles se beijaram mais um pouco.

O corpo de Shiloh era diferente do que ele imaginara. (Tinha passado muito tempo imaginando.) Ela era menor nas fantasias dele. Mais parecida com as mulheres que tinha visto nas revistas. Mais parecida com uma boneca.

Na vida real, na cama, ela tinha o tamanho de Shiloh. E toda aquela pele. Ele não conseguia parar de pensar em como ela era comprida. Os corpos deles se encontrando em todos os ângulos. Ele queria vê-la na luz.

A segunda vez foi melhor.

Durou mais. Shiloh olhou mais nos olhos dele. Fez mais barulhos.

Foi bom que ele tenha perdido a vergonha. Shiloh deve ter sentido o mesmo.

— Eu amo você — disse Shiloh, enquanto Cary ainda estava dentro dela. — Eu amo você, Cary. Amo você.

***

Foram os melhores dois dias da vida dele.

Enfurnado no quarto de Shiloh no dormitório da faculdade, entre o acampamento e o que quer que viesse a seguir.

Eles pediram pizza e comeram na cama dela. Assistiram a vários episódios de *Star Trek*.

Cary teve vislumbres do corpo de Shiloh à luz do dia. Os ombros, os joelhos. Os pés descalços.

Ela ficava menos envergonhada durante a noite. Tiveram duas noites juntos. Cary tentou catalogar cada minuto.

Disseram que isso era...

O que disseram? Exatamente o quê? O que Shiloh dissera?

Que o timing deles era ruim. Que não poderiam estar juntos se não *estivessem* juntos.

Mas ela estava tão feliz. Era nítido. E tão carinhosa. Não parava de tocá-lo e beijá-lo. Tudo era tão fácil.

Alguns momentos (horas) faziam parecer que eles finalmente tinham conseguido, como se tivessem encontrado o caminho um para o outro. Como se todas as conversas prévias tivessem colocado os dois nos eixos. Não era isso que Shiloh estivera tentando fazer o tempo todo?

Ainda que eles — Shiloh — tivessem dito que isso não ia funcionar e não podia acontecer, era nítido que *estava* funcionando. E *estava* acontecendo.

Eles não podiam desfazer.

Não poderiam saber como eram bons juntos e fazer de conta que não.

— Amo você — Shiloh não parava de dizer, entre beijos. — Amo você, Cary.

Uma hora antes de Cary pegar o ônibus, ele foi para o banheiro masculino tomar banho.

Quando voltou, Shiloh tinha tomado banho e trocado de roupa, e estava arrumando a cama.

— Achei uma meia sua — disse ela — e agora fiquei com medo de mais alguma coisa ter sumido. Você só tem seis meias, né? No total?

— Tenho seis pares. Vai ficar tudo bem.

Ela continuou limpando e arrumando. Parecia chateada.

Cary estava chateado também. Ele se sentou na cama da colega dela e assistiu. Não sabia o que dizer. Não sabia como deveria se afastar dela.

— Agora posso receber ligações — disse ele.

Shiloh soltou uma risada. Aquilo doeu por um segundo, mas depois Cary viu que ela estava tentando não chorar.

Ela queria andar com ele até o ponto de ônibus. Ficava a apenas algumas quadras.

— Acabei não levando você para conhecer o campus — disse ela.

— Eu vi o que vim para ver — respondeu Cary.

Shiloh riu de novo, de um jeito menos horrível.

Quando chegaram ao ponto de ônibus, se encararam. Não havia como saber quanto tempo eles tinham antes de o ônibus chegar.

— Shiloh, preciso que você fale sério por um minuto.

— Eu sei. — Ela não conseguia olhar para ele.

— Esse fim de semana...

— Cary, isso não precisa ser... *nada* — disse ela, olhando para ele.

— Já é *alguma coisa*.

— Eu sei, mas não precisa ser. Pode ser só uma ilha de coisas boas. Para a gente.

— Uma ilha?

— Eu sei como você é, com essa coisa de honra e obrigação. E eu só... só estou deixando você ser livre, ok? Você não me deve nada. Esse foi apenas um ótimo final de semana entre amigos. Sabe o que estou querendo dizer?

Cary sentiu frio. O casaco estava na mochila.

— Acho que sei.

— Ninguém vai aparecer atrás de você com uma arma, Cary. Você não assinou nenhum contrato místico com o seu pênis. — Ela empurrou o braço dele. — Vai lá começar a sua nova vida, está tudo bem.

— Isso ainda é o que você quer?

— Se eu quero que você comece sua nova vida sem nenhuma obrigação e arrependimento? Quero. — Shiloh se virou para a rua. — Tem um ônibus vindo... é o seu?

— Não sei.

— Eu vou escrever, ok? — afirmou, pegando no braço dele. — Você vai me responder?

— Vou.

Era o ônibus dele. Shiloh não deu nenhum beijo de despedida nem deu abertura para um beijo por parte dele. Ela tocou os ombros e a bolsa dele.

A última coisa que ele sentiu foi a mão dela em suas costas.

Ela escreveu mesmo. O mesmo tipo de cartas que tinha escrito antes. Sobre as aulas e as peças que participava.

As cartas o deixavam maluco.

Ele enviava cartões-postais como resposta.

Ligou para ela algumas vezes. Era difícil encontrá-la no dormitório. Shiloh não tinha dinheiro para ligações interurbanas, então ele disse que ela poderia ligar a cobrar, mas ele também não estava sempre por perto para receber as ligações.

Quando conseguiam conversar, era estranho. Ele nunca estava sozinho.

Uma vez escreveu uma carta, dizendo o que sentia... ou tentando dizer o que sentia.

A carta seguinte dela foi exatamente como as outras.

Nove ou dez meses depois, Mikey disse a ele que Shiloh tinha um namorado.

Cary parou de escrever para ela.

Percebeu que ela já tinha parado de escrever para ele.

VINTE

SHILOH NÃO CONSEGUIA ALCANÇAR O vestido e não tinha nenhuma coberta por perto para se cobrir.

— Você achou que eu seria diferente? — A voz dela saiu grave. Estava surpresa por conseguir falar. — Que engraçado, Cary. Eu esperava que você continuasse igual.

Cary estava afivelando o cinto. Não a encarava. Costas eretas. Ombros nus. Shiloh encontrou a camiseta dele na cama e a jogou para ele.

— Sinto muito. Foi um erro — disse ele.

Shiloh cruzou as pernas e abraçou um travesseiro em frente ao peito. Estava chorando. Tentou parar.

— É, acho que foi sempre assim que você me viu.

Cary se virou abruptamente.

— *Como assim*?

— Não olha pra mim — disse ela, entre lágrimas.

— Meu Deus — soltou Cary, como se tudo fosse demais para ele. — Eu nem sei do que você está falando...

Ele se curvou para procurar algo no chão. Alguns segundos depois, de costas, entregou o vestido para Shiloh.

— Só estou concordando com você. Tem razão, eu não mudei... Ainda sou alguém com quem você se arrependeria de transar.

— Não é... Eu não me *arrependo*...

Shiloh estava colocando o vestido.

— Você acabou de dizer isso! E eu meio que já sabia, mas obrigada por deixar bem claro.

Cary se virou para encará-la.

— Não foi o que eu quis dizer. Quis dizer... Quis dizer que eu não vou ser... — Ele estava tão chateado que era difícil terminar as frases. — Seu sexo *seguro* de novo.

— Nunca teve nada *seguro* sobre você, Cary!

— Você está brigando comigo, Shiloh!

— Então vai embora. Volta pra casa. Sua camisa está no chão.

— Você...

Alguém bateu de leve na porta.

— Shiloh? Você está aí?

— *Merda* — murmurou Shiloh.

Cary bufou e começou a procurar a camisa.

— Estou aqui! Está tudo bem, mãe! — respondeu Shiloh.

— Porque eu tenho uma arma e um celular, e já digitei o número da polícia.

— Ela não tem uma arma — disse Shiloh ao passar por Cary para abrir a porta.

A mãe dela estava de pijama, preocupada.

— Ouvi a voz de um homem.

Shiloh deixou apenas uma fresta da porta aberta depois de sair e ficar no corredor com a mãe.

— Está tudo bem. É o Cary — respondeu baixinho.

A mãe arregalou os olhos e fez as sílabas com a boca, *Ca-ry?*

Shiloh assentiu.

— *Cary? É você mesmo?* — perguntou a mãe de Shiloh.

— Olá, Gloria — respondeu Cary do quarto. Ele parecia triste.

Gloria deu um leve beliscão no braço de Shiloh.

— Você trouxe *Cary* pra casa depois do casamento? — Ela estava meio murmurando e meio sibilando. — Não achei que teria coragem.

Shiloh passou a mão no braço dolorido.

— Ok, bem … Preciso entrar lá e terminar de brigar com ele.

A mãe dela não escondeu a decepção.

— Ah, querida, não brigue com ele. Não dá pra fazer novos amigos de infância, sabia?

— É, eu sei … .

— Sei que está sem prática, Shiloh, mas não se traz homens para casa para brigar com eles.

— Achei que você estava preocupada com a minha *segurança*.

— Bem, eu estava, mas isso foi quando achei que o homem no seu quarto fosse um sequestrador… — Gloria fez uma careta. — Eu *deveria* me preocupar? Você está bem?

— Estou. Não precisa se preocupar. — Shiloh voltou para o quarto. — Boa noite, mãe.

— Boa noite. — Gloria enfiou a cabeça na fresta da porta. — *Boa noite, Cary! Não brigue com a minha filha! Não dá pra fazer novos amigos de infância!*

Shiloh fechou a porta. Cary já estava completamente vestido e sentado na cama. Ele acendeu a luminária na mesinha de cabeceira. Agora dava para ver a bagunça do quarto.

— Sinto muito — disse Shiloh. — Ela não estava esperando que eu trouxesse visita.

Cary ignorou as desculpas de Shiloh. O rosto dele parecia controlado, mas era possível ver que ainda estava chateado porque suas narinas se alastravam de tempos em tempos.

— Não me arrependo de ter transado com você. Só não quero fazer de novo — disse ele.

— Isso parece arrependimento.

— *Não* … — Cary respirou fundo e tentou de novo, a voz mais estável. — Não. Quero dizer que não quero passar pelo que vem depois. Quando as cortinas se fecham e você volta para sua vida real.

Shiloh se sentiu exposta. Sem sutiã e descalça. Cruzou os braços.

— Você está falando de agora ou de antes?

Cary arregalou os olhos.

— Dos dois! Eu nunca fui uma opção viável para você, Shiloh. Achei que talvez essa noite fosse diferente... que a gente poderia se encontrar de novo em outro estágio da vida, que talvez você ainda sentisse algo por mim...

— Eu sinto *muitas* coisas por você.

Cary riu, mas não era uma risada alegre.

— Você já tinha decidido que ia ser uma coisa de uma noite só!

Shiloh estava tão confusa.

— *Não é* uma noite só? Você não está aqui em Omaha só por uma noite?

Cary a encarava.

— É só por isso que você está interessada em mim?

— *Não*.

— Porque você só parece se interessar por mim quando estou indo embora.

— *Cary...* — Shiloh fez que não com a cabeça. — Isso não é justo.

— Você fez de conta que nada aconteceu! — A voz dele estava mais baixa ainda, como se estivesse se esforçando para não gritar.

Ela mostrou o dedo para ele.

— Não, *você* fez de conta que nunca aconteceu!

— Você mal esperou para me dizer que não era *nada*, Shiloh. Antes que a gente pudesse tentar.

— Eu estava te dando uma *saída*! E você aceitou de cara. Nem me deu um beijo de despedida!

— Não foi assim que aconteceu!

— Não venha me dizer como foi... eu estava lá!

— Você microgerenciou cada momento. — Ele estava olhando para o outro lado e contando nos dedos. — *Você* decidiu que transaríamos. *Você* decidiu o que aquilo ia significar. E você me disse como *eu* deveria me sentir.

— Eu pareço horrível mesmo... — respondeu ela depois de bufar. — Por que você foi para lá então?

Cary a encarou mais uma vez, irritado.

— Você disse que não era *nada*.

— Não, Cary, eu disse que te *amava*!

— Eu também te amava!

— Você não falou isso... Você nunca disse isso.

— Eu escrevi uma carta.

— Você *terminou* comigo por carta.

— Como eu poderia *terminar* com você? Nunca estivemos juntos!

— Era o que eu pensava, mas você conseguiu terminar mesmo assim, porra.

— Não fale assim comigo.

— Não me diga o que fazer.

Cary se levantou.

— Não vou. Isso é... Vou para casa agora. Você não precisa me levar. Eu vou andando.

Shiloh voltou a chorar. Ela não podia deixar Cary ir embora... mas não havia nada que pudesse fazer para impedir. Nada que pudesse dizer. Ela não tinha mais nenhum poder sobre ele. O restinho que tinha, usou para trazê-lo até ali.

Ela passou a mão nos olhos e se sentou na cama.

— Eu estava te dando uma saída — repetiu ela, em um tom menos belicoso.

Cary estava parado na porta. Voltou a olhar para ela.

— Como você sabia que eu queria uma saída?

— Naquela época ou agora?

— Nos dois.

Ela riu.

— Cary, eu sou divorciada, tenho dois filhos e moro a milhões de quilômetros de você. Não queria que você pensasse que eu estava vivendo algum tipo de fantasia e que hoje seria o começo de algo.

Cary fez que não com a cabeça.

— E você decidiu tudo isso sem mim...

— Só estava sendo realista.

— Meu Deus, Shiloh, foi exatamente o que você disse naquela época.

— Como você *lembra* o que eu disse naquela época?

Ele estava com uma das mãos na maçaneta e a outra na cintura.

— Você não acha que aquele fim de semana foi *relevante*?

Shiloh deixou a cabeça pender para a frente.

— Não sei o que dizer... Não sei o que você quer de mim.

Cary respirou fundo.

— Nada — respondeu.

VINTE E UM

RYAN TROUXE AS CRIANÇAS DE volta antes do café da manhã. (Pegou os dois depois do jantar e trouxe antes do café.) Ele tinha ensaio, apesar de ser sábado.

Ele era professor de teatro em uma escola de ensino médio no subúrbio — o que demandava tanto como se fosse um diretor da Broadway. De verdade. A escola dele fazia cinco apresentações anuais, além de festas, encontros do clube, competições, turnês em outras escolas...

Shiloh sempre tentava se acomodar à agenda dele, pois era o caminho de menor resistência: o caminho com menos Ryan.

A guarda das crianças era compartilhada. Shiloh tinha tentado ter uma parcela maior. Ryan alegou que ela tinha ideias velhas e problemáticas sobre a importância da mãe em detrimento ao pai. (Bem, óbvio.)

O juiz ficou do lado de Ryan. Guarda compartilhada. Shiloh normalmente ficava com mais da metade. A agenda de Ryan (e seu temperamento no geral) demandava que ela sempre estivesse disponível para horas, dias e refeições extras. Era difícil para Shiloh reclamar de algo pelo qual tinha lutado.

Ela ainda estava dormindo quando a campainha tocou na manhã de sábado.

— Eu atendo. — Shiloh ouviu a mãe dizer.

A porta da frente se abriu... As crianças entraram... Ryan conversou com a mãe dela... *dentro* de casa. Shiloh bufou e levantou, vestindo o mais rápido possível uma calça jeans e uma camiseta velha de alguma apresentação... *O meu melhor companheiro*.

Junie correu para Shiloh ainda na escada.

— O papai vai fazer panqueca!

Shiloh levantou o olhar.

Ryan estava sorrindo para ela. A mãe de Shiloh estava atrás dele fazendo uma cara, como quem diz: "Que porra é essa?"

— Eu prometi a eles que faria panqueca, mas eu não tinha ovos, então sugeri de fazer aqui.

— Hum... — Shiloh franziu a testa. — Não sei se temos ovos.

Junie estava puxando a camiseta de Shiloh. Ela tinha seis anos e era grande para a idade. Além de ter herdado a tendência dramática de ambos os pais, juntos.

— A gente tem! — disse ela... ou melhor, *exclamou*. — Já conferi, e só precisamos de um ovo. Está na receita.

Shiloh encarou Ryan mais uma vez. Ele estava respondendo a ela com o melhor olhar de "vamos lá, Shiloh" que tinha.

Normalmente, os sorrisos dele eram bem eficazes. Ryan era bastante carismático. Muito atraente para a maioria das pessoas. Às vezes até para Shiloh. (Mesmo depois de tudo.)

Ele parecia aquele coadjuvante espertalhão de comédias adolescentes. Mesmo aos trinta e seis anos. Era baixo, com cabelo escuro, olhos azuis e um sorriso que subia mais de um lado do que do outro. (Possivelmente um hábito adquirido.) Era como se Paul Rudd, Adam Scott, Jason Bateman e John Cusack tivessem misturado todos os seus trejeitos mais emblemáticos em um professor de teatro do ensino médio do interior.

Shiloh se esforçava muito para não desprezá-lo a nível celular, já que seus filhos tinham uma quantidade significativa de células dele.

Ela franziu o nariz.

— Não acho que seja uma boa ideia.

Ryan tentou outro sorriso, mais sutil.

— São só panquecas, Shy.

— Eu quero panquecas! — disse Junie.

— Acho que o papai precisa ir para o trabalho — comentou Shiloh, firme. — Ele precisa ensaiar.

— Nãããão — choramingou Junie.

— Nãããão — ecoou Gus. Ele tinha quase três anos. E a maior parte deles foi um eco de Junie.

— É mesmo! — Ryan finalmente cedeu, pegando Gus para um abraço. — A mamãe vai fazer panquecas. As panquecas dela são melhores mesmo. *Muuuuah!* — Ele deu um beijo em Gus e o deixou no chão, depois alcançou Junie. Teve que puxá-la das pernas de Shiloh. — *Muah, muah!* Vocês se comportem com a mamãe. Vejo vocês na terça. Amo vocês.

Gus começou a chorar. Ele começou a fazer isso havia pouco tempo, quando um deles se despedia. Era de se esperar que já estivesse acostumado ao combinado, já que Shiloh e Ryan se separaram quando ele tinha apenas alguns meses.

Mas Gus parece ter se sentido ameaçado pela instabilidade. Chorava por tudo. Tinha mordido alguém na creche. E depois de seis semanas de desfraldamento, voltou a precisar de fraldas como nunca. A mera *menção* do penico o fazia chorar.

Shiloh foi pegá-lo no colo. Era uma desculpa para não acompanhar Ryan até a porta.

— Vamos lá, Gus-Gus. Vamos fazer panquecas.

— Mando mensagem sobre a próxima semana, Shiloh. Até mais, Gloria!

— Tchau, Ryan! — A mãe de Shiloh acenou.

Assim que Ryan saiu, Gloria foi até Shiloh na cozinha.

— Por que ele precisa entrar toda vez? É como se precisasse mijar em tudo, deixar o cheiro dele.

— Mãe, você conhece as regras. Nada disso na frente das crianças.

A mãe pegou Gus no colo, liberando as mãos de Shiloh.

— O Gus-Gus não é uma criança. É o meu bebê.

— Não sou bebê — reclamou Gus.

Ele também era grande para a idade. Mas ainda era roliço como um neném, com braços e pernas fofinhos e uma covinha no queixo como o Batatinha de *Os batutinhas*. Tinha cabelo fino e escuro, olhos grandes e marrons. Ele *lembrava* Shiloh e Ryan, mas não se *parecia* com nenhum deles.

Shiloh pegou os ovos e o leite.

— Você quer panquecas, Gus?

— Não! Quero *Hércules*!

— Você tem que pedir educadamente. Não grite com a mamãe.

— *Hérculeeeeeees* — disse ele, como se estivesse implorando em seu leito de morte.

— Junie! — chamou Shiloh. — Vocês podem assistir ao DVD.

A mãe de Shiloh colocou Gus no chão, então ele pôde ir cambaleando até a sala.

Shiloh pensara muito sobre não deixar a TV criar seus filhos. Mas isso foi antes de ter filhos. E depois ela se divorciou. E no momento parecia que ela só precisava sair viva de cada dia. Ficar acordada.

Pelo menos os filhos estavam sendo criados por programas infantis, e não por jogos de trívia e novelas, como aconteceu com ela.

— Estava na esperança de Cary ainda estar no seu quarto — disse Gloria.

— Ah, não. — Shiloh começou a preparar a massa das panquecas. — Ele foi embora logo depois de falar com você.

— Ah, sinto muito, querida.

— Não foi sua culpa... só não foi uma boa ideia, eu acho. Estávamos bêbados de nostalgia.

Gloria se apoiou no balcão. Era mais baixa que Shiloh, os cabelos na altura dos ombros eram pintados, por ela mesma, de loiro acobreado. Ela trabalhava no aeroporto e já estava de uniforme: calça preta, uma blusa de seda com os dois primeiros botões soltos, um pequeno crucifixo em uma correntinha dourada.

— Sempre achei que você e Cary transavam no ensino médio.

— E sempre falei que não transava com ele.

— Eu não acreditei. Achei que ia me transformar em avó aos trinta e nove anos, já que ficava aqui sozinha o tempo todo.

— A gente ficava na varanda.

A mãe dela riu.

— Você se lembra daquela vez que eu entrei...

— Lembro.

— Eu tinha *certeza*...

— Éramos apenas amigos. Quando você precisa ir trabalhar?

— Às onze. Dá tempo de você tomar um banho e respirar, se quiser.

Shiloh tentava não presumir que a mãe a ajudaria com Junie e Gus. Ela não era uma daquelas avós que não se fartavam dos netinhos. Só que era mais entusiasmada como avó do que tinha sido como mãe. Shiloh teve que se entreter sozinha na infância. Gloria brincava de boneca com Junie. Lia para Gus. Levava os dois no parquinho do outro lado da rua quando estava de folga.

A avó de Shiloh cuidava dela todos os dias depois das aulas. Talvez Gloria visse isso como o ciclo da vida. O ciclo das mães solo. Olhando por aquele lado, Ryan era o pai mais participativo em *gerações*.

— Obrigada — disse Shiloh.

Ela terminou as panquecas e comeu as mais disformes, no balcão mesmo.

Subiu para tomar banho. O banheiro era uma bagunça de roupas sujas e brinquedos. Manchas de pasta de dente. Shiloh estava aliviada por Cary não ter ido ali ontem. Ela limpou o grosso enquanto esperava a água esquentar.

Depois ficou sem reação no chuveiro, tentando afogar os pensamentos sobre Cary assim que surgiam. Já tinha ficado horas acordada pensando na noite anterior.

Tinha sido muito *Cary* da parte dele deixar implícito que queria mais dela... só que *depois* de passarem do ponto de que algo pudesse mesmo acontecer.

Era como se ele esperasse alguém limpar a mesa para dizer: "Mas eu ia comer aquela pizza."

Cary estava certo sobre Shiloh ser cabeça-dura e manipuladora? Sim. Claro. Ele estava certo sobre ela julgar precipitadamente? Sim. Sempre.

Mas quando Cary tinha *indicado* que queria algo mais?

Mesmo na noite anterior, no grande ato dele, Cary não mostrou as próprias cartas. "Como você sabia que eu queria uma saída?" dissera ele. Sim, mas e *se*, Cary?

Shiloh não devia ter deixado todos aqueles sentimentos românticos crescerem com a ideia de vê-lo. (Não devia ter comprado um vestido novo.) Talvez ela não tivesse imaginação suficiente para se ver com uma pessoa nova. Ryan tinha ido embora, e Shiloh se voltou para a única pessoa que já tinha amado.

Ela *teve* outras oportunidades... do tipo. Teve um pai solo que era voluntário no teatro e a convidara para um passeio de bicicleta... Ele era só *um pouco* estranho. E uma das costureiras das fantasias a convidou para um show depois do divórcio. Shiloh provavelmente poderia fazer sexo de novo...

Com alguém que teria um poder bem menor de destruí-la do que Cary Saunders.

Ela se abriria para a pessoa que tinha *mais* poder de destruição — nem Ryan a afetava mais daquela maneira —, e ele passaria por ela como um tornado em um estacionamento de trailers.

Shiloh se envolveu na toalha e foi se secar no quarto, pegou outra camiseta e outra calça jeans.

Recolheu os livros que Cary tinha chutado da cama. Shiloh tinha desenvolvido o hábito de dormir com uma pilha de livros ao seu lado na cama, às vezes alguns pratos.

Pegou os papéis do trabalho e as canecas sujas de café que estavam na mesinha de cabeceira. Jogou fora lenços de papel e embalagens de remédio. Fez uma pilha de roupas limpas para serem guardadas e jogou as sujas no corredor. A máquina de lavar ficava no porão.

Já estava quase alcançando a meia-calça usada na noite anterior quando avistou o objeto, escondido embaixo da cama: uma carteira masculina.

Shiloh a pegou e se sentou na cama. Era de couro marrom, já desgastada de tanto ficar no bolso de Cary. Não precisava abrir para saber que era dele, mas ainda assim o fez. Observou a carteira de motorista no plástico transparente. *Cary Roderick Saunders. Olhos castanhos, cabelos castanhos.*

Shiloh amarrou o cabelo em um coque — ainda que estivesse molhado e pesado, o que resultaria em dor de cabeça — e desceu para o primeiro andar.

— Mãe? Cary deixou a carteira aqui, vou devolver rapidinho.

Gloria estava pintando as unhas na pequena mesa de jantar que ficava entre a sala e a cozinha.

— Ah, *é mesmo*...

— Tenho certeza de que foi sem querer. E esse cheiro é tóxico, sabia? Abra a janela.

— Está muito frio para abrir a janela. Volte logo, ok? Tenho que sair em breve.

— Vou voltar.

— E não discuta com ele!

Shiloh encontrou um cardigã longo embaixo dos casacos infantis no final do corrimão e saiu.

Quase pegou o carro, mas decidiu andar. A mãe de Cary morava a apenas alguns quarteirões, e o bairro era seguro em uma manhã de sábado.

Não tinha percebido que a mãe de Cary ainda morava na mesma casa. (Shiloh estava sempre indo e vindo dos lugares, nunca encontrava ninguém do bairro.) Ficou aliviada em saber que a mulher ainda estava viva, já que a saúde dela era precária quando eles estavam na escola.

Shiloh andava rápido e segurando a carteira, guardada no bolso.

Não precisava ser algo difícil. Cary podia nem aparecer na porta. Shiloh seria discreta.

Ela chegou na casa, e estava igual a 1991, como se as mesmas crianças tivessem deixado os brinquedos quebrados no jardim. Era uma casa grande e cinza, com a calçada rachada e uma cerca de arame que já teve dias melhores. Shiloh passou pelo portão, olhando ao redor para o caso de aparecer algum cachorro.

Deveriam estar todos lá dentro, ouviu os latidos quando pisou na varanda. Bateu à porta.

— Estou indo! — disse uma mulher.

— Mãe, eu atendo. — Shiloh ouviu Cary dizer.

— Eu disse que *eu* estou indo. — A porta se abriu.

Vários cachorros se lançaram contra a tela de proteção. A mãe de Cary estava ali. Era uma mulher pesada com cabelo cacheado, grisalho e curto. Parecia um pouco mais magra e mais frágil. Estava carregando um cilindro de oxigênio.

— Oi. Cary está? — perguntou Shiloh.

A mãe dele sorriu.

— É a Shiloh?

— Isso mesmo. — Shiloh também sorriu. — Oi, Lois. Como você está?

— Querida, olha só você! Entre. — A voz dela era entrecortada. — Cary, é a Shiloh.

Lois segurou a porta aberta, e dois cachorros começaram a pular em Shiloh.

— *Mãe* — disse Cary, frustrado.

— Pode entrar, querida. — Lois tocou o braço de Shiloh. — Não se preocupe com os filhotes, eles gostam de pessoas. O que posso pegar para você beber? Tenho chá gelado e Pepsi diet.

Shiloh se deixou ser levada para a sala. Cheirava a cigarros, mas o cheiro de cachorro não era tão acentuado quanto ela esperava.

Ela nunca tinha entrado na casa de Cary. A sala estava cheia de coisas. Muitos móveis, pilhas de roupas e papéis. A mesinha de centro estava *repleta* de potes de remédio e copos, e um tipo específico de enfeites de anjo — Shiloh achou que eram de alguma loja de departamento. Só na mesa tinham pelo menos quinze anjos.

Cary estava usando o telefone fixo, o fone apoiado entre a orelha e o ombro, e uma das mãos segurava a base, apoiada no quadril. A outra mão estava tentando alcançar os cachorros, afastando-os de Shiloh e os fechando, um por um, em um cômodo. (Onde foram ficando, um por um, completamente doidos.)

— Eles não estavam fazendo mal nenhum — comentou Lois, irritada com o filho, ao se sentar no sofá com um suspiro. — Sente-se, Shiloh. Que maravilha ver você, querida. Cary me disse que você está trabalhando com teatro.

— Sou professora de teatro — disse Shiloh. — Para crianças.

Cary ainda estava tentando colocar os cachorros no outro cômodo. O fio do telefone estava o mais esticado possível. Acima da cabeça dele, era possível ver um retrato de quando havia entrado na Marinha.

— Que coisa boa! — disse Lois. Ela parecia genuinamente feliz. Nas poucas vezes que se encontraram, tinha sido muito agradável com Shiloh. — Você sempre foi uma ótima atriz.

— Obrigada.

— Eu amava assistir vocês dois naquelas peças. Lembra quando Cary fez o Scrooge?

— Claro! — respondeu Shiloh. — Ele era tão talentoso... Tenho certeza de que ainda é.

Lois apoiou a mão na coxa de Shiloh.

— Posso trazer uma Pepsi diet para você, querida? Ou um chá gelado? Cary, traga algo para Shiloh beber.

— Não precisa — respondeu Shiloh.

A mãe dele suspirou e fez um gesto para Cary. Ele estava de calça jeans e com uma camiseta de manga comprida, o cabelo um pouco arrepiado.

— Ele está tentando pagar minha conta de luz...

Os olhos de Shiloh encontraram os de Cary, e ela articulou: *Sinto muito*. Ela tirou a carteira do bolso, para que ele pudesse ver, e deu de ombros.

— ... mas é sábado — continuou Lois, balançando a cabeça. — E ninguém está lá para atender ao telefone.

— Você tentou resolver pela internet? — perguntou Shiloh.

— Ela não tem computador — respondeu Cary. — E nenhum pagamento on-line habilitado.

— Eu disse para ele que não vão cortar a luz no dia que falaram que fariam — disse Lois. — Isso pode esperar até segunda.

— Eu não vou estar aqui na segunda — disse Cary.

— Angel pode cuidar disso.

Cary revirou os olhos.

— Eu não quis incomodar — começou Shiloh. — Já vou indo.

— Shiloh! Você precisa esperar o Cary sair do telefone... vocês nem tiveram a chance de conversar.

— Ele pode me ligar quando tiver um tempinho. — Shiloh deixou a carteira na mesa próxima a ela. — Estou feliz de ter visto você, Lois. — Estendeu o braço para apertar a mão dela.

— Bem, se você precisa ir logo...

Shiloh se levantou. Olhou para Cary. Ele a observava. O maxilar tenso.

— Hum... — Shiloh não sabia se ele queria algum conselho dela agora... mas decidiu que daria mesmo assim. — Eles têm uma cabine de atendimento ao cliente. Você pode pagar pessoalmente.

— No sábado? — perguntou Cary.

— Até meio-dia.

— Pronto, resolvido — disse Lois. — Você pode ir quando Angel voltar com o carro.

Cary estava esfregando as têmporas, olhando para o nada. Parecia ter um milhão de anos e, ao mesmo tempo, dezoito anos de novo.

— Eu posso levar você — ofereceu Shiloh.

Cary a encarou, os olhos arregalados.

— Você não precisa fazer isso, querida — disse Lois. — Podemos esperar Angel chegar.

Shiloh o encarou de volta.

— Eu não me importo... se você não se importar. Mas tenho que pegar meus filhos.

Lois bateu as mãos, sorrindo.

— Não sabia que você tinha filhos, Shiloh! Quantos?

Shiloh sorriu.

— Dois. — Ela olhou para Cary mais uma vez e balançou a cabeça de leve. — Eu não me importo.

Cary assentiu. Desligou o telefone.

VINTE E DOIS

— NÃO CARRO — DISSE GUS. — Não tchau.

— Sim tchau. — Shiloh passou o braço de Gus pela manga do casaco. — Talvez a gente possa ir no McDonald's.

— *Eu* quero ir no McDonald's — interrompeu Junie.

A mãe de Shiloh fez uma careta.

— Junie, você acabou de comer panquecas.

— Para com isso, mãe, estou subornando eles. Coloque o sapato, Junie.

— Para *onde* você vai levar ele? — A mãe de Shiloh estava fazendo careta e assoprando as unhas.

— Para pagar a conta de luz da mãe dele.

— Ah. — Ela fez outra careta. — Então é melhor correr porque a cabine fecha meio-dia.

Shiloh fechou o zíper do casaco de Gus.

— Eu sei.

Ela pegou a bolsa e foi andando em direção ao carro.

— Vamos, Junie!

— Não sabia que a gente tinha *compromissos* hoje — respondeu Junie, seguindo a mãe de má vontade. O corte de cabelo dela era um chanel. Os fios eram lisos e grossos como o de Shiloh, e o movimento a fazia parecer uma patinadora artística.

— Estamos fazendo um favor para alguém — disse Shiloh.

— Quem?

— Meu amigo Cary.

Junie cruzou os braços.

— Você *não* tem um amigo chamado Cary!

Junie era dramática e enfatizava cada palavra. Se não a conhecesse, parecia que estava fingindo. Se conhecesse… bem, ainda parecia fingimento, mas Shiloh já estava acostumada. Ela abriu a porta do lado de Junie.

— Você não conhece todos os meus amigos.

— Conheço, sim. Quem eu *não* conheço?

— Cary, por exemplo. Coloque o cinto.

Junie se sentou do lado do passageiro, suspirando alto.

Gus começou a choramingar.

— Não tchau.

— Sim tchau — disse Shiloh, enquanto o colocava na cadeirinha. — Vamos passear, comer batata frita e ajudar uma pessoa. Isso é muito bom.

— Seu amigo não tem carro?

— Não.

Shiloh se sentou no banco do motorista e colocou um CD da Disney, que funcionava como karaokê. Nem mesmo Gus conseguia resistir a um karaokê da Disney. Tomara que Cary gostasse de *Hércules*.

Será que ele gostava de crianças?

Ela se lembrava de vê-lo com sobrinhos e filhos dos namorados da mãe dele (e nunca parecia muito feliz com isso).

Quando Shiloh estacionou o carro, Cary estava esperando na varanda com Lois, usando um moletom de capuz azul-marinho. Ele começou a ajudar a mãe a descer os degraus.

Shiloh saiu do carro e abriu o portão para eles.

Dava para ver no rosto de Cary o estresse que estava sentindo.

— Ela precisa passar no banco primeiro.

— Preciso sacar um pagamento — explicou Lois, que ficava ainda mais sem ar quando andava. O oxigênio estava em uma sacola no braço dela.

Shiloh abriu a porta do passageiro, Cary ajudou a mãe. Tudo estava bem lento.

— Você vem também? — perguntou Shiloh a Cary.

Ele concordou.

— Sinto muito — respondeu ele.

— Tudo bem, só vou trocar a cadeirinha deles.

— Ah, eu não sabia que...

— Oi, anjinhos — disse Lois, para o banco traseiro.

Shiloh abriu a porta do lado de Junie para pensar em como organizar tudo.

Cary estava atrás dela.

— Eu posso sentar entre eles.

— Não sei, é bem apertado — respondeu Shiloh.

— É perto. Quer dizer... — Cary a encarou. — É o seu carro e são os seus filhos, sinto muito.

— Se quiser tentar...

Cary se virou para Junie, que estava estática com aquela aparição.

— Dobre as pernas — pediu ele, enquanto tentava passar.

— Meu santo deus — disse Junie.

Antes de se sentar, Cary começou a retirar livros e brinquedos do pequeno espaço entre as cadeirinhas.

— Desculpa... — disse Shiloh. — Pode jogar tudo no chão. Você...

Ele conseguiu se enfiar entre as crianças, o corpo meio de lado.

— Consegui, estou bem.

Shiloh soltou uma risadinha.

— Não sei se você vai conseguir sair.

— Meu santo *deus* — repetiu Junie, caso eles não tivessem ouvido da primeira vez. Ela arregalou os olhos.

— Okay — disse Shiloh enquanto fechava a porta. Quando ela chegou no banco do motorista, Junie estava se apresentando.

— Eu sou a Juniper, e esse é meu irmão, Gus.

— Juniper… Que nome bonito — comentou Lois. — Eu sou a sra. Clay, mas pode me chamar de vovó Lois, todo mundo me chama assim.

— Você pode me chamar de Junie.

— E esse é Cary, meu filho.

Junie parecia estar segurando o riso, a mão sobre a boca.

— Cary não é nome de menino!

— É o meu nome — disse Cary.

Junie levantou a sobrancelha até os cabelos. As sobrancelhas eram grossas como as da mãe e como as de Groucho Marx. Ela só precisava de um charuto para ficar igual ao comediante.

— O banco da minha mãe é na Commercial Federal. É caminho? — perguntou Cary a Shiloh.

— Gosto da agência de Saddle Creek — disse Lois.

— Tem uma no caminho… — Shiloh tentou visualizar o caminho. Ela não queria errar a rua na frente de Cary.

Ele estava com o corpo praticamente de lado e se segurando no assento do passageiro.

— Você deveria ter vindo na frente, tem mais espaço para as pernas — comentou Lois.

— Tá tudo bem, agradeço a carona — respondeu ele.

— Deus sabe quantas caronas eu devo a você — retrucou Shiloh. — Milhares.

— Você é mesmo amigo da minha mãe? — perguntou Junie, dissimulada.

— Estudamos juntos — respondeu Shiloh.

— Eles eram *melhores* amigos — continuou Lois. — Unha e carne. — Ela se virou no assento para encarar Junie. — Você parece muito com a sua mãe.

— Não — respondeu Junie. — Tenho cabelo castanho, minha mãe tem cabelo preto. Eu tenho olhos azuis e ela, olhos castanhos.

— Você é igualzinha a ela — disse Cary enquanto olhava para a menina sem sorrir.

— Não! — gritou Junie, cobrindo o rosto.

— Não! — imitou Gus, choramingando.

— Não se preocupem com o Gus — disse Shiloh. — Ele está passando por um período difícil.

— Não tem problema. — Lois deu tapinhas no braço de Shiloh. — Ele é perfeito. Tenho alguns doces… eles podem comer?

— Não — respondeu Cary.

— Deixe a Shiloh decidir — retrucou Lois, abrindo a bolsa e tentando lutar contra o cinto de segurança.

— São doces diet para diabéticos — disse ele.

— Não sou diabética — resmungou Lois. — São só diet.

Os choramingos de Gus estavam mais altos.

— Na verdade — disse Shiloh —, se não se importarem com músicas da Disney... — Ela aumentou o volume do CD. — Eles gostam de cantar.

Junie estava horrorizada.

— Mãe! Eu não posso cantar na frente dos outros!

— Isso não é verdade nem de longe — murmurou Shiloh.

— Eu não me importo em cantar na frente dos outros — disse Lois. — Eu conheço essa.

Era "Somente o necessário", do filme *Mogli: o menino lobo*. Ela começou a cantar, bem mais alto do que Shiloh estava esperando. "O extraordinário é demais."

Gus parou de chorar e a encarou.

Junie começou a rir.

— Acho que o Gus gostou da sua voz!

— É melhor você cantar comigo — disse Lois.

Junie começou a cantar, escondendo o rosto.

Elas cantaram o caminho todo. Junie esqueceu bem rápido que estava se escondendo e perguntou se Cary gostava de cantar também.

— Não vai dar... — respondeu ele. — Estou preocupado com alguns problemas.

Depois de duas músicas, Lois disse que precisava recobrar o fôlego, então Shiloh cantou com Junie.

Quando chegaram ao banco, Shiloh estacionou o carro para que eles pudessem descer. Cary se inclinou um pouco para a frente.

— Isso pode demorar um pouco.

— Pode ficar tranquilo.

Ele assentiu.

— Mãe, espera para eu ajudar a senhora. — Ele se virou para Gus. — Gus, dessa vez vou passar por cima de você.

— Não! — gritou Gus.

Cary passou mesmo assim, mas não conseguiu abrir a porta.

— Merda. — Shiloh puxou o freio de mão. — Tenho que abrir por fora. Espera aí.

— Meu santo DEUS — disse Junie.

Quando Shiloh abriu a porta de trás, Cary praticamente caiu do carro.

— Desculpa — disse ela enquanto tirava a trava de crianças.

Ele a encarou.

— Pare de se desculpar, você está salvando o dia.

Cary foi ajudar a mãe, que não tinha esperado e já estava saindo para a rua.

Eles deveriam ter combinado o que fazer depois. Shiloh deveria ter dado a ele o número do seu celular. Não havia lugar para estacionar. Ela decidiu dar a volta no quarteirão, e então Gus fez cocô na fralda.

— Mãe, não consigo nem *respirar* — disse Junie, com a mão na garganta.

Shiloh dirigiu até achar um estacionamento e trocou a fralda de Gus no porta-malas. Junie ficou o tempo todo reclamando. Shiloh tentou falar com o filho sobre como era bom saber ir ao banheiro. Ele ficou chorando ou a ignorando.

Então, ela voltou a dirigir até achar uma lixeira. Shiloh abriu todas as janelas, e Junie tinha certeza que ia congelar "até a *morte*".

Quando chegaram ao banco, Cary e Lois já estavam esperando na calçada. Ele estava tentando bloquear o vento para a mãe não sentir frio.

— Desculpem! — gritou Shiloh, antes mesmo que eles entrassem no carro. — Tivemos uma emergência envolvendo fraldas.

— Conheço muito bem essas emergências — disse Lois, sem ar. Cary estava ajudando a mãe a se ajeitar. — Não vá ser atropelado.

Cary passou por cima de Gus.

— Desculpa — disse Shiloh.

— Acabamos de sair. Agora vamos para a cabine da empresa de energia?

— Isso mesmo.

A cabine ficava a alguns minutos, e tinha estacionamento. Lois ficou no carro enquanto Cary foi pagar a conta. Shiloh ligou o aquecedor.

— Tenho sorte por ter um filho assim — comentou Lois, enquanto o observava do carro. — Esse menino nunca foi irresponsável na vida... Ele cuidou de mim quando estava morando no Japão.

Shiloh sorriu. Não sabia o que dizer. Gus começou a chorar de novo, com raiva. Junie estava tentando dar um livro para ele, que deu um tapa.

— Gus, sei que está aborrecido, mas precisa ser gentil — disse Shiloh.

Lois se virou o máximo que conseguiu para olhar para o banco de trás.

— Vamos cantar mais um pouco, Gus?

— Não — rosnou ele. — Não fala comigo!

— Tadinho — respondeu Lois, depois se virou para Shiloh. — Tem certeza de que ele não pode comer um docinho?

— Eles não precisam de doce — comentou Shiloh. — Já subornei os dois com McDonald's.

— Vovó Lois — interrompeu Junie, muito educada —, você gostaria de ir no McDonald's com a gente?

— Eu adoro McDonald's! — respondeu Lois.

Elas decidiram ouvir mais músicas da Disney. Só Gus que não cantou. Ele parecia ter ficado mais tranquilo ao ouvi-las.

Era perceptível a leveza nos passos de Cary quando ele voltou para o carro. Shiloh saiu e tirou Junie da cadeirinha para que o amigo pudesse entrar com mais facilidade.

— Tudo certo? — perguntou ela.

— Tudo — respondeu ele, aliviado. — Obrigado.

Cary entrou no carro, seguido por Junie, que cobriu o rosto.

— Esqueci o seu nome.

— É Cary.

Ela baixou as mãos.

— Cary, você quer ir no McDonald's?

— Quero. Quero muito.

Até Gus se animou quando chegaram ao drive-through do McDonald's.

As crianças pediram McLanches Feliz. Cary pediu um Big Mac e um refresco cor de laranja.

— O que é *isso*? — perguntou Junie.

— É a melhor bebida — respondeu ele.

— Bem, vou ter que experimentar um dia.

Eles ouviram músicas da Disney durante todo o caminho de volta, todos cantando. Até Cary. Fazia muitos anos que Shiloh não o ouvia cantar, mas já tinha ouvido muitas vezes. Tentou não olhá-lo pelo retrovisor.

— Não cante com a boca cheia — disse Cary para Junie.

A preferida de Gus era "Vencer distâncias", do filme *Hércules*, e ninguém se importou em ouvi-la três vezes seguidas. De maneira geral, todos no carro pareciam aliviados.

Quando chegaram à casa de Cary, Lois tinha que ir ao banheiro, então não demoraram muito para se despedir.

— Estão convidados para voltar e comer frango frito — disse Lois para Junie.

— Tá bom, obrigada — respondeu a garota.

Shiloh não saiu do carro para ajudar. Cary parecia conseguir cuidar de tudo.

Quando chegou na varanda, ele olhou para trás.

Shiloh acenou.

— É muito bom ajudar as pessoas — disse Junie, empertigada.

Shiloh concordou.

VINTE E TRÊS

Antes

SHILOH ESTAVA SOZINHA EM CASA vendo a reprise de um programa de TV quando Cary bateu em sua porta. (Era o fim do primeiro ano, e a mãe de Shiloh tinha decidido que não poderiam mais pagar a TV a cabo, então havia *muitas* reprises para assistir.)

Cary estava com o uniforme do supermercado segurando um bebê. E uma outra criança, a prima dele, Angel. (Na verdade, ela era meio-irmã dele.)

— Oi — disse Shiloh enquanto abria a porta.

A camisa de botão de Cary estava molhada, assim como a calça caqui. O nó da gravata estava desfeito.

— Suas roupas estão molhadas?

— Preciso de um favor — disse ele. — Dos grandes.

— Certo...

— Preciso ir trabalhar, mas não tem ninguém para cuidar da Angel e do Jesse. Não posso faltar de novo.

— Certo...

— Você pode olhar eles? Só por umas quatro horas.

— Hum... claro. Quer dizer... Não sei se sei fazer isso.

— Só evite que eles morram.

— Vou tentar? Bom, eu vou tentar.

Cary entregou o bebê, que Shiloh segurou. Era estranho. Um menino. Cary entregou também uma mamadeira.

— Esse aqui precisa de fraldas?

— Angel está com as fraldas, mas acabei de trocar. — Cary olhou para a garotinha. Shiloh não sabia quantos anos ela tinha. — Angel, se comporte, viu? E ajude ela com o Jesse.

Angel assentiu. Ela parecia tímida e tinha o cabelo mais loiro que Shiloh já tinha visto na vida.

— Cary, por que suas roupas estão molhadas? — perguntou mais uma vez Shiloh.

Ele esfregou a testa.

— A secadora quebrou, minha mãe saiu com o carro e eu preciso estar no trabalho em meia hora.

— Você tentou passar a ferro?

Cary lançou um olhar intrigado para ela.

— Não vai secar, mas vai ficar bem menos molhado. E é mais rápido do que a secadora — explicou Shiloh.

Ele balançou a cabeça, parecendo sobrecarregado.

— Você não pode andar *até lá* com a calça molhada. Entra.

Ele entrou.

— O ferro fica lá embaixo. — Ela apontou a porta do porão. — Perto da lava-roupa.

— É só passar?

— Isso, bem devagar, mas não muito. Se não for cuidadoso, pode queimar o tecido.

— Acho melhor ir andando…

— Eu passo. Vamos fazer uma troca: sua calça pelo bebê.

— Ele não é bebê, tem dois anos. Pode dar salgadinho para ele comer.

— Não tenho salgadinhos em casa.

— Não vou ficar sem calça, Shiloh.

— Vou lá pra baixo e você a joga pra mim.

Cary suspirou. Shiloh enfiou o bebê nos braços dele e desceu.

Logo que chegou ao porão, ela ligou o aparelho.

— Anda logo, Cary!

A calça fez um barulho molhado quando caiu no pé da escada.

— Tenho dez minutos! No máximo! — gritou ele lá de cima.

— Vou fazer o meu melhor!

Shiloh focou na costura interna da calça, que parecia ser mais desconfortável. Vapor subia do tecido.

Shiloh havia feito aquilo por quase um ano quando a secadora delas quebrou e o jeans não secava rápido o suficiente só de pendurar na varanda.

Estava um pouco preocupada em queimar a única calça de uniforme do amigo, mas estava indo tudo bem por enquanto.

Shiloh não ouviu quando a mãe chegou em casa, mas ouviu quando ela disse:

— O que está acontecendo aqui?

— Shiloh? — Cary parecia apavorado.

— Mãe! — Shiloh correu até o topo da escada, mas derrubou o ferro e teve que voltar. — Mãe! — gritou ela, mais uma vez. — Só estou passando a calça do Cary!

— Por que ele não está fazendo isso?

— Ele tem medo de queimar! Você pode dar uma carona para ele até o trabalho?

Ela conseguia ouvir os dois conversando lá em cima. Cary devia estar *morrendo* de vergonha. Será que estava se escondendo atrás de alguma coisa? Atrás do quê?

— *Mãe!* — gritou Shiloh, mais insistente. — Pode dar uma carona pra ele?

— Posso!

— Cary, vou colocar a calça na secadora por vinte minutos!

Com a carona, daria tempo de secar. A mãe dela jogou a camisa pela escada.

Shiloh não viu Cary antes de ele sair. Ela ficou no porão e levou as roupas até o começo da escada quando chegou a hora.

Depois da carona, a mãe de Shiloh voltou para ajudar a filha com Angel e Jesse. Ela deu um bagel para Jesse.

— Cary disse que ele podia comer salgadinho, não bagel — disse Shiloh.

— É isso mesmo, Shiloh, você já teve dezenas de irmãos, só que eu matei todos eles com bagels.

A mãe dela foi buscar Cary quando o turno dele acabou.

— Acho que é o mínimo que posso fazer por aquele garoto. Ele leva você para a escola todos os dias.

Jesse já precisava ter a fralda trocada, mas Shiloh deixou que Cary cuidasse disso.

— Te devo uma — disse ele ao buscar as crianças.

Estava com a gravata abotoada e o crachá no lugar.

— Você não me deve nada. Nunca.

VINTE E QUATRO

SHILOH DECIDIU LEVAR AS CRIANÇAS ao supermercado já que estavam todos no carro e tranquilos.

— Eu não concordei com todos esses *compromissos* — disse Junie, do mesmo jeito que ouvira alguém dizer na TV.

Gus dormiu no caminho de volta para casa, e Shiloh não sabia se corria o risco de acordá-lo para retirá-lo do carro ou se ficava ali com ele e o deixava terminar o cochilo. Ela abriu a porta da frente para Junie e levou as compras para a varanda.

Enquanto Shiloh descia os degraus da varanda, Cary se aproximou pela calçada. Ela parou, genuinamente surpresa ao vê-lo.

— Oi...

— Eu não agradeci — disse ele.

— Agradeceu, sim.

Ele deu de ombros. Ele ainda não estava usando casaco.

— Obrigado.

— De nada. — Shiloh desceu o último degrau. — Você sempre pode me ligar, sabe? Se precisar de ajuda por aqui.

Cary acenou com a cabeça e desviou o olhar.

— Isso... — disse Shiloh. — Ontem à noite... — Ela não sabia como dizer. — Isso não anula, do meu ponto de vista, o fato de que você poderia me ligar. — Os olhos dela ficaram subitamente cheios de lágrimas. — Se precisar de ajuda.

Cary estava olhando para a rua, em direção à própria casa. As mãos nos quadris.

Shiloh enxugou os olhos.

— Passei a manhã inteira discutindo com ela... — contou ele. Parecia quase melancólico. — Estou tentando conseguir acesso à conta bancária dela... Ela dá dinheiro pra todo mundo e depois não tem como pagar as contas. Tenho que transferir para ela, como se ela estivesse em um país estrangeiro. — Ele passou a mão pelo cabelo. — Mas ela assinou os papéis no banco hoje.

— Que ótimo.

— É um alívio. Estamos há anos discutindo isso... O cara do banco pode até me denunciar por maus-tratos de idosos... Deve ter achado que estou enganando minha mãe, mas estou tão aliviado que nem me importo.

Shiloh assentiu, e Cary a olhou.

— Você deixou a porta do seu carro aberta.

— Gus ainda está lá dentro. Dormindo.

— Ah. — Ele parecia desconfortável.

— Vou levar ele lá pra dentro.

— Posso pegar ele pra você.

— Não se preocupe.

Shiloh percebeu que aceitar a oferta faria com que Cary entrasse na casa, pelo menos por alguns minutos, e não se afastasse dela.

— Mas… se você não se importar…

Cary foi até o banco de trás, seguido por Shiloh.

— Se ele se assustar — disse ela —, é só me passar.

Cary soltou o cinto de segurança de Gus e o transferiu suavemente para seus braços. Gus se remexeu e levantou a cabeça, fazendo aquela cara de pânico que as crianças fazem quando são tiradas do lugar enquanto estão dormindo. Seus braços e pescoço se contraíram, e ele choramingou, mas depois se acomodou no ombro de Cary, relaxando.

— Lembra onde fica o quarto da minha mãe? — sussurrou Shiloh.

Cary assentiu.

Ela fechou a porta do carro e correu a fim de abrir a tela para eles.

Cary atravessou a sala de estar e a sala de jantar, passou por Junie, entrou no quarto da mãe de Shiloh e deitou Gus na cama.

Shiloh deu um tapinha nas costas de Gus.

— Está tudo bem, Gus-Gus.

Ele continuou dormindo.

Cary e ela saíram do quarto e deixaram a porta entreaberta.

— Ele não vai rolar para fora da cama? — perguntou Cary.

Shiloh fez que não com a cabeça.

Junie estava na sala de estar, distraída com sua cozinha de brinquedo. A sala tinha mais brinquedos do que móveis. (E olha que tinha muitos móveis.)

— Cary — sussurrou Junie, levando as mãos ao rosto. — Você está na minha *casa*.

Ele franziu a testa, como se tivesse acabado de perceber que aquilo era verdade.

Shiloh segurou o encosto de uma das cadeiras da sala de jantar.

— Você…

Cary olhou na direção dela.

— Aceita um café? — perguntou ela.

Ele sustentou o olhar por mais um segundo, impassível. Depois, assentiu.

Shiloh soltou o encosto da cadeira.

— *Eu* poderia fazer café — disse Junie.

— Nós duas vamos fazer café.

Shiloh entrou na cozinha e ficou aliviada por Cary segui-la.

Ela encheu a cafeteira com água. Shiloh nunca tomava café a essa hora.

Cary ficou perto dela sem tocar em nada.

— Está diferente aqui.

— Estamos reformando um cômodo de cada vez.

Havia novas bancadas de fórmica vermelha e os armários foram pintados de amarelo-claro. Shiloh estava economizando para trocar o piso.

— Você não estava mentindo... — disse Cary.

Ela olhou para ele. Estava tirando a borra de café.

— Seus filhos são bonitos.

Shiloh riu, relaxando um pouco. (Só um pouco.)

— Obrigada. Sinto muito pelo Gus. Ele só está... numa fase difícil.

— Ele não me incomoda.

Shiloh assentiu, sentindo-se chorosa novamente. Ela despejou o pó de café no filtro.

— Eles são mais novos do que eu esperava — comentou ele.

— Ah...

Ela deu de ombros. Fechou a tampa da cafeteira e pressionou o botão.

— Você deve ter passado por um momento difícil. Recentemente.

— Hum — disse Shiloh, como uma risada malformada. — Foi mesmo.

Junie entrou correndo na cozinha com uma xícara de chá de plástico. Shiloh levou o dedo indicador à boca, como um lembrete.

— Gus está dormindo.

— Aqui está seu café — sussurrou Junie para Cary. — Você toma com açúcar?

— Sim — disse ele.

— Que bom, porque tem açúcar aí dentro.

— Obrigado.

— Obrigada, Junie — disse Shiloh. — Agora deixe a gente conversar, está bem?

A expressão de Junie era de tristeza. Ela devia ter achado que Shiloh e Cary iriam discutir, porque ela e Ryan sempre diziam aquilo quando brigavam. (Na verdade, ela e Cary *poderiam* estar prestes a discutir...)

Junie se voltou para ele.

— Me avise se precisar de mais açúcar!

E saiu correndo.

Shiloh observou o café de verdade pingando na cafeteira.

— Shiloh... — disse Cary.

Ela olhou para ele.

Ele estava segurando a xícara de brinquedo como se estivesse realmente cheia de café. Parecia nervoso.

— Acho que não pensei em como está a sua vida. Quando eu...

Ela esperou.

— ... convidei você para dançar.

Shiloh assentiu. Algumas lágrimas caíram.

— Eu só estava pensando em mim mesmo — disse ele — e em como seria ver você de novo.

Ela mordeu o lábio inferior.

— Sinto muito — disse Cary.

— Eu também sinto muito — respondeu Shiloh, imediatamente. — Eu estava... — Ela fez que não com a cabeça. — Errada. Fui egoísta. Cabeça-dura. Injusta, insensível... — Ela voltou a fazer que não com a cabeça e apertou os lábios, esforçando-se para não chorar. Cobriu os olhos com os dedos.

Cary tocou a parte superior do braço dela.

Ela tirou as mãos do rosto para olhar para ele. O rosto de Cary transmitia muitos sentimentos, mas Shiloh não conseguia decifrá-los.

— Você foi só algumas dessas coisas — retrucou ele. — Em diferentes níveis.

Ela riu... e desistiu de segurar o choro.

— Você ainda quer café? Ou foi isso...? Quero dizer...

— Eu quero café.

Shiloh riu novamente e enxugou os olhos com a manga da camisa.

— Que bom. Eu também. — Ela pegou duas canecas. — Você toma mesmo com açúcar?

— Tomo.

— Leite?

— Se você tiver.

— Eu tenho.

Ela serviu duas canecas de café e estendeu uma para Cary.

— Vamos trocar.

Ele olhou para a própria mão, como se tivesse esquecido a xícara de brinquedo, depois sorriu, passando-a para ela.

O açucareiro de Shiloh tinha formato de maçã. Ela o empurrou na direção dele e foi pegar o leite na geladeira.

— Sua mãe é uma querida — comentou ela.

Cary suspirou.

Shiloh lhe entregou o leite.

— Quem cuida dela quando você não está aqui?

— Bem... — A testa dele se enrugou. — Ela nunca está sozinha. Angel está morando lá agora, com os filhos. — Ele se serviu de um pouco de leite. Shiloh pegou a embalagem quando ele terminou. — E Jackie... — a mãe biológica dele — ... bom, você sabe, ela nunca fica longe. Tinha outra mulher morando lá por um tempo, acho que era uma vizinha. Nunca consegui entender muito bem.

Shiloh encostou o quadril no balcão e pegou o próprio café. Ela soprou o líquido antes de bebê-lo, sentindo o calor subir na direção de seu rosto.

Cary parecia preocupado.

— É difícil dizer se estão cuidando da minha mãe ou se ela está cuidando deles. Sei que todos eles estão se aproveitando dela… — Ele fez que não com a cabeça. — Mas ela está tomando os remédios e indo às consultas médicas, então não sei se posso reclamar?

— Parece que você se preocupa muito com ela.

Ele levantou as sobrancelhas, como se isso fosse um eufemismo, depois tomou um gole de café.

— Tentei levar ela para a Califórnia há alguns anos…

Shiloh o olhou, atenta.

— Ela nunca vai sair de Omaha.

— Quase ninguém faz isso — comentou Shiloh. — Você é um caso único.

— Acho que sim. Até o Mikey está de volta. Pelo menos, por meio período… — Cary olhou para ela. — Você vai visitá-lo? Ele disse que você nunca vê ninguém.

— Ele já esteve pelo mundo todo… — respondeu Shiloh, como se aquele fato fosse sua desculpa.

— Você devia se reaproximar dele — insistiu Cary.

Ela franziu a testa. Aquilo não era da conta dele.

— Está bem.

— Você não pode fazer novos velhos amigos…

— Ah. — Shiloh riu pelo nariz. — Claro. Está bem. Bom conselho. Obrigada. — Ela bebeu um pouco de café. — Vocês costumam se ver? Você e o Mikey?

— Nós tentamos. Ele me visitou quando eu estava em Tóquio… Acho que ele só queria uma desculpa para ir para lá.

— Quanto tempo você ficou lá?

— Três anos.

— Por onde mais você esteve?

Cary deu um pequeno sorriso.

— Virgínia. Flórida. Canadá. Estou em San Diego há algum tempo.

— Vai continuar em San Diego?

— Eles me realocam a cada dois ou três anos. Eu não posso escolher…

— Acho que isso já era de se esperar, não é?

— Sim. — Ele deu um sorriso, sem desviar os olhos do café. — Não existe muito espaço para vontade individual na Marinha.

— Mas foi uma escolha sua, não foi?

— Vou ficar até poder me aposentar.

Shiloh assentiu.

Cary se recostou no balcão do canto em forma de L, ficando de frente para ela, e tomou outro gole de café.

Junie espiou os dois na cozinha.

— Mamãe. Sinto *muito* — sussurrou ela, dando um tapa na testa. — Esqueci seu café.

— Eu estava mesmo esperando... — disse Shiloh.

Junie chegou com uma xícara de chá.

— Puro, como você gosta.

Shiloh pegou a xícara.

— Obrigada.

— Você quer mais café, Cary? — perguntou Junie.

— Não, obrigado.

— Toque a campainha se precisar de alguma coisa! — disse ela, e saiu correndo.

— *Shhhhh!* — sibilou Shiloh atrás dela.

— Ela se parece muito com você — comentou Cary.

— Não diga isso a ela. Junie está desesperada para se parecer com o pai.

— Ela se *parece* com o pai? Não acho que seja o caso.

— Não sei. Crianças mudam tanto... você vê o rosto de outras pessoas nos delas. Às vezes, ela sorri para mim e juro que se parece com a minha mãe. — Shiloh olhou para Cary. — Você não... Quero dizer, você disse? Se tem... filhos?

— Não. — Cary baixou a cabeça, desviando o olhar. — Desculpe.... — Ele fez que não com a cabeça. — Não tenho.

Shiloh riu.

— Desculpe.

— Não me casei — completou ele.

Ela baixou o olhar para o café.

— *E* não tenho filhos.

Shiloh ainda estava segurando a xícara de Junie. Ela a colocou de lado, com a de Cary.

— Foi vontade sua?

— Acho que não... — Ele franziu a testa. — Algumas pessoas podem dizer que foi.

Shiloh nunca conseguia levantar apenas uma sobrancelha, mas ela fez sua versão dessa expressão, olhando para ele.

— Só não aconteceu — concluiu ele.

— Ainda pode acontecer. Você tem só trinta e três anos.

— No auge da minha vida namoradeira.

Shiloh revirou os olhos.

— Veremos — disse Cary, mais baixo.

Ela tentou não sorrir.

— O problema é que sua vida, sua amante, sua senhora, é o mar?

— Você acertou em cheio.

Ela sorriu para ele.

— Isso é péssimo para você.

Cary, sorrindo, fez um gesto com a caneca.

— Eu não sabia que você queria ter filhos.

Ela levantou as sobrancelhas.

— Bem, aos dezoito anos eu não queria. Mas depois... — Ela deu de ombros. — Estava casada, estabelecida no meu emprego... Meu relógio biológico estava apitando. Parecia ser a próxima coisa a fazer.

— Soa prático.

— Não queria perder a chance de fazer minha vida parecer maior. — Assim que disse isso, Shiloh estremeceu. — Que coisa mais grosseira para se dizer! Me desculpe.

— Não foi falta de educação. Foi como você se sentiu. Ainda se sente assim? Como se eles fizessem sua vida parecer maior?

— Em *alguns* aspectos. — Shiloh inclinou a cabeça, pensando. — Acho que me sinto mais envolvida com o mundo agora...

Cary estava levando a caneca à boca, mas não bebeu.

— Não estava envolvida antes?

Shiloh deu de ombros mais uma vez.

— Eu me sentia como um temporizador, sabe? Como se eu estivesse cumprindo minha pena, entrando e saindo...

— Entrando e saindo da humanidade.

— Exatamente! Mas então tive filhos e agora me preocupo muito mais com *tudo*.

Ele ainda estava com um leve sorriso no rosto.

— Eu lembro que você se preocupava muito com tudo...

— Sério? No ensino médio?

— Sim — disse ele. — Você me fez entrar para a Anistia Internacional.

— *Mikey* fez você entrar para a Anistia Internacional.

— Mikey nunca me obrigou a fazer nada. — Cary apontou para ela. — Você me disse que tínhamos que escrever cartas para o presidente do Chile porque *podíamos*. Que se *você* fosse sequestrada pelo governo, gostaria que alguém, em algum lugar, fizesse o que fosse possível. Mesmo que fosse apenas escrever uma carta.

— Acho que essas cartas não serviram para nada...

Ele concordou, fazendo que não com a cabeça.

— Tenho quase certeza que não.

— Eu não sei... Ter filhos muda toda a sua programação. Você não consegue se lembrar muito bem de como o mundo era antes de tê-los. — A voz dela ficou um pouco mais grave. — Deve ser algum imperativo biológico para garantir que a gente não os abandone na beira da estrada.

— Não sei se isso é um endosso à paternidade... — comentou Cary, e uma das covinhas no rosto dele surgiu.

Shiloh riu.

— Também não sei. Alguém deveria avisar que é mais parecido com sofrer lavagem cerebral do que se apaixonar. Eles tomam conta de toda a sua cabeça e pronto. Você nunca quer nada além de fazê-los felizes.

— Parece que você está fazendo um bom trabalho, Shiloh.

— Rá! Pensei que tinha lhe apresentado ao Gus...

Cary manteve a cabeça em um ângulo torto. Depois deu de ombros, simpático.

— Acho que "fazer os filhos felizes" é mais uma jornada do que uma proposição binária.

— Como a jornada dos Estados Unidos rumo à justiça.

Cary riu.

— Sim. De fato.

Ela olhou para a própria caneca e lançou um sorriso.

— Eu disse à minha mãe que voltaria logo — comentou ele, suavemente. — Vou embora amanhã.

— Ah. — Shiloh desviou o olhar para o teto e se afastou do balcão. — Bem. Obrigada por ter vindo. Isso foi... — As lágrimas novamente. — Foi muito bom.

— Eu poderia... — Cary estava olhando para ela com as sobrancelhas franzidas. Como se estivesse pensando em algo. — Poderíamos fazer mais disso, mais tarde.

Shiloh fez uma expressão de surpresa.

— Você quer? — Ela balançou a cabeça, fechando os olhos. — Quero dizer, eu adoraria. De verdade.

— Sério?

Os olhos dela estavam bem abertos.

— *Sim*. Cary. Volta mais tarde?

— Está bem. — Ele sorriu. — Vou voltar.

— As crianças vão para a cama às oito e meia. Você pode vir antes disso, mas é uma coisa complexa.

— Eu venho depois. — Ele baixou o olhar para a xícara de café. — Vou ficar acordado a noite toda mesmo, graças a esse café.

— Ah, meu Deus. — Shiloh pegou a caneca dele. — Eu também. Não posso tomar cafeína depois do meio-dia.

Ele estava sorrindo.

— Vou voltar.

VINTE E CINCO

Antes

CARY, COM DEZENOVE ANOS, USANDO um uniforme preto, era o homem mais bonito que ela já tinha visto.

Shiloh não o reconheceu de cara, mas não por ele estar tão diferente (embora *estivesse* mudado), e sim porque ela se esqueceu de como era olhar para Cary.

Fazia meses que ela não olhava para alguém com quem se importasse — e, quando o assunto era o amigo, ela mais do que se importava. O rosto dele sempre a atravessava. Ela havia se acostumado a isso no ensino médio: ele a transpassava todos os dias durante anos, às vezes várias vezes por dia.

Assim que o viu no saguão do dormitório, sentiu aquele velho desejo de tocá-lo. (Um desejo ao qual ela nunca havia resistido antes). Em poucos segundos, estava puxando a gravata dele. Passando as mãos pelos seus braços.

Mal conseguia olhar para o rosto de Cary. O cabelo dele estava tão curto que não havia como evitar os olhos castanho-dourados, o nariz comprido e o queixo pontudo. As linhas de expressão ao redor nas bochechas do amigo, que eram visíveis mesmo que ele não estivesse sorrindo.

O uniforme da Marinha parecia reduzir todo o corpo de Cary a seus componentes essenciais: ombros quadrados e que se destacavam. Pernas finas e quadris estreitos. Pomo de Adão. Pulsos magros.

Por que os militares precisavam fazer com que seus recrutas parecessem tão limpos e vulneráveis antes de ensiná-los a cometer atrocidades?

Shiloh queria tocar em todas as partes do corpo dele ao mesmo tempo. Para testá-lo e checá-lo. (*Você é o Cary aqui? E aqui e aqui?*)

Ela não sabia mais agir normalmente perto dele. A versão de normalidade que compartilhavam. Ela não sabia onde parar.

Quando ele finalmente a beijou, Shiloh sentiu tudo dentro dela desmoronar; tudo o que ela havia dito a si mesma sobre como ela e Cary se encaixam e o que deveriam ser.

Ele a beijou, e ela percebeu que sempre retribuiria o beijo. Que ela teria retribuído aos treze anos. Aos quinze. Depois de qualquer dia de aula. No baile de formatura. Na formatura. Quando eles se despediram no verão passado. Em nenhum momento o teria recusado. Em nenhum momento ela *conseguiria*.

Cary poderia ter o que quisesse dela, se quisesse. Não havia nenhuma barreira nela. Era como um livro aberto.

Foi o primeiro beijo dela.

No dormitório. Naquele dia. Ela também tinha dezenove anos.

Não foi um beijo que mudou algo, não externamente.

Shiloh ainda estava na faculdade e esperava por algo maior e melhor do que a vida que havia deixado para trás.

E, *sem dúvida*, Cary ainda estava na Marinha. Contratualmente obrigado a se afastar dela.

Sempre se afastando dela ... Ele nunca tinha tirado os olhos do rumo, desde que os dois se conheciam.

Não havia um futuro em que ela se declarasse e ele dissesse que ficaria. Não havia um futuro em que ele a seguisse ou voltasse por ela.

Um futuro que era muito possível era *ela o perseguindo* ...

O cérebro de Shiloh se manteve ocupado durante aquele primeiro beijo. (O cérebro dela estava sempre ocupado.) Coreografando a própria queda. Calculando a aterrissagem mais suave.

O que ela *poderia* ter com Cary? O que poderia ter naquele dia? Ou sempre? Quanta vida ela poderia extrair de um fim de semana?

Sexo parecia algo óbvio.

Shiloh não conseguia imaginar condições laboratoriais mais ideais para perder a virgindade. Ela amava Cary. Confiava nele. Sentia-se louca e sexualmente atraída por ele.

Além disso, sabia — e lhe disseram — que sempre se lembraria da sua primeira vez. Qual seria a melhor maneira de fixar Cary na memória? De torná-lo indelével?

Shiloh ainda sentia que estava provando um ponto de vista: Cary não *podia obrigá-la* a esquecê-lo quando fosse embora.

Ainda não era o momento para transar. Ela ainda não tinha se acostumado a beijar. (Ele nunca deveria tê-la deixado assumir o controle).

Shiloh não conseguia absorver todas as sensações — e Cary estava perto demais para que ela pudesse mantê-lo em foco.

Senti-lo realmente dentro de seu corpo, *conectado* a ela ... Era mais intimidade do que ela poderia começar a processar.

A primeira vez foi rápida e incalculável.

Na segunda vez, ela começou a sentir. A entender o que estava acontecendo. A reconhecer o rosto de Cary bem perto do seu. Toda a sua autodisciplina se desfez. Todas as âncoras se ergueram do chão. Ela o abraçou com muita força. Ela o beijou em excesso. Ela lhe disse que o amava, repetidas vezes.

Shiloh não teve um orgasmo. (Ela achou que isso fosse só *acontecer*? Por acaso? Não aconteceu.)

Mas, ainda assim, cada parte do que *estava* acontecendo parecia tão certa...

Talvez Shiloh estivesse errada.

Talvez ela e Cary *não* estivessem destinados a céus diferentes. Talvez o futuro nunca pudesse lhe oferecer alguém que rivalizasse com ele. Talvez os dois se encaixassem — estivessem *destinados* a se encaixar.

Talvez pudessem desviar seus caminhos um para o outro.

Shiloh segurou o rosto dele em suas mãos.

— *Eu amo você, Cary. Eu amo você.*

Cary teve que pegar um ônibus para o aeroporto. Estava começando um programa de treinamento mais especializado na Flórida: ciência nuclear. Ele disse a Shiloh que os porta-aviões tinham as próprias usinas de energia nuclear. Flutuando no oceano. Ela não sabia que aquilo era possível.

Cary havia se alistado por seis anos. (Dois a mais do que o normal.) Depois, seria designado para um navio; ou talvez um submarino. Imaginá-lo debaixo da água, no escuro, em locais fechados, a deixou em pânico. Ela beliscou a coxa dele enquanto ele lhe explicava.

Cary entraria naquele ônibus e depois em um avião. Em seguida, a Marinha iria enterrá-lo vivo por seis anos.

Ainda assim Shiloh estava se inclinando na direção dele. Tentando imaginá-los juntos. Querendo que ele pedisse a ela que imaginasse isso.

Ele não pediu.

Cary não cedeu.

Não mudou de ideia.

Ele não estava indo para agradar Shiloh.

Estava simplesmente indo embora.

Ela escreveu cartas.

Ele enviou cartões-postais.

Disse que tentou ligar.

Escreveu uma carta, cerca de seis meses depois daquele fim de semana.

"*Shiloh, você sempre vai ser muito especial para mim. Sempre estará no meu coração. O que aconteceu entre nós significou muito para mim. Você deve saber que significou muito para mim.*"

Shiloh sentiu como se estivesse sendo embrulhada em papel de seda e colocada em uma caixa de sapatos, enfiada debaixo da cama que ele usou na infância.

Ela já tinha conhecido Ryan.

Alguns meses depois, eles estavam namorando.

VINTE E SEIS

SHILOH COMEÇOU O RITUAL DA noite mais cedo. Deu banho quente nas crianças e fez um chá calmante.

Gus adormeceu com facilidade, apesar do cochilo que tirou. Talvez a mãe dela estivesse certa sobre os hormônios dos três anos de idade; Gus comia e dormia como um adolescente.

Junie brigava com a hora de dormir todas as noites, mas daquela vez parecia ainda pior.

— Você não precisa dormir — disse Shiloh. — Só precisa fechar os olhos.

— Meus olhos são tão *chatos* — retrucou Junie.

— Se o interior da sua cabeça é chato, só você pode consertar isso.

Cary chegou lá às oito e quarenta e cinco. Bateu à porta baixinho.

Shiloh soltou o cabelo, que escorreu até a cintura e ainda estava úmido. Vestiu um suéter de gola V vinho e uma calça jeans bonita. Sabia que iriam apenas conversar, como amigos, mas Cary precisava saber que ela tinha roupas de verdade.

Ele estava com a mesma roupa de antes, só que o cabelo estava mais bonito. Parecia que havia se barbeado — Shiloh não gostou de ter notado.

Ele estava com uma garrafa de vinho nas mãos e a estendeu assim que a porta se abriu.

— Não queria aparecer de mãos abanando — comentou ele —, mas acho melhor não beber.

Shiloh pegou a garrafa.

— Vou guardar.

— Isso, beba com sua mãe. Ou, sabe, com quem quiser.

Ela saiu da frente da entrada e o convidou para entrar.

— Entre, Cary.

Ele entrou. Shiloh havia decidido que *não* passaria a noite toda limpando a casa — afinal, Cary já tinha visto o interior da casa dela. Enquanto faxinava o banheiro, pediu a Junie que tirasse os brinquedos da sala de estar…

E então fizeram um bolo.

Estava na mesa de centro, em um pedestal de vidro verde leitoso, ao lado de um bule de chá de capim-limão.

— Parece gostoso — disse Cary.

— Pode comer um pouco.

— Foi você que fez?

Ele se sentou no sofá de veludo azul-royal, e Shiloh, em uma cadeira.

— Fiz com as crianças. É uma excelente maneira de mantê-los ocupados. A Junie gosta de medir e o Gus gosta de despejar coisas em tigelas.

Cary franziu a testa ao ver o bolo intacto.

— Você fez bolo com seus filhos e não deu nem um pedaço para eles?

Shiloh riu.

— Fizemos cupcakes também.

Ele ficou um pouco envergonhado.

— Ah, sim, isso faz sentido.

Ele retirou o moletom pela cabeça e ficou com a camisa xadrez vermelha e amarela, que usava por baixo.

Shiloh cortou uma fatia de bolo para ele. Já tinha separado um elegante prato de prata, do tipo que se ganhava de presente de casamento em 1958, para servir o bolo. Ryan havia deixado que ela ficasse com todas as coisas complicadas da cozinha e com a prataria comprada em uma loja de antiguidades.

Cary pegou o garfo.

— Que bolo é esse?

— Beija-flor — respondeu Shiloh. — Preciso avisar que tem uma tonelada de coisas de que as pessoas não gostam. Abacaxi, bananas, nozes-pecã, cobertura de cream cheese. Acho que é por isso que ninguém mais faz esse bolo.

— Por que você fez então?

— Porque eu posso.

— Não me importo com abacaxi e bananas e… o que mais?

— Pecãs.

— Vamos nessa. — Ele deu uma mordida.

Shiloh lhe serviu chá em uma caneca e partiu um pedaço de bolo para si mesma.

— Temos muita sorte de poder comer nozes — disse ela com vigor.

— Seus filhos têm alergias?

— Não, graças a Deus, e bata na madeira. É uma selva lá fora.

— Este bolo está *delicioso*. — A boca de Cary estava cheia. — Parece bolo de cenoura.

— É, mas sem cenouras.

— Sério. — Ele estava sorrindo. — Está muito bom.

— Não é nada de mais. Não existe nenhuma arte em fazer um bolo: é só seguir as instruções.

Cary se inclinou para trás, acomodando-se no sofá.

— Então por que a maioria dos bolos tem um gosto muito pior do que este?

— Porque a maioria das pessoas se recusa a seguir instruções?

— Bem, isso é verdade. Você tem razão.

— Não tem cafeína no chá — disse ela, apontando. — É erva-cidreira.

— Você não precisava fazer tudo isso, Shiloh.

— Só fervi a água, Cary. Relaxa.

Cary *parecia* relaxado. Feliz. O bolo tinha sido uma boa decisão. Mesmo que a pia estivesse cheia de louça para lavar.

Shiloh se recostou na poltrona e comeu sua fatia, deixando-se observar o amigo.

Cary sabia que ela o estava observando... Ele estava sorrindo para o prato.

— O que você faz? — perguntou ela.

— Quando? — rebateu ele, arqueando as sobrancelhas.

— No geral. Qual é o seu trabalho?

— Sou um oficial da Marinha. Ajudo a pilotar um navio.

— Um navio de guerra de verdade?

— Isso mesmo. — Ele assentiu, como se não fosse nada, concentrado na fatia de bolo. — Um contratorpedeiro.

— Um *contratorpedeiro* — repetiu Shiloh. — Mas você não mora nele?

— Às vezes, sim. Durante alguma missão.

— Em um quartinho?

O olhar dele desviou do bolo para ela. Ele parecia estar se divertindo.

— Em um quartinho, isso mesmo.

— Pensei que você estava indo para a Marinha para fazer coisas com energia nuclear.

— Foi onde comecei. Fui treinado para isso. Mas segui um caminho diferente quando me formei.

— Você não gostou?

Ele deu de ombros.

— Queria fazer algo diferente.

Shiloh torceu os lábios para o lado.

— Fico tentando imaginar sua vida, mas não consigo.

— A maioria das pessoas não consegue se imaginar vivendo em um navio. Já me acostumei.

— Sabia que eu nunca vi o mar?

Cary olhou para cima, surpreso.

— O quê? Por que não?

Ela riu.

— Hum, porque Nebraska é o estado mais sem litoral do país? Sua *mãe* já viu o mar?

Ele ainda estava abalado.

— Minha mãe não dirige além da avenida principal... Como você *nunca* viu o mar?

Shiloh ficou envergonhada.

— Ainda não aconteceu. Só sou convidada para conferências em Chicago, Orlando e Indianápolis.

— Orlando fica perto do mar.

— Sim, eu ia... — Ela deu de ombros com o garfo. — Eu estava cansada.

Cary franziu a testa. Shiloh percebeu que ele queria levá-la para ver o mar, mas não podia.

— Vou levar as crianças um dia — comentou ela. — Junie diz que quer conhecer o mundo inteiro. Mas não a Austrália. E não o espaço.

— Por que não a Austrália?

— Cobras e aranhas.

— Ah, justo.

— *Você* já foi para a Austrália?

Ele assentiu.

— Parece a Califórnia.

— Diga isso a ela. — Shiloh sorriu para ele. Teve vontade de chutá-lo. — Você esteve em Tóquio, na Austrália... Já foi para a Europa?

— Fui. A Marinha é muito boa nisso. Dá para viajar bastante.

Ele pegou a caneca com chá. Era uma lembrança da Pioneer Village em Minden, Nebraska. Ryan também deixou Shiloh ficar com todas aquelas bugigangas e tralhas velhas e aleatórias. O novo apartamento do ex parecia um dos showrooms mais sofisticados da Ikea. Junie disse que era "tão limpo" e "tão bonito", "como se alguém da TV morasse lá".

Shiloh preferia *não* viver em um showroom da Ikea. Ela gostava de coisas antigas e cores vivas. Gostava de ter muitas almofadas e muitas canecas de café. Gostava de tapetes. E de tapeçarias de macramê. Gostava que tudo fosse um pouco em excesso.

Pensou na casa da mãe de Cary... com as caixas e os sacos de lixo. Ela deveria ter recolhido mais coisas antes de recebê-lo. O amigo devia estar desesperado por uma superfície limpa.

— O que *você* faz? — perguntou Cary.

— Eu... — Shiloh expirou depois de inflar as bochechas. — Eu já contei, né? Sou administradora. Contrato professores, trabalho com programação educacional, às vezes ensino alunos da primeira série a improvisar...

Cary sorriu.

— Como conseguiu esse emprego?

— Você acredita que esse é o único lugar em que já trabalhei?

Ele parecia *não* acreditar muito naquilo.

— Sério?

— Sério, fui contratada depois de sair da faculdade, como atriz-professora. No início era sazonal, depois em tempo integral. E agora... Aqui estou eu.

— E você gosta?

— Não sei — respondeu Shiloh. — Tenho sorte de ter um emprego de tempo integral no teatro, especialmente em Omaha, Nebraska. Tenho plano de saúde. E posso usar jeans para trabalhar. — Ela olhou para baixo, enrugando o rosto e balançando a cabeça.

— O que houve? — perguntou Cary.

— Me sinto *envergonhada*. Detesto ter que contar tudo isso. Prefiro que você se lembre de mim como eu era quando éramos jovens.

— Maníaca e implacável?

Shiloh lhe deu um chute no tornozelo. Ela não estava usando sapatos.

— Brilhante e cheia de potencial!

Ele riu.

— Você ainda está brilhando.

Ela rosnou.

— Não minta para mim, Cary. Isso piora as coisas.

— Posso comer mais bolo?

— Você pode comer tudo.

Ele cortou um pedaço grande para si mesmo.

— Você ainda é brilhante — murmurou ele, ainda rindo.

Shiloh o observou. Ela ainda tinha bolo no próprio prato. Os olhos estavam arregalados e cheios de ternura.

— Você estava tão bravo comigo ontem à noite… — sussurrou ela. (Porque ela nunca conseguia deixar as coisas quietas.)

Cary se sentou lentamente e tinha uma expressão de tristeza ao olhar para ela.

— Estava…

— Gostaria que não ficássemos com raiva um do outro — disse ela, baixinho. — De agora em diante.

Cary a estava observando, prestando atenção.

— Você acha que isso é possível? — perguntou ela.

Ele exalou e passou a mão pelo cabelo.

— Acho que nos saímos muito bem quando não estamos… buscando mais.

Shiloh acenou com a cabeça.

Ela odiou aquela resposta.

Seus olhos se encheram de lágrimas.

— Eu nunca quis machucar você — disse ela. — Eu nunca *soube* que tinha machucado você.

Cary ficou olhando para ela por longos segundos.

— Não acho que devamos guardar rancor por coisas que aconteceram quando tínhamos dezenove anos. Éramos apenas crianças.

— Eu sei, mas… — Shiloh estava chorando e desejou não estar. — *Toda a nossa amizade* aconteceu quando éramos crianças. E quero guardar *tudo* isso.

Ele ficou olhando para ela mais um pouco. Havia rugas em sua testa.

— Senti que você me usou — comentou ele. — Eu queria que você quisesse mais. Mas, Shiloh, a culpa é minha, não sua. Você não era obrigada a querer mais.

Shiloh se sentia confusa. De novo.

— Mas eu… eu disse que *amava* você.

— Disse, e então me mandou embora.

— Eu não mandei você embora!

Cary colocou o prato sobre a mesa.

— Eu não consigo mais discutir sobre isso.

— Não estamos discutindo, estamos conversando. Nunca conversamos sobre isso!

Ele soltou um suspiro.

— Está bem. Vamos conversar. — Ele lhe deu um olhar severo. — Mas não grite comigo.

— Eu não mandei você embora — disse Shiloh novamente com uma voz firme. — Você já estava com as malas prontas.

Ele parecia irritado.

— No sentido de que eu tinha acabado de me alistar na Marinha, é isso mesmo. Passei oito semanas no campo de treinamento e a principal coisa que aprendi lá foi que eu queria estar com você. Corri o máximo que pude para ficar com você.

Ela franziu a testa para ele.

— Você nunca me disse isso.

Ele levantou as mãos.

— Apareci na sua porta com a minha mala e caí a seus pés.

— Você não *caiu* em lugar nenhum, Cary.

Cary ainda parecia irritado, mas estava ficando feroz. Ele se inclinou na direção dela, sobre os joelhos.

— Passamos dois dias na cama, Shiloh… Eu estava apaixonado por você. Teria feito qualquer coisa por você.

A boca de Shiloh se abriu.

Tudo isso era novidade para ela. Novidades chocantes. Ela não se lembrava em detalhes daquele fim de semana, mas teria se lembrado…

— Você não *disse* nada disso.

— Eu teria que interromper você dizendo que não era nada. — Cary estava frio. — Tenho quase certeza de que você disse que o sexo era uma construção social.

— Eu sei que disse… Bem, acho que não disse que o sexo era uma construção social… mas sei que disse muitas besteiras naquele fim de semana. Eu só estava com medo, Cary. Não queria que você me rejeitasse.

— Como eu podia rejeitar você?

— Você nunca demonstrou interesse em mim antes!

Ele zombou.

— Shiloh, todo mundo achava que a gente namorava.

— *Bem*, eu sabia que *não* namorávamos. Você nunca se aproximou de mim no ensino médio.

— Como eu poderia ter me aproximado mais de você?

— Cary — disse ela, como se ele não estivesse sendo justo.

Ele estava chateado.

— Você não queria que eu me aproximasse, queria? Não me lembro de você ter me dado uma dica ou uma abertura.

— Você tinha namorada.

— Eu tive namorada por três meses.

— Bem, não era eu. Nunca fui eu.

Cary se recostou no sofá. Com força. Uma almofada bordada caiu no chão.

— Eu não queria que namorássemos no ensino médio! Eu gostava do que tínhamos e não queria estragar tudo.

— Tudo bem — disse Shiloh, cedendo.

As pernas e os braços de Cary estavam tensos, como se todo o corpo estivesse frustrado.

— Pensei que fôssemos *mais* que namorados — comentou ele. — Que um dia *estaríamos* juntos, quando estivéssemos prontos.

A boca de Shiloh ficou aberta. Ela sentiu como se houvesse um anzol em sua garganta e Cary o tivesse arrancado.

Ele passou as mãos pelo cabelo.

Shiloh esperou para encontrar palavras, mas tudo o que conseguiu fazer foi repetir:

— Você nunca me disse que se sentia assim.

Cary baixou os ombros.

— Pensei que você também sentisse isso. Esperava que sentisse. E então... quando fui visitar, você me disse o que realmente queria.

— Não — disse Shiloh.

— Não?

— Eu estava dando uma *saída* para você. Não queria estragar seus planos. Você tinha planejado *toda uma vida* sem mim.

Isso fez com que Cary colocasse a língua na bochecha.

— Marinheiros podem se apaixonar — disse ele. — Eu não estava indo para a *prisão*. Você é que queria algo diferente. Você deixou seus sentimentos bem claros.

— E você *não*! — Shiloh estava furiosa e não conseguia se conter. — Nem uma vez! Sei que falei um monte de bobagem, Cary, mas também sei que abri meu coração para você. Eu me *lembro*. Eu deveria ter lido sua mente?

— Você deveria ter entendido minhas ações!

— Bom, bem... você foi embora.

— Minhas ações antes disso.

— Ah, meu Deus…

Shiloh colocou os dois pés na poltrona e escondeu o rosto entre as mãos. Ela estava muito chateada para falar.

Cary não teve pressa em quebrar o silêncio. Eles ficaram sentados ali por longos minutos, respirando alto.

Shiloh continuou pensando em novas reclamações… Todas as coisas que Cary não havia dito. E todas as vezes que ele não as disse.

Na noite em que se formaram no ensino médio, Cary, Mikey e Shiloh ficaram fora a noite toda no deck dos fundos da casa de Mikey, que adormeceu. Cary e Shiloh ficaram deitados em um saco de dormir, olhando para as estrelas e depois vendo o sol nascer… e Cary nunca havia dito que eles eram "mais que namorados".

Eles passaram milhares de noites na entrada da garagem de Shiloh, milhares de tardes nos degraus da frente.

No dia em que ele se afastou dela, Shiloh perdeu o melhor amigo e seu verdadeiro amor, e ainda não tinha certeza de como poderia tê-lo impedido.

Se a Shiloh de trinta e três anos não conseguia resolver esse problema, a de dezenove não tinha a menor chance.

Ela nunca teve uma chance.

— Você está certa — disse Cary.

Shiloh levantou a cabeça, não esperava que ele fosse o primeiro a falar.

Cary estava cansado, como se tivesse perdido a luta.

— Sinto muito — disse ele, encontrando os olhos dela e desviou o olhar para baixo. — Eu deveria ter sido mais claro quando fui te visitar… mesmo que eu ainda não acredite que você quisesse ouvir.

Shiloh ficou parada.

— Eu deveria ter dito… — Ele pensou cuidadosamente nas palavras. Estava olhando para baixo. — "Shiloh, acho que estamos destinados a ficar juntos. Sei que você não quer que eu entre para a Marinha e que essa não é a vida que quer para si mesma. Mas eu ainda sou seu, se você me aceitar."

Foi uma coisa terrível de se ouvir…

Catorze anos depois de ser verdade.

Lágrimas escorriam pelo rosto de Shiloh.

— O que *você* teria dito — perguntou Cary, antes que ela tivesse recuperado os sentidos — se estivesse sendo honesta naquele fim de semana?

Ele baixou a cabeça enquanto esperava que ela respondesse.

Demorou um pouco.

A voz de Shiloh estava vazia quando ela finalmente a encontrou. Ela olhou para o teto.

— Eu teria dito: "Cary, estou apaixonada por você e tenho muito medo de perdê-lo. Não sei onde me encaixo na sua vida. Sou sua, mas … acho que você nunca vai me querer."

Cary exalou com força. Como se realmente não quisesse ouvir aquilo.

Shiloh conseguia entender o sentimento.

— Para ser justa … — Ela ainda não conseguia encará-lo. — Acho que levei esse tempo todo para conseguir colocar isso em palavras.

— É — concordou ele em voz baixa. — Eu também.

Shiloh se virou na poltrona para poder apoiar a testa em um dos braços. Ela tinha adquirido muita prática em conversas longas e terríveis no fim do casamento. Já tinha duas ou três posições favoritas para a queda.

— Ei — disse Cary.

— O quê?

— Olhe para mim.

Shiloh levantou o olhar.

Ele parecia derrotado. E incrivelmente bonito.

Ele estendeu a mão.

— Venha cá.

Shiloh mordeu o lábio por um segundo. Em seguida, pegou a mão dele.

Cary a puxou para o sofá e colocou o braço em volta do ombro dela, segurando-a perto de si. Encostou o rosto no topo da cabeça dela e deu um beijo.

Depois de um minuto, Shiloh passou um braço em volta da cintura dele, enroscando-se em seu peito.

Ela poderia ter tido isso? Naquela época?

Desde aquela época?

Não. Mesmo que ela tivesse acertado aos dezenove anos, teria estragado tudo em algum outro momento da linha do tempo. Shiloh não confiava na própria capacidade de se manter no coração de outra pessoa.

Cary continuou com o abraço apertado muito depois de ela ter cedido um pouco. E então ele simplesmente a segurou. Ele descansou a cabeça sobre a dela e colocou o outro braço ao redor dela também.

Ele continuava exalando respirações longas e expressivas. Tipo: "Que bagunça", e " Meu Deus" e "Aqui estamos, eu acho".

Shiloh se sentia sonolenta. O choro sempre a deixava exausta, e os braços de Cary ofereciam um alívio temporário. Ela não estava ansiosa pelo que viria a seguir.

Quando ele levantou a cabeça e tocou o queixo dela, Shiloh quase fingiu estar dormindo.

Ela olhou para ele. Cary parecia triste.

Ele se inclinou um centímetro para a frente e a beijou.

Shiloh não estava esperando, mas o beijou de volta … e voltou a chorar na mesma hora.

Cary a beijou durante todo o tempo. Beijos longos e tristes, com a mão dele na nuca dela. Eram beijos sem esperanças ou ambições. Eram pedidos de desculpas. Louvores. As lágrimas de Shiloh escorregaram até o canto da boca. Cary as lambeu.

Quando percebeu que ele não ia parar, Shiloh se sentou, deixando a boca mais disponível. Cary cantarolou e apertou o pescoço dela. Ela apoiou uma das mãos na camisa dele. Ele a beijou e a beijou. Se ela esvaziasse a cabeça, tudo o que sairia seria o nome dele.

Eles se sentaram no sofá e deram um beijo de despedida por mais ou menos uma hora. Em qualquer outro contexto, teria sido maravilhoso.

Mesmo naquele contexto, beijar Cary foi bastante maravilhoso.

Ele era gentil e atencioso. Esfregava as costas e acariciava o cabelo dela. Ele não se importava em estar no comando, e ela podia se deixar sentir tudo e reagir.

Shiloh recuou quando a luz dos faróis de sua mãe deslizou pela janela panorâmica da frente. Ela se afastou alguns centímetros dele.

Cary manteve o braço em volta do ombro dela. Esfregou a boca.

Shiloh enxugou os olhos. Ajustou o suéter. Ela acompanhou o progresso da mãe subindo os degraus, a batida da porta da varanda, as chaves na fechadura.

A mãe se assustou quando viu Shiloh e Cary juntos no sofá.

— Ah — disse ela. — Cary. Que surpresa agradável.

Cary acenou com a cabeça.

— Estávamos comendo bolo — disse Shiloh. — Quer um pedaço?

— Obrigada. — Ela se inclinou para tirar as botas. — Mas vou cair no sono assim que minha cabeça tocar no travesseiro.

Era mentira. Ela iria beber uma taça de vinho e ler metade de um romance.

— Boa noite — disse Shiloh.

— É bom vê-la novamente, Gloria — disse Cary com uma voz grave.

— Digo o mesmo. Você é bem-vindo aqui a qualquer momento, Cary. Sempre que estiver na cidade.

O estômago de Shiloh se contraiu dolorosamente.

A mãe dela passou pela mesa e parou.

— Isso é um bolo beija-flor?

— Junie e eu fizemos.

— Ok, bem... — A mãe se inclinou e cortou uma fatia de bolo, colocando-a na palma da mão. — Vou comer um pedaço, mas, ainda assim, vou para a cama. Boa noite, boa noite.

— Boa noite — disseram os dois.

Ela desapareceu em seu quarto.

Cary se inclinou para a frente e pegou a caneca na mesa. Ele manteve a mão no ombro de Shiloh enquanto tomava um gole.

— Quer que eu esquente isso? — perguntou ela.

— Não. Fique aqui comigo.

Ele colocou mais chá frio na caneca e entregou a ela. Shiloh aceitou a caneca e bebeu um pouco. Finalmente soltando Shiloh, Cary pegou o prato, ainda com um pedaço de bolo, e se sentou. Mesmo assim, ainda estava se acomodando perto dela.

Ele estendeu o garfo com um pedaço de bolo para ela.

Shiloh olhou para ele por cima da mão. Se fosse honesta, diria que ele parecia muito abatido. Mas ainda parecia gostar dela. Ela deu uma mordida, cobrindo a boca.

— Você tem que ir para casa? — perguntou, mesmo que a última coisa que quisesse fosse Cary fora dali.

— Não. Tenho que comer esse bolo todo.

Shiloh sorriu. Observou enquanto ele comia mais alguns bocados, negando quando ele oferecia.

— Então... — Ela tentou pensar em algo prático para dizer. Alguma coisa simples de conversar. — Você vai conseguir lidar com as contas da sua mãe agora?

— A maioria. — Cary pigarreou e assentiu. — É.

— A sua família ficou brava?

— Bom, eles não vão falar isso para mim. Eles contam comigo para pagar as coisas dela. — Ele olhou de relance para o bolo, franzindo a testa. — Jenny, minha irmã, acha que estou tentando ficar com a casa... Não me importo com a casa. Embora eu *vá* vendê-la assim que a minha mãe precisar de cuidados mais sérios. Então, talvez Jenny esteja certa a meu respeito.

— Sempre quis ter irmãos — disse Shiloh —, mas acho que minha mãe e eu pelo menos nos entendemos. Sabemos que somos só nós duas.

Ele a olhou.

— Parece que está funcionando.

— Está mesmo. Melhor do que eu esperava. Resolvemos muitas de nossas brigas quando eu estava grávida da Junie.

— Por quê?

Shiloh manteve a voz baixa.

— Porque eu tinha pavor de ficar igual a ela!

Cary fez que não com a cabeça.

— Isso nunca ia acontecer. Eu sabia que você seria uma ótima mãe.

— *Como*? Você acabou de me chamar de maníaca.

— Eu também disse implacável. E porque você não foge. Você gosta de estar no comando das coisas.

— Você deveria falar mais, Cary.

Ele deu de ombros, como se não se importasse com isso.

— Quando você se mudou para cá?

— Há dois anos e meio — disse Shiloh.

— Uau. Gus deveria ter...

— Dois meses.

Cary arregalou os olhos, com pena. (Tinha sido um momento horrível e cruel para se divorciar. Isso era óbvio).

Shiloh sorriu.

— Gus é o nome completo dele? — perguntou Cary.

— É.

Cary olhou para baixo, como se estivesse tentando não rir.

Ela lhe deu uma cotovelada.

— Não faça piada com o nome do meu filho. Isso é grosseiro.

— Não estou fazendo. — Ele ainda estava sorrindo com a boca fechada. — É que é muito a sua cara.

— "Gus" é um bom nome.

— "Juniper" também. — Cary sorriu. — Você escolheu esse no ensino médio.

— Isso é *muito* grosseiro...

Ele balançou a cabeça em negação, com os olhos brilhando.

— Eu gosto disso. Gosto do fato de você não ter mudado.

Ela se sentiu afrontada.

— Eu mudei muito!

— Não — disse ele —, você cresceu.

— Ah, *pfff*, você não sabe de nada, Cary...

— Não sei por que está discutindo comigo. É um elogio. — Ele inclinou a cabeça. — *Eu mudei?*

Shiloh olhou para ele. Os olhos ficaram suaves. Ela fez que não.

Cary sorriu novamente.

— Mas você ainda é cheio de surpresas — disse ela.

— Claro... Porque eu poderia ter tomado um rumo diferente.

— É — disse Shiloh. — Acho que sim.

Cary terminou a fatia de bolo e colocou o prato sobre a mesa. Em seguida, sentou-se, estendendo o braço. Shiloh se inclinou na direção dele novamente, e Cary a abraçou. Ela poderia se acostumar com aquilo...

Ela nunca teria a chance de se acostumar com aquilo.

Cary apoiou a cabeça na dela. Eles estavam virados para a frente. Shiloh podia ver o reflexo deles na televisão. Ela observou os dois ficarem tristes novamente.

Todas as conversas — e os beijos — os ajudaram a colocar o passado em contexto, mas não ajudou em nada o futuro deles.

— Tenho uma missão no mar em março — disse Cary, lendo a mente dela. Dali a dois meses.

Ela virou a cabeça para encará-lo.

— O que isso significa para uma civil?

— Significa que passarei literalmente seis meses no oceano.

— Seis meses? Isso é *muito* tempo.

— É normal.

— O normal é muito tempo.

— Vou voltar para o Natal — disse ele. — Talvez você, Mikey e eu … você sabe, poderíamos sair juntos?

Os olhos de Shiloh se encheram de lágrimas.

— Eu adoraria.

Cary estava lhe dizendo o que eles poderiam ter juntos. Era muito menos do que Shiloh queria — e, ainda assim, muito mais do que ela esperava algumas horas atrás.

Ele a abraçou apertado uma última vez e depois se levantou. Ele estendeu a mão para Shiloh, que a aceitou e se levantou com ele.

Cary colocou as mãos nos quadris.

— Estou feliz por ter conhecido seus filhos.

— Eu também. Estou feliz por termos … chegado aqui, eu acho.

— Eu também. — Cary se inclinou e beijou a bochecha dela.

— Vou pegar as chaves — disse Shiloh, com a voz embargada.

— Eu vou andando.

— Está muito tarde.

— Shiloh, sou um homem adulto e um oficial da Marinha.

— Diga isso ao garoto armado que vai roubar seu celular.

Cary aceitou a carona dela. Shiloh lhe deu um de seus cartões de visita antes que ele saísse.

— Ligue se precisar de ajuda em Omaha.

Ele acenou com a cabeça e guardou o cartão no bolso.

— Boa noite, Shiloh.

— Boa noite, Cary.

VINTE E SETE

MIKEY CUMPRIU MESMO SUAS AMEAÇAS. Alguns meses depois do casamento, Shiloh foi convidada para ir à casa dele — a casa de Janine? — para um jantar.

Shiloh teve dificuldade para encontrar uma vaga naquele quarteirão.

Mike e Janine moravam em uma parte mais agradável de North Omaha, um bairro tranquilo perto do rio. A casa deles era grande e antiga, afastada da rua e cercada de árvores. Havia música tocando do lado de fora, embora ainda estivesse frio. Março.

Shiloh subiu os degraus da frente. Estava carregando o vinho que Cary havia deixado em sua casa.

Um casal estava na varanda, discutindo baixinho. Shiloh podia ver as sombras de outras pessoas lá dentro. Ela quase deu meia-volta — era para ser um jantar íntimo.

A porta da frente estava aberta. Ela entrou de uma vez. Havia pessoas sentadas na escada, logo na entrada. E também na sala de estar, comendo queijo e pão e bebendo vinho. Todos pareciam muito confortáveis e muito interessantes. Interessantes para Omaha. Tipo, pessoas que trabalhavam em joalherias artesanais no centro da cidade ou ensinavam poesia na faculdade.

Algumas pinturas de Mikey dominavam a sala — em preto e branco, abstratas, com rostos fotorrealistas escondidos em lugares estranhos. Eram enormes, presas às paredes e iam quase até o teto. Elas não deviam estar à venda — como ele poderia tirá-las de lá?

Shiloh ainda estava pensando em dar meia-volta quando uma mulher loira e muito grávida entrou na sala com uma bandeja com mais queijo.

— Shiloh? — disse a mulher.

Shiloh olhou para ela por um segundo.

— Janine?

— Eu mesma. Meu Deus, Mike vai ficar muito feliz por você ter vindo!

Shiloh assentiu.

— É ótimo finalmente conhecer você. — Elas haviam se conhecido no ensino médio? Esperava que não. — Vi você de longe no casamento…

Janine estava menos radiante do que no casamento, mas ainda assim era muito bonita. Ela tinha um cabelo longo e loiro e grandes olhos azuis. Pele rosada e brilhante. Estava usando jeans e uma camiseta preta justa com um blazer azul por cima — chique mas ainda casual, e bem grávida. Ficava bem nela.

— É, desculpa… — disse Janine. — Tinha tanta coisa acontecendo naquela noite. Mas, bem… — Ela sorriu. — Com você também.

Shiloh riu, desconfortável.

Janine colocou o queijo numa mesa e pegou o braço de Shiloh.

— Vamos procurar o Mike.

Elas passaram pela sala de jantar e pela cozinha. Shiloh gostou da casa deles. Os móveis eram simples, as paredes eram brancas e havia arte por toda parte.

Janine a levou até a porta dos fundos. Era de lá que a música estava vindo. Havia uma grande fogueira com as pessoas reunidas ao redor, usando casacos quentes e toucas, e bebendo cerveja.

Mikey estava ao lado da churrasqueira, assando salsichas, ao que parecia.

— Mike! — chamou Janine. — Olha só quem eu encontrei.

O rosto dele se iluminou.

— Shiloh!

Ele acenou com a mão que não estava segurando a pinça de churrasco.

— Ei — disse Shiloh, abraçando-o. — Você não me disse que era uma festa.

Ele deu uma piscadela.

— Se eu tivesse dito, você não teria vindo.

— Isso é cem por cento correto — comentou Shiloh, olhando para o pátio e fazendo uma careta.

Mikey sorriu.

— Achei que seria bom para você conhecer algumas pessoas. Algumas pessoas legais de Omaha. Artistas. Escritores. Pensadores.

— Mike, eu trabalho em um teatro comunitário. Minha vida é infestada por artistas, escritores e pensadores. *Literalmente* infestada. Por exemplo, tenho que dedetizar meu escritório duas vezes por ano.

— Uau — disse Janine, olhando para ele. — Ela é realmente igual ao Cary. Você não estava brincando.

Mikey balançou a cabeça, ainda sorrindo.

— Dois roceiros que não saem de casa.

— Eu saí — retrucou Shiloh. — Estou aqui. Trouxe vinho para você.

Ele aceitou a garrafa.

— Obrigado, Shiloh. Quer um pouco? Quer uma cerveja? Uma sidra quente? Quer uma salsicha? Elas são do Stoysich.

Stoysich era um açougue local. E Mikey estava usando um moletom vintage de uma cervejaria extinta de Omaha. Aparentemente, estava voltando às origens. Talvez a cidade ficasse charmosa quando se saía de lá.

Ela suspirou.

— Claro. Aceito uma salsicha.

— Comprei esses pãezinhos no Orsi's — contou ele, pegando um pão.

— Stoysich, Orsi's. Warren Buffett está aqui? Bright Eyes vai tocar mais tarde?

Mikey revirou os olhos e entregou a salsicha. Janine havia se afastado deles para falar com outra pessoa.

— Ei... — Shiloh baixou a voz e acenou com a cabeça para Janine. — Parabéns. Eu não sabia...

— Cary não contou? — Mikey voltou a sorrir. — Casamento à jato.

— Estou feliz por você — disse Shiloh com sinceridade.

— Obrigado — respondeu ele, também sincero e um pouco envergonhado. Em seguida, bateu de leve o quadril no dela. — Obrigado, Shy. — Ele voltou para a grelha. — Foi meio que um acidente, sendo sincero. Mas depois pensamos: *Que se dane. Vamos nessa!* Provavelmente, essa é a melhor coisa que já aconteceu, sabe?

Ela assentiu.

— Bom para você. Vou providenciar aulas gratuitas para o seu filho no teatro. Temos aulas de voz, movimento, dança...

Mikey apontou a pinça para ela.

— Tenho a sensação de que esse deve ser um ótimo presente. Obrigado. Você é como uma fada-madrinha que traz coisas boas. As bênçãos.

— Então você realmente voltou para Omaha...

— Voltei. — Ele assentiu com vigor. — Pelo menos em meio período. Preciso ir a Nova York às vezes, para os negócios. E as festas. Mas posso pintar aqui. — Ele parecia compartilhar uma epifania com ela. — Quero dizer, *realmente* posso pintar aqui. É tão silencioso. E bem longe de qualquer um que queira algo de mim.

— Isso vai durar aproximadamente... Para quando está marcado o parto? Dois meses?

— Rá! — disse Mikey. — *Não é*? Isso, isso, isso. — Ele virou uma fileira de salsichas. — Não tem problema. Estou disposto a fazer isso.

— Está mesmo — respondeu Shiloh, encorajadora. — Você vai ser um ótimo pai.

Ele olhou para ela, enrugando um pouco o nariz.

— Acha mesmo?

— Acho.

— Por quê? Seja específica.

— Hum... — Shiloh estalou a língua algumas vezes. — Ok. Você é divertido. — Ela olhou em volta, para o cenário ainda desesperador de uma festa. — E consegue mentir com uma cara séria. Isso vai ser útil.

Ele apontou a pinça para ela novamente.

— Você vai se divertir muito nessa festa. Eu juro por Deus, Shiloh.

***

Shiloh não se divertiu muito na festa.

Ela ficou ao lado da fogueira e ouviu as pessoas discutirem se a cidade algum dia teria bondes e como obter uma licença para galinheiros no quintal.

Depois, entrou e ouviu falarem sobre uma fundação controversa que estava financiando arte pública de mau gosto — mas não do tipo *bom* de mau gosto.

Em seguida, voltou para o quintal e ouviu mais um pouco sobre o galinheiro. Aparentemente, era preciso ter cuidado com os guaxinins.

Todas essas coisas eram boas para se falar. Talvez aquelas pessoas fossem boas e interessantes.

Mas Shiloh estava cansada de conhecer pessoas. Cansada demais.

A mãe dela tinha razão, não se podia fazer novos velhos amigos — mas Shiloh também não estava a fim de fazer *novos* amigos.

A perspectiva de conhecer alguém, conversar um pouco e seguir em frente… Criar vínculos provisórios, construir confiança, desenvolver piadas internas… Aprender os nomes de cônjuges, filhos, colegas de trabalho…

Shiloh, sinceramente, não conseguia se imaginar passando por todas essas etapas.

Ela *nunca* havia feito isso. Shiloh fez amizades na escola e no trabalho, com pessoas com as quais ela ficava presa o tempo todo. A ideia de fazer amigos além desses lugares? Inconcebível. Completamente desinteressante.

Se quisesse fazer amigos, ela preferiria procurar todas as pessoas de quem já gostava e que quase nunca via.

Como estava esfriando, a festa foi transferida para dentro de casa. Falou-se em charadas. Shiloh era, é claro, *fenomenal* em charadas. Mas ela preferia engolir um carrapato a jogar charadas com estranhos. De *graça*.

Encontrou um lugar perto do que restava da fogueira e bebeu o que restava da sidra de maçã no copo.

Queria ir para casa, mas não queria atravessar a casa e ter que se despedir de todos. Talvez ela pudesse se esgueirar pelos arbustos na lateral do jardim.

A porta dos fundos se abriu. Shiloh reconheceu a silhueta de Mikey.

O amigo foi até ela. Ela suspirou com os lábios fechados.

— Aí está você — disse Mikey, quando chegou perto o suficiente.

— Aqui estou — concordou Shiloh.

Ele se sentou ao lado dela — ela estava sentada em um tronco achatado — e estendeu as palmas das mãos na frente do fogo.

— Você odeia mesmo festas, não é?

— Odeio mesmo.

— Achei que pudesse gostar depois que viesse aqui e visse como era bonito…

— Desculpa, Mikey. Não quis ser rude com seus amigos.

— Você não foi. Todos gostaram de você. Um de nossos vizinhos gostou *muito* de você. Ele acha que você parece uma jovem Cher… o que é *muito* generoso na minha opinião.

Shiloh sorriu.

Mikey pegou um graveto para atiçar o fogo.

— Você não foi rude, mas, como sou um amigo antigo, percebi que não estava se divertindo.

— O que me denunciou? O fato de estar sentada sozinha no escuro?

Ele sorriu.

— Foi, sim. Então me lembrei daquela vez em que você se escondeu no banheiro por uma hora na festa de ano-novo da Tanya…

— A casa dela tinha dois banheiros.

— Sinto muito — disse ele. — Da próxima vez, vamos jantar. De verdade.

— Tudo bem. É bom para mim sair, mesmo que eu não fale com ninguém. Foi ótimo conhecer a Janine e ver que você está tão bem.

— Janine é ótima.

— Dá para perceber.

Shiloh estava falando sério. Janine parecia ser realista e descontraída. Ela ria das constantes piadas de Mikey sem rir demais. E ele parecia apaixonado por ela.

Mikey olhou para Shiloh com o canto do olho. Estava sorrindo.

— Então… como estão as coisas entre você e nosso amigo Cary?

— Ah… — Shiloh deu de ombros. — Estamos bem? Por que, o que Cary disse?

— Cary não me disse nada. Ele é um cavalheiro. Ele nunca vai falar sobre você. Mas você não é um cavalheiro, Shiloh. Pode ir falando.

Ela fez que não.

— Não tenho nada para falar.

Mikey inclinou a cabeça, apertando um olho.

— Talvez eu acreditasse nisso se não tivesse visto vocês filmando uma comédia romântica na festa do meu casamento. Tipo, sério. O casamento era meu, mas vocês foram eleitos o casal mais bonito.

Shiloh olhou para o fogo. Estava envergonhada. Devia ser falta de educação criar uma cena amorosa no casamento de outra pessoa.

— Não sei o que dizer… não aconteceu nada.

Mikey fez outra careta.

— *Nada*, nada?

— Nada de mais — disse ela. — Só conversamos.

— Não acredito em você.

— Ok, que tal isso… — Ela estendeu os braços. — Desenterramos nosso passado e colocamos tudo à vista tentando descobrir que tipo de desastre natural aconteceu e destruiu tudo.

Mikey assentiu. Estava desapontado.

— Tudo bem, acredito nisso. Isso parece algo que fariam. Vocês dois.

— O que isso significa?

— Que *você* pensa demais nas coisas… e Cary guarda rancor.

— Estou fazendo parecer pior do que foi — comentou Shiloh, chutando uma pedra ao lado da fogueira. — Foi bom, na verdade. Esclarecer as coisas com ele. Foi a primeira conversa de verdade que tivemos em anos.

Mikey balançou a cabeça, como se ouvir aquilo o incomodasse.

— *O quê?*

— Achei que vocês tinham se ajeitado naquela noite. Eu estava pronto para receber o crédito.

— Nós meio que *fizemos* isso. Acho que Cary e eu devemos ser apenas amigos.

— Bes-tei-ra — retrucou Mikey, esticando as sílabas.

— Ah, você não pode dizer que isso é besteira.

— Como a pessoa que acompanhou vocês por cinco anos, posso, sim.

— O que isso quer dizer?

Ele parecia estar sofrendo.

— Ora, Shiloh, você sabe o que quero dizer.

— Cary e eu nunca namoramos no ensino médio.

— Sim, eu sei, mas não entendo por quê.

Ela deu de ombros.

— Éramos amigos.

— Não. — Ele fez um sinal entre eles com o toco de madeira. — *Nós* éramos amigos. Você e Cary ficaram presos em um ciclo sexual de eles-querem-ou-não-querem.

— Bem, acho que a resposta é: eles não querem.

Era a resposta curta, pelo menos.

— Então, vocês simplesmente dançaram a noite toda e depois tiveram uma longa conversa platônica.

— Basicamente.

Ele cutucou algumas brasas.

— Que anticlimático.

— Não sei o que você quer ouvir… — Shiloh se inclinou para a frente com um cotovelo no joelho. — Não somos mais adolescentes. Eu tenho filhos, Cary mora em um barco… e todas as nossas experiências compartilhadas são da adolescência. Só porque *você* se casou com *seu* primeiro amor…

— Janine não foi o meu primeiro amor — disse Mikey, corrigindo-a rapidamente.

— Cary me disse que vocês namoraram escondido no ensino médio.

— Namoramos. E foi legal. Éramos bons amigos. Mas não, não estávamos apaixonados. Meu primeiro amor foi na faculdade. Ela era uma psicopata completa que me fazia dormir com as roupas que tinha usado durante o dia. E a Janine… Bem. — Ele olhou para baixo. — O primeiro amor dela morreu de câncer.

— Ah, meu Deus, sério?

— Sério. — Mikey franziu a testa, quebrando o graveto no fogo. — O primeiro marido. Foi trágico.

— Sinto muito.

— Eu também. Se eu pensar muito sobre isso, eu me perco… Ele deveria estar aqui em vez de mim. Mas *estou muito feliz por estar aqui*. — Mikey rosnou, frustrado, balançando a cabeça. — De qualquer forma. Janine e eu nunca teríamos ficado juntos no ensino médio. Naquela época, nós dois éramos meio burros e duplamente estúpidos. Ela terminou comigo depois do baile de formatura porque eu não acreditava em Jesus. Agora eu pinto, tipo, profanações de verdade, e ela quer ter bebês comigo.

Shiloh estava mordendo o lábio inferior e rindo baixinho.

— Acho que isso prova o que quero dizer: relacionamentos no ensino médio não são mágicos. Não são um destino manifesto.

— *Pfff*. Janine e eu não tínhamos nada como você e Cary naquela época — disse Mikey. — Vocês eram conectados pelo tronco cerebral.

— É…

Shiloh não podia discordar. Eles *tinham* uma conexão. Tinham algo. Mas ela não achava que isso significasse… *qualquer* coisa agora.

Ela não queria passar a vida inteira tentando fazer com que aquilo significasse alguma coisa.

— Estou muito feliz por Cary e eu termos finalmente conversado — confessou ela. — Se quiser, pode levar o crédito por isso. Por reavivar nossa amizade. Ele disse que talvez pudéssemos sair todos juntos quando ele voltar para o Natal.

O rosto de Mikey se iluminou novamente.

— Claro que sim! Isso seria ótimo. Precisamos fazer isso! Nunca estamos todos os três no mesmo lugar.

— Bom, estou sempre em Omaha… — disse Shiloh, franzindo a testa. — Você disse à Janine que somos parecidos?

— Você e Cary?

— Isso.

— Sim, claro. Às vezes, são praticamente a mesma pessoa.

— Ei — objetou Shiloh. — Não poderíamos ser mais diferentes! Ele está na Marinha, e eu votei em Ralph Nader.

Mikey se virou para ela.

— Você está brincando comigo... Votou *mesmo* nesse cara?

Ela cruzou os braços.

— Não quero falar sobre isso. Tenho alguns arrependimentos. Não tenho nada *além* de arrependimentos. O que é outro ponto em que não sou igual a Cary.

— Vocês parecem diferentes por fora — disse Mikey. — Embalagens diferentes. Mas são muito parecidos por dentro.

— Como? — perguntou Shiloh. — Seja específico.

— Vocês dois são inteligentes. Ambos são obstinados e... como se diz "arrogantes" de um jeito legal?

— Não existe uma maneira agradável de dizer isso.

Mikey deu de ombros, como se não fosse problema dele.

— Além disso, vocês riem das mesmas piadas.

— Nós rimos das *suas* piadas.

— Deve ser por isso que nos damos tão bem.

— Hmmm — disse Shiloh em dúvida.

— Você não vai se ver livre de mim até o Natal — retrucou Mikey. — Estou de volta à cidade agora, e somos irmãos de sangue.

VINTE E OITO

Antes

— DEVÍAMOS SER IRMÃOS DE SANGUE — disse Mikey.

— Não — respondeu Cary.

Shiloh fez uma careta.

— Você nunca ouviu falar em Aids?

— Nós *não* temos Aids — disse Mikey. — Alguém neste carro já fez sexo?

Shiloh tinha dezesseis anos. Não havia feito nada. Tentou não olhar para Cary e ver a expressão dele. Eles estavam voltando para casa depois de passarem o dia em um grande salão de jogos no lado oeste. Cary estava dirigindo, e Shiloh estava espremida entre eles.

— As pessoas nos filmes estão sempre fazendo pactos de sangue e sendo convidadas para fazer meinha — reclamou Mikey.

— Que tipo de filme você anda vendo? — perguntou Cary.

— O que é fazer meinha? — quis saber Shiloh.

— Nada — disse Cary.

Mikey deu uma cotovelada nela.

— Conto mais tarde. Para que fique registrado, não estou propondo nada. Só estou dizendo que seria bom ser convidado. Seria bom ser convidado para *algum* ritual sagrado.

Shiloh sorriu para ele.

— É porque acabamos de ver a *Sociedade dos poetas mortos*?

— É — disse Cary.

Mikey se virou para eles em seu assento.

— Vocês não gostariam de entrar em uma sociedade secreta? E se todas as outras pessoas legais estiverem em uma e nós não soubermos? Vocês poderiam estar em uma e não me contar. Vocês são irmãos de sangue?

— Não — disse Cary.

Shiloh ergueu a palma das mãos e os ombros.

— Poderíamos ter feito um pacto de sangue para não contar para ninguém…

— *Merda* — disse Mikey.

— O que você acha que as pessoas fazem em sociedades secretas? — Shiloh se perguntou em voz alta. — Acho que ninguém realmente lê poesia.

— É para pessoas ricas — comentou Cary. — Eles constroem vínculos para permitir futuros conluios e corrupções.

— Eles têm anéis combinando — completou Mikey. — Essa é a parada, certo? E batidas secretas. Camaradagem. Lealdade para toda a vida.

— Você pode ter a minha lealdade para sempre, Mikey — disse Shiloh. Parecia fácil dizer isso.

— E o Cary? — perguntou Mikey a ela. — Você pode se aliar a ele? Tem que ser todos por um e um por todos.

Ela riu.

— Cary já tem minha lealdade vitalícia.

— Fodam-se vocês — xingou Mikey. — Sabia que tinham me deixado de fora. Cortaram a palma das mãos com um canivete?

— Não — respondeu Cary.

— Apertaram as mãos em uma fogueira de andarilhos?

— O que é uma fogueira de andarilho? — perguntou Shiloh.

— Ele está inventando — disse Cary.

Mikey apontou para Cary por cima de Shiloh.

— É a fogueira que os andarilhos fazem em uma lata de lixo para se aquecer! Eu não inventei isso. Está em *Fahrenheit 451*.

— Acho que ele está tentando distrair você, Mikey — observou Shiloh, cutucando a coxa de Cary. — Cary não quer ser nosso irmão de sangue.

— Ah, meu Deus! — exclamou Mikey, desanimado. — Tem razão. O que está acontecendo, Cary? O que o está impedindo? Você adora essa merda de juramentos.

— Ele está disposto a dedicar sua vida a este *país* — advertiu Shiloh. — Mas não a você.

— Está ficando cada vez pior — rebateu Mikey.

Shiloh puxou um passante da calça militar de Cary.

— O que você quer de mim? — perguntou Cary.

— Sociedade secreta — respondeu Mikey. — Aqui e agora. Laços sagrados. Possivelmente de sangue.

— Sem sangue.

— Mikey quer que você seja o melhor amigo dele para sempre — disse Shiloh.

— Você também, Shy. — Mikey deu outra cotovelada nela. — Vamos comprar capas…

— Nada de capas — interrompeu Cary.

— Mas teremos um aperto de mão secreto, certo? E uma palavra que dizemos uns aos outros quando precisarmos de lealdade sem perguntas.

— Não é suficiente que eu leve vocês para todos os lugares?

— Não! — Mikey bateu com a mão no painel.

Shiloh mordeu o lábio inferior e deu uma risadinha.

— Tudo bem, tudo bem. Tanto faz — disse Cary.

— É claro que não é "tanto faz" — respondeu Shiloh. — Você já eliminou o sangue e as capas.

— De nada por isso.

Mikey ergueu a mão direita, como se estivesse prestando juramento.

— Lealdade! Sua espada na batalha! Seu ombro no desespero!

— Isso é legal — disse Shiloh. — Eu gosto.

— Seu voto — continuou Mikey —, caso eu venha a concorrer a um cargo público.

— Não — disse Cary.

Eles chegaram à casa de Mikey. Cary estacionou na garagem.

— Tudo bem — cedeu Mikey. — Apenas concordamos em proteger um ao outro, em qualquer circunstância.

Shiloh observou Mikey por um segundo. Às vezes, ele conseguia ser um verdadeiro pateta. E não sabia quando era o limite. Mas, se ele dissesse que havia encontrado um cadáver na floresta, ela guardaria o segredo se ele pedisse.

— Sim — disse ela —, está bem.

— Cary? — insistiu Mikey.

Cary suspirou.

— Sim. Eu protejo você.

— Você jura?

— Juro.

— E Shiloh também? — Mikey balançou a mão entre eles. — Vocês vão ser bons um com o outro?

— Você não precisa me incluir nisso só porque estou aqui — pediu Shiloh.

— Ah, meu Deus — respondeu Mikey. — Cale a boca. Você está envolvida nisso, Shiloh.

Shiloh se virou para Cary.

Ele estava olhando para ela.

— Você já tem a minha espada, Shiloh. E meu ombro.

Shiloh sentiu o rosto ficar quente.

— Obrigada, Cary. Você também… já sabe.

— Isso! — exclamou Mikey. — Agora temos que dar as mãos ou algo assim. Tem certeza de que não podemos usar sangue? Acho que o risco real é muito baixo, e então teremos cicatrizes finas para marcar a ocasião.

Shiloh poderia ser convencida a fazer isso…

— Não — disse Cary.

— Cuspe então — argumentou Mikey.

— Por que cuspir?

— Eles fazem isso em filmes… não sei, acho que é um bom meio-termo.

Cary deu de ombros.

— Tá, tudo bem.

— *Sério?* — Shiloh estremeceu. — Para vocês *cuspe* é um meio-termo? Eu prefiro o sangue.

Mikey cuspiu, excessivamente, na palma da mão e a estendeu.

Cary cuspiu na própria mão e depois segurou a de Mikey. Mikey esfregou o cuspe. Cary revirou os olhos.

Shiloh estava tremendo com todos os músculos do corpo e fazendo um som gorgolejante.

— Vamos, Shiloh — disse Mikey, estendendo a mão para ela. — Vamos fazer isso.

— *Nãoooo.* — Tudo aquilo tinha tomado um rumo muito ruim.

— Uau — disse Mikey. — Você vai perder a chance de um vínculo para toda a vida.

— Não posso fazer isso — respondeu ela.

— Vamos lá! — ordenou Mikey. — Antes que nossa saliva seque.

Shiloh levou a mão esquerda à boca e cuspiu.

— Mão errada — disse Cary.

Ela gemeu, ainda se contorcendo, e cuspiu na mão direita.

Mikey pegou a mão dela e apertou. Estava molhada. Shiloh colocou a língua para fora e teve uma ânsia de vômito.

Mikey afastou a mão. Cary estava olhando para Shiloh, sem expressão.

— Complete o ritual — disse Mikey.

Cary levantou uma sobrancelha.

Ela estendeu a mão, ainda fazendo uma careta. Cary a encarou, pegou a mão dela e a apertou.

— É isso *aí!* — gritou Mikey. — Estamos em um *grupo*. Vocês, seus idiotas, nunca vão se livrar de mim. Vou soterrar vocês com muitos segredos perigosos.

Shiloh limpou a mão esquerda na perna.

— Não limpe isso! — disse Mikey.

— Essa era a mão errada.

— Você precisa deixar secar para que o compromisso se estabeleça. Irmãos de sangue para toda a vida.

— Irmãos de *cuspe* — corrigiu Shiloh.

VINTE E NOVE

— RYAN VEIO À APRESENTAÇÃO ontem à noite — contou Tom. — Ele te contou?
— A *essa* apresentação?
— Essa mesmo.
Shiloh era obrigada a assistir a todas as apresentações principais do teatro pelo menos uma vez. Ela sempre ia com Tom, seu vice no departamento de educação e seu melhor amigo durante o horário de trabalho. (O que também o tornava seu melhor amigo de modo geral.)
Shiloh levava os filhos para as apresentações, e Tom trazia seu parceiro, Daniel, que trabalhava na área de marketing de uma grande loja de móveis. Hoje, os cinco estavam sentados na última fileira do teatro.
Shiloh e Tom estavam sentados um ao lado do outro. As crianças estavam sentadas ao lado de Daniel porque ele tinha jujubas.
— Por que Ryan viria ver essa peça? — perguntou Shiloh.
Era um projeto educacional financiado pelo Departamento de Agricultura. Eles haviam trazido atores adultos profissionais, mas ainda assim... não era a peça mais artística já produzida.
Tom fez uma cara triste. Ele tinha cabelo ruivo, óculos de armação clara e um mestrado em direção artística pela Northwestern. Suas caras de tristeza eram sempre um pouco exageradas.
— Ouvi dizer que ele está namorando uma das atrizes.
— Ah — respondeu Shiloh.
— Quer ir embora? — Tom pegou o casaco. — Vamos embora. Vamos dizer que alguém ficou doente... Daniel consegue vomitar só de pensar em ovos mexidos.
— Não — disse Shiloh. — Está tudo bem. Estou bem.
Tom fez uma cara ainda mais triste. Durante o divórcio havia conseguido manter Shiloh intacta a custo de fita adesiva e arame (o que não era parte do trabalho dele). Ele sabia quanto ela podia não estar bem em relação a Ryan.
— Tem certeza?
— Não me importo de vomitar para sair de uma peça infantil — comentou Daniel, amigavelmente, entregando uma jujuba a Gus. — Já fiz isso antes.
Daniel era sino-americano. Tinha um corte de cabelo que parecia caro e sempre usava lindas gravatas estampadas com arabescos. Shiloh gostava muito dele.
— Estou falando sério — respondeu ela. — Estou bem.
Tom franziu a testa.
— Quer que eu conte qual é a atriz?

— Não. Vou adivinhar. Isso vai me manter acordada durante o show. De quem você ouviu isso?

— Kate. Ela está indignada por você.

— Ah.

Kate era a figurinista que convidara Shiloh para sair alguns meses antes. Shiloh respondeu que não estava pronta para namorar.

Tom era um defensor de Kate.

Tom era um defensor da mudança para Shiloh.

Ele não acreditou quando Shiloh disse que estava seguindo em frente. Que seguir em frente como uma mãe divorciada na casa dos trinta anos poderia significar ser menos infeliz. Desfrutar de uma boa pera. Dormir oito horas seguidas. Usar brincos. "Isso não é seguir em frente, Shiloh. Isso é apenas ser feliz de uma forma triste."

Tom adoraria saber sobre o encontro de Shiloh com Cary…

Se ela tivesse coragem de falar sobre isso.

A peça começou. Gus subiu no colo de Shiloh assim que Daniel ficou sem jujubas.

Era óbvio qual atriz Ryan estava namorando. Shiloh percebeu isso assim que a mulher entrou no palco vestida como uma caixa de leite desnatado. Ela tinha cabelo escuro e peitos grandes. Ryan tinha um tipo.

— Eu conheço ela… é a Jocelyn! — disse Junie, antes que Tom pudesse confirmar.

Depois da peça, todos atravessaram a rua e foram a uma sorveteria gourmet.

— O sorvete está no topo da pirâmide alimentar — disse Junie, confiante.

— Isso significa que é o melhor alimento — emendou Daniel.

Tom e Daniel vinham de cidades maiores. Haviam se mudado para Omaha oito anos antes para que Tom pudesse trabalhar no teatro em tempo integral e colocar isso no currículo. O plano sempre foi seguir em frente.

Shiloh ficaria arrasada se isso acontecesse.

— O que vai fazer neste fim de semana? — perguntou Tom enquanto esperavam pelos sorvetes. — Ryan vai ficar com as crianças?

— Vou fazer *muitas* coisas — respondeu ela.

— Ah, vai saborear uma bela pera? — indagou Daniel.

Shiloh franziu a testa para Tom.

— Você conta a ele todas as coisas idiotas que eu digo?

— Daniel e eu não temos segredos.

TRINTA

PROVAVELMENTE FOI BOM, NO CÔMPUTO geral, ter tido filhos com alguém que acabaria querendo a guarda compartilhada.

Ryan havia se recusado a sair de casa na noite em que Shiloh tentou expulsá-lo.

Ele se sentou no sofá com os braços cruzados. "Não vou abandonar meus filhos. Não vou me afastar *fisicamente* deles. Se você precisa ir, vá!"

Então, Shiloh acordou as crianças e as colocou nas cadeirinhas, ambas chorando, enquanto Ryan a seguia pela garagem, jurando o tempo todo que não a deixaria levar nem elas *nem* o SUV Subaru. Depois, ficou atrás do carro para que ela não conseguisse sair.

Por fim, Shiloh saiu e lhe disse que ele estava traumatizando Junie de uma forma da qual ela jamais se recuperaria.

— Ou talvez você a esteja traumatizando! Ao separar a garota do pai!

Eles ficaram na garagem gritando um com o outro.

De alguma forma, a história havia mudado *do que Ryan havia feito* para *o que Shiloh estava fazendo*. Era *ela* que estava machucando *ele*. Ryan era um pai lutando por sua família.

Eles só pararam porque Gus estava gritando alto o suficiente para que pudessem ouvi-lo do lado de fora do carro — e o leite de Shiloh havia vazado pelo sutiã e pela camiseta.

— Não vou tirá-los de você — prometeu ela a Ryan. — Nós vamos dar um jeito.

E eles deram. Foi assim:

Ryan ficava com as crianças por dois dias da semana, depois Shiloh ficava com as crianças por dois dias da semana, depois Ryan ficava com elas nos três dias do fim de semana. Na semana seguinte, trocavam.

Era uma maneira caótica de dividir o tempo meio a meio — Shiloh não conseguia planejar uma semana de trabalho consistente assim —, mas significava que ninguém passava mais de três dias sem se ver. Quando Gus ainda estava mamando no peito, Ryan deixava Shiloh ficar com ele todas as noites.

Assim que Ryan percebeu que Shiloh não iria manter as crianças longe dele, o restante do divórcio correu sem problemas. Eles venderam a casa e dividiram o escasso patrimônio. Ryan ganhava um pouco mais, por isso pagava uma pequena quantia de pensão alimentícia.

Dos pertences que compartilhavam, ele queria tudo o que compraram que fosse novo e ela, tudo o que compraram que fosse velho.

Eles brigavam por livros e brinquedos da Junie e pelas coisas de bebê do Gus.

"Os culhões desse cara", comentou a mãe de Shiloh. "Ele deveria ficar com o rabo entre as pernas, aceitando tudo o que você desse a ele."

Mas Shiloh percebeu que, no longo prazo, era melhor para as crianças ter um pai que lutasse por elas, que estivesse disposto a passar metade dos dias dele com elas, sozinho.

Ela confiava em Ryan para cuidar de Junie e Gus. Ele era sensível e carinhoso. Gostava de ser pai.

Shiloh acreditava sinceramente que Ryan também gostava de ser marido — ele só não era muito bom nisso.

Talvez ela não tivesse sido muito boa como esposa.

A guarda compartilhada significava que as noites de Shiloh eram barulhentas e frenéticas ou longas e tranquilas. Ela ficava até tarde no trabalho quando Ryan ficava com as crianças e tentava adiantar a maior parte das tarefas domésticas.

Ryan planejava ensaios mais longos para as noites de folga. Ambos trabalhavam muitos finais de semana e contavam com a ajuda de suas famílias, mas concordaram em estar presentes o máximo possível quando fosse a vez deles de cuidar das crianças.

Era isso que Shiloh odiava no arranjo: a sensação de que ela *não* era mãe nos dias de folga. Que seus filhos só tinham mãe na metade da vida deles.

Ryan poderia dizer a mesma coisa, pensava Shiloh, mas ela achou a própria perda mais convincente. Ela era a *mãe* deles.

"Você está fazendo o seu melhor", dizia a mãe dela. (Uma mulher que nunca se preocupou muito em estar presente.)

Mas, se Shiloh estivesse fazendo o seu melhor — o seu melhor de verdade —, não teria feito as escolhas que a levaram até *isso*. À maternidade de meio período.

Ela queria ficar em casa com os filhos. Agora, ela só ficava em casa com eles duas noites por semana e a cada dois finais de semana. Se começasse a pensar nisso, toda a sua vida começava a girar e girar em direção ao ralo. Era *intolerável*.

Mas o que ela poderia fazer, a não ser tolerar?

Desligado, desligado. Ligado, ligado. Desligado, desligado, desligado.

Quando Mikey convidou Shiloh para jantar de novo, não foi difícil para ela encontrar uma noite livre.

Dessa vez, foi melhor. As únicas convidadas eram Shiloh e uma antiga amiga do colégio, que havia crescido com Janine.

O assunto da noite foi a chegada do bebê. Planos e logística. Janine trabalhava como redatora em uma revista do setor de viagens. Ela provavelmente passaria a trabalhar como freelancer após a licença-maternidade. Mikey não era um superstar para os padrões de Nova York — segundo ele —, mas, para os padrões de Omaha, ele ganhava muito bem. Eles conseguiriam se virar.

— Estou tentando convencer outros artistas a se mudarem para cá — contou ele durante a sobremesa. (Torta de damasco de uma padaria local.) — Eles podem comprar casas e estúdios! A colônia de artistas de Omaha!

— Ninguém ama um colono — disse Shiloh. — Nossa proporção de artista para pessoa sã é perfeita.

Algum tempo depois, a irmã de Janine organizou um chá de bebê. Shiloh comprou um conjunto de cerâmica na loja de antiguidades: uma canequinha e uma tigela com cordeiros pintados.

— Espero que não seja tinta com chumbo — comentou, depois de dar uma olhada.

Elas compartilhavam o amor por coisas antigas, mas a mãe achava que Shiloh estava exagerando. "É como se você estivesse comprando todas as coisas que jogamos fora quando sua avó morreu."

Quando o bebê nasceu, Shiloh disse a Mike e Janine que ligassem se precisassem de ajuda. Mas ambos tinham famílias grandes, e Janine tinha os próprios amigos. Shiloh foi conhecer o bebê — Otis — cerca de um mês após seu nascimento. Era um bebê careca e saudável. Janine estava exausta. Mikey disse que iria se afastar um pouco do trabalho, talvez dois meses e meio. Era mais tempo do que a licença-maternidade que Shiloh havia tido no teatro.

Shiloh começou a sentir inveja deles. Não que ela quisesse outro bebê...

Ela tinha ciúmes de como eles pareciam estar *bem* juntos. Estavam fazendo tudo certo. Eles se amavam. (Um observador casual teria dito a mesma coisa sobre Ryan e Shiloh...)

E ela tinha inveja do que eles estavam oferecendo ao filho. A atenção de dois pais. A mesma casa sete noites por semana.

Shiloh não gostava de se sentir assim. Ela estava um pouco feliz pelo fato de Mikey estar muito ocupado para convidá-la para festas.

TRINTA E UM

SHILOH ATENDEU AO TELEFONE ANTES de estar totalmente acordada. Ela achou que fosse Ryan.

— Alô?

— Shiloh? — Não era o Ryan.

— Quem é?

— É o Cary.

— *Cary*? Você está bem?

— Estou bem. Desculpa por ter acordado você. Eu, hum, minha mãe...

— Ela está bem?

— Não... Ela caiu e está esperando que alguém volte para casa. Acho que deve ter sido ruim, porque ela me procurou, mas não me deixa ligar para a emergência... e agora não atende ao telefone.

— Eu vou até lá — disse Shiloh. — Vou agora mesmo.

— Está bem. — Ele parecia aliviado. — Obrigado. Tem uma chave na caixa de correio. Não na caixa de correio propriamente dita. A antiga, dentro da varanda.

— Entendi.

— Muito obrigado mesmo, Shiloh.

— Não se preocupe com isso. Eu ligo para você quando chegar lá.

— Sei que você não gosta de cachorros...

— Vou ficar bem.

— Se não se sentir segura, ligue para a emergência. Ligue para a emergência se for preciso.

— Ligo para você quando estiver lá — repetiu Shiloh.

— Obrigado.

— Tchau.

Shiloh desligou e olhou para o relógio: três da manhã.

As crianças estavam na casa de Ryan. Ela se vestiu e desceu para dizer à mãe para onde estava indo.

— Eu vou com você — disse a mãe.

Shiloh quase disse a ela que voltasse a dormir, mas depois reconsiderou.

— Pode ser uma boa ideia, obrigada.

Shiloh pegou alguns palitos de queijo na geladeira. A mãe dela entrou na cozinha vestindo camiseta de pijama e calça de moletom.

— Cachorros podem comer queijo, certo? — perguntou Shiloh.

Quando chegaram à casa de Cary, não havia carros na entrada da garagem. Os cachorros ficaram loucos quando ouviram que tinha gente na varanda.

— Dê um jeito neles — disse Shiloh, entregando os palitos de queijo à mãe e pegando a chave.

Shiloh abriu a porta.

— Lois? Sou eu, Shiloh. — Os cachorros estavam pulando na porta, arranhando-a.

— Entre — disse a mãe dela. — Seja confiante. Eles sentem o cheiro do medo.

— Obrigada, Jerry Maguire. *Lois?* — chamou Shiloh. — Estou entrando!

Shiloh abriu a porta. A mãe dela estava conversando com os cães em voz de bebê, já distribuindo queijo. Shiloh passou correndo por eles e foi para a sala de estar. Ela deveria ter perguntado a Cary onde a mãe dele havia caído. Ela estava no andar de cima?

— Angel? — chamou alguém dos fundos da casa.

Shiloh foi até a cozinha e abriu a porta com cuidado. Lois estava caída no chão, perto dos armários. O cilindro de oxigênio havia rolado para longe dela. A camiseta larga estava torcida para cima, expondo a barriga. O telefone estava ao lado dela, como se ela o tivesse tirado do balcão.

Shiloh se ajoelhou.

— Lois, é a Shiloh. Cary me ligou. Onde está doendo?

— Shiloh... — disse Lois sem fôlego. — Acho que eu... Torci meu tornozelo, querida. Se você puder me ajudar a sentar...

— É só o seu tornozelo que está doendo?

— Sou velha, tudo dói. Se você puder...

Ela estendeu a mão. Shiloh a pegou. As mãos de Lois eram macias e estavam inchadas. A pele estava fria.

Shiloh passou a mão por baixo do ombro de Lois para levantá-la. Lois arfou de dor.

— Lois, acho que devemos chamar uma ambulância.

— Não! — Ela balançou a cabeça. Havia lágrimas em seu rosto. — Eles não podem entrar aqui... Os cachorros... Se Petey morder alguém, vão colocar ele para dormir dessa vez.

Shiloh se perguntou se Petey era o que parecia um pitbull ou o que parecia um chihuahua.

— Vou pedir a eles que entrem pela porta dos fundos, tá?

— O quintal está uma bagunça.

— Não tem problema.

— Querida, não... Quero esperar a Angel.

— Lois, não posso deixar você aqui. Prometi ao Cary que cuidaria de você.

— Ele se preocupa demais... Eu não deveria ter ligado para ele. É que sei o número dele de cor.

— Shiloh! — gritou a mãe dela do cômodo ao lado. — Estou esperando na varanda, fiquei sem queijo!

Shiloh pegou o celular para ligar para Cary. Então, olhou para Lois novamente, pálida e ofegante, e ligou para a emergência.

Lois começou a chorar quando ouviu Shiloh falando com a telefonista. Shiloh segurou sua mão. A telefonista disse a Shiloh como verificar se o cilindro de oxigênio estava conectado.

Shiloh ligou para o celular da mãe e pediu a ela que se certificasse de que os paramédicos fossem para a porta dos fundos quando chegassem.

Puxou a camiseta de Lois para baixo e colocou a mão entre a cabeça de Lois e o armário.

— Sinto muito — disse Shiloh a ela. — Prometi ao Cary que cuidaria da senhora como minha própria mãe.

Ela não havia prometido isso, mas o teria feito.

— Odeio hospitais — comentou Lois, chorando.

— Sinto muito — repetiu Shiloh. — Sei que vão cuidar bem de você.

— Eles não se importam... — Ela respirou fundo. — Com velhinhas gordas com planos de saúde do governo.

— Vamos fazer com que cuidem de você.

Quando a ambulância chegou, Shiloh foi abrir a porta dos fundos. Ela teve dificuldades com a fechadura. E a porta de tela não abria por conta da quantidade de lixo na varanda dos fundos.

— Shiloh? — chamou Lois. — Não me deixe sozinha.

— Eu não vou embora, estou aqui.

A porta finalmente abriu. Algo do outro lado se quebrou. Os paramédicos passaram pelo lixo e entraram na cozinha.

— Shiloh? — Lois chamou. — Não me deixe!

— Estou aqui. Não vou embora. Vou ficar com você.

Os paramédicos colocaram Lois em uma maca. Eles foram gentis, mas ela chorou o tempo todo. Um deles, um homem mais velho, ficou irritado com o fato de terem que levar a maca pelos degraus dos fundos.

— Não tem luz aqui atrás.

— Os cachorros... — disse Shiloh.

Quando levaram Lois para fora, perguntaram se Shiloh era da família.

— Essa é minha neta — respondeu Lois.

Shiloh entrou na ambulância; eles a fizeram se sentar na frente. A mãe de Shiloh disse que deixaria um bilhete para a família de Lois. Shiloh deixou as chaves do carro com ela.

Depois mandou uma mensagem para Cary. Seu celular era uma merda; demorava uma eternidade.

na ambulância.
indo pro PS
lois está com dor mas acordada

ligo em breve

Cary respondeu a mensagem imediatamente.

Aguardando mais informações. Obrigado.

Os paramédicos colocaram Lois no oxigênio hospitalar. Estavam tentando avaliar a dor, mas ela estava minimizando tudo, mesmo em lágrimas. Ela lhes disse que havia escorregado em uma poça no chão da cozinha, que não era nada.

Quando chegaram ao hospital, o pessoal da recepção queria as informações pessoais de Lois. Shiloh não conseguia nem lembrar o sobrenome. Ela ligou para Cary.

— Estamos no hospital — disse ela. — Posso passar você para alguém?

A mulher atrás da mesa devolveu o telefone a Shiloh alguns minutos depois.

— Seu marido disse que vai ligar de volta com as informações sobre o plano de saúde dela.

— Está bem — respondeu Shiloh.

Eles a deixaram entrar na sala de exames com Lois. Shiloh se sentou ao lado da cama e segurou a mão dela. Lois já estava tomando soro e começou a receber a medicação para a dor.

Shiloh ficou nervosa com a urgência com que estavam atendendo Lois. As outras experiências que ela teve no pronto-socorro — com as crianças, ela mesma ou com Ryan, quando ele teve apendicite — tinham envolvido ficar muito tempo sentada e esperando.

Cary queria falar com a mãe, então Shiloh segurou o telefone perto do ouvido de Lois. Em seguida, passou o telefone para uma enfermeira para que Cary pudesse fornecer o histórico da mãe.

Shiloh foi com Lois para a radiologia e segurou sua mão no caminho de volta para a sala de exames.

Quando o médico chegou para dizer que Lois havia fraturado o quadril em dois lugares e que precisaria de cirurgia, Lois estava dormindo. Shiloh ligou para Cary.

— Deixei mensagens para minha sobrinha — avisou ele — e finalmente consegui falar com minha irmã mais velha, mas ela está em Denver. Talvez ela mande o filho.

— Posso ficar o tempo que for necessário — respondeu Shiloh. — Vou manter você informado.

— Eu disse à enfermeira que você era da família.

— Sua mãe também. Parece estar tudo bem.

— Sinto muito por tudo isso, Shiloh.

— Você pode me agradecer, mas não pode se desculpar.

— Tudo bem. Obrigado.

A cirurgia foi marcada para sete e meia daquela manhã, quando começava o turno da cirurgiã. Shiloh acompanhou Lois até o pré-operatório e ficou sentada com ela o tempo que foi permitido. Em seguida, foi esperar na sala especial reservada para a família. Enviou uma mensagem de texto para Cary.

ela acabou de entrar

Obrigado.
você dormiu?
Já é de tarde aqui. Você dormiu?
estou bem, onde vc está?
Cingapura. Por enquanto. Você tem que trabalhar amanhã?
não
Shiloh decidira tirar um dia de folga.
só pra vc saber, deixei os cachorros sozinhos em casa
Outra pessoa vai lidar com eles.
mamãe + eu demos muito queijo pra eles
Sua mãe está com você?
não mas ela foi comigo até sua casa
E as crianças?
com o pai, está tudo bem
Agradeça a Gloria por mim.
pode deixar

Lois já tinha saído da cirurgia e estava na sala de recuperação quando a sobrinha de Cary, Angel, apareceu. Shiloh a reconheceu de quando eram crianças.

Angel estava na casa dos vinte e poucos anos agora. O cabelo loiro estava desgrenhado, e seus olhos eram castanhos como os de Cary. Parecia maltrapilha e exausta de uma forma que não era totalmente explicada pelo fato de estar no hospital logo pela manhã.

Shiloh acenou.

— Oi. Sou Shiloh, amiga do Cary. Sua avó acabou de sair da cirurgia.

— Foi você que trouxe ela para cá? — Angel estava desconfiada.

— Foi. Cary me ligou.

— Ela odeia ambulâncias.

Shiloh não tinha certeza de como responder. Ela decidiu não se desculpar.

— Ela ficou na sala de cirurgia por cerca de duas horas, mas o médico parecia satisfeito quando ela saiu.

— Vou falar com o médico — avisou Angel.

— Quer um café?

— Eu mesma posso pegar.

Shiloh assentiu. Ela enviou uma mensagem de texto para Cary:
angel está aqui. acho que ela gostaria que eu fosse embora
Ela está com raiva de mim, não de você.
ela consegue lidar com isso? devo ir?

Sim. Minha irmã também está indo. Acho que todos eles vão aparecer.
eles vão te manter informado
A contragosto. Você deve ir, Shiloh. Não tenho como lhe agradecer o suficiente.
ainda estou por aqui. ligue se precisar de alguma coisa, estou falando sério.
Obrigado.
Shiloh pegou a bolsa.
— Acho que vou embora… A menos que queira que eu espere com você. Não me importo.
— Pode ir — disse Angel.
Shiloh ligou para a mãe pedindo uma carona para casa.

TRINTA E DOIS

SHILOH ESPEROU A NOITE CHEGAR para entrar em contato com Cary, depois de colocar as crianças na cama. Ela se confundiu ao pesquisar os fusos horários.

como estão as coisas?

Cary não respondeu à mensagem imediatamente. Ele devia estar no trabalho. Shiloh tomou um banho e foi se deitar. Tinha uma pilha de peças para ler graças a um concurso para jovens. O telefone apitou. Cary.

Não muito bem. Acham que minha mãe teve um ataque cardíaco.

meu deus, sinto muito. posso fazer algo para ajudar?

Não. Obrigado.

Shiloh olhou para o telefone, mordendo o lábio enquanto tentava pensar no que dizer.

Não sei dizer se é muito grave. Acho que os médicos não têm certeza.

vc está recebendo todas informações?

Sim. Angel tem sido útil. Ela e a mãe não estão se falando, então Angel decidiu se aliar a mim. Em uma reviravolta surpreendente.

vc precisa de aliados?

E espiões.

sinto muito, cary

Estou te devendo uma. Mais uma.

nunca

Shiloh ficou olhando o telefone, esperando, mas isso foi o fim.

Ela mandou mais uma mensagem na noite seguinte.

como está sua mãe?

Cary não respondeu.

— Shiloh?

Dessa vez, ela reconheceu a voz dele.

— Cary?

— Desculpa por ficar ligando para você no meio da noite.

Ela afastou o celular para dar uma olhada. Uma da manhã.

— Não é tão tarde. O que houve?

— Eu, hum... — A voz dele estava fraca.

— Cary? Sua mãe está bem?

— Sim — disse ele, mais alto. — Sim e não. Ela ainda está no hospital. Está se recuperando. Estou em Omaha.

— Ah. Precisa de uma carona?

— Não, aluguei um carro. Eu só estou... Minha irmã disse que eu não posso ficar na casa...

— Quer vir pra cá? Posso arrumar o sofá.

— Seria um problema?

— Nenhum. Pode vir agora.

— Ok. Vejo você daqui a pouco. Obrigado.

Ele desligou.

Shiloh se sentou na cama e esfregou o rosto. Depois, se levantou. Estava usando uma camiseta do teatro. Vestiu uma calça de pijama e pegou um sutiã na parte de cima do cesto.

O cabelo estava preso em um coque alto. Será que ela deveria fazer algo? Deveria escovar os dentes?

Não.

Ela queria estar pronta antes que Cary batesse, então desceu a escada e destrancou a porta. Em seguida, retirou os brinquedos e as almofadas do sofá. As bonecas de Junie estavam por toda parte. Shiloh chutou todos eles para um canto. Ouviu Cary na varanda. Quando levantou o olhar, ele estava parado na porta.

Shiloh sorriu, com cuidado.

— Oi — sussurrou ela.

— Oi — disse Cary em voz baixa.

Ela fez sinal para que ele entrasse.

Ele entrou, colocou a bolsa no chão e fechou a porta com tanta delicadeza que mal fez um clique. Depois a trancou.

Shiloh deu um passo na direção dele.

— Venha, senta.

— Posso ir para um hotel. Eu não pensei bem nisso.

— Você já está aqui. Senta. Quer beber algo?

— Não.

— Vou pegar água para você.

Shiloh foi para a cozinha. Cary a seguiu. Ambos piscaram quando ela acendeu a luz.

Cary estava com uma aparência horrível.

Bem, ele continuava bonito. Com as costas e ombros perfeitos, como sempre. Uma camisa xadrez de botão e um corta-vento azul-marinho. Mas parecia abatido e pálido. Os olhos estavam injetados. Ele não tinha se barbeado e dava para ver que a barba já estava um pouco grisalha.

Ela abriu a torneira.

— Você acabou de chegar de avião?

Cary assentiu.

— Achei que estivesse no mar.

— Eu estava. Consegui uma licença de emergência.

— Quanto tempo durou seu voo?

Ela lhe entregou o copo de água. Ele o bebeu de uma vez.

— Muito.

Shiloh pegou o copo e o encheu novamente.

— Você já comeu?

— Já — disse ele, mas deu de ombros.

Shiloh deu uma olhada na cozinha, pensando.

— Você comeria uma torrada se eu fizesse?

— Sim — disse Cary, interessado. — Comeria.

— Está bem. — Ela sorriu para ele. — Ótimo. Vá se sentar.

Ele não fez isso. Ele a seguiu até o balcão e ficou meio que pairando enquanto ela preparava a torrada — Shiloh tinha cerca de meio pão sourdough — e pegava a manteiga.

— Eu poderia fazer com cream cheese e tomate…. — disse ela, abrindo a geladeira. — Ou manteiga de amendoim?

— Manteiga de amendoim.

Shiloh pegou o leite e um pouco de geleia de morango e pasta de maçã. A manteiga de amendoim estava no armário.

Cary a observou. Ainda pairando. Inseguro.

— Você pode se sentar — disse ela.

— Estou bem. Fiquei sentado por… vinte e sete horas.

— Você deve estar com muito *jet lag*.

— Ainda não.

Ela passou manteiga na torrada, depois manteiga de amendoim e colocou mais pão na torradeira.

Cary comeu com a mão. Ela pegou um guardanapo de pano em uma gaveta e o entregou a ele.

— Leite? — perguntou ela, segurando a caixa.

Ele fez que sim com a cabeça. Já havia acabado com a primeira de duas torradas.

— Manteiga de amendoim de novo? — perguntou Shiloh quando outra torrada ficou pronta. — Tenho geleia de morango e pasta de maçã.

— Pasta de maçã. Nunca comi pasta de maçã.

Shiloh espalhou bastante manteiga e depois a pasta de maçã na torrada. Em seguida, colocou mais fatias de pão na torradeira.

— Isso é o suficiente — disse Cary, com a boca cheia.

— Eu como o que você não quiser mais.

Cary comeu a terceira e quarta torradas mais lentamente. Ele ainda não havia se afastado dela. Shiloh fez uma torrada com manteiga e geleia.

— Obrigado. Eu estava faminto. Todos os restaurantes do aeroporto estavam fechados e eu só queria voltar logo para casa.

Shiloh deu uma mordida na torrada. Ela adorava torradas. Ficou feliz em ter uma desculpa para comê-las no meio da noite. Tomou um gole do leite de Cary e encheu o copo novamente.

— Elas não deixaram você entrar na casa?

— Minha irmã está lá. Jackie. Está com raiva de mim. Decidi não brigar com ela por causa disso… não *quero* ficar lá se minha mãe não estiver. Odeio aquela casa.

Shiloh assentiu, mastigando.

— Vou para um hotel amanhã. Quando volto para Omaha, esqueço que sou adulto. Posso alugar um carro. Posso ir para um hotel.

— Você devia poder ir para casa.

— Que casa? — perguntou Cary, com indiferença. — Minha mãe é a minha casa. O resto é… — Ele balançou a cabeça e enfiou metade da torrada na boca.

Shiloh colocou mais duas fatias de pão — as últimas — na torradeira.

— Gostaria que meu sofá fosse mais confortável. Ele não abre.

— Vou ficar feliz de qualquer jeito. É só uma noite. — Quando as próximas torradas ficaram prontas, Cary avisou: — Estou cheio.

Shiloh ainda assim passou manteiga nas duas últimas torradas e ofereceu para ele, que aceitou.

— Esse pão é muito gostoso — disse ele.

— Eu compro em uma padaria pretensiosa onde ninguém gosta de mim.

Cary sorriu. Era bom vê-lo sorrir. Shiloh tirou algumas migalhas do peito dele.

— Obrigado. Eu retribuiria o favor, mas…

Shiloh olhou para baixo e viu que estava coberta de migalhas. Segurou a torrada entre os dentes e espanou a camiseta e depois a calça do pijama.

— Amanhã eu limpo — disse ela, depois de pegar a torrada novamente. — Ou depois.

Cary se aproximou do queixo dela e limpou algo com o polegar.

Shiloh desviou o olhar do dele. Ela sorriu de lado.

— Ainda não peguei a roupa de cama. Vou fazer isso.

Ela terminou a torrada e lavou as mãos.

Cary a observou por um segundo. Em seguida, fechou os potes e pegou a caixa de leite. Shiloh pensou em avisá-lo que a geladeira estava uma bagunça, mas ele veria por si mesmo em um segundo.

Ela foi até a sala de jantar e se debruçou sobre o baú de cedro, que tinha encontrado em uma venda de garagem. Fazia com que a roupa de cama ficasse com um cheiro divino.

— Não precisa arrumar o sofá — disse Cary, atrás dela. — Acho que vou me sentar um pouco.

Ela se levantou, abraçando uma pilha de roupas de cama.

— Quer companhia?

Ele assentiu.

— Se você puder.

Shiloh se sentou no sofá com os lençóis e o cobertor no colo. Cary se sentou ao lado dela. Ela se virou para ele. Eles tinham basicamente a mesma altura quando estavam sentados.

— Que horas são na sua cabeça? — perguntou ela.

Ele gemeu e passou a mão na cabeça.

— Três da tarde.

Shiloh se encostou nele por um segundo, cantarolando com simpatia.

— Conseguiu falar com sua mãe?

— Não desde a noite em que ela foi internada. Foi por isso que decidi voltar para casa... Por ela ainda não estar falando. Ou por não me deixarem falar com ela, não sei.

— Sempre foi assim? Com suas irmãs?

Cary esfregou as têmporas.

— Piorou quando minha mãe ficou mais velha, pois há mais decisões a serem tomadas. Como eu não estou presente, eles acham que não tenho direito a voto.

— E você acha que...

— Acho que tenho direito a *todos* os votos.

Shiloh sorriu.

— Parece justo.

— *É* justo. — Cary não estava sorrindo. — Sou o único que está colocando ela em primeiro lugar. Os outros só cuidam dela depois de conseguirem o que querem. Se for conveniente.

Ela mudou de expressão.

— Desculpa. Eu não...

Ele fechou os olhos e apertou a ponte do nariz.

— Não. Eu sinto muito. Estou cansado e de mau humor. E... — Ele balançou a cabeça.

— Preocupado.

Shiloh olhou para baixo, sentindo-se inútil. Depois de um segundo, ela pegou a mão de Cary e a apertou. Ele a apertou de volta e a segurou. Ela encostou a cabeça no ombro dele novamente, por alguns segundos.

Era impossível Shiloh não pensar na última vez em que estiveram nesse sofá, dando um beijo de despedida.

Aquela despedida parecia ter sido real. Não havia perigo de Cary beijá-la agora, não havia nada no ar entre eles — embora ele a tivesse procurado quando precisou de ajuda. Embora ele parecesse querer tê-la ao seu lado.

Talvez eles estivessem passando para outra fase. Algo parecido com a primeira amizade que tiveram. Intimidade constante, limites cuidadosos.

Shiloh percebeu que estaria bem com aquilo. Ela aceitaria, se fosse oferecido...

Cary, de volta à vida dela. Um lugar na vida *dele*. Shiloh gostava de ser um contato de emergência. Ela só queria *contato*. Queria puxar aqueles antigos sentimentos calorosos pelos anos vazios até o presente. Queria replantá-los aqui e encontrar uma boa janela ensolarada para eles.

Será que Shiloh queria ser a pessoa para quem Cary ligava quando estava se sentindo mal? Ou mesmo *uma* pessoa para quem ele *pudesse* ligar?

Cem por cento sim. *Mil* por cento.

Ainda mais se isso significasse que ela poderia ligar para ele também.

Acariciou a mão dele com o polegar. Shiloh conseguiu não beijá-lo. Ela havia conseguido não beijá-lo durante os melhores anos da amizade deles.

Ela o aceitaria como um amigo. Do outro lado do mundo, mas ainda em seu entorno.

O polegar de Cary começou a se mover na mão dela. O ombro dele se afundou no dela. Shiloh inclinou a cabeça na direção dele — e então sentiu a cabeça dele encostar na dela.

Ela fechou os olhos.

Ela poderia fazer isso funcionar.

— Shiloh?

Ela se assustou.

— Ei... está tudo bem. — Cary estava sentado ao lado dela. Seu corpo estava quente onde ela estava encostada nele. — Por que você não vai para a cama?

— Desculpa — disse Shiloh, sentando-se. — Desculpa. Vou ajudar você a arrumar o sofá.

— Eu faço isso. Vá dormir.

— Tudo bem — concordou Shiloh, esfregando o rosto. — Está bem. — Ela se levantou. Depois de um segundo, olhou de volta para ele. — Boa noite, Cary.

— Boa noite.

Shiloh foi para o quarto. Colocou o telefone para carregar. Eram 3h30 da manhã.

TRINTA E TRÊS

ERA A VEZ DE RYAN ficar com as crianças no fim de semana. Ele costumava buscá-las na saída da creche, na tarde de sexta. Entretanto, havia uma apresentação na sexta à noite e ele precisava participar. Por isso, combinou de buscá-los no sábado de manhã. Não haveria problema algum...

A não ser por Cary dormindo no sofá.

Ela manteve as crianças no andar de cima desde que acordaram, as vestiu e ajudou a calçar os sapatos. A ideia era levá-los para fora quinze minutos antes do horário e esperar lá.

Mas Ryan decidiu aparecer *vinte* minutos antes.

Ele bateu na porta da frente — *toc, toc, quem é?* (Ryan a fazia odiar qualquer piada. Ele estragava tudo.)

— Tudo bem — disse ela. — O papai chegou, e vocês já estão prontos. Então vamos *direto* pra porta sem acordar a vovó.

— Bem quietinhos — murmurou Junie.

— Bem quietinhos! — gritou Gus.

— Isso mesmo — respondeu Shiloh enquanto o pegava no colo.

Imediatamente, Gus ficou duro como uma tábua.

— Não, andar! Gus-Gus andar!

— Tudo bem! — concordou Shiloh. — Gus-Gus andar. Vamos lá.

Gus ainda estava passando pela fase raivosa. Referir-se a si mesmo na terceira pessoa era novidade. Ela o colocou no chão.

— Vamos lá.

Junie foi mais rápida que Shiloh ao chegar na porta da frente, e Ryan, como era de esperar, foi entrando como se tivesse sido convidado.

— Ei! — gritou ele, com os braços abertos. — Olha quanta gente linda!

— Papai, ainda não tomamos café da manhã — disse Junie. Aquela dedo-duro.

— Bem, vamos tomar então — respondeu ele. — Vamos direto para o zoológico.

Não havia como Shiloh se posicionar entre eles e Cary. Estava presa na escada atrás de Gus. Então ela se esforçou para não olhar para a sala de estar.

— Eles estão prontos, Ryan. Por que você não vai colocando eles no carro enquanto eu pego umas bananas?

Era tarde demais. Tarde demais.

— Cary?! — gritou Junie com as duas mãos nas bochechas como se estivesse no cartaz de *Esqueceram de mim*. — Você está dormindo na *minha* casa?!

Cary tinha se levantado, mas as pernas ainda estavam cobertas. Estava com a camiseta que usava por baixo da camisa. Ainda parecia exausto.

Ryan o encarava, uma das sobrancelhas lá em cima.

— Ah, meu Deus — comentou Junie. — Você é a Cachinhos Dourados, e eu sou o Bebê Urso.

— Cary... — disse Ryan. — Você é o *Cary*.

— Oi — respondeu Cary, sem sorrir.

Ryan deu uma risadinha e um passo para a frente, estendendo a mão.

— Cary, o cara da página inteira no livro de fim de ano.

— Oi — repetiu Cary.

Ele estendeu a mão para Ryan no último momento possível.

— Vamos tomar café — disse Shiloh. — Vamos lá, gente, pra cozinha. Ryan, você pode ajudar?

— Sou o Ryan, prazer em finalmente conhecer você.

— Quero torrada com manteiga de amendoim — avisou Junie.

— Você pode comer banana, ou mingau de aveia — respondeu Shiloh.

— Gus-Gus pode comer nanana — disse Gus.

— Pode, sim — concordou Shiloh. — Ryan? Por favor?

Ryan a seguiu até a cozinha. A sobrancelha ainda lá em cima.

— Cary, hum?

— Pode pegar uma banana pro Gus?

— Parece uma boa hora para conversarmos sobre a regra de dormir na casa — murmurou Ryan.

Shiloh levantou a cabeça de uma vez.

A regra de dormir na casa era simples: sem convidados quando as crianças estivessem em casa. Até a mãe de Shiloh tinha que seguir a regra.

— Não — respondeu Shiloh. — Não é isso.

Ryan apontou para trás com o dedão.

— A Cachinhos Dourados discorda.

Ela se aproximou de Ryan e falou baixinho:

— Ele só precisava de um lugar para dormir. A mãe dele está no hospital.

— Você não precisa me explicar nada, Shiloh. Fico feliz em repensar o combinado. Dissemos que repensaríamos...

— Não é *isso* — repetiu ela. — Ele estava dormindo no sofá.

— Ah, e isso é uma exceção à regra?

— Talvez a gente pudesse comer McDonald's de café — disse Junie. — Cary adora McDonald's!

— Ele *adora*... — disse Ryan.

Ele ia ficar com rugas *agressivas* perto daquela sobrancelha.

Cary apareceu na porta da cozinha, olhando diretamente para Shiloh.

— Estou indo. O horário de visitação já começou. Obrigado por me salvar nessa emergência.

— Espero que consiga ver sua mãe logo — respondeu Shiloh.

— Diga a vovó Lois que mandei oi! — disse Junie.

Cary baixou o olhar para Junie.

— Eu vou falar, Junie. Obrigado.

E depois ele se foi. Shiloh ouviu a porta da frente bater.

Ryan estava encarando Shiloh.

— Ou você quebrou a regra — disse ele —, ou mudamos a regra.

— Podemos falar sobre isso depois — disse Shiloh.

TRINTA E QUATRO

Antes

SHILOH FICOU O DIA TODO tentando fazer Cary assinar o livro de fim de ano dela. Todo mundo ficou o dia todo assinando livros, sem fazer mais nada. Os professores não iam forçar os formandos a assistirem à aula no último dia de aula.

Cary a enrolou até o último horário, depois desapareceu na sala de fotografia com o livro dela.

Shiloh tinha assinado o livro de Cary logo no começo do dia. Ela queria conseguir um bom lugar — e queria escrever algo que o deixasse envergonhado quando outras pessoas vissem.

Ela assinou na página do teatro, sobre o fundo de uma foto de *Um conto de Natal*. Fez uma piada sobre o fato de Cary ter entrado para a Marinha e disse esperar que o cabelo dele sempre cheirasse a maçã. Então, escreveu a frase favorita deles da peça de outono, aquela que eles ainda diziam um para o outro às vezes: "E é assim, inspetor Pierce, que a porca torce o rabo." Depois, na parte inferior, em letras pequenas, Shiloh tentou escrever algo sincero. Algo que dissesse que ela não se esqueceria dele.

Ela deveria ter pensado bem, porque estava escrevendo com tinta roxa e, uma vez que se comprometeu com a primeira parte da frase, teve de continuar. O que saiu foi desajeitado e carinhoso e poderia acabar envergonhando Shiloh mais do que a Cary, se alguém se desse ao trabalho de decifrar, já que a caligrafia dela era terrível.

Cary ficou na sala de fotografia durante a maior parte do último tempo. Ele também estava com o livro de Mikey. Quando saiu, não deixou que lessem o que havia escrito.

Todos foram ao Zesto's com um grupo de outros formandos, e Cary comprou um sorvete para Shiloh.

TRINTA E CINCO

Antes

Shiloh,

Sei que está preocupada sobre ir embora, deixar a escola e a sua casa para trás.
Não deveria estar.
Você é tão inteligente e capaz quanto as pessoas que vai encontrar na faculdade. É tão inteligente e capaz quanto qualquer pessoa que encontrar.
Sei que vai ser corajosa e tenaz.
Sei que vai ser perspicaz e gentil.
Vai ser uma atriz talentosa, se decidir seguir esse caminho, mas esse talento pode levar você a qualquer lugar. Acho que é só você escolher.
Você se preocupa demais com a sua altura — ninguém mais se importa com isso.
(Se tivesse entrado no colégio militar, eu poderia ter te ensinado a andar com as costas retas.)
Você fica me dizendo para não te esquecer.
Quando eu pensar no ensino médio, vou lembrar que todo dia bom começava com você descendo os degraus da sua casa e entrando no meu carro. Vou lembrar que todo dia ruim terminava comigo encontrando você perto do poste.

Seu amigo,
Cary

TRINTA E SEIS

RYAN QUERIA DESISTIR DO COMBINADO entre eles porque sabia que Shiloh continuaria seguindo-o.

Ela não levaria um cara qualquer para casa quando estivesse com as crianças. Não iria apresentá-los a um novo namorado toda semana. Ela não os apresentaria a *ninguém* até que fosse sério.

Essa situação não estava nem no horizonte, porque Ryan sabia que Shiloh não estava namorando. Sabia que ela nunca havia namorado ninguém além dele. Ela tinha trinta e três anos e era mãe, só trabalhava com mulheres e homens gays e não queria entrar em sites de namoro. Não queria ir a bares. Não queria entrar em uma igreja ou ser voluntária em uma campanha política. Não queria fazer contato visual com as pessoas nas festas de Mikey.

Shiloh não gostava de *ninguém*. Tipo, matematicamente falando. A porcentagem de pessoas que ela conhecia e de quem gostava era muito próxima de zero para ser uma estatística significativa.

Será que ela ia seguir os passos da mãe? Transformaria a casa deles em um bar?

Não, ela não faria isso.

Ryan *sabia* disso.

Ryan seria o único a apresentar as crianças às suas "amigas". Junie e Gus já haviam almoçado, ido ao parque, alugado filmes e comido pipoca com outras mulheres.

Shiloh não precisava acrescentar o *café da manhã* a essa lista.

Ou encontros à meia-noite no banheiro.

É verdade — ela precisava admitir — que a vida romântica de Shiloh apresentava mais potencial de perigo...

As chances de Ryan levar para casa alguém que desse em cima de Junie quando ela completasse doze anos e estivesse apenas tentando fazer um lanche eram quase nulas.

(Dar em cima ou pior. Sempre podia ser pior.)

Shiloh sempre teria de ser mais cuidadosa do que Ryan.

A menos que *ela* também namorasse mulheres...

Não que as mulheres fossem sempre boas, mesmo que isso fosse uma opção... *Era* uma opção?

Provavelmente. Provavelmente, essa sempre tinha sido uma opção. Shiloh sabia que não era lésbica, mas também sabia que não era totalmente heterossexual. Estava tão intrigada com k. d. lang quanto com Jake Gyllenhaal. Ela nunca reuniu dados suficientes para chegar a uma conclusão definitiva sobre a própria sexualidade.

Ryan sabia que Shiloh quase não tinha mais sexualidade.

Na verdade, ele não se sentiu nem um pouco ameaçado ao encontrar Cary *no sofá*... Talvez isso até confirmasse a certeza dele de sua castidade.

Shiloh não renegociaria o acordo; ela não podia confiar no ex-marido. O tipo de homem que apresentava namoradas à *esposa* não podia estabelecer as regras.

TRINTA E SETE

SHILOH MANDOU UMA MENSAGEM PARA Cary no dia seguinte, domingo à tarde.
Pensando em você + esperando que tenha boas notícias.
Cary respondeu à mensagem quase que imediatamente.
Ela está melhor do que eu esperava. Está falando… um pouco.
que ótimo, cary. fico aliviada em saber!
Posso ligar para você?
agora?
Sim. Ou quando puder.
claro, ligue
Um minuto depois, o telefone tocou, e Shiloh atendeu.
— Oi.
— Oi — disse Cary.
— Fico feliz que as coisas estejam melhorando um pouco.
— É. — Ele ainda parecia cansado. — É muito melhor falar diretamente com os médicos. Eles acham que ela teve um ataque cardíaco na recuperação, então fizeram uma cirurgia de emergência para colocar um stent. Ela só precisa se recuperar agora. O máximo possível. Ei, Shiloh…
— Sim?
— Preciso me desculpar. Sinto muito por ter colocado você naquela situação ontem.
— Cary, não…
— Eu nem estava pensando direito.
— Foi tranquilo. De verdade.
— Não, peço desculpas. Deixei sua vida mais complicada.
— Não, *eu* deixei minha vida mais complicada. E não estou me referindo à noite passada.
— Preciso me lembrar de que você é mãe.
— Sou, mas ainda posso ser sua *amiga*. — A resposta saiu um pouco desesperada. — Cary, por favor, me deixa ser sua amiga.
Ele não disse nada.
— Eu realmente gostei de ser a pessoa que você chama para pedir ajuda — disse Shiloh.
— Está bem — disse ele suavemente.
Ela não sabia o que ele estava pensando.
— Você conseguiu um hotel? — perguntou ela.
— Sim. Perto do hospital. Dormi treze horas na noite passada.
— Que bom.

— Minha mãe não vai poder voltar para casa tão cedo. Preciso encontrar um lugar que ofereça acompanhamento para ela enquanto estou aqui.

— Vai ficar quanto tempo?

— Pedi duas semanas de licença... não sabia o que me esperava. Tomara que eu consiga acompanhá-la durante a transição.

— Bem, ligue se precisar de alguma coisa.

— Obrigado, Shiloh.

— E ligue se estiver entediado, Cary. Sei que você tem muito o que fazer. Talvez tenha muitas pessoas aqui. Mas... não fique sentado sozinho no hotel, preocupado... a menos que queira. Você pode vir até aqui e se preocupar. Ou posso encontrá-lo em algum lugar.

— É mesmo?

— É.

— Você vai ficar com as crianças hoje à noite?

— Não.

— Quer jantar?

— *Quero.*

TRINTA E OITO

CARY SUGERIU UMA PIZZARIA QUE costumavam frequentar enquanto cursavam o ensino médio.

Shiloh disse que o lugar tinha ficado péssimo e propôs um lugar perto do hotel que servia comida de café da manhã o dia todo.

Ela o encontrou lá às sete. Usou um vestido de verão sobre uma calça jeans com um cardigã curto. Shiloh adorava a moda de vestidos com jeans. Os vestidos sempre foram muito curtos para ela.

Ela quase usou salto... Mas aquilo faria com que parecesse um encontro.

Decidiu que o delineador era platônico. Muitas pessoas usavam delineador todos os dias. Shiloh não, mas Cary não sabia disso.

Ele estava esperando por ela em uma mesa isolada. Com outra camisa xadrez. Folheando o grande cardápio laminado.

Shiloh sorriu quando o viu.

— Ei — disse ela, quando ainda estava longe.

Cary olhou para ela. E também sorriu.

Ela apertou o ombro dele antes de se sentar.

— Você parece melhor.

Ele ainda não tinha se barbeado, mas os olhos estavam melhores. O cabelo também estava limpo.

— Obrigado. Você está ótima.

— Ah, bem... obrigada. Esse é o lado bom de não estar com as crianças, eu acho. Posso fingir que sou um ser humano.

— O pai fica com eles todo fim de semana?

— Não. Isso seria horrível. — Ela pegou um cardápio. — Nós dividimos meio a meio, na verdade. É complicado. Chama-se dois-dois-três. — Ela levantou o olhar. — Isso é mais do que você quer saber.

— Meio a meio — disse Cary. — Tipo, bem no meio?

— Isso.

— Não sabia que as pessoas faziam isso.

— Na nossa época, não faziam. Era a cada dois finais de semana. Para os pais.

Cary parecia não ter certeza do que pensar. Ele não estava sorrindo.

— O que você acha do acordo?

— Eu odeio — disse ela. — Odeio *muito*. Mas é bom, certo? Nenhuma das minhas amigas cresceu com os pais. Eu nem sei quem é o meu.

— Bem. Eu também não. — Cary se voltou para o cardápio. — E minha mãe vai para o túmulo sem me contar.

Cary havia encontrado alguns documentos no ensino fundamental que mostravam que Jackie, que ele considerava uma irmã, era a verdadeira mãe biológica dele. A mãe dele nunca foi sua guardiã legal. O nome do pai não constava no documento.

— Ela ainda não falou com você sobre isso?

Ele virou a página e balançou a cabeça.

— Não.

— E você não tentou falar com ela?

Ele suspirou.

— O que eu poderia dizer? Todas as versões de "Eu sei que você não é minha mãe" parecem terríveis. E ela *é* minha mãe. O que eu ganharia com isso? — Ele olhou para Shiloh. — O que vai pedir?

— Sanduíche de peru apimentado.

— Com um cardápio de dez páginas de café da manhã, você vai pedir o que comeria no almoço?

— Gosto de sanduíches de peru apimentado. E nunca faço em casa.

— Fico esperando que uma de minhas irmãs me confronte em relação a isso... — disse Cary, voltando ao assunto anterior e franzindo a testa para o cardápio novamente. — Porque as filhas são legalmente mais próximas do que um neto quando se trata de tomar decisões sobre a casa e os cuidados de longo prazo. Minhas irmãs sabem a verdade... todas eram adolescentes quando nasci. Tenho certeza de que Jackie *adoraria* me colocar no meu lugar... mas então ela teria que admitir para mim o que somos um para o outro.

— Você também nunca conversou com ela sobre isso?

Ele levantou o olhar para Shiloh.

— Mais uma vez, por que eu faria isso? Ela é uma irmã terrível; não preciso que seja minha mãe. — Ele deixou o cardápio de lado. — Vou pedir uma caçarola de batatas com frango e molho ranch.

Shiloh soltou uma risada engasgada.

— Ah, Cary, me desculpe... que bagunça.

— Como sempre.

— Sabe, crescemos a quarteirões de distância um do outro e nenhum de nós conhece nossos pais... Poderíamos ser irmãos.

Cary riu pelo nariz.

— Lois e Gloria nunca levariam o mesmo cara para casa.

Shiloh começou a gargalhar, de verdade.

— Lois não é sua mãe biológica, idiota!

Cary também começou a rir, esfregando a testa.

— Ah, meu Deus, você tem razão. Não consigo absorver essa informação.

Shiloh o chutou por baixo da mesa.

Ele a chutou de volta.

— Tenho quase certeza de que Angel e eu temos o mesmo pai — comentou ele, mais sério. — Somos parecidos, mas não nos parecemos em nada com Jackie.

— Você já conheceu *ele*? O pai de Angel?

— Ah, sim. Já o conheci. E não, obrigado.

A garçonete veio anotar os pedidos. Shiloh lhe fez meia dúzia de perguntas sobre outras coisas, mas mesmo assim acabou pedindo o sanduíche de peru.

Quando a garçonete foi embora, Shiloh chutou Cary novamente.

— Eles não podem ser todos ruins — disse ela.

— Quem?

— Seus contribuintes genéticos.

— Gosto desse pensamento… mas você está errada.

— Como eles podem ser todos ruins, se você é tão bom?

Durante todo o tempo que Shiloh passara com Cary nos últimos meses, nenhuma das vezes tinha sido normal. (Madrugadas, ligações de emergência.)

E mesmo *esse* jantar não foi normal: Cary estava preocupado com a mãe. E demonstrava isso em cada respiração.

De alguma forma, entretanto, era normal. Sentados um em frente ao outro em um restaurante familiar bem iluminado. Não era o tipo de lugar ao qual você iria em um encontro — a menos que estivesse namorando há muito tempo.

Shiloh pôde realmente olhar para ele. Pôde observá-lo enquanto ele conversava e comia. Cary comia da mesma forma de sempre, e Shiloh não conseguia nem explicar o que isso significava. Seria por causa da postura? A maneira como ele franzia a testa para mostrar que estava ouvindo mesmo de boca cheia?

A conversa deles sempre voltava à mãe dele, ao que poderia acontecer depois e ao que ele tinha que fazer enquanto estivesse aqui.

Foi só depois de anos de amizade que Cary se abriu com ela sobre a família, e nunca descreveu em detalhes sua vida doméstica. Nunca lhe contou histórias. (Cary deveria ter *histórias*.) Ele tinha um jeito muito jornalístico de falar sobre tudo.

Era um alívio o fato de ele estar retomando a conversa com Shiloh exatamente de onde haviam parado. Como se ela ainda estivesse por dentro. Ainda fosse uma confidente.

Eles terminaram de comer, e Shiloh pediu chá. Cary pediu uma fatia de cheesecake. Ela se recostou e apoiou os pés no assento ao lado dele.

— Estou falando muito — disse ele.

— Está — respondeu Shiloh, sorrindo gentilmente —, o que é incomum. A menos que… isso seja comum agora?

Ele sorriu de volta para ela e assentiu.

— Eu gosto disso — disse ela, apoiando o pé no quadril dele. — Não gosto de como tudo isso aconteceu, mas gosto de ouvir você pensar em voz alta.

— Não há mais ninguém a quem eu possa dizer tudo isso.

— Tenho certeza de que tem pessoas que o ouviriam.

— Eu teria que contar toda a história — retrucou ele com desdém. — Não vale a pena.

— Você poderia resumir…

— Não. Quero dizer, não vale a pena contar *tudo* para as pessoas. Não vale a pena carregar meu passado por aí e entregá-lo a novas pessoas. É isso que eu gosto da Marinha. Todo mundo que quer um novo começo pode ter um. Você é o que quiser ser.

Shiloh queria continuar defendendo seu ponto de vista: que entender a plenitude do amigo não seria um fardo. Ele não conversava com seus amigos ou com as mulheres com quem saía sobre a família? E sobre sua infância?

Talvez ele só quisesse dizer que não havia ninguém com quem ele pudesse conversar *no momento*…

— Acho que deve existir pessoas na sua vida que ficariam felizes em ouvir — disse ela. — Eu sou uma delas. Então…

Cary colocou a mão no tornozelo dela e apertou.

— Quem está gerenciando o *contratorpedeiro* sem você? — perguntou ela.

— O restante da Frota do Pacífico.

— Aqueles inúteis?

A garçonete veio com a conta. Cary soltou o tornozelo de Shiloh para pegá-la.

Shiloh tentou pegar antes.

— Deixe comigo.

— De jeito nenhum. — Ele segurou a conta fora do alcance dela.

— Deixa disso, Cary. Nunca paguei um jantar para você. Acho que nem paguei *meu próprio* jantar em sua presença.

— Gosto muito disso entre nós.

Ela desistiu.

Eles tiveram que pagar no caixa. Shiloh esperou na fila com ele.

— Obrigado — disse Cary.

— Não me agradeça.

— Você disse que eu poderia agradecer.

— Bem, isso é exagero.

Cary pagou o jantar e comprou balas de menta para eles. Ele a acompanhou até o carro.

Eles ficaram ali por um minuto, mastigando as balas. Então, Shiloh puxou a manga da camisa dele.

— Você vai me ligar?

— Vou.

— Que bom.

TRINTA E NOVE

CARY MANDOU OUTRA MENSAGEM NA quarta-feira. Shiloh estava no trabalho quando viu.

Gostaria de jantar hoje à noite?

sim, respondeu ela, *mas tenho filhos hoje à noite, quer se juntar a nós? vou fazer sopa de ervilha*

Ah, me desculpe. Devo ter errado nas contas.

fez as contas?

Ele *fez as contas?*

Shiloh releu a mensagem algumas vezes, ainda confusa.

Em seguida, o telefone do escritório tocou — havia um problema com o registro de aulas. Levou quinze minutos para Shiloh e Tom resolverem.

Os dois dividiam uma longa mesa dentro de um escritório grande e aberto onde trabalhavam todos os membros da equipe do teatro em tempo integral, inclusive o diretor. Ficava no terceiro andar, acima do palco principal.

Dividir uma mesa com outra pessoa qualquer seria insustentável, mas Tom era o braço direito de Shiloh; às vezes, o esquerdo também. E, ocasionalmente, sua consciência.

Depois de resolverem o problema, Shiloh pegou o celular. Cary havia respondido à mensagem: *Você disse que tinha a custódia dois-dois-três. Eu dei uma olhada.*

Shiloh olhou para o celular.

Apareceu outra mensagem: *Não quero tirar você de perto de seus filhos.*

Ela enviou uma resposta sem nem respirar.

foi por isso que convidei vc

Cary não respondeu imediatamente.

Shiloh e Tom foram a uma reunião sobre um programa de cooperação com as escolas públicas. A reunião durou uma hora e foi frustrante. Shiloh ficou irritada com o representante das escolas, e Tom fez careta para ela até que se desculpasse.

Quando ela pôde pegar o celular de novo, Cary ainda não havia respondido.

Shiloh pensou em meia dúzia de respostas maldosas, mas aí se lembrou de que Cary estava enviando mensagens de texto do quarto de hospital da mãe.

está tudo bem, ela enviou. *talvez em outra noite*

O celular tocou. Ela o atendeu.

— Alô?

— Shiloh — disse Cary. — Sinto muito.

— Você não precisa vir, está tudo bem.

— Não é que eu não queira...

— É porque você não quer encontrar meu ex-marido?

Tom estava sentado em frente a ela, digitando. Ele levantou as sobrancelhas sem olhar para cima e colocou os fones de ouvido.

— Eu... — começou Cary.

— Está tudo bem. — Shiloh estava esfregando um olho. — Eu não te culpo. A bagunça não é sua.

— Se está tudo bem, então por que você parece irritada?

— Não estou irritada. Estou... — Ela baixou a voz. — Bem, sei que você não quer sair com meus filhos, mas parece um pouco exagerado procurar no Google meu acordo de custódia só para evitá-los.

— Gosto de seus filhos, Shiloh.

— Você não *precisa* gostar deles.

— Estou apenas sendo cuidadoso.

Cary parecia triste.

— Eu sei. — Shiloh apoiou o rosto na mão. — Eu *sei*. Não estou com raiva. Não vou sair para ficar com raiva. Como está sua mãe?

— Melhor hoje.

— Que bom.

— Encontrei um lugar para ela.

— Ah, é? — Shiloh levantou a cabeça. — Isso é ótimo.

— Conto tudo hoje à noite... Quando eu for jantar com vocês.

Shiloh soltou um suspiro risonho.

— Cary, está tudo bem.

— É a sua família — respondeu ele. — Se você se sente confortável, eu me sinto confortável.

— Não se trata de estar *confortável*... ninguém quer sair com crianças a menos que seja necessário.

Tom olhou para cima, cansado de fingir que não estava ouvindo.

— Eu me oponho — murmurou ele.

Shiloh colocou a mão sobre o telefone.

— Cale a boca, você é pago para ficar com crianças.

— Não *muito*.

— Presumo que você não esteja sozinha... — disse Cary.

— Eu nunca estou sozinha — confirmou Shiloh.

— Que tal isso: eu aviso se algum dia não estiver disposto a ficar perto de seus filhos.

Ela cedeu.

— Está bem.

— Posso levar alguma coisa para o jantar?

— Meu Deus, não! Do hospital? É só aparecer. As crianças comem às seis, mas apareça quando quiser.

— Está bem.

— Cary?

— Sim?

— Ryan e eu trocamos de dias o tempo todo. Nossa agenda é uma bagunça. Não dá para prever.

— Não vou tentar.

— Tchau.

— Vejo você em breve.

Shiloh deixou o celular de lado.

Tom pigarreou, tirando os fones de ouvido.

Ela se virou para o computador.

— Cary, hein? — disse ele.

— Cary — confirmou ela.

— Cary tipo "Carrie Anne, what's your game now?", dos Hollies, ou Cary tipo "Carey, get out your cane", de Joni Mitchell?

Shiloh bufou.

— Joni Mitchell.

Ela ouviu Tom estalando os dedos no ritmo da música. Quando olhou para cima, ele estava dançando de um lado para o outro ao lado da mesa dele. Assim que Shiloh encontrou seus olhos, ele cantou a primeira estrofe da música de Joni Mitchell, com um toque de jazz.

Shiloh acabou participando... ela não podia deixar de participar. Ela nunca poderia dizer não a uma apresentação, e ela e Tom adoravam cantar. Quando criança, ele tinha feito parte de um coral infantil. Ela deixou que ele tivesse a melhor estrofe: *"Ah, you're a mean old daddy, but I like you."*

— Cary, Cary, Cary... — disse Tom quando eles terminaram com a palhaçada. — Parece uma grande bagunça.

Shiloh voltou a trabalhar no computador.

— É.

— Bom para você, Shiloh.

QUARENTA

— NÃO PRECISO JANTAR COM VOCÊS — disse a mãe dela. — Posso ir para o meu quarto.

Shiloh estava cortando um melão.

— Mãe, estou dizendo que *quero* que você jante com a gente. Para parecer mais platônico.

— Cary acha que é platônico?

— *Acha* — disse Shiloh. — Quando ele entrar e vir você, vai saber que *eu* também acho.

A mãe dela pegou um pedaço de melão.

— Agora entendo o motivo de vocês dois nunca terem transado.

— Fique até eu colocar as crianças para dormir.

— E depois?

— Bem... — Shiloh estava fazendo gestos com a faca. — Se continuar aqui, vai parecer que está de vela.

Gloria revirou os olhos.

— Pisque duas vezes quando eu puder sair.

Junie entrou na cozinha.

— Mamãe, estou morrendo de fome.

— Não, não está.

— Estou, sim. — Junie passou a mão pelo cabelo. — Estou com tanta fome que não consigo nem *pensar*.

Bateram à porta.

— Vou atender! — gritou Junie.

Shiloh limpou as mãos na calça jeans.

— Você tem permissão para atender a porta?

Junie baixou a cabeça.

— Não.

Shiloh foi até a porta. Junie estava logo atrás dela; Gus, sentado no chão da sala de estar, brincando com carrinhos de plástico — ele estava chegando à idade em que Shiloh podia deixá-lo sozinho por alguns minutos. Ainda podia ser que ele se matasse com os próprios brinquedos, mas isso certamente levaria mais do que alguns minutos.

Cary estava parado diante da porta com um boné da Marinha e uma camiseta azul. Shiloh abriu a porta e deu uma olhada melhor nele. Estava usando calça marrom de tactel — as calças de Cary sempre tinham vários passantes e bolsos — e tênis de corrida. Cary corria?

— Oi — disse ela.

— Cary?! — gritou Junie. — Que surpresa agradável!

Ele sorriu para Shiloh.

— Posso entrar?

— Pode. — Ela riu e deu um passo para trás.

Cary passou por ela, tirando o boné e passando a mão no cabelo.

— Você veio fazer uma visita? — perguntou Junie.

— Cary veio para o jantar — disse Shiloh.

— Isso é *muito legal*.

— Concordo. — Shiloh olhou para ele. — Se quiser, posso dar comida para as crianças antes.

— Faça como sempre faz.

— Geralmente comemos todos juntos.

— Então vamos fazer isso.

— Está bem — disse ela. — Venha me ajudar. Como está sua mãe?

Ele a seguiu até a cozinha.

— Melhor. A cada dia que passa, percebo como as coisas estavam ruins quando cheguei aqui. Ela está se sentando agora. E está comendo.

— A vovó Lois vai vir para o jantar? — Junie seguiu atrás de Cary.

— Hoje, não — respondeu Shiloh. — Junie, vá lavar as mãos.

— Oi, Cary — disse a mãe de Shiloh, ainda comendo o melão. — Sinto muito que sua mãe esteja passando por um momento difícil.

— Oi, Gloria. Obrigado.

Gloria enxugou as mãos em uma toalha.

— Vou preparar o Gus para comer.

Shiloh fez um aceno de agradecimento e pegou uma pilha de tigelas de porcelana descombinadas. A sopa tinha ficado na panela de cozimento lento o dia todo. Ela abriu a tampa.

— Você fez mesmo sopa de ervilha... — constatou Cary, lavando as mãos na pia.

— Sim... — Shiloh pegou uma concha.

— Achei que fosse uma piada.

— Por que seria uma piada? Você não gosta de sopa de ervilha?

— Não sei se já tomei. As crianças comem sopa de ervilha?

— Acho que elas comem qualquer coisa se não tiverem outras opções. Sua mãe nunca fez?

— Minha mãe... Bem, ela se certificava de que houvesse mortadela e pão na cozinha. — Ele fez que não com a cabeça. — Isso não é justo. Ela cozinhava às vezes. Macarrão. Ela cozinhava quando minhas irmãs eram mais novas.

— Gloria cozinhava quando não estava trabalhando... — contou Shiloh, servindo uma tigela de sopa com muito presunto e batatas. Ela ergueu as sobrancelhas. — O que acontecia, você sabe, de vez em quando. Eu tento cozinhar quando as crianças estão aqui. — Ela lhe ofereceu a tigela. — Você não precisa comer se não gostar, mas finja que gosta se a Junie perguntar. Tem pão também. — Shiloh entregou uma colher a ele. — Vamos nos sentar.

Cary voltou depois para ajudá-la com o restante das tigelas e colheres. Shiloh pegou o leite.

— Cary? Quer uma cerveja?

— Não, obrigado.

Ela tirou os pãezinhos do forno e pegou a manteiga.

Cary estava de pé à mesa da sala de jantar. Ele esperou que ela se sentasse e, em seguida, ocupou a cadeira vazia entre ela e Junie.

— Nós não rezamos — disse Junie. — Não somos uma igreja.

— Ela quer dizer que não vamos à igreja — explicou Shiloh.

Junie cruzou as mãos.

— Mas você pode rezar em silêncio — sussurrou ela. — Como na creche.

— Estou bem — disse Cary.

As crianças mergulhavam o pão na sopa. Cary parecia hesitante, mas estava comendo. O boné estava pendurado no encosto da cadeira.

A mãe de Shiloh fez mais perguntas sobre Lois. Ele contou sobre as cirurgias e a recuperação. A mãe de Shiloh conhecia alguém que trabalhava no lugar onde Lois ia ficar.

Shiloh o observou falar, distraída por seus braços nus. Não via os antebraços de Cary há catorze anos. (Ela não tinha conseguido dar uma boa olhada neles naquela noite em seu quarto.) Eles eram menos finos do que ela se lembrava. Mais substanciais. Torneados. Bronzeados. Os cotovelos ainda estavam pontudos e com aparência rachada. Ela sentia um carinho quase doloroso pelos cotovelos dele. Sentia que poderia chorar se continuasse olhando.

Colocou manteiga em um pãozinho para Cary quando ele não pegou um para si. Foi até a cozinha para pegar o melão.

Gus estava de bom humor. Ele costumava ficar de bom humor no jantar. Comeu a manteiga do pãozinho e pediu mais. Shiloh o atendeu. As crianças não podiam comer sobremesa de segunda a sexta, então ela as deixava comer quanto quisessem no jantar. Ver seus filhos comerem era uma das partes mais felizes do dia de Shiloh. Devia ser algo biológico. Toda a sua personalidade era ditada por hormônios.

— A sopa está ótima — disse Cary, que havia comido quase tudo na tigela.

— Obrigada — respondeu ela. — Tem mais, se quiser.

— Eu aceitaria mais.

— Eu vou buscar! — gritou Junie.

— Vou pegar — disse Shiloh, levantando-se e pegando o prato de Cary.

— Quer sopa — comentou Gus. — Gus quer sopa.

— Gus *está* tomando sopa. — Talvez Shiloh não devesse falar sobre Gus na terceira pessoa... Talvez isso reforçasse o problema?

Shiloh colocou outra tigela grande cheia de sopa na frente de Cary. Ele bateu com o ombro no quadril dela.

— Obrigado.
Ela tocou o ombro dele.
— De nada.
Quando Shiloh levantou o olhar, Gloria estava observando.

Depois do jantar, Shiloh tentou fazer com que as crianças assistissem a um vídeo para que ela e Cary pudessem conversar. Mas Junie queria jogar um jogo e queria que Cary jogasse também.

Eles pegaram um jogo de tabuleiro enquanto a mãe de Shiloh lavava a louça. (Ela não costumava fazer isso.)

Cary ficou quieto durante o jogo. Deixou Junie comandar o show. Shiloh também deixou. Ela era especialista em jogar, brincar de bonecas ou até ler histórias para dormir com apenas uma parte do cérebro ativa enquanto a outra parte se ocupava com o que a estivesse preocupando.

Essa noite era o Cary. À medida que o jogo prosseguia, Shiloh se arrependia cada vez mais de tê-lo convidado e de ter dificultado para ele recusar.

Não era uma maneira razoável de ele passar seu tempo em Omaha — ainda mais estando tão preocupado com a mãe. Shiloh não o estava consolando. Ou o apoiando. Estava arrastando o cara para sua maratona de mãe solo.

Às oito, era hora de preparar as crianças para dormir. Junie fez uma grande cena para dizer boa noite a Cary, mas subiu a escada sem reclamar.

— Vou levar o Gus — avisou a mãe de Shiloh.

— Não — respondeu o menino. — Não cansado. Não cama. Não.

Gus já estava se debulhando em lágrimas.

A mãe de Shiloh o pegou no colo e subiu a escada.

— Vovó, não! Não sabe o que Gus quer.

— Com certeza — respondeu Gloria.

Cary começou a arrumar o jogo de tabuleiro.

Shiloh o tocou no antebraço.

— Isso foi burrice da minha parte. — Ela retirou a mão. — Não sei o que eu estava tentando provar.

— Como assim?

— Você tinha razão em confirmar se eu ficaria com as crianças essa noite. Não consigo ser uma boa amiga e uma boa mãe ao mesmo tempo. Simultaneamente. Em uma noite de dia de semana. E você já tem muito em que pensar… Eu deveria ter percebido que você acabaria entretendo meus filhos. Que não teríamos chance de conversar.

Cary olhou para ela.

— Eu não esperava que você ignorasse seus filhos enquanto eu estivesse aqui.

— Eu estava errada.

Ele sorriu um pouco, voltando a guardar o jogo.

— O que foi? — perguntou Shiloh. — Por que está sorrindo?

— Estou pensando que ainda é estranho ouvir você admitir que está errada sobre alguma coisa… E quando você *não* está errada. — Ele olhou para ela. — Estou feliz por ter vindo. Não como uma refeição caseira há meses… provavelmente faz um ano que não como uma refeição caseira preparada por alguém que não seja eu. — Ele colocou a tampa na caixa do jogo. — Agora sei que gosto de sopa de ervilha, já sabia que gostava de você e de seus filhos… Isso foi melhor do que ficar sentado sozinho no meu quarto no hotel. Ou comer sozinho em algum restaurante de Omaha que não é tão bom quanto eu me lembro.

Ela deu um sorriso de lado.

— Mesmo?

Ele assentiu.

— É.

— Tudo bem então…

— Dito isso… — Cary desviou o olhar. Ele suspirou e passou a mão no cabelo, depois olhou de volta para ela. — Quer que eu vá embora? Ou posso ficar e conversar?

Ela sorriu.

— Pode ficar e conversar. Mas tenho que conversar com as crianças antes de elas dormirem. Coisa de meia hora.

— Posso tomar aquela cerveja?

Shiloh estava sorrindo demais, um sorriso largo. Ela estava feliz pela mãe estar lá em cima.

— Pode.

— Vou ficar aqui olhando meus e-mails — avisou ele.

Shiloh lhe deu uma lata de cerveja. Desde a primeira gravidez, ela não bebia muito. Mas a mãe sempre bebia vinho tinto e cerveja light, então sempre havia alguma coisa na geladeira.

Quando Shiloh subiu a escada, a mãe já havia lavado o rosto de Gus e colocado o pijama nele. As crianças só tomavam banho de banheira dia sim, dia não, mais ou menos.

— Cary foi embora? — perguntou a mãe dela.

— Não — respondeu Shiloh. — Vamos conversar um pouco.

— Legal. Muito platônico.

— Não é isso.

A mãe franziu a testa para ela.

— *Deveria* ser. Você precisa mirar quando for a sua vez de jogar boliche.

— Hum… okay — disse Shiloh. — Bom. Já fiz minha mira. E veja, tenho dois pequenos pinos de boliche que estão prontos para dormir. Diga boa noite para a vovó, Gus-Gus.

— Não. Gus-Gus não vai para a cama.

***

Demorou mais de meia hora.

A estratégia de Shiloh como mãe solo era negociar o mínimo possível: comida, sono, televisão.

Ryan era muito mais maleável, e as crianças sempre forçavam os limites dela, procurando uma brecha.

Gus parecia ter percebido que Shiloh não o deixaria fazer manha com Cary no andar de baixo. Pediu mais uma história, e Shiloh se deitou na cama com ele, ouvindo-o reclamar, até que ele acabou dormindo de tanto falar.

Quando finalmente desceu, Cary estava sentado no sofá. Estava com uma perna dobrada, o tornozelo sobre o joelho. O boné estava apoiado no outro joelho. A cabeça estava inclinada para trás e os olhos estavam fechados. Ele ainda estava segurando a cerveja.

Shiloh pisou em um degrau rangente. Acenou para ele. Cary se ajeitou e acenou de volta.

Shiloh se sentou no sofá ao lado dele.

— Está cansado?

— Ainda estou com *jet lag*, por incrível que pareça.

— Nunca tive *jet lag*.

— Precisamos tirá-la de Omaha.

Shiloh deu de ombros.

— Preciso visitar o filho do Mikey — lembrou Cary. — Qual é o nome dele?

— Otis. Sei que Mike vai entender se você não for.

— Mas eu quero. Não posso ficar no quarto de hospital da minha mãe vinte e quatro horas por dia. Não suporto ficar lá quando Jackie e o marido, Don, estão, mas não posso proibi-los de visitar. Eles vão para lá todas as noites.

Shiloh dobrou as pernas e ficou de frente para Cary.

— Bem, Otis é bonitinho: gordinho, careca e sem dentes. Você não vai se arrepender de conhecê-lo.

Cary sorriu.

— Ouvi dizer que você tem saído com Mikey e Janine...

— Às vezes.

— Ótimo. — Cary ajeitou o boné no joelho, olhando para ele. Seu sorriso se transformou em algo mais pensativo. — Seu ex-marido parece ser... um cara difícil.

Shiloh riu, uma risada genuína.

— Ah, ele é. Sem dúvida. Mas não vou dizer coisas ruins sobre ele, porque isso só me faz parecer estúpida.

— Desculpe, não quis dizer...

— Não. Tudo bem. Você está certo. Ele é difícil. É professor de teatro do ensino médio.

Cary riu e olhou para ela com a cabeça ainda inclinada para baixo.

— É mesmo?

— É.

— Essas crianças com certeza têm a quem puxar.

Shiloh riu e o chutou — estava usando meias. A mão de Cary imediatamente pousou no tornozelo dela.

Ele virou a cabeça para ela.

— Vocês se conheceram em alguma produção?

— Sim. Na faculdade. *Sonho de uma noite de verão*.

— Qual foi seu papel?

— Eu era uma árvore.

— Ele era o Puck?

— Cale a boca.

Cary riu, olhando para a cerveja.

— Isso é um sim.

Ele levantou a lata para pegar o último gole.

— Quer outra cerveja?

— Não.

Ele colocou a lata de lado e começou a passar a mão no tornozelo dela.

— Por que você não se casou? — perguntou ela.

Cary deu de ombros.

— Nunca cheguei a isso.

— Já chegou perto?

Ele olhou para ela por um longo momento, como se estivesse decidindo se deveria ou não prosseguir.

— Já — disse ele.

— O que aconteceu?

— Não nos casamos.

Shiloh inclinou a cabeça, como se pudesse descobrir o resto da história só de olhar para ele.

— Não sou muito bom nisso — comentou ele.

— Em quê?

— Hum... relacionamentos? Eu acho?

— Isso significa que você não se relaciona?

— Não é isso. Eu tenho um relacionamento e depois... não tenho mais. Porque não sou bom nisso.

Shiloh queria argumentar, mas não tinha o que falar.

— Bem — disse ela. — Eu também não. Obviamente.

— Não sei, não, você conseguiu passar da linha de chegada.

— Não, passei da linha de *partida*.

Shiloh riu, e Cary arqueou as sobrancelhas.

— Está vendo? Não sei de nada.

Ela cruzou os braços. Sentia-se relaxada. Estava sorrindo.

Cary continuava passando a mão no tornozelo dela.

— Você vai me contar sobre seu divórcio?

— Talvez um dia.

Ele olhou no fundo dos olhos dela. Esperando.

— Não foi meu melhor momento — disse ela.

— Não imaginei que fosse.

O sorriso de Shiloh parecia forçado. Ela baixou os olhos para a mão de Cary em seu tornozelo.

— É minha culpa — disse ele depois de um tempo.

Ela levantou o olhar.

— O quê?

— Eu não estar em um relacionamento.

Shiloh esperou para ver se ele queria dizer mais alguma coisa.

— Eu me fecho — confessou ele. — Tenho que estar no controle. E nunca me interesso pelo tipo de mulher que tolera isso.

Shiloh concordou baixinho. Ela o estava encarando, mas de uma forma suave.

Cary apertou o tendão de Aquiles de Shiloh e depois segurou o calcanhar. Envolveu a sola e pressionou o polegar ao longo do arco.

— Acho que essas são coisas que você pode mudar — argumentou ela.

— Ninguém muda tanto assim.

Nenhum deles teve vontade de conversar depois disso. Cary se sentou no sofá, segurando Shiloh pelo tornozelo. Shiloh apoiou a cabeça no sofá e observou a mão dele.

QUARENTA E UM

SHILOH O ENCONTROU DE NOVO para jantar.

E ele voltou a jantar com ela e as crianças. Shiloh fez *croque monsieur*, com açúcar de confeiteiro e geleia de ruibarbo. Cary nunca tinha experimentado ruibarbo e gostou.

Eles assistiram a um filme da Disney. Gus estava grudento e não quis sair do colo da mãe.

Cary e ela terminaram a noite no sofá, conversando. Sem se tocar. Quando ele se despediu, sua mão passou pela nuca dela.

No dia seguinte, ele levou a mãe para o centro de recuperação.

Foi uma transição difícil. Cary estava preocupado e passou a noite no quarto com ela.

Ele enviou mensagens para Shiloh algumas vezes no fim de semana. Estava com raiva da irmã. Estava com raiva do marido dela. Um dos ex-maridos da mãe havia ressurgido. Cary o odiava.

Shiloh se perguntava se ele sentia aquela raiva o tempo todo na época do ensino médio e ela que não tinha percebido.

Cary voltaria para o navio na semana seguinte, independentemente de como a mãe estivesse. Estava frustrado. Estava ansioso. Shiloh suspeitava que ele também queria voltar logo ao trabalho.

Havia momentos em que Cary parecia tão estranho. Um homem adulto. Com uma vida tão distante que ela não havia tentado entender até então. Ele parecia mais frio do que ela se lembrava. Mais distante. Tão tenso que era impossível para ela relaxá-lo.

Mas às vezes era o oposto... Honesto e vulnerável. Aberto de uma forma que o antigo Cary nunca foi. Era menos contraditório em sua memória — talvez ela o tivesse simplificado com o passar dos anos.

Cary e ela pareciam estar deixando o passado... no passado.

Shiloh estava tentando juntar tudo. Integrar: o Cary do ensino médio; o Cary em seu dormitório; o Cary que voltou para casa com ela depois do casamento de Mikey, com todas as suas revelações; e esse Cary, que parecia tê-la perdoado, que continuava se apoiando nos quadris, ombros e tornozelos dela.

— Shiloh! Arrume uma babá! Vamos sair!

Shiloh colocou o telefone no ouvido.

— Mikey?

— Isso, Mikey. E Cary! A turma está toda aqui. Vamos lá, cara. Estamos indo buscar você.

— Agora?

— Agora. Você pode?

As crianças estavam na cama. Sua mãe não se importaria.

— Sim. Posso.

— Boa! — disse Mikey.

Shiloh já estava de pijama. Era uma segunda-feira à noite. Ela vestiu uma calça jeans e um vestido florido de mangas curtas. O cabelo estava úmido. Ela o puxou para trás em um longo rabo de cavalo. Um delineador parecia adequado. E brincos grandes de argola. Olhou-se no espelho. Ainda tinha algumas de suas pulseiras antigas do ensino médio. Colocou em um pulso.

Estava sentada na varanda quando o carro alugado de Cary parou. Ela abriu um sorriso quando Mikey saiu do banco do carona.

— Ei, garota! — chamou ele.

Ela se levantou, rindo.

— Eu disse que deveríamos fazer você se espremer no meio, mas Cary não quer que você quebre os porta-copos do carro alugado.

— Estraga-prazeres — comentou Shiloh.

— Eu *sei*. Aqui, pode sentar na frente. — Mikey foi para o banco traseiro, e Shiloh foi para o da frente.

— Ei — cumprimentou Cary, acenando com a cabeça para ela.

— Essa é a minha turma! — disse Mikey, colocando um braço em volta do pescoço de cada um deles.

Cary o empurrou.

— Coloque o cinto de segurança. Você é pai agora.

— Como está Otis? — perguntou Shiloh.

— Ele é perfeito — disse Cary.

Mikey gemeu.

— Ele está tentando me matar. Meu Deus!

Shiloh se virou no banco.

— Tão ruim assim?

— Ele nunca dorme. Então Janine nunca dorme. Ela chora o tempo todo. O cabelo dela está caindo. Me envia artigos sobre psicose pós-parto.

Cary franziu a testa.

— Talvez devêssemos deixar você em casa…

— Está tudo bem. — Mikey colocou a mão no ombro de Shiloh. — Está tudo bem, Shiloh… A mãe dela está lá. Mas isso também é um *maldito pesadelo*!

— Sinto muito — disse ela. — Vai melhorar, eu prometo.

— Não sei como você fez isso sozinha. Somos dois, e nenhum de nós está trabalhando. Estamos apenas sob o domínio dele. Eu diria que ele é o filho de Satanás, mas minha mãe diz que ele se parece comigo.

Shiloh riu.

— Ele é um bom garoto — retrucou Cary. — Ele é muito forte.

— Porque drena minha força vital — disse Mikey. — Graças a Deus, Cary apareceu para me levar embora.

— Ele é um bom garoto — concordou Shiloh. — Todos os bebês são.

Cary sorriu para a estrada.

— Shiloh, saia do celular. Esteja presente. — Mikey e Cary estavam jogando *Double Dragon*.

O Family Fun Time era um fliperama de dois andares pertencente a algumas pessoas religiosas. As fichas eram carimbadas com a inscrição "Louvado seja o Senhor". Não havia mudado muito desde o ensino médio. Agora havia laser tag, além de um monte de jogos novos: um canto inteiro era dedicado ao *Dance Dance Revolution*.

Shiloh estava mandando mensagens para Tom sobre um assunto de trabalho. (Tom tinha um BlackBerry e enviava mensagens extravagantes.)

— O que eu deveria fazer? — disse ela. — O que eu fazia em 1991?

Cary colocou a mão no bolso e tirou um rolo de fichas.

— Vá jogar *Centopeia*.

— Eu gosto mesmo de *Centopeia*...

Ela encontrou a máquina do outro lado do andar, onde ficavam as máquinas "retrô", e logo colocou metade das fichas nela. Shiloh não era boa naquele jogo. Nunca foi. Depois disso, tentou se lembrar de como jogar *BurgerTime*. Não conseguiu. Ela gastou o restante das fichas no *Space Invaders*.

Cary e Mikey ainda estavam jogando *Double Dragon*. Shiloh ficou atrás de Cary e tentou observar.

Foi incrivelmente entediante.

Também tinha sido chato no ensino médio. Naquela época, ela estava feliz por sair de casa.

Shiloh levantou a mão e puxou o cabelo de Cary. Só na parte de cima ele estava longo o suficiente para puxar. Cary balançou a cabeça.

Ela fez isso mais uma vez.

— Para.

— Shiloh — disse Mikey com uma voz distraída —, você já gastou todas as fichas?

— Já.

— Você é pior do que meu sobrinho de cinco anos... Ah! *Pronto*! Peguei você!

Cary e ele começaram a bater nos botões.

Shiloh ficou observando por um minuto.

Depois, ela cutucou a cintura de Cary.

Ele estendeu a mão para trás, colocou o braço em volta da cintura dela, a puxou para perto de si e apoiou a mão em suas costas. Ele ainda estava jogando, absolutamente concentrado na tela e alternando a mão direita entre o joystick e os botões de ataque.

Depois de alguns segundos, ele precisou das duas mãos novamente. Shiloh permaneceu perto dele e em silêncio. Ela virou a cabeça para observar o rosto dele. A boca estava reta. As luzes dançavam em seus olhos. O jogo tocava música eletrônica, e o local tocava rock cristão.

— O que acha disso, hein? — gritou Mikey.

Cary riu. Em seguida, os ombros ficaram tensos.

— Lá vai — gritou ele —, lá vai, lá vai... BOOM!

Cary e Mikey pareciam não ter mudado nada. Se Shiloh fechasse os olhos e fingisse que a lombar não estava doendo, ela poderia ter dezessete anos novamente.

Os dois gritaram quando passaram da fase.

Cary olhou para Shiloh, como se só agora estivesse percebendo quanto ela estava próxima. O rosto dele estava vermelho de tanto rir e gritar. Ele se inclinou e beijou a bochecha dela.

— Puta que *pariu* — disse Mikey. — Três dos meus dedos estão ficando dormentes. Esta é a mão que uso para pintar. Tenho uma família para sustentar.

Cary lhe deu uma cotovelada.

— Presta atenção. Próxima fase.

Shiloh comprou pipoca e uma Coca-Cola Diet e arrastou um banquinho pela seção retrô, seguindo Mikey e Cary de jogo em jogo. Depois, teve de encontrar alguém que lhe desse a chave do banheiro. Estava presa a um pedaço de madeira.

Quando saiu, os rapazes estavam esperando por ela no saguão. Mikey fazia uma imitação de um vilão de *Double Dragon*, e Cary estava rindo tanto que seus ombros estavam chacoalhando.

— Deveríamos tomar uma cerveja ou algo assim — disse Mikey.

Cary olhou para ela.

— Tem que trabalhar amanhã?

— Posso ir de ressaca — respondeu ela. — As crianças de oito anos não vão notar.

— O que teríamos feito em 1991? — perguntou Mikey.

Shiloh bocejou.

— Teríamos ido comer no Taco Bell.

— Ah, sim... — disse ele. — Vamos nessa.

Eles passaram pelo drive-through. Mikey comeu uma chalupa e, imediatamente, deitou-se no banco traseiro.

— Isso é o fim para mim, pessoal. Nada mais a declarar. Me acordem quando eu estiver morto.

Cary levou Mikey para casa primeiro. Mikey o fez sair do carro para um abraço de despedida. Shiloh o observava do banco da frente.

Mikey abraçou Cary.

— Se cuide e me ligue da próxima vez. Estou à disposição aqui.

Cary disse algo que Shiloh não conseguiu ouvir. Suas vozes se misturaram por um minuto. Então, Mikey lhe deu outro abraço apertado.

Shiloh gostava de vê-los se abraçando. Era como ver Gus comer.

Mikey se afastou, inclinando-se para dentro do carro, e apontou para Shiloh.

— Atenda ao telefone quando eu ligar, Shy. Otis quer brincar com o Gus e a Juniper.

Shiloh assentiu e começou a bocejar.

— Talvez *eu* ligue para *você*.

Ela ainda estava bocejando quando Cary voltou para o carro. Então, ela arrotou e fez uma careta. Taco Bell.

Cary estava sorrindo para ela.

— Vou levar você para casa, Cinderela.

— Estou me sentindo mais como Rip van Winkle.

— Gosto desse bairro — disse Cary, sem se importar.

— Gosto da casa do Mikey — respondeu ela. — Ainda não consigo acreditar que ele trocou Nova York por Omaha.

— É um lugar melhor para criar uma família, especialmente se você teve uma infância feliz aqui.

Shiloh pensou na família de Mikey e na pequena casa em que ele cresceu. O antigo bairro não era tão bom quanto o novo, mas era melhor do que o de Cary e Shiloh. Os pais dele ainda moravam lá. Ainda estavam juntos.

— Gostaria de ir a uma das exposições dele — comentou ela. — Talvez ele faça uma exposição aqui.

— Ou talvez você possa ir para Nova York ou Chicago...

— Ou Munique? — Esse foi o último lugar onde Mikey tinha feito uma exposição.

— Ou Munique — disse Cary, sorrindo.

— Fico feliz que vocês tenham me ligado. Pareceu uma viagem no tempo.

— Faremos isso de novo. Vou voltar para ver minha mãe.

Ela virou a cabeça na direção dele.

— Você vai me ligar quando voltar?

Ele olhou para ela como se estivesse sendo estranha.

— Vou. Não quer que eu faça isso?

— Sim, quero que faça isso. — Ela cutucou o braço dele. — Não quero passar mais catorze anos sem falar com você.

Ele já estava estacionando na entrada da garagem dela.

— Também não quero isso.

Cary desligou o carro. Os dois estavam evitando se olhar.

— Quando você vai embora? — perguntou ela.

— Depois de amanhã.

Shiloh murmurou.

— Talvez a gente não se veja de novo antes de eu ir embora — disse ele.

Ela levantou um pouco o olhar.

— Quer entrar?

— Não. É melhor você dormir. Também estou cansado.

— É. — Ela apertou o braço dele e abriu a porta.

— Vou acompanhar você — disse Cary abruptamente, saindo do carro.

Ele a seguiu até os degraus e se adiantou para segurar a porta da varanda aberta.

Eles pararam na varanda. Podiam ouvir a TV. A mãe de Shiloh devia estar na sala… ela não tinha TV a cabo no quarto.

Shiloh olhou para Cary.

— Obrigado… por tudo — disse ele.

Ela assentiu.

— Estou falando sério… Não quero passar mais catorze anos sem falar com você — repetiu Shiloh.

— Está bem.

— Você é o melhor amigo que já tive, Cary.

Ele estava olhando nos olhos dela. As covinhas apareceram.

— Você também, Shiloh.

Shiloh tocou o bolso da camisa dele. Puxou o colarinho dele.

Cary levantou a mão e segurou a bochecha dela. Tocou a parte inferior do queixo dela com o polegar.

A porta se abriu.

— Oláááááá! — cantarolou Junie.

Então, ela arregalou os olhos e escancarou a boca. Não era uma encenação.

Ela se virou e subiu a escada correndo.

Cary parecia ainda mais horrorizado do que Junie.

— Eu…

— Boa noite — disse Shiloh, afastando-se dele para dentro da casa e fechando a porta com força.

Gloria estava se levantando do sofá.

— O que Junie está fazendo acordada? — perguntou Shiloh, nervosa.

— Ela não conseguia dormir.

— Por que você a deixou abrir a porta?

— Não ouvi! Ela ouviu você na varanda e correu para abrir.

Shiloh já estava na metade da escada. Foi direto para o quarto das crianças. Junie estava na cama, deitada contra a parede. As luzes estavam apagadas.

Shiloh se sentou na cama. Tocou as costas da filha.

— Junie?

— Eu não quero falar com você, mamãe.

— Está bem.

Junie estava chorando.

— Não quero que você faça isso...

Shiloh passou as mãos entre as omoplatas dela.

— Não quero que você faça isso com o Cary.

— Eu entendo — disse Shiloh. Ela não ia fazer promessas, mesmo que fossem promessas que ela pudesse cumprir facilmente. — Eu te amo, Juniper. Sinto muito por ter deixado você aborrecida.

Junie soluçou.

— Você não devia *fazer* isso.

Eu deveria, sim, pensou Shiloh. Mas não era o momento certo para discussão. Ela estava arrepiada de vergonha. Todo seu corpo estava tomado de vergonha.

— Não quero que Cary venha aqui de novo — disse Junie.

— Cary está indo para casa — respondeu Shiloh.

— Onde ele mora?

— No mar.

QUARENTA E DOIS

SHILOH NÃO ESPERAVA RECEBER UMA mensagem de Cary naquela noite.

Mas ele lhe enviou algumas horas depois de ter saído. Ela ainda estava acordada.

Sinto muito.

vc não fez nada

Isso não importa para sua filha.

pode deixar que eu cuido dela, disse Shiloh, franzindo a testa.

Desculpe. Eu sinto muito.

Shiloh se sentou para digitar com os dois polegares. Ela dedicou um tempo para usar letras maiúsculas e pontuação. *Não estou feliz por ter acontecido do jeito que aconteceu, mas não há uma boa maneira de ser uma mãe divorciada. Ou um filho com pais divorciados. Esse tipo de coisa acontece.*

Ela ficou esperando que Cary respondesse à mensagem.

Finalmente ele enviou:

Não precisava ter acontecido essa noite. Sinto que prejudiquei você e ela, por nada, logo quando estou indo embora da cidade.

O "por nada" ficou preso no peito de Shiloh. *Você realmente não precisa se preocupar com isso.*

Cary não respondeu.

Shiloh voltou a se deitar, ainda segurando o telefone. Estava exausta. Não havia lavado o rosto. O delineador parecia pegajoso.

O celular apitou. A mensagem era tão longa que foi enviada em duas partes:

Eu estava tão bravo com você depois do casamento por ter dito que estava me dando uma saída. Mas o que você estava dizendo era que os riscos eram muito altos para eu sequer entender. E você estava certa.

Depois de um segundo, Cary enviou:

Eu não quero ser o cara que faz seus filhos se sentirem assim.

QUARENTA E TRÊS

Antes

ERA DIFÍCIL DORMIR COM OUTRA pessoa na cama. Ela deveria simplesmente fechar os olhos e desligar? Com outra pessoa ali? Com Cary ali?

A cama do dormitório de Shiloh era pequena. Cary estava deitado de costas para a parede. A única maneira de ela não ficar na beirada era deitar bem ao lado dele, com a cabeça próxima à dele no travesseiro.

Ele estava com os olhos fechados... Shiloh não sabia dizer se estava dormindo. Cary tinha tantas pintas no rosto que era impossível contar todas. Se ele tivesse apenas uma ou duas, elas se destacariam. Mas, em vez disso, eram como um campo. Tinha uma escondida na sobrancelha. Shiloh a tocou. A pálpebra de Cary se contraiu. As sobrancelhas não tinham muito formato e meio que se desvaneciam nas pontas. Não eram nada parecidas com as de Shiloh.

Ela tocou a outra sobrancelha dele. Todo o rosto se contraiu.

— Vá dormir — disse ele.

— Não consigo — sussurrou.

— Por que não?

— Por sua causa.

Ela beijou a bochecha dele.

Cary não reagiu.

Havia uma verruga irregular na lateral do nariz dele. Ela a tocou. Havia uma cicatriz em sua bochecha. Parecia que tinha levado alguns pontos. Shiloh a beijou. Tocou a linha da cicatriz com a língua para poder senti-la melhor.

— Mordida de cachorro — disse Cary.

— Quantos anos você tinha?

— Três ou quatro.

Ela o beijou novamente.

— Eu tenho duas — disse ela.

Ele abriu os olhos.

— Onde?

Ela apontou para uma cicatriz na ponte do nariz. Era tênue, mais fácil de sentir do que ver. Cary a esfregou com o dedo indicador.

— Quantos anos você tinha?

— Era pequena demais para me lembrar da mordida. Só me lembro do namorado da minha mãe gritando com o cachorro. — Ela levantou o rosto para que ele pudesse ver a parte inferior de seu queixo. — E aqui.

Essa tinha sido feia, foram vários pontos, mas também estava escondida.

Cary esfregou o queixo dela com o polegar.

— O mesmo cachorro?

— Não. Foi depois.

Ele afastou a mão para mostrar a ela uma cicatriz grossa sob o polegar.

— O mesmo cachorro? — perguntou ela.

Ele balançou a cabeça.

Shiloh pegou a mão dele e lambeu a cicatriz, sentindo-a. Em seguida, mordeu gentilmente o polegar dele e lhe beijou a palma da mão.

Quando voltou a levantar o olhar, Cary segurou seu rosto e a beijou.

Os beijos dele empurravam a cabeça dela para trás começo, chegando para a frente, como se estivesse tomando o primeiro gole dela. Shiloh deixou. Ela segurou o pulso dele.

Cary estava se apoiando nela. Ele estava com uma camiseta e uma cueca boxer branca. Todas as roupas dele eram da Marinha. Isso fez com que Shiloh se sentisse um pouco enjoada. Estavam apagando a personalidade dele. Iam jogá-lo em um mar de garotos com os mesmos shorts e cortes de cabelo, e Shiloh nem o reconheceria; ninguém o reconheceria. Ela tentou puxar o cabelo dele, mas não havia cabelo suficiente.

Ele subiu em cima dela.

Os dois ainda estavam vestidos. Não tinham planejado isso, não foi uma coreografia ensaiada. Os preservativos estavam na escrivaninha de Shiloh. Toda vez que acabavam de usar um, ela guardava o pacote.

Dessa vez, quando Cary a penetrou, Shiloh segurou o pescoço dele com as duas mãos.

— Eu amo você — disse ela, e continuou repetindo, como se fosse imprescindível que ele soubesse. Toda vez que ela dizia isso, ele a beijava.

Quando terminou, Cary se deitou de costas, e Shiloh rolou com ele, descansando a cabeça em seu peito. Ele ainda estava de camiseta e dava para ver o contorno das placas de identificação sob o tecido. Ela não tinha vontade de olhá-las.

Shiloh se inclinou até conseguir olhar para o rosto dele. Seu cabelo caiu nas bochechas; ela ainda estava se acostumando com a leveza do corte. Cary sorriu para ela e esfregou o topo de seu nariz. Ela segurou o rosto dele.

— Eu amo você — disse ela. — De trás pra frente e de frente pra trás. Indo e voltando.

O rosto de Cary ficou sério. Ele assentiu e levantou a cabeça do travesseiro para beijá-la.

Antes de sair do dormitório, Cary tentou lhe dar uma de suas plaquetas de identificação.

Como se ela fosse adorar ter um lembrete de que o governo havia marcado seu cadáver enquanto ele ainda estava vivo.

— Não preciso disso — disse Shiloh. — Eu já sei quem você é.

— Guarde pra mim — pediu Cary.

QUARENTA E QUATRO

Antes

O PAI DELE, ROD, MORREU de ataque cardíaco quando Cary tinha oito anos. Era o segundo marido de sua mãe.

A irmã mais velha de Cary, Mickey, era filha do primeiro marido de Lois, que também se chamava Mickey.

A mãe dele foi casada com Rod por mais tempo, vinte e três anos. Rod era mais velho do que ela e estava aposentado depois de trabalhar no sistema ferroviário. Ele levava Cary para pescar, até o barbeiro e para tomar café da manhã no Harold's Cafe com os outros idosos.

As irmãs de Cary, Jenny e Jackie, eram filhas do Rod.

Depois que Rod morreu, Lois começou a namorar o vizinho deles, um cara chamado Simple. Não durou muito.

Na época, ela estava na casa dos quarenta. Saía nos fins de semana para o bar da rua, o Walking Stick, e deixava Cary com um vizinho (outro vizinho) ou com uma de suas tias.

Os homens apareciam. Homens na sala de estar. Na varanda. Comendo frango frito no sofá. Saindo do quarto de Lois pela manhã.

O primeiro padrasto se chamava Andy e era um bêbado. O filho adolescente dele foi morar com eles. Cary tinha onze anos. A irmã Jackie havia voltado para casa com os filhos. Cary foi para o porão.

Andy teve outras mulheres — e acabou fugindo com uma delas.

A mãe de Cary voltou a frequentar o Walking Stick, apesar de nunca ter bebido muito. Ela não gostava de ficar sozinha. (Ela nunca estava de fato sozinha. Não se podia ficar *sozinha* naquela casa. As idas e vindas e as brigas. Crianças. Netos. Primos. Cães. Vizinhos.)

Lyle foi o pior de todos. Ele batia em tudo que conseguia alcançar.

Cary estava no ensino médio e era empacotador no supermercado. Ele colocou um cadeado na porta do próprio quarto, e Lyle o quebrou com um taco de beisebol.

Lois se casou com ele.

Depois de Lyle — que morreu em um acidente de carro, levando o outro motorista com ele —, a mãe de Cary começou a ter problemas de saúde mais sérios.

Na época, Cary já estava na Marinha.

Ele não sabia mais com quem ela saía.

QUARENTA E CINCO

SHILOH ESPERARIA ALGUMAS SEMANAS E depois mandaria uma mensagem para Cary, perguntando como estava a mãe dele.

Ela não sabia se ele responderia. Não sabia como estava a relação deles depois do que aconteceu com Junie na varanda. Ela dissera a Mikey que ela e Cary deveriam ser amigos, *apenas* amigos. Talvez eles devessem ser menos do que isso. Talvez tudo que tivessem a oferecer um ao outro fosse desconforto.

As pessoas entram em sua vida, e isso é bom, mas é finito.

O relacionamento com Ryan produziu algo bom, maravilhoso: Junie e Gus. Mas depois seguiu seu curso natural.

Quando foi que o relacionamento dela com Cary chegou ao fim? Quando foi a última vez que foi fácil? Em 1991?

Ela havia passado mais tempo sentindo falta de Cary do que o conhecendo. Todos esses anos enfeitaram sua memória com nostalgia.

Cary.

Shiloh recebeu um e-mail de Cary uma semana depois de ela ter corrido atrás de Junie e o deixado sozinho na varanda.

O assunto dizia: "*Chegada.*"

Ela o abriu.

"*Peguei seu endereço de e-mail no cartão de visitas. Espero que não tenha problema escrever por aqui. Você pode me escrever neste e-mail se quiser. Não temos sinal de celular no mar.*"

Shiloh respondeu imediatamente do e-mail pessoal, perguntando sobre a mãe dele e o voo de volta. Perguntou se ele já havia destruído alguma coisa.

Cary não tinha feito nenhuma pergunta a ela na mensagem que enviou. Não disse nada que pedisse resposta.

Shiloh fez *apenas* perguntas.

Ele entrou em contato com ela alguns dias depois.

A mãe estava se adaptando ao centro de recuperação quando ele saiu de Omaha, escreveu, mas ele continuava preocupado. Seu voo durou um dia inteiro e terminou com um passeio de helicóptero. Já estava de volta ao trabalho. Trabalhava em Operações e quase nunca era chamado para a destruição. As horas eram longas, e ele não podia verificar o e-mail todos os dias, por isso ela não deveria se preocupar se ele não retornasse logo.

Shiloh clicou imediatamente em *responder*.

QUARENTA E SEIS

Cary, ainda não consigo imaginar como é viver em um barco. Talvez eu pegue um livro na biblioteca. Ou passe no escritório de recrutamento da Marinha. Você fica no convés o dia todo, olhando para o sol? O que faz quando não está trabalhando? Quanto tempo fica lá fora? No mar?

•

Uma missão típica dura de seis a nove meses. Esta é de seis.
 Às vezes, fico no deque, mas não olho para o sol. (Você está olhando diretamente para o sol, Shiloh? É melhor não fazer isso.)
 Não tenho muito tempo livre quando estamos no mar. Mas eu leio. Assisto a filmes no laptop. Jogo *Magic: The Gathering* com algumas pessoas quando nossos horários batem.
 Na maior parte do tempo, estamos trabalhando ou dormindo.

•

Cary, assisti ao filme *A caçada ao Outubro Vermelho* e, meu Deus, como estou feliz por você não estar em um submarino!

•

Cary, assisti a *Top Gun* e estou muito feliz por você não ser piloto. Esse filme também é uma porcaria. Vi novamente *A caçada ao Outubro Vermelho* para deletá-lo do meu cérebro. Acho que deve ser o melhor filme já feito...

•

Shiloh, por que você está assistindo a filmes sobre a Marinha? E quem foi seu personagem favorito no *Caçada*?

O subcomandante soviético. Sam Neill!!!!

•

"Eu gostaria de ter visto Montana."

•

Sim!!! Ainda não superei isso! Vou assistir *Maré vermelha*, mas não é possível que seja tão bom.

Estou assistindo a filmes sobre a Marinha porque me deixa louca não conseguir imaginar você em algum contexto.

Nosso teatro está fazendo uma peça baseada em *Make Way for Ducklings*. Eles precisam que eu faça o papel de um pato.

•

Você vai ser um ótimo pato. Achei que você não atuava mais...

•

Só saio da aposentadoria para papéis realmente importantes, como a Mãe Pato.

•

Mãe Pato? Você não me disse que conseguiu o principal!

•

Vi o Mikey no fim de semana. Ele está parecendo menos péssimo. Otis está dormindo quatro horas por noite, o que é uma grande melhora. Mikey disse que não pintou nada desde que o bebê nasceu. Ele parecia um pouco desgrenhado, só que menos do que quando você estava aqui. Janine também está bonita. E o próprio Otis está, é claro, perfeito.

•

Fico feliz que tenha visto Mikey e que eles estejam dormindo mais. Mike sempre quis ter uma família grande. Me pergunto se agora ele mudou de ideia.

Como estão Juniper e Gus?

•

Junie está fazendo aulas de verão no teatro, então posso vê-la durante o dia, o que é maravilhoso. (Além disso, as aulas são gratuitas para mim, então estamos economizando dinheiro na creche.) Gus poderá fazer aulas quando fizer quatro anos.

Ela está indo bem, gosta de estar ocupada.

Gus ainda está… passando por momentos difíceis. Talvez essa seja apenas a personalidade dele e eu deva parar de agir como se fosse uma fase. (Crianças pequenas podem ser emo?)

Ele ainda não sabe usar o penico e parece não estar interessado em saber. É tipo um veto consciente.

Como você está, Cary? Como está sua mãe?

•

Estou bem. Não penso nisso quando estou de serviço; sempre há outra coisa em que me concentrar.

Consegui conversar por e-mail com o representante do centro de recuperação da minha mãe. Ela está se saindo muito melhor do que eles esperavam. Quebrar o quadril pode ser catastrófico para alguém na idade dela, mas ela está progredindo. Acho que metade da recuperação foi só de tirá-la daquela casa. Ela sente falta dos cachorros, mas não precisa cozinhar nem limpar. Para ser sincero, acho que ela não *consegue* mais cozinhar ou limpar. Ela já não estava se locomovendo bem na época do casamento do Mikey. Gostaria que ela se mudasse para uma residência com assistência médica. Mas não sei se vou conseguir convencê-la, não com minhas irmãs e Angel fazendo lobby contra.

Fico feliz por você poder ver sua filha durante o dia. (Você nunca a chama de "Juniper"?) Você não teria adorado fazer aulas de teatro durante todo o verão quando tinha a idade dela?

Gus me pareceu um bom rapaz. Sabe o que quer. Não tem medo de falar o que pensa. Dedicado à mãe.

Como você está, Shiloh?

•

Eu a chamo de "Juniper" quando me desobedece ou quando estou me sentindo muito carinhosa.

Essa é uma ótima notícia sobre sua mãe, ela é muito forte! Deve ser difícil para você administrar tudo à distância. Fico feliz por ter um contato lá no centro. Como era ficar embarcado antes do e-mail?

Você acreditaria que estou bem? E que eu não penso em como estou, porque sempre há outra coisa em que me concentrar?

•

Cary!!! Você me enviou um rolo de filme???????

•

Sim. Você fez tantas perguntas sobre o navio que peguei uma câmera emprestada e tirei algumas fotos. Não sei como elas vão sair. Espero que o filme não tenha esquentado muito no correio. Ele pode ter demorado algumas semanas para chegar.

•

1. Você pode enviar correspondência do navio??? Como?
2. Isso significa que posso enviar correspondência para você?
3. Não vejo a hora de revelar esse filme!!
4. Cary!!!

•

1. Sim. Os aviões de carga vão e vêm com suprimentos e correspondências.
2. Sim, se você quiser. Use o endereço do envelope.
3. Como eu disse, não tenho certeza se alguma das fotos ficará boa.
4. Shiloh!

QUARENTA E SETE

SHILOH DEIXOU O FILME EM uma loja de revelação rápida na manhã seguinte, a caminho do trabalho, e buscou as fotos durante o almoço.

Tom a acompanhou. Ela ainda não havia lhe contado toda a história. (Shiloh tinha um pouco de ciúmes de compartilhar toda a história.) Tom sabia que ela e Cary estavam trocando e-mails, que a história entre eles era complicada e que ele estava na Marinha.

Ah não, Shiloh, acho que ele pode ser gay.

Ele não é gay.

Todos que conheci na Marinha são gays.

Tom queria ver as fotos imediatamente, mas Shiloh esperou até que voltassem para o escritório e ela tivesse a privacidade de um monitor de computador entre eles.

A primeira foto era do oceano. Ela sorriu.

A seguinte era de um quarto muito pequeno com a cama mais estreita que Shiloh já tinha visto — tinha uma gradinha, como uma cama de bebê. Havia uma pequena escrivaninha e alguns armários. Não havia sinal de Cary (nem de ninguém) na foto, nada pessoal. No entanto, aquele deveria ser o quarto dele.

Havia várias fotos de corredores apertados e escotilhas arredondadas. As paredes e o piso pareciam de metal, e havia canos e fios expostos. Tudo parecia um pouco pequeno demais. Será que todos naquele navio estavam constantemente se encolhendo para passar uns pelos outros e abaixando a cabeça?

Havia três fotos de uma bandeja no estilo cafeteria: café da manhã, almoço e jantar. A mão de Cary estava no canto de uma foto. Shiloh reconheceu os dedos ásperos. A comida parecia de escola. Pelo menos tinha uma boa quantidade.

Não havia pessoas em muitas das fotos, e, quando havia, eram apenas as pernas e os pés ou a parte de trás da cabeça.

Quando Shiloh chegou a uma foto do próprio Cary, foi pega de surpresa. Outra pessoa deve ter tirado a foto. Cary estava do lado de fora, provavelmente no convés do navio. Usava um macacão azul e um boné e *estava* olhando para o sol. Ele não estava sorrindo exatamente, mas não era preciso muito para ativar todas as marcas de expressão nas bochechas e ao redor dos olhos de Cary. Havia três fotos dele, tiradas em sequência.

— Aí está ele — disse Tom em voz baixa. Ele estava de pé atrás de Shiloh.

— Aí está ele — concordou ela.

— Ele tem um rosto bonito.

— Tem mesmo.

— Ele se parece com o professor malvado que acaba ficando do seu lado no final.

—*Eu* sou a professora malvada que acaba do seu lado no final.

— Você é assim para os íntimos — disse Tom —, mas, para quem não te conhece, você é apenas uma moça simpática com sapatos interessantes.

— Meu Deus, é a isso que chegamos? É isso que eu sou?

Ele a consolou, colocando mão no ombro dela.

— Não fique ofendida, Shiloh. A maioria das pessoas aqui não tem nem sapatos interessantes.

Ele voltou para seu lugar do outro lado da mesa.

Shiloh olhou mais um pouco para as fotos de Cary.

— Vocês ainda estão apenas trocando e-mails amigáveis? — perguntou Tom.

— Muito amigáveis.

— Bem… — Ele parecia pensativo. — Ele te mandou uma foto fantasiado de G.I. Joe glamouroso. Isso deve significar alguma coisa.

Shiloh fez milhares de perguntas a Cary sobre as fotos. Ele lhe enviou duas ou três respostas.

Essas fotos são segredos militares?, perguntou ela.

Cary disse que não.

Você consegue imaginar como é viver em um barco agora?, perguntou ele.

Consigo imaginar mais do que isso, respondeu Shiloh.

QUARENTA E OITO

ELE ESTAVA EM ALGUM LUGAR no oceano Pacífico. Era difícil saber que horas eram lá. Os horários de Cary eram tão estranhos e variados que Shiloh não sabia quando ele conseguiria verificar o e-mail.

Foi uma surpresa receber um e-mail dele quando ela estava sentada na cama, escrevendo uma mensagem para ele em seu laptop.

A mensagem de Cary era curta.

Não tive um bom dia.

Shiloh abandonou a mensagem boba que estava escrevendo e respondeu ao e-mail dele.

Quer me falar mais sobre isso?

Não.

Cary, seja lá o que aconteceu hoje, sei que fez o seu melhor.

Como sabe?

Shiloh parou por um segundo e mordeu o lábio. Em seguida, digitou: *Porque sei que você sempre faz o seu melhor.*

Ela esperou que Cary respondesse. Às vezes, havia atrasos. A internet no navio era irregular. Cary tinha que enviar e-mails de um computador do trabalho porque seu laptop pessoal não estava conectado à rede.

Apareceu uma nova mensagem. Ela abriu.

Shiloh? Posso te perguntar uma coisa?

Claro que sim.

Ela esperou alguns minutos. Sentia-se ansiosa. Levantou-se para fazer xixi e lavar o rosto. Quando voltou, Cary havia enviado: *Está tudo bem com Junie? Depois do que aconteceu?*

Shiloh franziu a testa. Ela aproximou o laptop. *Sim. Cary, ela está bem. Eu prometo. Por favor, não perca o sono por causa disso.*

Assim que ela enviou a mensagem, Shiloh começou a digitar uma nova: *É ruim para meus filhos terem pais divorciados. Mas é a realidade. O pai deles já está namorando, e eu também poderia namorar um dia. Teoricamente. Junie vai ter que se adaptar.*

Cary não respondeu. Shiloh deixou o laptop aberto. Ela se deitou, enfiando-se debaixo das cobertas. Manteve o computador aberto perto do rosto e atualizava a caixa de entrada a cada minuto mais ou menos.

O nome de Cary apareceu em negrito com uma nova mensagem. Ela abriu.

Você não namorou?

Shiloh mordeu o lábio e se sentou um pouco para digitar.

Não. É difícil imaginar isso acontecendo neste momento. Meus filhos são tão jovens.

Você também.

Ela apertou a seta de resposta, mas não começou a escrever uma mensagem. Um novo e-mail de Cary chegou antes que ela pudesse fazê-lo.

Você deveria namorar, Shiloh. Deveria pelo menos pensar em namorar como algo além de uma possibilidade teórica.

Minha mãe namorou. Foi péssimo.

Você não é sua mãe. Ou a minha. Você não estava me dizendo que Junie terá de se adaptar?

Sinto que você trocou de lado, Cary.

Só não gosto de pensar em você sozinha. Você merece mais.

QUARENTA E NOVE

— ENTÃO, ELE ACHA QUE está tudo bem você traumatizar sua filha com um padrasto... Ele só não quer *ser* esse cara.

Tom e Shiloh estavam comendo os aperitivos que sobraram de uma festa de arrecadação de fundos realizada no teatro na noite anterior.

— Não sei o que ele quer. — Shiloh enfiou um cogumelo recheado na boca. — Mas "você deveria namorar" não é um "nós deveríamos namorar".

— Não, não é — concordou Tom. Ele estava comendo um sanduíche de pepino cujo pão parecia encharcado. — Eu tive um padrasto. Ele era legal, pagou meu aparelho ortodôntico.

— Estou a *anos* de distância de um padrasto. Não tenho nem candidatos.

Tom olhou para onde Kate, do figurino, estava fazendo um prato de queijo e biscoitos.

— Isso não é exatamente verdade.

Shiloh foi ao Shakespeare on the Green com Kate. Foi ótimo. Era *Macbeth*. As duas conheciam alguns dos atores e tinham ajudado em um jantar.

Kate era baixa, com cabelo loiro curto e rosto de elfo. Era muito bonita e fazia muitas das roupas que usava. Ela se ofereceu para arrumar a jaqueta de Shiloh para que os ombros se ajustassem melhor.

Em algum momento do ato IV, quando Macbeth estava visitando as bruxas e o ar estava envolto em uma névoa artificial, ela beijou Shiloh, que ficou quieta. Kate passou a mão pequena e áspera em sua bochecha...

Shiloh gostou. Ela gostou muito. O beijo confirmou algumas coisas que ela suspeitava há muito tempo sobre si mesma. Ela podia se imaginar fazendo aquilo de novo — podia se imaginar fazendo mais.

Contudo, por mais que gostasse... Shiloh não achava que gostasse de *Kate*. Não o suficiente, pelo menos. Gostava mais de beijar Kate do que de se sentar ao lado dela. Shiloh gentilmente recusou outro encontro.

Mesmo assim, Tom declarou que a noite havia sido um sucesso.

— Isso é bom — disse ele no dia seguinte, enquanto ele e Shiloh retiravam cadeiras de uma sala de aula. — É ótimo, na verdade. Você acabou de dobrar o tamanho do seu grupo de possíveis encontros.

— Sim, mas não estou interessada em *ninguém* — retrucou ela. — Então, isso é como duas vezes zero.

Tom achava que todos ficavam mais felizes quando estavam em um relacionamento. Ele estava perdidamente apaixonado por Daniel (o que era compreensível) e acreditava na monogamia e na divisão de financiamentos imobiliários: especialmente para pessoas heterossexuais que poderiam aproveitar todos os benefícios fiscais.

Quando Shiloh lembrou que já dividia uma hipoteca com a mãe, Tom disse que essa não era uma estratégia financeira sustentável. (Era muito fácil falar sobre estratégia financeira quando seu parceiro ganhava tanto dinheiro que vocês podiam comprar móveis caros e ainda fazia a sua declaração do imposto de renda.)

— Estou falando — disse Tom agora —, isso foi positivo. Há mais mulheres no mundo que podem ser namoradas do que homens.

— Diz o cara que nunca saiu com nenhuma.

Tom fez uma careta.

— Namorei *muitas* garotas no ensino médio.

CINQUENTA

Shiloh, obrigada pelo fudge. Está delicioso. Não vou dividir com ninguém.
E obrigado pela foto, essa fantasia de pato é genial.
Como você está?

•

De nada! Demorou quase três semanas para esse doce chegar até você. Espero que ainda esteja bom. Eu queria enviar biscoitos, mas a internet foi muito desanimadora sobre o assunto.
Você reconheceu algum dos patinhos?

•

Os biscoitos são imprevisíveis. Eu tinha um colega de quarto cuja mãe enviava biscoitos. Às vezes, eles mofavam ou eram amassados no correio; em outras, chegavam ótimos.
Foi muito gentil da sua parte. Muito obrigado. E é um ótimo fudge. Uma das pessoas da minha equipe comentou sobre como é macio. (Eu dividi um pedaço.) Me disseram que é complicado conseguir isso.
Essa é a *Juniper*?!

•

É complicado, mas estou praticando.
Você tem um colega de quarto agora? Seu quarto parecia tão pequeno.
É a Junie! O diretor queria alguns patinhos de verdade para interpretar os patinhos. (A maioria dos patos será um tipo de fantoche.) Junie está muito feliz. Pronta para seu close-up etc.
Como está sua mãe? Ela vai voltar para casa em breve?

•

Minha patente atual significa que tenho meu próprio quarto.

Parabéns à Junie. Tenho certeza de que ela será maravilhosa. Deixou uma ótima impressão na minha mãe... Aliás, tenho ótimas notícias sobre ela.

Estou mancomunado com o representante do centro de recuperação. Nós a convencemos a se mudar para a ala de residência assistida por alguns meses — apresentamos a possibilidade a ela como uma recuperação prolongada. Minha esperança é que seja permanente, mas minha mãe concordou em ficar pelo menos três meses.

Angel parou de lutar contra essa ideia. Acho que ela gosta de ter a casa só para ela. Isso é um problema para outro dia.

Como você está?

•

Essa é uma notícia FANTÁSTICA! Você deve estar tão aliviado! Estou muito feliz por você, Cary. Bom trabalho!

•

Cary, um de nossos doadores viu sua foto na minha mesa e me disse que você é tenente-comandante, e que isso é impressionante para alguém da sua idade.

Respondi que não estava surpresa ao ouvir isso porque você sempre foi talentoso e dedicado. Mas, na verdade, *fiquei* surpresa. Por que você não me disse que era impressionante?!

Estou ainda mais orgulhosa de você do que o normal!

Nosso doador é um veterano e conservador, e acho que ele ficou feliz ao ver a foto, pois acha que somos todos um bando de libertinos para quem a esposa dele dá dinheiro. (Ele está correto.) Portanto, obrigado por tê-lo amolecido.

A propósito, eu tinha orgulho de você mesmo quando não estávamos conversando. Mikey me contava algumas coisinhas.

Fico feliz por poder me orgulhar de você diretamente de novo.

•

Obrigado, Shiloh.

•

Cary, eu lhe enviei algo para parabenizá-lo por todas as promoções que perdi. Me avise se ele aparecer mofado e cheio de vermes. Estou fazendo testes.

•

Você não precisa me enviar nada.

•

Está me pedindo para não enviar?

•

Não.

•

Está bem. Me avise se chegar aí e estiver nojento.

•

Ei, Shiloh, hoje, quando eu estava supervisionando a ronda, percebi que perguntei duas vezes como você estava e você não respondeu.
 Como você está?

•

O que você estava rondando?
 Eu estou bem.
 Estou discutindo com Ryan sobre se ele pode levar a namorada nas férias com as crianças. Eles vão para o Okoboji, e a ideia de toda aquela água já me deixa nervosa. (Uma criança de três anos não precisa ir ao lago!) Não quero que Ryan se distraia.
 Além disso, se eu disser sim a *essa* namorada e a *essas* férias, é como se estivesse dizendo sim a todas elas. É ultrapassar um limite.
 Toda a família de Ryan vai junto. Eles vão todos os anos, porque têm uma cabana lá. Eu também costumava ir e odiava.

Eu ia dizer que acho barcos coisas inúteis, mas é uma coisa estúpida de se dizer a você!

Que tal... Não vejo utilidade em barcos de passeio. As pessoas literalmente se sentam na água e bebem, e algumas se afogam. Eu disse a Ryan que não queria que ele bebesse quando as crianças estivessem com ele, e isso se transformou em uma grande discussão — embora eu não ache que ele *vá* beber muito. Por que ele não podia simplesmente responder "Sem problemas"?

Além disso, meu chefe me odeia.

Você se arrependeu de ter perguntado?

•

Não.

Por que seu chefe odeia você?

Eu também odeio barcos de passeio.

•

Ele me odeia porque eu o odiei primeiro.

•

Por quê?

E quando seus filhos vão viajar? O que decidiu sobre a namorada?

•

Acho que ele não faz um bom trabalho e me atrapalha. Não o odeio como pessoa (ele é doador de órgãos!), mas o odeio como chefe.

As crianças foram para Okoboji hoje. Eu disse que cederia em relação à namorada se Ryan prometesse não beber. Ele disse que nunca bebe mais do que duas cervejas quando está com as crianças e que eu deveria confiar mais nele.

Só estou triste, eu acho. As crianças ficarão fora por dez dias. É a pior parte do verão.

•

Sinto muito, Shy.

O que vai fazer enquanto as crianças estiverem fora? Isso significa que também vai poder tirar férias com eles?

•

Vou trabalhar. Talvez pintar a sala de jantar, caso convença minha mãe a me ajudar.

Normalmente, distribuo meus dias de férias durante o ano. Ryan tem os verões livres, então tem muito tempo para brincar.

Como você está?

•

Cansado. Estamos aqui há quatro meses, o que significa que todos já pegaram o ritmo, mas também estão com saudades de casa. Se o serviço fosse uma semana, seria uma quarta-feira: já passamos da metade do caminho, mas o fim de semana ainda está muito longe.

Você deveria levar seus filhos para uma viagem de férias.

•

Você gosta muito de me dizer o que fazer, Cary.

•

E você me escuta, Shiloh?

•

Sim. Tive um encontro.

•

Teve? Como foi isso?

•

Foi com uma mulher com quem trabalho. Foi bom. Acho que ela gostaria de repetir, mas não estou interessada.

•

Isso é novidade para você?

•

Acho que sim. Quero dizer, só namorei Ryan. Então tudo é novidade.

•

Isso é algo em que você está interessada, de modo geral?

•

Está me perguntando se sou lésbica agora?

•

Não tenho certeza do que estou perguntando. Estou surpreso.

•

Não acho que sou lésbica, talvez seja bissexual. Uma bissexual não praticante. Nem mesmo bi-curiosa. Nesse momento, *tudo* parece teórico: estou cansada e não gosto de ninguém.
    Não me diga para namorar novamente, Cary. Não é da sua conta.
    Você está namorando?

•

Estou em um navio com pessoas com as quais não tenho permissão para namorar.

•

Eu também. Chama-se *Planeta Terra*.

•

Shiloh, recebi seus biscoitos amanteigados. Obrigado. Chegaram sem vermes, e apenas alguns pedaços estavam quebrados. Está muito, *muito* bom, mas não consigo descobrir o sabor…

•

Chá Earl Grey. Ficaram moles? Fechei a vácuo.

•

Estão crocantes e deliciosos. Tenho mergulhado no café e, dessa vez, *não* dividi com ninguém. Você é boa nisso.

•

Ei, Shiloh, eu nunca deveria ter dito para você começar a namorar. Você tem razão, não era da minha conta. Vejo agora que errei em dizer isso, considerando nossa história. Eu sinto muito.

•

Está tudo bem, Cary. Entendi o que você queria dizer — e provavelmente você estava certo. Só não estou com vontade de namorar agora.

•

Comi o último biscoito hoje. Mais uma vez, obrigado.

•

Não era eu querendo mais biscoitos, Shiloh. Só queria que soubesse que comi cada migalha e que estou muito agradecido.

•

Tarde demais, Cary, eu já enviei algo diferente. Junie ajudou. Ela está fascinada com o fato de você morar em um navio; mostrei as fotos a ela. Ela queria enviar um enfeite para a sua mesa, como "um belo abajur ou algumas flores", mas eu disse que ele cairia quando uma onda batesse no navio.
Então, ela fez um desenho para você.
Também estou enviando fotos de Mikey e Otis. Saí para jantar com Mike, Janine e as crianças, e meus filhos ficaram olhando o bebê. Agora Gus fica me dizendo que ele NÃO é um bebê, e acho que aproveitarei a oportunidade de levar esse conceito para fazê-lo usar o penico. Reze aos deuses por mim. Jogue algo no mar para Netuno.
Você nunca me disse o que estavam rondando, e eu me recuso a pesquisar no Google.

•

A ronda é um tipo de turno. É como nos organizamos e organizamos nosso tempo. Mas ela envolve muita observação e monitoramento reais: do oceano e do navio.
Meu trabalho é supervisionar e observar o movimento geral do navio para garantir que todos os outros trabalhos sejam realizados.
Você não precisa cozinhar para mim, mas fico grato. Gostaria de ter algo para te enviar.
Vou colocar o desenho da Junie em minha mesa ao lado da foto da Mãe Pata.

•

Sua mãe escreve para você, Cary?

•

Não, mas às vezes consigo ligar para ela pelo telefone via satélite. Está melhor agora do que na época em que me alistei. Naquela época, não havia e-mail nem telefones celulares, e minha mãe nunca foi boa em escrever cartas.

Shiloh, hoje, enquanto estava esperando uma reunião acabar, percebi que você sempre espera eu perguntar como você está antes de me contar.

Você pode me dizer. Quero que você me diga.

Não consigo ver seu rosto para saber quando está se sentindo mal ou incomodada.

Apenas suponha que eu queira saber.

•

Você pensa muito.

•

Faz parte do trabalho.

•

Ei, Cary, você deve presumir que quero saber como você está e o que está sentindo, quer eu pergunte ou não.

É difícil perguntar sobre seus sentimentos, por algum motivo. Você tem um rosto intimidador, mesmo quando não consigo vê-lo.

CINQUENTA E UM

Antes

GLORIA TINHA FEITO CANJA DE GALINHA, e Shiloh estava comendo isso há três dias. Havia o suficiente para mais uma tigela, se ela colocasse um pouco de água.

Alguém bateu na porta enquanto Shiloh esquentava a comida.

Ela não deveria atender estando sozinha em casa — o que sempre acontecia. As únicas pessoas que apareciam eram Testemunhas de Jeová e gente vendendo assinaturas suspeitas de revista, além do cara que checava o medidor de eletricidade.

Shiloh espiou pela janela da sala.

Era Cary.

Ela foi abrir.

— Ei — disse ela.

— Oi. — Ele ficou ali, parado.

Shiloh o encarou. Ela estava no nono ano e já tinha 1,80 m (mais alta do que o amigo) há um ano.

Cary parecia um pouco perturbado. Estava usando um moletom velho e calça camuflada com bolsos grandes. O rosto estava vermelho, e o cabelo cor de trigo estava bagunçado.

— Você está ocupada? — perguntou ele.

— Não — respondeu Shiloh.

Eles eram amigos desde o sétimo ano. Andavam juntos para a escola e conversavam por telefone. Às vezes, sentavam-se na frente da casa e conversavam. Ele nunca havia entrado.

O dia estava frio, era inverno.

— Estou esquentando o jantar — disse Shiloh. — Quer entrar?

— Tudo bem. — Ele negou com a cabeça. — Nos vemos depois.

Ele se virou.

— Cary, não!

Ele olhou para ela.

— Só espera, tá? Já saio.

Ele assentiu.

Shiloh o deixou ali na frente e foi para a cozinha. A sopa estava fervendo. Serviu duas canecas e pegou duas colheres.

Depois, pegou o casaco — um cor-de-rosa de lã chique dos anos 1950. Era muito fofo, mas as mangas iam só até os cotovelos dela. As mulheres de 1950 deveriam ficar com frio nos pulsos o tempo todo.

Quando Shiloh voltou para a porta, Cary estava sentado nos degraus.

Ela foi se sentar ao lado dele, com as canecas.

— Toma.

— Você não precisa me alimentar.

— Não vou conseguir comer na sua frente. E estou morrendo de fome.

Cary soltou um suspiro e pegou a caneca.

Shiloh começou a comer.

— Desculpa não ter ligado antes — disse ele.

— Tudo bem. Eu não estava fazendo nada. Minha mãe está no trabalho.

— Ela está de garçonete no aeroporto?

— Ela é mais bartender.

Cary estava encarando o parque diante deles e só murmurou.

— Você precisa comer pelo menos um pouco — comentou ela. — Ou ainda vou me sentir sem educação.

Cary olhou a caneca e comeu um pouco.

— O que é isso?

— Canja. Estava mais gostosa há três dias. Você está bem?

Cary deu de ombros. Estava encarando a sopa. Não parecia estar de fato olhando para algo, não importava para onde seu rosto apontava. O vento estava bagunçando o cabelo dele. Precisava cortá-lo, e talvez tomar banho.

Cary não era um garoto bonito.

Por exemplo, nenhuma das garotas que andavam com Shiloh diria o contrário. Ninguém decente tinha uma queda por Cary.

Mas Shiloh gostava do rosto dele. Gostava daqueles olhos estranhos… Eram amarelos por fora e marrons esmaecidos no meio, mas, a qualquer distância, pareciam de uma só cor. Como xarope de bordo.

Os olhos de Cary eram pequenos, com bolsinhas embaixo. O queixo era pontudo. O lábio superior era fino.

Aquele rosto não parecia agradável quando dividido em partes, mas, no todo, era bonito. Ela gostava de olhar para ele.

— Minha mãe se casou — comentou ele.

Shiloh fez uma careta.

— Quando?

— Hoje.

Era uma terça-feira.

— Teve cerimônia?

— Não, eles só se casaram. No cartório. Não muda nada, porque ele já mora com a gente.

— Você gosta dele?

Cary soltou um suspiro áspero.

— Não.

— Sinto muito.

Ele deu de ombros.

— Onde está seu pai de verdade?

— Ele morreu quando eu tinha oito anos.

— Ah. — Shiloh tocou o braço de Cary por um segundo. — Eu sinto muito mesmo. Ele era legal?

— Acho que sim. Ele foi bom para mim. — Cary olhou para o chão e passou a mão na parte de trás do cabelo. — Ele era meu avô, na verdade. Minha mãe é minha avó.

Isso fazia sentido. Lois parecia ser mais velha do que as outras mães que Shiloh conhecia.

— Ela acha que eu não sei — disse ele, ainda olhando para a calçada.

— Quer dizer que sua mãe não sabe... — Shiloh fez uma pausa. — Que *você* sabe... que ela não é sua mãe?

Cary olhou para ela sem levantar a cabeça.

— Basicamente.

O vento estava soprando o cabelo de Shiloh para dentro da boca. Ela prendeu alguns fios atrás da orelha.

— Como você descobriu?

— Estava... Bem, estava nos documentos que chegaram lá em casa para eu ter desconto no almoço do colégio. — Cary olhou nos olhos de Shiloh. As sobrancelhas estavam um pouco levantadas no meio. — Minha mãe de verdade é minha irmã. Tipo, minha mãe biológica.

Shiloh mordeu o lábio.

— Ah, uau.

— É.

— E ninguém sabe que você sabe?

Ele assentiu.

Shiloh olhou para a sopa e comeu algumas colheradas.

— Meu pai pode ser qualquer um — comentou ela.

— Como assim?

— Não sei... — Shiloh deu de ombros. — Ele pode ser qualquer um. Pode ser aquele cara. — Ela apontou para alguém andando pela rua com uma sacola de compras. — Minha mãe não sabe quem ele é. Quero dizer, *talvez* ela saiba e esteja mentindo para mim... — Shiloh torceu o nariz. — Mas eu acho que ela não sabe.

Cary inclinou o queixo para o lado, franzindo a testa. Isso fez com que seu rosto parecesse um pouco torto.

— Eu não falo sobre isso na escola — disse Shiloh. — É óbvio.

— Eu também não. Não se preocupe.

Ela deu uma cotovelada suave nele.

— Eu não estava preocupada. Eu só estou... Sabe?

— Sei. — Cary comeu um pouco de sopa.

— Então, esse cara é seu padrasto agora?

Cary fez uma careta e engoliu a sopa.

— Não. Já tive um padrasto. Não preciso de outro. Não vou começar a usar números como os reis britânicos. Esse cara é apenas o marido da minha mãe. Ele não é... nada.

— Ele tem filhos?

Cary assentiu.

— Todos eles têm filhos.

Shiloh, que já tinha terminado, o observou comer. Cary se inclinou e virou a caneca na boca para pegar os últimos pedaços.

Quando ele terminou, ela pegou a caneca.

— Espere aqui — disse ela, entrando e colocando as canecas na pia.

Em seguida, foi até o quarto da mãe e vasculhou tudo até encontrar uma caixa de doces de framboesa. Restavam quatro. Ela pegou três.

Cary ainda estava sentado na varanda. Parecia estar com frio.

— Olha — disse Shiloh, segurando um doce. — Você gosta?

Ele assentiu e o pegou.

— Obrigado.

Cada um comeu um, e os dois dividiram o terceiro.

— Gosto mais dos vermelhos do que dos de baunilha — comentou Cary.

— Todos os doces dessa marca são bons — disse Shiloh. — Minha mãe compra e esconde, mas não grita comigo se eu os encontro, porque ela se sente culpada por ser egoísta.

— Isso é complicado. Eu não sabia que estava comendo doces roubados.

— É, agora você é cúmplice. Ela também esconde cigarros. Quer um?

— Não, obrigado. Minha mãe me daria cigarros se eu quisesse.

Shiloh riu.

— Ela é louca — disse ele —, mas é generosa.

— Ela gosta desse cara? Do marido dela?

Cary revirou os olhos.

— Ela gosta de todo mundo.

— Hum — retrucou Shiloh. — Eu não gosto de *ninguém*.

Cary olhou para ela sem virar a cabeça. Ele estava sorrindo um pouco.

— Garota esperta.

CINQUENTA E DOIS

SHILOH RESISTIU AO DESEJO DE cozinhar para Cary sempre que tinha algum momento livre. Ela resistia a lhe enviar doces, granola e biscoitos.

Já era ruim o suficiente o fato de ela ter fixado a foto dele na parede ao lado da escrivaninha, ao lado das fotos dos filhos. Ela mencionou isso em um dos e-mails porque se sentia culpada, já que parecia um exagero.

Shiloh queria avisar Cary...

Que ela estava pensando demais nele. Que ela estava usando a memória dele. Que, se ele lhe enviasse outra foto, ela também a colocaria ali.

Que já deveria saber que ela nunca poderia ser normal em relação a ele. Sempre seria o favorito dela. Ela sempre iria querer a atenção dele.

Que ele teria que se afastar por completo novamente se não quisesse isso.

Que ele teria que se esconder em algum lugar menos acessível do que o meio do oceano Pacífico.

CINQUENTA E TRÊS

Antes

ELA NÃO ESTAVA NO CASAMENTO.

Mikey e Janine disseram que ela havia sido convidada e que havia confirmado a presença.

Mikey sempre contava ao amigo algumas coisas sobre Shiloh, como se eles ainda fizessem parte de um grupo de três pessoas, mesmo depois de todos aqueles anos.

"*Shiloh se casou — o casamento foi maneiro.*"

"*Shiloh está trabalhando no teatro infantil. Parece a cara dela, não é? Você deveria ligar pra ela.*"

"*Vi Shiloh quando voltei para o Natal. Ela é uma velha rabugenta. Mais rabugenta do que você, Cary, apesar de ser seis meses mais nova do que você e ser mulher.*"

"*Shiloh teve uma filha, uma garotinha.*"

"*Shiloh tem dois filhos agora. Um menino, desta vez. Estou com inveja.*"

"*É muito difícil entrar em contato com a Shiloh, você tem notícias dela?*"

"*Tanya Bevacqua me disse que Shiloh está se divorciando. Preciso ligar pra ela.*"

"*É melhor que Shiloh venha ao casamento. Desta vez, será em Omaha, ela não tem desculpa. Contei que ela está solteira de novo?*"

Cary nunca havia contado por que ele e Shiloh não eram mais amigos. Isso incomodaria demais Mikey, que precisava que todos se dessem bem, que todos fossem felizes.

Cary foi ao casamento. Mikey não havia avisado com muita antecedência, e Cary só conseguiu tirar alguns dias de licença. Quase não conseguiu ver a própria mãe enquanto estava lá.

Ele não tinha certeza do que diria a Shiloh se caso a visse naquela noite. Talvez fosse como a reunião dos formandos. Eles mal conversaram, apenas algumas frases quando Cary a encontrou a caminho do banheiro. Ela perguntou sobre a mãe dele, e ele perguntou sobre as aulas, e foi isso. Se Mikey estivesse lá, nunca teria tolerado aquilo.

Shiloh foi acompanhada do marido na reunião: um garoto do subúrbio bonito o suficiente para aparecer na TV (provavelmente não no cinema, mas com certeza na TV).

Cary queria arrancar os olhos do cara.

De verdade.

Não teve um pensamento bom sequer. Todos os impulsos eram ruins.

Queria gritar com Shiloh. Queria jogar o marido dela contra a parede.

Queria perguntar como ela podia ficar ali, viva e não apaixonada por ele.

Como ela pôde dizer o que disse no dormitório e depois se casar com outro homem? Qual foi o caminho de lá para cá? Como ela poderia explicar?

Cary guardava rancor.

Mas isso fazia dez anos. E já fazia catorze anos que ele e Shiloh não se viam — e eles só estiveram *juntos* por dois dias.

Cary havia crescido desde então. Havia se apaixonado por outra pessoa. Depois, viu tudo se desfazer. Havia se mudado. Cometido erros suficientes para reconhecer alguns padrões.

Acabou parando de alimentar sentimentos de mágoa em relação a Shiloh porque tinha outras coisas para fazer. E agora, quando pensava nela, não havia mais cascalho e cacos de vidro misturados; só saudade. Ele queria vê-la. Quando soube que ela estava divorciada, os batimentos cardíacos dele aceleraram.

Mikey sabia disso.

Quando se sentaram um ao lado do outro na recepção do casamento, na mesa principal, Mikey disse:

— Você viu a Shy?

— Não — disse Cary. — Acho que ela não está aqui.

Ele procurou por ela na igreja e depois no salão de recepção.

Mikey fez uma careta como se sentisse pena de Cary.

— Sinto muito, amigo. Ela ainda é a mesma.

Muitos outros amigos do ensino médio estavam na festa. Mikey estava nas nuvens: tão apaixonado por Janine, que estava grávida, apesar de não terem contado a quase ninguém; Cary era uma das poucas pessoas que sabia. Ainda seria uma boa noite, e Cary teria um dia inteiro para passar com a mãe. Ele tinha uma lista de coisas para fazer com ela.

Ele afrouxou um pouco a gravata. Passou os dedos pelo cabelo. Fez contato visual com Shiloh.

Shiloh...

Sentada no fundo do salão.

Ela acenou.

O cabelo de Shiloh estava comprido de novo. Longo o suficiente para ser preso em um rabo de cavalo. No ensino médio, ia quase até a cintura e era tanto cabelo que, quando ela o trançava, ficava da largura do pulso de Cary.

Ela estava usando uma estampa floral. Sempre usava estampas assim. Estava acenando para ele de novo.

Cary sabia que ela não era a mulher mais bonita do mundo.

Alguns dos garotos do ensino médio a chamavam de "Pé-grande" quando ela não estava por perto, até mesmo os amigos. Ela era mais alta do que a maioria. Tinha ombros mais largos, quadris mais largos.

A pele era mais escura do que a de Cary. Mais vermelha. E ainda era como leite. Como pérolas. Luminosa. Ela tinha grandes olhos castanhos e sobrancelhas que podiam ser vistas do fundo do teatro. Um sorriso largo e selvagem. Os dentes de cima eram muito proeminentes e os dentes de baixo eram uma bagunça: nem sempre dava para vê-los, mas, quando dava, Cary ficava tonto.

Ele estava no meio do salão de baile antes de perceber o que estava fazendo.

Ele ia acabar de joelhos, rastejando até ela.

CINQUENTA E QUATRO

— TRAVIS... *TENENTE JONES*, TERMINAMOS aqui. A reunião acabou.
— Sim, senhor.
Travis bateu continência. Ele tinha mais ou menos a idade de Cary, era um bom oficial júnior. Às vezes, ele era muito bobo (brincava demais quando estavam de serviço, e era por isso que as pessoas gostavam dele), mas era inteligente e criativo, e nunca deixou Cary na mão.
— Você está com a gente hoje? — perguntou Cary.
— Estou, S.O. — respondeu Travis.
Cary ainda estava se acostumando com esse título: S.O., as duas letras ditas separadas. Aquele era o primeiro serviço que ele tirava como supervisor de operações.
— Sim, senhor — respondeu Travis, olhando para o escritório vazio com olhos vermelhos. Parecia cansado. Todos estavam cansados, mas Travis parecia especialmente cansado.
Os outros oficiais já haviam voltado para seus postos.
— Você está bem? — perguntou Cary.
— Sim, senhor.
Travis assentiu.
— Estou falando sério. Você está bem?
Travis revirou os olhos, como se essa fosse uma pergunta complicada. Parecia que tinha chorado.
— Senhor, eu só... alguns dias são mais difíceis de ficar longe de casa.
— Só mais seis semanas, Jones.
Travis assentiu rapidamente, piscando para afastar as lágrimas.
— Está com algum problema? — perguntou Cary.
Os olhos do homem se fecharam brevemente.
— Não, senhor. É só... meu filho, senhor. Ele teve uma semana difícil. A vida deu um destino difícil a ele.
Cary não tinha certeza do que dizer. Travis estava na Marinha há pelo menos dez anos. Com uma pausa para a faculdade. Ele sabia tanto quanto Cary sobre as realidades de uma missão como aquela.
— Quantos anos tem seu filho?
— Quinze, senhor.
Cary tentou não arregalar os olhos. Travis tinha trinta e um, trinta e dois no máximo.
— Qual é o nome dele?

— Corey, senhor. Ele está… — Travis abriu a pasta de trabalho que carregava. A foto de sua família estava colada dentro dela, ao lado de um caderno amarelo.

Lá estava Travis, de azul. Ele era pequeno e tinha um sorriso que parecia uma gargalhada. Sua esposa era bonita, ruiva. Parecia ser um pouco mais velha que Travis. Três filhos com menos de sete anos, mais ou menos, e um adolescente grande que já era tão alto quanto Travis e duas vezes mais largo.

Travis apontou para ele.

— Esse é o Corey, senhor. Esta é minha esposa, Alicia, e Nevaeh, Travis Jr. e Jasmine.

Na foto, Travis estava com a mão no ombro do menino mais velho. Todas as crianças estavam sorrindo e usando roupas bonitas. Aquela foto deve ter sido tirada em alguma cerimônia.

O navio se inclinou e pegou Cary desprevenido. Ele bateu o ombro na parede.

Travis lhe lançou um olhar surpreso.

— Você tem uma família linda — comentou Cary.

— Obrigado, senhor.

— Estou falando sério, Travis. Você tem sorte.

Travis conhecia Cary bem o suficiente para saber que ele não era casado. Devia sentir pena dele, pensou Cary. Provavelmente sentia.

— Uma ligação telefônica ajudaria? — perguntou Cary. — Posso preparar o telefone via satélite para você mais tarde.

— Não, senhor, obrigado. — Travis sorriu, pesaroso. — Foi uma ligação telefônica que me ferrou. Senhor. Eu vou melhorar. Eu só… Estou aqui por eles. Detesto sentir que seria melhor estar *lá* por eles.

Não havia nada que Cary pudesse dizer.

— Só mais seis semanas, Travis.

— Sim, senhor.

CINQUENTA E CINCO

Obrigada pelo cartão-postal, Cary.

Isso é uma foto do seu navio de frente?! Vai parecer estranho, mas é menor do que esperei.

Mostrei para Junie, e ela queria que eu apontasse para o seu "apartamento".

Obrigada também pelo isqueiro Zippo gravado. Adorei e, sem mentira, sempre quis um isqueiro de metal. Adoro o cheiro deles.

Sinto que esse é o tipo de isqueiro que alguém teria usado para acender os cigarros da minha mãe em 1978.

O que mais você pode comprar com seu navio gravado???? Frascos de prata? Fivelas de cintos?

•

Shiloh, tenho notícias tristes sobre o biscoito que você enviou. O pacote parecia ter sido atacado por uma debulhadora. Tive que jogar fora.

Mas o desenho da Junie sobreviveu. Por favor, agradeça a ela por mim. Acho que somos todos nós no McDonald's, inclusive minha mãe, certo? Eu ri alto com o tanque de oxigênio.

As fotos também sobreviveram ao envio, mesmo que um pouco amassadas. Sua sala de jantar está ótima. Gostei das cadeiras pintadas de verde.

Obrigado pela foto do Mikey com Otis. Fico assustado quando percebo como bebês mudam tão rápido.

Não havia fotos suas, então tenho que presumir que você continua sem envelhecer um único dia.

Esse é o meu navio. Eu também poderia lhe enviar adesivos, camisetas, bonés e xícaras de café. (Acabei de pensar em outra coisa para lhe enviar, mas não vou contar.)

Você disse que queria saber como estou me sentindo...

Senti como se meu cachorro tivesse morrido quando vi que os biscoitos estavam estragados. Nunca alguém me enviou pacotes carinhosos assim de forma tão consistente, e gostei mais do que posso dizer.

Pensei que não me importava mais com esse tipo de coisa; passei tanto tempo no mar. Mas ainda me importo. Obrigado.

Ainda vamos ficar mais ou menos um mês por aqui, e todos estão ansiosos para voltar para casa. Precisamos ter muito foco para não sermos negligentes ou nos distrairmos. Tenho que tomar cuidado com isso — e ficar de olho nos outros.

Você tem razão, o navio é pequeno. Trezentas pessoas. Esse é o menor navio em que servi até agora. Não era algo que eu desejava demais, mas essa missão foi boa para minha carreira. Um passo à frente.

Viver em um contratorpedeiro é como viver em uma cidade pequena em comparação com um porta-aviões. Você acaba conhecendo as pessoas melhor e mais rápido. Não há lugar para se esconder. É mais fácil identificar os pontos fracos, mas também é mais fácil perceber quando as pessoas brilham.

Eu estava preocupado com o fato de tudo ser trabalhoso demais para eu gerenciar. É muita coisa para supervisionar e controlar. Sintetizar informações. Dirigir a comunicação.

(Isso significa alguma coisa para você? Estou tentando não usar jargões.)

No passado, eu era o oficial assistente. Agora sou só eu.

No final das contas, está tudo bem. Fui treinado para fazer esse trabalho e sei como fazê-lo.

Portanto, estou me sentindo aliviado.

Não envie mais pacotes. Há uma chance de eles não chegarem antes de a missão terminar.

Espero que você esteja bem, Shiloh.

•

Droga!!!!

Não tivemos sorte então, né? Eram dois sabores diferentes: limão e cardamomo. Sinto muito em lhe dizer que esses biscoitos estavam *esplêndidos*.

Fico muito triste em saber que não recebia pacotes antes — embora eu possa imaginar que isso não era um ponto forte de sua mãe. Há grandes chances de você enviar pacotes para *ela*.

(Você não disse que esteve noivo há algum tempo? Ela não enviava nada?)

Não posso deixar de sentir que eu deveria ter enviado pacotes esse tempo todo.

Agora que estamos conversando novamente, fico doida de arrependimento por ter deixado nossa amizade morrer.

Parece um grande *desperdício*.

Tipo, eu entendo. ENTENDO. Sei por que aconteceu. Eu estava lá! A culpa é minha! Mas parece um desperdício *gigantesco* ter tido sua amizade e a perdido — ainda mais agora que me lembro de como é ter você na minha vida.

Da próxima vez, vou enviar alguma coisa legal para você entregar para a sua versão de vinte anos. Diga a ela que sinto muito por ter sido uma idiota.

•

Ei, Cary, estou tentando falar sobre meus sentimentos. Mas me diga se quiser que eu pare.

•

Não pare, Shiloh.

•

Gus usou o penico o dia inteiro hoje. Até na creche. Ele até PAROU DE ASSISTIR *BOB, O CONSTRUTOR* para usar o penico.

Sem precedentes!

Este parece ser o primeiro dia do resto da minha vida.

P.S. Cary, eu só entendo mais ou menos quando você fala sobre o seu trabalho, embora eu saiba que você está tentando explicar da mesma forma que explicaria para uma criança de dez anos.

•

Cary, penso em você quase todos os dias quando chego do trabalho. Venho pela avenida, o mesmo caminho que costumávamos fazer para voltar da escola.

Quando voltei a morar com a minha mãe, todas as lembranças de infância ficaram mais nítidas. Como se eu tivesse entrado no palco onde minha infância foi filmada.

Se lembra de como parávamos na loja de penhores e você comprava balas para mim? E depois eu o obrigava a ouvir as piadas terríveis impressas nas embalagens?

•

Shiloh, desculpe-me, mas essa semana tem sido de dias e noites longos.

Primeiro, gostaria de parabenizar Gus. Ele ainda está se saindo bem?

Eu *estava* noivo. Ela também era da Marinha, o que facilitou algumas coisas e dificultou outras. Eu deveria ter enviado mais biscoitos a ela.

Recebi pacotes de vez em quando, mas você sempre foi boa em correspondência. Portanto, os últimos meses têm sido uma experiência de alto nível.

Eu me lembro das balas. Ler seu e-mail fez meus molares doerem.

Quando volto para North O, sinto que sou atingido por uma onda após outra de lembranças intensas. Não consigo imaginar como é viver aí. A nostalgia é sufocante?

"Desperdício" é exatamente a palavra certa.

Quando penso nos últimos catorze anos e em tudo que perdi da sua vida, sinto como se tivesse desperdiçado algo precioso.

Como se eu tivesse recebido algo raro e valioso — uma verdadeira bênção, um presente que não merecia — e tudo que eu tinha de fazer era me agarrar a ele. Eu o deixei escapar.

Talvez isso mostre minha verdadeira essência, e isso me preocupa.

Como se eu não fosse confiável para acompanhar Frodo a Mordor.

Eu era jovem; isso é uma desculpa?

Há jovens de dezoito e dezenove anos neste navio. Eles são como crianças pequenas. Confio neles para fazer o trabalho, mas não confiaria neles para mais nada.

Não consigo acreditar que eu achava que tinha tudo planejado naquela idade — que achei que *você* tinha tudo planejado.

Eu deveria ter pensado menos e me segurado mais nas coisas.

O que eu daria a Shiloh de vinte anos?

Minha atenção. A lealdade que prometi a ela.

•

Cary, você me enviou uma pochete com um contratorpedeiro da Marinha.

•

Ficarei arrasado se não usá-la, Shiloh.

•

Tarde demais, Junie já disse que é dela. Ela está carregando canetinhas perfumadas e princesas da Disney nuas dentro dela.

•

O uso correto.

•

Cary, é sempre uma sorte quando você está on-line ao mesmo tempo que eu. Você teve um bom dia?

•

Sim. Sem grandes erros. Sem grandes preocupações. Tão ocupado que mal percebi o tempo passar.
 E você?

•

Tive. Amanhã é o aniversário de sete anos da Junie. Estou fazendo o bolo.

•

De que sabor?

•

Beija-flor. Seu favorito.

•

É mesmo o meu favorito. Você faz as comemorações separadamente? Você e seu ex?

•

Não. Comemoramos juntos. Vamos fazer a festa do outro lado da rua, no parque. Junie que escolheu o lugar. Vai ser só para a família, com os irmãos do Ryan e seus filhos. Esses são os momentos mais estranhos para mim, porque é *quase* como se ainda estivéssemos juntos. Os pais dele ainda me tratam como nora. (O pai dele me ama.) Estou em todas as fotos deles.

Pedi a Ryan que não convidasse a namorada. Provavelmente, esta será a última festa de aniversário em que poderei fazer isso.

Estou temendo os próximos quinze anos de festas.

Eu nunca diria isso às crianças, mas sinto que estou cumprindo uma sentença.

E nem posso me queixar, porque fui eu mesma que causei tudo.

•

Você pode reclamar.

•

Vou sentir falta de ter você como público cativo, Cary. Talvez, quando voltar a terra firme, você possa me apresentar um rapaz bonito que esteja indo para o mar.

•

Ou uma jovem adorável?

•

Huh. Talvez. Eu não sei.

•

Você ainda está pensando nisso?

•

Você está se perguntando se virei a casaca totalmente desde a última vez que perguntou?

•

Só estou me certificando se ainda estou atualizado.

•

Acho que eu poderia namorar uma mulher. (É muito estranho falar sobre isso. É possível falar sobre homossexualidade em um computador militar?) Tipo, parece que não tenho nenhuma objeção emocional ou física. Me sinto muito entusiasmada com as mulheres, conceitualmente.

Mas, na verdade, é difícil de suportar *qualquer pessoa*. Não de perto, pelo menos.

(Acho que isso está piorando à medida que envelheço... com a exposição à humanidade.)

É um martírio tentar ser paciente com as pessoas e dar a elas um voto de confiança, dia após dia. Lembrar que elas provavelmente têm boas intenções, mesmo quando não se saem *bem*.

Também não gosto da aparência delas. (Pessoas.) (Seres humanos.) As roupas são constrangedoras, as vozes, altas demais. E nunca quero ver seus pés, tornozelos, joelhos ou cotovelos.

Talvez existam apenas cinco pessoas em todo o mundo que eu poderia suportar por mais de dez minutos e que eu também gostaria de beijar — e talvez uma ou duas delas sejam mulheres.

•

Uma dessas pessoas ainda é o Val Kilmer?

•

Uma delas sempre será o Val Kilmer.

•

Shiloh, vou voltar para casa quando esse serviço terminar. Tenho vinte dias de licença, e meu plano é passar esse tempo em Omaha, preparando a casa da minha mãe para a venda.

Vou ficar na casa do Mikey.

Sei que você e eu não temos o melhor histórico de interações cara a cara, mas espero que aceite um convite para almoçarmos juntos.

•

Cary!!!

É claro!!!

Quero te ver o máximo de tempo possível.

Por favor, não se preocupe. Vamos ficar bem, eu prometo.

Me avise quando chegar. Vou fazer um bolo para você.

CINQUENTA E SEIS

CARY SÓ HAVIA ENTRADO NO teatro infantil de Omaha uma vez, no ensino fundamental, durante uma excursão. Era um antigo e majestoso palácio de cinema que havia sido reformado.

Deveria se encontrar com Shiloh ali. Ela iria lhe mostrar as redondezas e depois ele a levaria para jantar. Mikey havia sugerido um restaurante persa no Old Market.

Cary estava arrumado. Bem, mais ou menos. Estava usando calça azul-marinho e uma camisa de botão. Mikey não gostava de nenhuma das camisas do amigo, então lhe emprestou uma. Era de estampa paisley e muito justa, o que, segundo Mikey, estava na moda há anos. "*Ela é assim, Cary. Isso é o que importa agora. É o que vendem na Gap.*"

Cary entrou no prédio. Shiloh deveria encontrá-lo no saguão.

Quando ele a viu na extremidade oposta, quase começou a correr.

Shiloh estava conversando com um homem ruivo, agitando as mãos. Usava um vestido justo; o cabelo estava solto, repartido de lado.

Cary começou a trotar.

— Shiloh.

Ela se virou, e seu rosto se iluminou ao vê-lo.

— Cary!

Shiloh correu na direção dele. Eles pararam ao se aproximarem. Nenhum dos dois tinha certeza do que fazer em seguida. Shiloh começou a rir, levantando as palmas das mãos em um gesto nervoso de dar os ombros.

Cary estendeu os braços.

— Okay — disse Shiloh, praticamente pulando em seus braços.

Ela jogou os braços ao redor do pescoço dele. O cheiro dela era incrível. Tê-la por perto era incrível. Ele a segurou com força.

— Estou muito feliz em ver você — disse Shiloh, bem no ouvido dele.

O vestido era do mesmo tecido usado em suéteres e deslizava pelas costas dela. O cabelo de Shiloh deslizava sobre os dedos dele. Cary não a soltava.

— Shiloh — sussurrou ele.

Ela se afastou um pouco, apertando o pescoço dele, depois os ombros, as mãos pressionando a camisa.

— Você está ótimo. Parece ileso.

— Estou ileso.

— Amo você ileso. — Ela riu, e ele estava perto o suficiente para ver os dentes inferiores. Ele a abraçou novamente, e, quando eles se separaram, ela se afastou por completo. — Quero que você conheça o Tom. Ele é meu único amigo.

— Isso não é verdade… — retrucou o homem atrás dela, fazendo uma careta de tristeza. Tom era alguns centímetros mais baixo que Shiloh e usava uma camisa xadrez. Ele estendeu a mão e deu uma piscadela. — Na verdade, não sou amigo dela.

— Olha, pensei que eu fosse o único amigo dela — brincou Cary. — Prazer em conhecê-lo, Tom.

Cary queria colocar as mãos em Shiloh novamente. Não conseguia parar de olhar para ela. Achava que nunca havia sentido tanta falta dela. Nem mesmo no campo de treinamento. Nem mesmo depois.

— Acabei de tentar ligar para você — contou Shiloh, preocupada.

— Meu telefone está no carro… Está tudo bem?

— É que… — Ela fez uma careta. — Tem uma peça no palco principal hoje à noite, e sou a diretora. É algo bom, porque não preciso estar lá. Mas metade do elenco está com virose. *Poderíamos* cancelar, mas tem um pessoal vindo assistir… e eu posso fazer a princesa cogumelo, sei todas as falas. E o Tom pode fazer o ouriço e o lobo…

— Tom parece ser bem talentoso.

— Eu sou — disse Tom. — Obrigado.

Cary tocou a parte superior do braço de Shiloh.

— Está tudo bem. Podemos sair depois. Ou amanhã. Ou ambos.

Ela parecia aliviada… e também decepcionada.

— Tem certeza? Eu sinto muito. Nem uma chuva de canivetes me impediria de encontrar você hoje… — disse ela.

— Não é uma chuva qualquer. É trabalho. Vou ficar e assistir ao espetáculo.

Ela sorriu.

— Sério? Não precisa fazer isso. Tem um bom restaurante tailandês bem aqui do lado. E uma cafeteria.

— Vou ficar — disse ele. — Quero ver a apresentação.

A mão dele estava se afastando dela. Shiloh agarrou a mão dele.

— Cary.

— Sim?

As sobrancelhas dela estavam levantadas ao máximo. Parecia que ela ia dizer alguma coisa maluca.

— Já que vai ficar, você poderia ajudar?

Ele baixou a voz ao responder:

— Que tipo de ajuda?

Cary teria um papel na peça, o carvalho.

— É quase só ficar de pé — disse Shiloh.

Ela lhe entregou um roteiro e duas barras de proteína e o deixou sozinho na mesa para aprender as falas. Cary estava comendo uma das barras. Ele não memorizava falas há quinze anos… mas havia memorizado muitas outras coisas nesse meio-tempo.

O amigo de Shiloh, Tom, parecia ter dúvidas quanto à escolha dela de pressionar Cary a entrar no palco. Isso fez com que Cary quisesse dizer sim.

O carvalho realmente *não* tinha muitas falas. Na maioria das vezes, ele apenas ficava *parado*. E observava. E, ocasionalmente, gemia ao vento. Supostamente, tinha uma voz grave que saía em meio a casca da árvore. A peça era para crianças, mas o elenco era todo de adultos. O roteiro tinha as anotações de Shiloh nas margens. A caligrafia lhe era familiar e horrível.

Cary se distraiu com a própria foto fixada ao lado do computador de Shiloh. Ele não sabia como as fotos ficariam quando enviou o filme. Parecia nervoso na foto — aos próprios olhos, faminto. Talvez Shiloh não tivesse notado, ela deve ter achado que ele sempre estava assim.

Tom apareceu, coberto de feltro marrom e folhas finas.

— Pronto para fazer sua estreia?

— Minha estreia no teatro *infantil* de Omaha — especificou Cary.

— Ah, claro, ouvi dizer que você pisou nas pranchas do oceano Pacífico…

Cary riu.

— Venha comigo — disse Tom. — Vamos arrumar seu figurino.

Cary se levantou.

— Tenho um figurino?

— Você é uma árvore.

— Pensei que era só parte do cenário.

— São as duas coisas.

Cary seguiu Tom por corredores e escadas. Tudo foi construído como um labirinto ao redor do palco e do saguão. Cary desejou ter mais tempo para explorar.

Eles acabaram em um camarim, onde uma mulher estava esperando com um feixe de galhos.

— Esta é a Kate — disse Tom. — Ela vai cuidar de você a partir daqui.

Kate era bonita. Pequena. Cabelo curto e loiro. Um piercing no nariz.

— Você é o Cary — disse ela.

Ele estendeu a mão.

— Sou.

Ela franziu os lábios e assentiu. Cary percebeu que as mãos dela estavam ocupadas.

— *Não* vou espetar você com um alfinete — disse ela.

— Obrigado.

Kate fez com que ele vestisse uma camiseta marrom de manga comprida e, em seguida, colou e prendeu galhos com folhas nos braços dele. Eles eram mais leves do que pareciam.

— Pode ficar tranquilo na coxia — disse ela. — São flexíveis. E existem lugares para descansar os braços quando não estiver se movendo.

— Isso é inteligente.

— Bem. Obrigada. Você é um pouco mais alto do que os atores costumam ser, então talvez tenha que se inclinar para enxergar.

— Está bem.

Ela franziu a testa para ele.

— Você já usou maquiagem de palco antes?

— Hum...

— Já sei — interrompeu Shiloh.

Ela estava de pé na porta do camarim, usando uma saia vermelha curta e cheia que parecia a tampa de um cogumelo, com bolinhas brancas. O restante da fantasia era um collant vermelho de mangas compridas e meia-calça branca. O rosto estava pintado de branco com bochechas marcadas com círculos vermelhos. Além disso, estava com uma coroa dourada semelhante à de um desenho animado.

— Essa saia está muito curta em você — disse Kate.

— Também é muito pequena. Eu a prendi com alfinetes.

— Vou ver se encontro ceroulas.

— Enquanto isso, não vou me curvar.

Kate passou por Shiloh e saiu pela porta.

— Obrigado! — disse Cary quando a figurinista saiu.

Shiloh estava sorrindo para ele.

— Olhe só para você. — Ela cutucou o ombro dele. — Decorou suas falas?

— Algumas.

— A maquiagem é simples. A maior parte é só sobrancelhas. Quer que eu faça?

— Claro.

Shiloh passou por ele para pegar uma esponja limpa. A saia empurrou a barriga dele. Era feita de uma rede áspera com suportes de arame. Mas ficava bem à distância.

— Desculpa — disse ela. — É por isso que fazemos a maquiagem primeiro e colocamos o figurino *depois*.

Ela espalhou base no rosto dele com a esponja.

— Você está adorável — disse Cary.

— Você deveria ver a verdadeira princesa cogumelo.

Shiloh se inclinou para além da saia e esfregou a esponja na bochecha dele.

Cary colocou as mãos na cintura dela para dar estabilidade e fechou os olhos.

— Tenho treinado minha voz de árvore.

— Vamos ouvir.

Ele deixou a voz mais grave e rouca.

— *Algo assim.*

Shiloh deu uma risadinha.

— Gostei.

— Mas o carvalho deve ser sábio, certo? Então, talvez seja mais como... — Cary acrescentou uma pitada de Jimmy Stewart. — *Esta é a minha voz de árvore levemente divertida e cansada do mundo.*

Shiloh riu. Ele apertou a cintura dela.

— Melhor ainda — disse ela. — Feche a boca.

Com cuidado, ela fazia movimentos rápidos. Depois de um segundo, ele sentiu um pincel frio e úmido sobre o olho.

— Sua única fala importante — comentou Shiloh — é "meu galho favorito, não!", quando Tom tentar quebrar um deles. — Ela foi para a outra sobrancelha dele. — Depois, pode ficar parado. Eu falo se você esquecer alguma coisa. — O pincel se afastou. — Tudo pronto.

Ele abriu os olhos.

Shiloh estava olhando para ele, sorrindo.

— É muito bom ver você — comentou ela.

Cary envolveu a cintura dela com os braços. Ele sabia que parecia ávido... ela também saberia?

Cary não havia pensado muito sobre sentir falta do teatro. Ele também não pensava muito sobre o jornalismo no ensino médio. Ou em todas as outras coisas com as quais eles se mantiveram ocupados durante quatro anos.

Mas ele *tinha* sentido falta...

Os sussurros nos bastidores. As cortinas. Todos com figurino, levando-se a sério. Shiloh continuou tirando-o do caminho das pessoas.

— Desculpa por estar tão apertado aqui atrás — disse ela.

— É espaçoso comparado com o meu navio.

Cary esteve no palco durante toda a peça. Tom o ajudou a vestir a fantasia de árvore antes que a cortina subisse, o que exigiu alguma engenharia.

A história era sobre uma jovem princesa cogumelo que deseja vagar pela floresta. O problema é que ela está presa na sombra e sob a supervisão de um velho carvalho. Amigos foram feitos, e lições, aprendidas. O ouriço foi um sucesso.

Cary não tirava os olhos de Shiloh, o que, felizmente, estava em sintonia com o seu personagem de velho carvalho.

Shiloh ia de triste a hilária — e absolutamente crível como uma princesa cogumelo de oito anos. Ela apontava as deixas para Cary olhando para ele ou o cutucando. Ele achava que estava acertando quase tudo.

Na primeira vez que usou sua voz de árvore, Shiloh deu uma risadinha. Então, ele a fez ainda mais alta, mais boba e mais parecida com a de Jimmy Stewart.

Cary disse uma fala importante no momento errado. Shiloh viu e devolveu outra coisa para ele, que tentou mais uma vez — e deu certo.

Uma hora depois do início da peça, ele se deu conta de que outra pessoa seria o velho carvalho amanhã, e outra pessoa seria a princesa cogumelo — e ele nunca mais poderia fazer aquilo de novo com Shiloh. Sob as luzes. Na frente de uma plateia. Isso o fez querer envolver seus galhos ao redor dela e segurá-la.

Quando a cortina baixou, Cary ficou no palco, preso ao cenário. Os outros atores — Tom, uma mulher que interpretava uma cobra, um homem que interpretava um pássaro — o elogiaram.

— Ainda bem que Craig não estava aqui para ver isso — disseram.

Craig era o carvalho de sempre.

O palco se esvaziou rapidamente. O pessoal da produção estava se preparando para o show do dia seguinte.

— Cary! — gritou Shiloh do corredor. — Vou ajudar você a sair. Não se mexa. Precisa ir ao banheiro?

— Não! — respondeu ele.

— Deveria! Você deve estar desidratado.

Em alguns minutos, ela voltou com uma garrafa de água.

— Desculpe — disse ela. — Eu deveria ter pedido ao Tom para soltar você.

Ela estava soltando as amarras.

— Você foi muito bem, Cary. Tão engraçado. Gostaria de poder ficar com você. Para ser sincera, um dos técnicos poderia ter feito o papel de árvore, era a ideia do Tom, mas você foi genial. Eu sabia que seria. Espero que alguém tenha tirado fotos. Você foi *perfeito*.

Cary estava solto o suficiente para sair do traje sem quebrar nada.

Shiloh começou a desamarrar os galhos. Ela ainda estava com o traje completo. Uma das bochechas vermelhas estava manchada. Havia um buraco no pescoço de seu collant.

— Você pode ficar comigo — respondeu Cary.

Ela afastou o último galho do braço direito dele e olhou para o rosto dele.

Cary se ajoelhou.

CINQUENTA E SETE

— CARY — DISSE ELA —, NÃO.

Cary estava ansioso e com os olhos arregalados.

— Não?

— Não, "não" — disse Shiloh, sentindo-se sem fôlego de repente. — Não *especificamente*. Mas não de modo *geral*. O que está fazendo?

— Eu não planejei isso — disse ele, parecendo apavorado.

— Está bem, ótimo. — Ela pegou o braço dele. — Levante-se.

— Não — disse Cary. — Preciso terminar.

O coração de Shiloh estava acelerado. Ela *não* podia deixá-lo terminar.

— Cary…

Ele engoliu em seco.

— Shiloh, ainda tenho cinco anos na Marinha. Sei que você não pode sair de Omaha. Sei que não posso lhe oferecer a vida e a parceria que você merece…

— *Cary*.

Shiloh não tinha comido nada. Precisava ir ao banheiro. Sentiu que ia desmaiar.

— … mas eu sou fraco. — Os olhos dele estavam brilhando.

Ela tocou o cabelo e os ombros dele. Pressionou a palma da mão sobre a boca dele.

Ele afastou a mão dela e a segurou.

— Shiloh, eu amo você…

Ela caiu de joelhos na frente dele. A saia bateu nas pernas dele. Cary abaixou a outra perna, e ficou ajoelhado com ela.

— Cary, pare…

Ele não parou.

— Não quero passar mais um ano, ou mais um minuto, sem você. Sem ser o que eu deveria ser para você.

Ele colocou a mão no bolso e retirou uma pequena caixa de veludo.

— Achei que você não tinha planejado isso!

— Eu não tinha planejado fazer isso agora. — Ele apertou a mão dela. — Olhe para mim.

Ela não conseguia olhar para ele.

— *Shiloh*.

Ela olhou para ele.

— Você quer se casar comigo?

Em algum momento, ela começou a chorar. Ela colocou a mão livre na bochecha dele.

— Cary, isso não é bom.

— Por que não?

— Porque você não quer isso.

— Estou dizendo o que eu quero.

— Eu trago muita confusão comigo. Bagagem. Sacos e mais sacos. Não posso seguir você pelo mundo todo.

— Não estou pedindo isso.

— Estou *aqui* — disse Shiloh.

— Eu sei.

— Para sempre.

— Shiloh, eu sei.

— E meus filhos… já pensou nos meus filhos? Eles só vão ficar mais velhos e menos bonitinhos, e você teria toda a responsabilidade, mas nenhuma alegria…

— Não diria *nenhuma*.

— Eles sempre serão de outra pessoa, e essa pessoa também vai estar por perto. — A voz dela estava ficando mais baixa, e as palavras estavam vindo mais rápido. Ela não conseguia diminuir a velocidade. — Casar comigo é como casar com quatro pessoas, e uma delas é meu ex-marido. Ele é grudento e manipulador, e você não pode nem falar dele, porque as crianças podem ouvir. Eu só tenho metade da vida com meus filhos… você teria um *quarto*. Um pedacinho ruim! E, mesmo que você dê a eles o melhor de si, ele ainda será o cara que eles chamam de "pai". Isso é muito ruim, Cary. — Ela puxou o ar, rápido demais. Não esperou para recuperar o fôlego. — Você não estaria se casando com uma mulher, estaria se casando com uma *mãe*. Alguém que coloca os filhos de outra pessoa em primeiro lugar em todas as situações…

— Shiloh. — Cary colocou a caixa entre eles. Ele pegou a outra mão dela. A voz estava firme. — Eu pensei nos seus filhos. Estou pronto para assumir isso.

— Como você pode *saber*?

— Eu não sei! — Ele parecia frustrado. — Como *posso* saber? Como posso saber sem ir adiante?

— A gente nem namorou — argumentou ela. — Não poderíamos namorar?

Cary parecia desapontado. Magoado.

— Você *quer* namorar?

Ela deu de ombros. Ela se sentiu patética.

— Por que não?

— Porque, sim. Porque já sabemos o que precisamos saber. — Ele estava segurando as mãos dela pelos dedos. — Não temos que nos conhecer, Shiloh. Você já me conhece melhor do que ninguém. E eu conheço *você*. Se estamos juntos, então já é sério. Quero começar nossa vida juntos.

Shiloh estava sentada sobre as panturrilhas, chorando. Levantou o braço para enxugar os olhos no pulso. Cary não soltou as mãos dela.

— O que você quer? — sussurrou ele.

Ela balançou a cabeça.

— Uma máquina do tempo.

— Não posso dar um passado para você — disse Cary, apertando as mãos dela. — Mas podemos ter um futuro.

Ela fungou. Tentou olhar diretamente para ele.

O cabelo dele estava penteado para o lado errado, enrolado um pouco sobre a testa. A expressão dele era séria, e a maquiagem nas sobrancelhas o fazia parecer ainda mais sério. Os olhos tinham o mesmo tom de xarope de bordo de sempre.

— Eu já sou seu, Shiloh. Você me quer?

Ela assentiu, sentindo-se péssima.

— É claro que eu *quero* você, Cary. Essa não é a questão!

Cary também estava sentado sobre os tornozelos.

— Essa é a *minha* questão.

Ela se aproximou dos braços dele.

— Eu não consigo ver isso dando certo.

— Então acabou pra mim — disse ele. — Porque eu só quero ficar com você.

Shiloh suspirou.

Cary se inclinou para a frente, segurando as mãos dela.

— Eu só quero ficar com você, Shiloh. Por favor, me deixe ficar com você.

— Não acho que seja uma boa ideia…

— Você tem uma ideia melhor?

Os ombros dela caíram.

— Não.

Ele esfregou as mãos dela.

— Me deixa ver o anel — disse ela. Desanimada.

Cary se endireitou, com os olhos um pouco arregalados, e soltou as mãos dela. Ele pegou a caixa, virou-a para Shiloh e a abriu.

Shiloh se inclinou para mais perto. O anel era de prata com um diamante redondo. Era um trabalho intrincado, parecendo corda torcida.

— É bonito — comentou ela, já interessada demais. — Nunca vi nada assim.

— É seu. Se você quiser.

Ela olhou para o rosto dele. Ainda parecia tão sério, mesmo quando estava desesperado. (Ela sabia que ele estava desesperado.) Shiloh tentou limpar a tinta de uma das sobrancelhas dele com o polegar. Ficou manchada.

— Eu quero — respondeu ela. — Eu quero você. Só não consigo parar de pensar em todas as maneiras de isso dar errado.

— Você acha que vai ficar melhor com outra pessoa?

— É mais como se... Se desse errado com outra pessoa, não seria tão devastador.

— Essa é uma lógica terrível, Shiloh. — Ele estava sendo gentil.

Ela sentiu os olhos marejarem novamente.

— Você me disse que não queria ser esse cara! Lembra?

Cary pareceu abatido ao ouvir aquilo.

— Me desculpa, entrei em pânico. Precisava de um tempo para pensar.

Ela fungou.

— Acho que *eu* preciso de um tempo para pensar.

— Está bem — disse ele, olhando para baixo. Depois de um segundo, fechou a caixa.

— Espera... — Shiloh colocou a mão sobre a caixa.

Ele a olhou sem virar muito a cabeça na direção de Shiloh.

— Esperar?

— Não posso deixar de dizer sim a você — continuou ela, revirando os olhos para si mesma, sentindo o queixo tremer e derrubando mais algumas lágrimas. — Se você ainda quiser saber.

Cary levantou uma sobrancelha, confuso.

— Você não queria pensar a respeito?

— Quero dizer sim, e depois quero pensar.

— Então, é um sim provisório?

— Não. — Shiloh fez que não com a cabeça. — É mais como um sim com um asterisco.

— Qual é a nota de rodapé?

— É algo como: "Que fique registrado que acho que essa é uma má ideia."

Cary pegou a mão dela novamente.

— Mas você ainda quer... ficar comigo?

— Cary! — disse ela, repreendendo-o. — Eu sempre quero isso. É óbvio que estou apaixonada por você.

— Óbvio?

Ela assentiu.

Ele estava com os olhos arregalados novamente.

— Shiloh... quer se casar comigo?

— Quero — sussurrou ela. — Com asterisco.

— Que fique registrado que você acha que isso é uma má ideia — sussurrou Cary.

— Que fique registrado que tenho pavor de perder você de vez.

Depois de um segundo, ele soltou a mão de Shiloh e abriu a caixa do anel, tirando-o de lá.

— Quer mesmo?

— Sim — disse ela baixinho.

Shiloh não estendeu a mão, então ele a pegou.

O anel deslizou facilmente sobre os nós dos dedos de Shiloh. Ela se arrepiou. A mão estava tremendo. Quando fechou a boca, os dentes rangeram.

— Você está bem? — perguntou Cary.

Ela assentiu e estendeu a mão para que ambos pudessem ver.

— É bonito — disse ela.

— Podemos diminuir o tamanho. É de ouro branco.

— É bonito — repetiu ela.

— É. — A voz de Cary estava embargada. Ele levantou o queixo de Shiloh, esfregando o polegar ao longo da cicatriz. Os olhos estavam atentos, brilhantes. — Quer tentar isso comigo?

Shiloh assentiu, sem tirar a cabeça da mão dele.

— Sim, eu quero.

Cary a beijou, e ela se deixou levar, a cabeça indo um pouco mais para trás.

CINQUENTA E OITO

Antes

RYAN ERA MAIS VELHO QUE SHILOH. Ele se formou dois anos antes dela e conseguiu um emprego em uma escola de ensino médio em Omaha, exclusivamente como professor de teatro. Foi difícil: a maioria dos professores de teatro tinha de ensinar inglês também. Eles ficaram namorando à distância enquanto Shiloh terminava a graduação. Ryan dirigia de volta a Des Moines na maioria dos fins de semana para vê-la. Ela se mudou para um apartamento porque ele odiava visitar os dormitórios.

Ryan adorava o trabalho de professor, mas estava disposto a deixar Nebraska. Shiloh ainda queria fazer o mestrado, e haveria mais oportunidades em outro lugar, teoricamente — em Chicago ou até mesmo em Nova York.

Eles decidiriam juntos qual seria o próximo passo.

No verão anterior ao último ano de Shiloh, ela e Ryan foram escalados para um espetáculo de teatro no parque que uma amiga estava dirigindo para sua tese. Era uma comédia de erros ambientada na década de 1940 e atraiu um público surpreendentemente grande.

Não havia homens suficientes no elenco, então Shiloh vestiu calça de cintura alta e usou um bigode fino como um lápis. O cabelo dela ainda estava curto. Era um visual muito sexy; ela percebia isso porque literalmente todos no elenco prestavam mais atenção nela, homens e mulheres. Ela fazia a diretora de palco, uma caloura de Bettendorf, corar.

Shiloh interpretava o vigarista; ela tinha todas as melhores piadas. Ryan era o mafioso sombrio. Eles brigaram pela mocinha inocente e ambos a perderam para o soldado novato, interpretado por outra mulher do elenco.

Shiloh e Ryan foram comprar anéis naquele verão, em lojas de penhores e antiquários. Ela escolheu um anel vintage com um pequeno diamante e uma gravação no corpo.

Ela não sabia *quando* Ryan iria pedi-la em casamento, mas não se surpreendeu quando ele a chamou no fim de uma noite de espetáculo. Todos os outros atores deram um passo para trás, como se soubessem o que estava por vir.

Ryan olhou para a plateia, para que ficassem do seu lado antes de se ajoelhar.

Shiloh começou a sorrir, muito. Ela estava estupidamente apaixonada por ele… O charmoso e bonito Ryan. Sempre a melhor parte de todos os shows. Sempre a pessoa mais querida de todo o elenco. Ryan, que gostava de ajudar com as falas das outras pessoas, a construir os cenários. Que estava animado para dar aulas e que queria viajar. Que falava um pouco de italiano e muito de espanhol.

Shiloh teve sorte de chamar a atenção dele. Teve sorte por Ryan não se importar com o fato de ser mais baixo do que ela, por ele não se importar com sua energia ou suas opiniões. Que ele adorasse como os dois pareciam juntos.

Estar com Ryan era tão fácil. Seria fácil amá-lo. Ele seria o centro suave e brilhante de sua vida.

Quando Ryan a pediu em casamento — em uma voz que contagiava —, Shiloh mordeu o lábio e olhou para a plateia, como se não tivesse certeza. Embora todos soubessem que ela tinha. Eles bateram palmas e gritaram. Shiloh riu. Ela olhou para os olhos azuis de Ryan.

— Sim — respondeu.

O restante do elenco aplaudiu e jogou confete. Um amigo deles tirou fotos.

Foi perfeito. Foi do jeito que ela queria.

CINQUENTA E NOVE

Antes

— ENTÃO VOCÊ AINDA NÃO *falou* com Shiloh sobre isso...

Mikey estava do outro lado de uma caixa de joias, carregando Otis em um sling. Pai e filho pareciam tão acostumados com aquele tecido que nem o percebiam mais. Mikey apoiava o bebê com a palma da mão sob o traseiro e segurava uma de suas mãos gorduchas.

Janine tinha voltado ao trabalho. Mikey ficava com Otis o dia todo. Ele estava em casa quando Cary chegou do aeroporto.

— Não.

Cary estava olhando para a caixa de joias. Havia centenas de anéis, novos e usados. Era um lugar especializado em joias incomuns. Antiguidades. Designers independentes.

— Talvez você *devesse* falar com ela... — disse Mikey.

Cary suspirou.

— Você disse que me ajudaria a escolher um anel.

— E vou ajudar. Eu vou.

— Esse é bonito. — Cary apontou para um anel. — É bonito?

Mikey olhou para o anel.

— É bonito. Sim. É meio normal. Shiloh vai querer algo que ninguém mais tem. Talvez uma pedra preciosa diferente? Como uma esmeralda?

— Esmeraldas são moles. Eu quero um diamante.

— O anel não é para *você*, Cary.

Cary levantou o olhar. Sentia-se agitado.

— Quero que ela saiba que eu posso comprar um diamante. Ela pode trocar por outra coisa se não gostar, não me importo.

Mikey parecia preocupado. Ele deu um tapinha na bunda de Otis.

— Vocês estão... quero dizer, Shiloh sabe o que você sente por ela?

Cary deu de ombros.

— Sim. Sim e não.

— Eu perguntei antes à Janine. Para ter certeza de que estávamos na mesma página.

Cary fez uma careta.

— Como se pergunta antes de perguntar de verdade?

— O casal troca *dicas*. Fala sobre o futuro. Dá a ela a chance de dizer que é melhor não fazer o pedido...

— Shiloh pode recusar se não quiser se casar comigo.

— Está bem. Bem... — As sobrancelhas de Mikey se contraíram. — Isso parece doloroso.

Cary colocou as mãos nos quadris.

— Você acha que ela vai dizer não?

Mikey parecia querer levantar as mãos, mas ele estava segurando um bebê.

— Não sei o que ela vai dizer! Ela me disse que vocês eram apenas amigos!

— Você sempre quis que ficássemos juntos, Mike!

— Eu ainda quero! Só estou preocupado com você.

Cary suspirou novamente. Ele se dirigiu até outra caixa.

— Todas essas daqui são usadas. Acho que ela não se importaria.

— Não, eu também acho que não.

Os dois ficaram olhando para a caixa. Os olhos de Cary pararam em um anel prateado com um diamante e muitos detalhes que pareciam renda. Havia algo de náutico nele. Cary apontou para a peça.

— E este aqui?

— Ah, esse é legal — disse Mikey. — Um tipo de art déco, com a filigrana?

Eles pediram para ver o anel. Cary gostou ainda mais dele ao vê-lo de perto. Parecia velho e um pouco complicado. Ele olhou para Mikey.

— É esse, não é?

Mikey parecia estar pensando sobre aquilo, o que Cary apreciou.

— É. Acho que ela vai adorar.

Eles esperaram que o funcionário pegasse a papelada. Mikey parecia preocupado, como alguém que vê seu time perder um grande jogo.

— Sinto que perdi muito tempo — disse Cary, tentando se expressar. — Quero me acertar com ela. E comigo mesmo. Quero começar a viver na direção certa.

Mikey soltou a mão de Otis e deu um tapinha no ombro de Cary.

— Você é um bom homem, Cary.

SESSENTA

Antes

CARY CONHECEU BREANNA NO TREINAMENTO de oficiais.

Ela era descendente de mexicanos e estadunidenses. Do Texas. Os irmãos mais velhos dela também estavam na Marinha.

Ela chamou a atenção de Cary porque nunca reclamava. Estava sempre fazendo o que deveria estar fazendo, apenas um pouco melhor do que todos os outros. Ela sabia todas as respostas, mesmo que não as desse. Não fazia fofocas nem se envolvia em dramas. Odiava bagunça.

Breanna era linda. Tinha cabelo grosso e escuro e um belo sorriso. Tinha seios grandes e nunca ficava satisfeita com o caimento dos uniformes. Ela adorava correr, então Cary corria com ela.

Eles não podiam namorar até que terminassem o treinamento. Depois disso, foram alocados em portos distantes.

Ambos eram diligentes, focados e interessados. Fizeram o que tinham que fazer para manter contato. Tentaram coordenar os períodos de férias.

Foi Breanna quem perguntou a Cary se ele estava pronto para o casamento. E depois se ele estava pronto para pedi-la em casamento.

Cary não tinha certeza. Ele queria ser cuidadoso. Havia muito a considerar.

Cerca de seis meses depois, ele comprou um anel de platina, com um diamante e duas pedras retangulares de cada lado. Ele a pediu em casamento alguns meses depois, durante uma licença.

Ela disse que sim.

Mas Cary teve a sensação de que havia perguntado tarde demais. A partir de então, ele nunca mais sentiu que conseguiria se recuperar. Breanna estava sempre avançando, pedindo um pouco mais do que ele podia dar.

Era fácil se perder no próprio trabalho. Era uma desculpa que ela entendia.

Breanna terminou com ele dois anos depois do pedido de casamento. Por telefone. Ele não ficou surpreso.

Ela enviou o anel pelo correio (com seguro total, carta registrada) logo que ele voltou do mar.

SESSENTA E UM

QUANDO ELA E CARY FINALMENTE se levantaram, Shiloh teve a horrível sensação de que todos os atores e técnicos estavam observando, prontos para aplaudir.

Mas todos tinham ido embora, exceto Tom, que estava de pé fora do palco, atônito.

— A plateia e os banheiros estão liberados — disse ele —, e os menores de dezoito anos já saíram.

— Ótimo — respondeu Shiloh. — Vejo você amanhã. Bom trabalho.

— Boa noite. Foi um prazer conhecer você, Cary.

— Obrigado — murmurou Cary. — Digo o mesmo. Boa noite.

Cary e Shiloh estavam de mãos dadas, com muita força, com os cotovelos muito retos. Ele deixou que ela liderasse.

Ela o deixou no vestiário masculino e foi se trocar no feminino.

Shiloh não diria estar entorpecida...

Era mais como se os ouvidos estivessem zumbindo no corpo inteiro. Quando ela se despiu, o anel de diamante rasgou um buraco na meia-calça. Shiloh riu. Não era um sonho, mas era igualmente sem sentido.

Cary estava de volta a Omaha. E queria se casar com ela.

Shiloh vinha se esforçando muito para administrar seus sentimentos por ele no longo prazo, em uma amizade sustentável. Sem sexo, com o mínimo de confissões.

Enquanto isso, Cary estava comprando anéis de noivado. Anéis de noivado lindos e vintage.

Shiloh ainda tinha o primeiro anel de noivado. Era bonito demais para ser jogado fora, mas não o suficiente para ser vendido — e parecia deixá-la com uma nota: *Este anel vem de um lar desfeito. Pessoalmente, não o culpo, mas talvez você seja supersticioso. A boa notícia, acho, é que não morri enquanto o usava.*

O anel antigo de Cary podia ter uma história semelhante. Ela o segurou contra as luzes ao redor do espelho do camarim. O diamante parecia flutuar em uma ponte de filigrana: linhas retas, com espiral de corda passando por elas. Ele era só um pouco largo demais, não cairia do dedo dela.

Shiloh lavou o rosto. Voltou a colocar o vestido de malha não muito platônico. (Quando Tom a viu com ele, a chamou de "tanajura").

Ela vestiu a própria meia-calça (com cuidado) e fechou o zíper das botas. Não soltou o cabelo. Havia glitter em spray nele. Shiloh teria que lavá-lo.

Cary estava parado na porta do vestiário. Com as costas retas. Pálido. Com maquiagem ainda sob o queixo e ao longo da linha do cabelo. Ele se aproximou de Shiloh assim que ela apareceu, colocou o braço em volta da cintura dela, os olhos procurando os dela.

— Você está com fome? — perguntou ela.

Cary assentiu.

Já era tarde demais para comer em um restaurante normal. Eles foram a uma lanchonete a alguns quarteirões que servia sanduíches de carne no balcão.

Shiloh queria perguntar sobre a mãe de Cary. Sobre o voo dele. Sobre seus planos.

Mas não conseguia fazer nada disso. Os dois engoliram os sanduíches e os refrigerantes. Depois de cada mordida, Cary limpava a boca com um guardanapo de papel. Ele também não estava falando e olhava para o ar, não para Shiloh.

Quando terminaram, ficaram do lado de fora da lanchonete, de mãos dadas.

— Ainda estou de carro — disse Shiloh.

— Vou seguir você até em casa.

Isso fazia sentido. Ele a acompanhou até o carro. Antes que ela pudesse entrar, Cary a beijou. Ela o beijou de volta, desesperadamente. No que diz respeito a beijos, foi o equivalente a gritar com seu filho porque ele fez algo imprudente, mas ainda estar tão aliviado por ele estar vivo.

O que você estava pensando?, disse o beijo.

E também: *Graças a Deus, graças a Deus*.

Ela o segurou com toda a força que tinha, e ele a segurou pela cintura. Ela interrompeu o beijo depois de um tempo, porque não conseguia beijá-lo e abraçá-lo.

Cary estava respirando profundamente.

— Shiloh, dormir a noite com você?

— Eu... Acho que preciso de um minuto.

— Está bem.

— As crianças estão em casa.

Ele se afastou.

— As crianças estão em casa? — O rosto dele se abateu. — Você deveria ter me contado. Poderíamos ter esperado para sair.

— Eu não queria esperar... Senti sua falta. E eu tinha que trabalhar hoje à noite.

Cary assentiu. Ainda preocupado. Ela o imaginou se lembrando de que seus filhos eram concretos, não abstratos, e que ele havia acabado de se inscrever para quinze anos de trabalho duro.

Ela não o obrigaria a isso.

Ela lhe ofereceria mais uma saída; provavelmente, oferecia várias. Assim que ela achasse que ele poderia ouvir.

— Vamos levar você para casa. — Ele abriu a porta do carro dela e tocou nas costas dela quando Shiloh entrou. — Não vá muito na minha frente.

Quando chegaram à casa dela, Shiloh impediu que ele saísse do carro alugado. Ela ficou parada, e ele abaixou o vidro da janela.

— Você vai ficar com as crianças amanhã? — perguntou ele.

— Vou. Quer vir jantar aqui em casa?

— Quero — respondeu ele, depois fez que não com a cabeça. — Talvez. Tenho uma reunião sobre minha mãe. — Ele ainda parecia confuso. Um pouco atordoado.

Shiloh tocou a bochecha dele com a mão esquerda. Ele imediatamente colocou a mão sobre a dela.

Shiloh riu. Por nada.

Cary fechou os olhos e beijou a palma da mão dela.

— Tudo bem, Cary — disse ela. — A gente se vê quando der.

— Vejo você amanhã. De algum jeito.

SESSENTA E DOIS

MIKEY ESTAVA SENTADO NO SOFÁ assistindo a *Desperate Housewives* quando Cary entrou. Ele desligou a TV.

— E aí?

— Ela disse que sim — respondeu Cary.

Mikey abriu um enorme sorriso.

— Sim?

— Bem… ela disse "sim e".

— Como nas aulas de improviso?

— Foi mais como "sim, mas".

— Mas o quê?

— Mas ela acha que é uma má ideia.

— Por quê?

Cary deu de ombros.

— As razões óbvias. O fato de não podermos viver juntos. Que ela tem filhos e que é complicado. Que nós nunca namoramos.

— São bons motivos.

Cary assentiu.

— Ótimos motivos. Garota inteligente.

— Mas ela disse que sim… — repetiu Mikey, como se estivesse se certificando de que tinha entendido.

— Isso.

— Porque ela é louca por você. — Mikey sorriu novamente. — E sempre foi.

Cary sorriu. Parecia ser o primeiro sorriso verdadeiro que ele se permitia naquela noite.

— Acho que isso pode ser verdade.

Mikey pulou do sofá para abraçá-lo.

SESSENTA E TRÊS

— VAMOS FALAR SOBRE O que eu vi ontem à noite? — Tom estava esperando por Shiloh quando ela se sentou na cadeira.

— Não — respondeu ela.

Ele ergueu uma sobrancelha acima da armação dos óculos.

— Porque *parecia*...

Tom deve ter visto algo alarmante no rosto dela. Ele parou.

— Ohh-kay — disse ele. — Acho que não vamos falar sobre isso.

— Obrigada.

— Vou apenas confiar que você me contaria se estivesse, sabe, subitamente noiva de um marinheiro bonito.

— Esse parece ser o tipo de coisa que eu diria a você...

— Parece, não é?

Cary lhe enviou uma mensagem de texto.

Posso ir para o jantar, se ainda estiver de pé?

claro, venha, chego em casa às 17h30

Shiloh não havia planejado nada para o jantar. Ela tinha tomates frescos e bacon. Parou para comprar pão no caminho para a creche.

— Adivinhe quem virá para o jantar? — perguntou ela às crianças.

— Quem? — perguntou Junie, já tomada pela surpresa.

— Meu amigo Cary.

— Cary! Ele chegou do mar?

— Cary? — repetiu Gus.

— Isso mesmo — respondeu Shiloh.

— Mamãe — chamou Gus. — Seu amigo se chama Cary?

— Sim. E está vindo para o jantar.

— Bem — disse Junie, cruzando as mãos no colo —, mal posso esperar para ver o Cary.

Ele estava atrasado. Shiloh serviu o jantar para as crianças e para Gloria, que havia chegado do bar de péssimo humor.

— *Por que* Cary está demorando tanto? — perguntou Junie. Ela nunca mais havia mencionado o quase beijo na varanda. Mesmo quando Shiloh mostrou as fotos e os cartões-postais de Cary.

— Mamãe? — disse Gus. — Seu amigo está vindo?

Estou indo, Cary enviou uma mensagem de texto. *Desculpa.*

Meia hora depois, Shiloh ouviu sua voz do lado de fora. Parecia que ele estava discutindo com alguém. Ela deu uma olhada pela janela e o viu parado ao lado do carro, ao telefone... gritando.

— Fique dentro de casa — disse ela para Junie e saiu na varanda.

— Jackie... — Cary estava com a mão na testa. — Jackie, você sabe que isso não é verdade... Não é verdade!

Ele estava andando em círculos. Viu Shiloh.

Ela acenou.

Cary assentiu e depois desviou o olhar... Voltou a olhar para ela, perturbado e preocupado. Shiloh acenou novamente, como se dissesse "está tudo bem, continue falando".

— Quais são as opções? — perguntou Cary ao telefone, com mais calma do que antes. — Me dê opções.

Ele olhou de relance para Shiloh, como se quisesse lhe dizer alguma coisa, mas voltou a gritar ao telefone:

— Não, não, *Jackie.* Isso é a realidade! Isso é tudo o que podemos fazer!

Um carro estava passando pela casa de Shiloh. Ele parou. A mulher no banco do passageiro abriu a janela e gritou:

— Você planejou isso!

Levou um segundo para Shiloh identificar a mulher como a irmã mais velha de Cary, Jackie. (Sua mãe biológica.)

Cary ainda estava ao telefone. Parecia chocado.

— Você me *seguiu*?

— Não, mas eu sabia onde encontrar você! Não vou deixar você fazer isso, Cary!

Cary estava caminhando em direção ao carro.

— Não é ideia minha! Você ouviu a assistente social: a mamãe não pode receber o auxílio até vender a casa. Essa é a realidade!

— Você nem se importa!

— Eu me *importo.*

Jackie se inclinou mais para fora da janela, levantando-se do banco. Ela tinha cerca de cinquenta anos e era muito parecida com Lois. Havia um homem dirigindo o carro, também inclinado para a janela aberta.

— Você tem dinheiro! — gritou Jackie. — Tem emprego! Angel não tem nada!

— Isso não é sobre a Angel — disse Cary.

— *É, sim!* — gritou o homem.

Cary cerrou o punho.

— Don, eu juro por Deus...

— Você sempre foi tão egoísta... — disse Jackie.

Cary riu horrivelmente.

— *Eu*, egoísta? *Eu* sempre fui egoísta. Que piada. — Ele olhou em volta. Olhou de volta para Shiloh por um segundo. Seu olhar se fixou nela. Ele parecia abatido.

Shiloh deveria entrar. Devia ser humilhante para ele que ela assistisse àquilo. Ela subiu os degraus até a varanda, mas não entrou na casa. Ainda queria monitorar a situação.

— Ou vendemos a casa ou a mamãe terá que sair da clínica. — Cary continuava a elevar a voz, depois a diminuí-la e depois a elevá-la.

Shiloh nunca o tinha visto assim.

— Ela pode voltar para casa agora! — gritou Jackie. — Nós vamos cuidar dela.

— Vocês *não* vão cuidar dela! — gritou Cary de volta.

— Não, *você* não vai cuidar dela!

A porta da casa se abriu.

— Já chega disso... — murmurou a mãe de Shiloh, passando por ela.

Ela desceu os degraus e apontou para a rua.

— Você precisa se *mancar*, Jackie!

— Ah, vá se danar, Gloria. Isso é assunto de família.

— Essa propriedade é minha... e eu *vou* chamar a polícia.

— E dizer a eles o quê?

— Vou descobrir isso antes que eles cheguem aqui. — Ela se virou para Cary. — Você também se manca. Entre agora! Não se briga na rua.

— Desculpe, Gloria. — Cary subiu os degraus como se tivesse recebido uma ordem. Passou por Shiloh e entrou na casa. Ela o seguiu.

— Cary! — exclamou Junie assim que o viu. — Você está bem? Alguém está gritando com você?

Cary estava com uma aparência péssima. O rosto estava vermelho vivo.

— Vamos dar um minuto para ele — sugeriu Shiloh.

Gloria entrou e bateu a porta.

— Expulsei aqueles merdas do meu bar e vou expulsar do meu quintal. Não tenho tempo para essa mulher.

Shiloh pegou a mão de Cary.

— Venha, venha comigo. — Ela o puxou para o andar de cima. Ele a seguiu.

Assim que estavam no corredor, ela tocou o ombro dele.

— Você está bem?

— Shiloh — chamou Cary, abatido e com os olhos semicerrados —, você não está usando sua aliança.

Shiloh ficou surpresa.

— Cary — disse ela, sem fôlego. — *Querido*...

Ela tirou o colar que estava escondido pela camisa, onde o anel estava pendurado, junto da plaqueta de identificação dele.

— Eu só não queria falar com minha mãe e com Junie sobre isso ainda.

Cary colocou a mão em volta do anel e da plaqueta. Ele a encostou contra a parede e apoiou a testa na dela. Shiloh levou a mão até a nuca dele e o embalou ali. Os olhos estavam fechados. Ele estava respirando com dificuldade.

Shiloh acariciou o cabelo dele.

— Você está um pouco abatido, não está?

Cary riu pelo nariz, um suspiro miserável. Shiloh pensou que ele poderia estar chorando, que talvez fosse assim que Cary chorava, triste e com a respiração pesada.

Ela continuou esfregando a nuca dele.

— Está tudo bem. Eu estou com você.

Depois de um tempo, ele moveu a testa para o ombro dela. O punho ainda estava preso ao anel.

— Eu realmente não estou me ajudando muito, não é?

— Como assim?

— Com os argumentos a favor de "Shiloh, vincule-se legalmente a mim".

Ela esfregou a nuca dele.

— Você parece um pouco mais... *caótico* do que o normal.

Cary levantou a cabeça para olhar para ela. Ele ainda estava corado.

— Tenho sete dias de licença. Preciso colocar a casa da minha mãe à venda antes de ir. Preciso convencer você a passar o resto da vida comigo. Esses são meus dois objetivos. Ambos são da mais alta prioridade.

Shiloh riu. Foi gentil. Ela afastou o cabelo dele do rosto, embora fosse curto demais para fazer diferença.

— Você não precisa lidar comigo agora, dou mais prazo a você. Não vou a lugar algum.

— *Não* — disse Cary, frustrado. — *Shiloh*. Não existe mais prazo. Chega de esperar. Quero que o resto da minha vida seja para construir algo com você. Quero começar isso logo.

— Está bem — disse ela, beijando a bochecha dele. — Já começou. Nós começamos. Olhe para mim.

Ele olhou.

— Estamos noivos.

— Asterisco — disse Cary, ainda triste.

— A nova nota de rodapé é: *Este é um cenário ativo e em desenvolvimento. Ambas as partes estão trabalhando para chegar a um acordo mutuamente benéfico.*

Cary franziu a testa.

— Isso é muito longo para uma nota de rodapé e não parece positivo.

— Solta o meu anel — pediu ela.

Ele soltou.

Shiloh sorriu para ele e enfiou o colar na camisa.

— Vamos ficar com meus filhos e jantar.

Cary olhou em seus olhos e assentiu.

Shiloh o conduziu até o andar de baixo. Ela planejava não tocar nele na frente de Junie e Gus, mas o cenário de suas preocupações havia mudado. Ela segurou a mão dele.

Junie deu um pulo quando o viu.

— Cary, está se sentindo melhor *agora*?

— Estou. Desculpe, Juniper. É muito bom ver você.

— É ótimo ver você. Achei que nunca mais sairia daquele barco!

A mãe de Shiloh estava no sofá. Cary parecia penitente.

— Gloria, me desculpe.

— Não, me desculpe. — Ela estava segurando uma cerveja. — Eu não deveria ter metido o bedelho nos seus problemas.

— Não vou brigar na frente da sua casa de novo. Eu prometo.

Gloria revirou os olhos.

— Sua irmã seria capaz de fazer surgir o pior lado até da Madre Teresa.

— Sinto muito — repetiu ele.

Shiloh o puxou em direção à cozinha.

— As crianças já comeram.

— Mas esperamos você para a sobremesa! — avisou Junie.

— Mamãe — disse Gus —, Gus pode comer sobremesa? Gus pode tomar sorvete? — Ele ainda se referia a si mesmo na terceira pessoa.

— Só um minuto, Gus. Você gosta de sanduíche de bacon? — perguntou Shiloh a Cary. — Você come bacon?

— Eu como de tudo — disse ele.

— Que bom.

Ela fritou o restante do bacon enquanto Cary observava. Ela não queria que esfriasse antes que ele chegasse.

Shiloh havia pensado que aquela noite seria sobre as crianças. Lembrar a Cary que as crianças eram pessoas reais… e um problema real.

Mas, naquele momento, Shiloh só queria facilitar as coisas para ele. Ela tostou o pão e o cobriu com maionese.

— Isso é muita maionese — disse Cary.

— Você já fez sanduíche de bacon?

— Não.

— Sem comentários então.

Ela preparou um grande sanduíche para cada um deles e completou o prato de Cary com fritas e cerejas frescas.

Ele a observava. Shiloh tinha certeza de que ele queria beijá-la. Isso a fez corar.

Eles comeram à mesa, e Junie se sentou com eles, fazendo perguntas a Cary sobre a Marinha. Gus continuava trazendo brinquedos da sala de estar para mostrar a Cary.

— Seu nome é Cary? — perguntava ele.

— Ele mudou muito — disse Cary a Shiloh.

— Sim — concordou ela.

Gus tinha ficado mais alto, mais pesado. Estava falando mais. Estava quase aprendendo a usar o penico... 100% mérito da creche.

— Parece muito mais otimista — comentou Cary.

Gus estava de volta com outro carrinho de brinquedo para mostrar a eles. Shiloh sorriu.

— Ele está tendo uma boa noite, não está, Gus?

— Gus pode tomar sorvete?

— Pode — respondeu Shiloh por fim.

Tinha casquinhas e sorvete de morango na cozinha. Ela se levantou e fez casquinhas para todos, menos para Cary, que disse que estava cheio.

Ele parecia estar voltando à vida.

— Ah — disse ele —, Juniper... vi algumas baleias jubarte quando estava no navio. Tirei fotos para você.

— Baleias jub*arte*? — Junie estava maravilhada.

Cary tirou o celular do bolso; era um bom modelo, Razr. Ele o abriu e apertou alguns botões. Em seguida, entregou-o a Junie.

Ela ofegou.

— Onde está a arte dela?

— Esse é apenas o nome — respondeu Cary. — Use as setas para ver as fotos. Veja se consegue encontrar o bebê baleia.

Cary se levantou e recolheu os pratos.

— Gus quer ver o bebê — disse Gus, que estava no colo de Shiloh.

— Só um minuto. — Shiloh ouviu Cary abrindo a torneira e se inclinou para trás, de modo que pudesse ver a cozinha. — Ei, o que você está fazendo?

— Lavando a louça.

— Vou cuidar disso mais tarde.

— Não, não vai! — Gloria ainda estava sentada na sala de estar.

— Não me importo — disse Cary.

— Achei! — gritou Junie. Ela correu para a cozinha com o telefone. — É o bebê?

— Isso mesmo.

Gus bufou.

— Quero ver o bebê!

— Você precisa ter paciência — disse Shiloh, ajeitando o cabelo.

Junie voltou correndo para a sala de jantar.

— Gus-Gus, olha!

Ela estendeu o telefone.

Gus o segurou.

— Você não segura. Gus segura! É meu!

Shiloh fez que não com a cabeça.

— Não é seu — lembrou ela.

— Cary não quer que você toque no telefone dele — disse Junie, de forma autoritária.

— Gus pode segurar o telefone — disse Cary por cima do barulho da água. — Está tudo bem!

Junie entregou o telefone com má vontade. Shiloh tentou supervisionar a transferência, mas Gus já o havia pegado. Assim que o pegou, ele gritou:

— Junie quebrou!

— Me deixa ver. — Shiloh tirou as mãos do telefone e olhou para ele. — Só desligou, só isso. Ele está desligado! — gritou ela para a cozinha. — Desculpa!

— Não tem problema! — respondeu Cary. — É só ligar de novo!

Gus estava choramingando, como um motor tentando dar partida.

— Se você chorar — disse Shiloh —, não vai ver o bebê baleia.

O telefone voltou a funcionar e pediu um PIN.

— Só um minuto, Gus. — Shiloh o colocou no chão e foi até a cozinha, segurando o telefone para Cary. — Está bloqueado.

As mãos de Cary estavam dentro da pia.

— É quatro-dois-um-cinco.

Shiloh ficou surpresa.

— Ah. Ok. — Ela digitou o código. — Como seu antigo número de telefone.

— É. Agora você também sabe a senha do meu banco. — Ele estava gesticulando em direção ao telefone. A mão estava molhada. — Está vendo "Fotos" no menu? Talvez tenha que rolar para encontrar as baleias.

— Hum… — Shiloh olhou para Cary. Ele havia empilhado a louça suja no balcão e enchido a pia com água e sabão. As mangas estavam bem presas nos cotovelos. Ele ainda parecia cansado. — Eu vou achar. Obrigada.

* * *

Cary lavou a louça enquanto Shiloh colocava as crianças na cama. Foram muitos pratos.

Quando ela voltou ao andar de baixo, Gloria tinha ido para o quarto e Cary estava no sofá.

Shiloh diminuiu a velocidade na escada quando o viu e sorriu. Cary a observou, também sorrindo, e estendeu a mão.

Shiloh foi até ele e lhe deu a mão. Ficou parada por um segundo.

— Eu sempre quis um homem com mãos enrugadas de louça.

— Não seja grosseira — disse ele.

— Estou falando sério. Odeio lavar louça.

Cary se inclinou para a frente. Tirou o anel de noivado da camisa de Shiloh para conseguir vê-lo.

— Você guardou minha plaqueta de identificação — disse ele.

Ela assentiu.

— Você me disse para guardar.

Ele puxou o braço dela.

— Junie ainda está acordada — disse Shiloh suavemente.

— Senta — disse ele, também suavemente.

Shiloh fez isso.

Cary segurou a mão dela. Estava olhando para os dedos nus.

— Você guardou minha placa. E começou a usar ontem à noite?

— Essa manhã.

— E a colocou em uma corrente?

— Ela já estava em uma corrente.

SESSENTA E QUATRO

Antes

A MÃE DE SHILOH NUNCA havia se casado.

Ela trabalhou como garçonete e depois como bartender. Teve Shiloh quando tinha vinte anos.

Elas moravam com a avó de Shiloh, que lhes deixou a casa quando faleceu.

Depois disso, Gloria se mudou para o quarto do primeiro andar, e Shiloh ficou no andar de cima. Shiloh sabia que não deveria descer a escada pela manhã se ouvisse a voz de um homem.

Quando estava na escola primária, a mãe tinha um namorado chamado Grant, que as levava para jantar no Bishop's e, às vezes, ao cinema.

Grant era ok. Bebia demais. Durou mais ou menos um ano.

A maioria dos homens vinha para passar a noite e nunca mais voltava. Gloria não ia às casas deles — ou, pelo menos, Shiloh não imaginava que fosse. Sua mãe voltava para casa todas as noites.

Ela começou a namorar Jack quando a filha estava no ensino médio. Ele era o dono do bar no aeroporto e casado.

Shiloh teve a sensação de que muitos daqueles homens eram casados. Perguntava-se se o pai havia sido casado. Se ele teria vindo para passar a noite e seguido em frente.

Gloria não queria que Shiloh conhecesse nenhum deles. Nem mesmo Jack, e aquilo havia durado anos.

Os homens que entravam na casa nunca tomavam mais do que café e só subiam para usar o banheiro.

Havia uma tranca na porta de Shiloh. Gloria a lembrava de trancá-la antes que a filha pudesse se perguntar por quê.

SESSENTA E CINCO

Antes

SHILOH COMEÇOU SUA LICENÇA-MATERNIDADE dois dias antes de o médico planejar induzir o parto.

A gravidez já havia passado uma semana da data prevista, e as costas e o quadril direito de Shiloh doíam tanto que ela não conseguia se concentrar no trabalho. Ela decidiu sair mais cedo e passar alguns dias com Juniper.

Junie tinha três anos. Estava feliz por ter a mamãe em casa o dia todo, mas também queria o papai.

— O papai está no trabalho — explicou Shiloh. — Ele tem uma apresentação hoje à noite.

Aquela apresentação de *O Mágico de Oz* seria a última daquela noite de primavera. Eles brincaram dizendo que o bebê estava esperando a agenda dele ser liberada. Junie não parava de perguntar pelo pai, então Shiloh sugeriu que levassem o jantar para Ryan. Shiloh ligou, deixou um recado, avisando que elas estavam indo, e foi até a escola.

Elas chegaram lá uma hora e meia antes do espetáculo. Havia crianças no palco fazendo ensaios de última hora. Ryan estava no palco com eles.

Ele avistou Shiloh e Junie quando elas estavam andando pela plateia.

— Lá vêm as pessoas bonitas! — gritou ele, sorrindo. Depois, sentou-se na beirada do palco e pulou.

Uma mulher que estava à frente de Shiloh se virou; era Erin, uma assistente de produção de meio período que havia sido uma das primeiras alunas de Ryan. Ela estava na casa dos vinte anos agora.

— June Bug! — gritou ela.

Junie correu para os braços de Erin. Ryan levava Junie para os ensaios aos fim de semana, então todos ali a conheciam.

Ryan colocou uma mão na barriga de Shiloh e outra em suas costas. Em seguida, deu um beijo na bochecha dela.

— Como você está?

— De pé — disse Shiloh, inclinando-se para ele.

— Você está linda. Radiante. Foda-se o resto.

Shiloh riu.

Erin havia pegado Junie no colo.

— Como está se sentindo, Sra. Cass?

— Ah, meu *Deus*, Shiloh. — A Sra. Grand (Rachel), professora de inglês que ajudava nas produções, estava de pé no palco. — Parece que você vai explodir.

— Estou me sentindo como Violet Beauregarde.

— Eu nem tinha mobilidade com quarenta semanas — comentou Rachel.

— Estou me mexendo — respondeu Shiloh. — Tenho uma equipe de pessoas que me rola de um lado para o outro.

— Sr. Cass?! — Uma mulher estava gritando dos bastidores. Ela saiu da ala. Era a Sra. H, a diretora musical. — Ah, oi, Shiloh.

— Oi, Naomi.

— Sr. Cass, quando tiver um segundo, temos um problema com a trombeta.

— Se for urgente — disse Ryan —, ligue para o 190. Caso contrário, vejo você em quinze minutos. — Ele se virou para Shiloh. — Você quer se sentar um pouco?

Ela assentiu. Ryan pegou Junie e levou Shiloh até o saguão da frente, onde eles poderiam se sentar e conversar enquanto ele comia o burrito que elas levaram para ele.

Eles só foram interrompidos duas vezes: por Kelly e Steph, as mães dramáticas que cuidavam da *bombonière*, e por Cassie, a estudante do último ano do ensino médio que estava fazendo o papel de Dorothy.

— Papai está tão *ocupado* — disse Junie, suspirando.

Shiloh e Ryan riram. Tudo o que ela dizia os deixava muito felizes. (De acordo com Erin, a professora da pré-escola, Juniper era muito avançada, tanto verbal quanto socialmente.)

Ryan terminou o burrito e depois esfregou os ombros e o pescoço de Shiloh por alguns minutos.

— Quer ficar para a peça?

— Não consigo ficar sentada por tanto tempo — disse Shiloh.

Ele a beijou, ainda esfregando seu pescoço.

— Está bem.

— Eu também quero beijos! — disse Junie.

— Claro que quer! — Ryan a pegou no colo e beijou seu pescoço como o Come-Come da Vila Sésamo. — Cuide da mamãe. Ela está prestes a fazer algo mágico.

Os olhos de Junie ficaram arregalados.

— O quê?

— Ter um bebê!

— Ah, *isso* — disse Junie.

Shiloh e Ryan riram novamente.

Ele beijou a bochecha de Shiloh.

— Amo você.

— Também amo você. Tenha uma boa apresentação.

Shiloh levou Junie para casa e entrou em trabalho de parto na noite seguinte, sem nenhuma ajuda.

Ryan sempre mantinha o celular no bolso e dormia com ele na mesinha de cabeceira. Se estivesse mandando uma mensagem de texto para alguém quando Shiloh se aproximava, ele guardava o telefone e lhe dava toda a atenção. Se quisesse que Shiloh visse uma foto, ele a enviava para ela.

Alguns dias após o nascimento de Gus, Ryan deixou o telefone no sofá enquanto corria para o banheiro para ajudar Junie.

Shiloh o pegou.

Shiloh teria imaginado a Sra. H, a diretora de música. Mas, na verdade, era a Sra. Grand, a professora de inglês. E Erin, sua ex-aluna. (Era recente, ele a assegurou disso.) E Kelly, a mais bonita das mães do teatro — mas só por mensagem de texto.

SESSENTA E SEIS

RYAN FICOU COM AS CRIANÇAS na sexta-feira, e Shiloh estava ansiosa para ficar sozinha com Cary. Ele só tinha mais quinze dias de licença. (O que eles poderiam resolver em quinze dias?)

Eles iriam jantar, mas ela ligou para saber se ele queria se encontrar mais cedo — o teatro ficava fechado nas tardes de sexta-feira.

— Quero — disse Cary. — Sem dúvida. Mas... estou indo visitar minha mãe...

— Ah, tudo bem. — Shiloh tentou não parecer desapontada. — Me liga depois?

— Quero dizer... você poderia vir junto. Se quiser...

— Para ver sua mãe?

— Não precisa se não quiser — disse ele.

— Não, eu vou. Eu gostaria muito.

— Estou saindo da casa do Mikey em vinte minutos ou mais...

— Passa para me pegar.

Shiloh estava esperando na escada quando Cary chegou. Era um dia quente. Ela estava usando um vestido com ilhós azul-marinho, calça corsário jeans e sapatilhas rosa metálico.

Ela estava pensando na sogra (sua primeira sogra? não, muito cedo), uma senhora do subúrbio que trabalhava como enfermeira em uma escola.

Ela gostava muito de Shiloh. Queria que Shiloh ficasse.

— Olhe para essas crianças lindas. Elas merecem dois pais — disse ela, no primeiro aniversário de Gus.

Shiloh correu pela calçada antes que Cary pudesse sair do carro. Abriu a porta do passageiro, entrou e ofegou. (Ela parecia a Junie.)

Cary estava usando um uniforme todo branco. Calça branca. Camisa branca de mangas curtas. *Cinto* branco. Havia fitas em seu peito e listras nos ombros.

— Olhe só você! — disse ela. — As sextas-feiras são dias de uniforme?

— Minha mãe gosta de me ver de uniforme. Eu ia me trocar antes do jantar.

Ela o cutucou.

— Aposto que as enfermeiras adoram você.

Ele sorriu um pouco.

— As enfermeiras realmente me amam.

Ela deu um tapinha na coxa dele. Tocou a insígnia em seu ombro. Sentiu o bordado dourado. Passou a ponta dos dedos pela frente da camisa dele. O tecido branco fazia com que o pescoço e os braços dele parecessem bronzeados.

— Para que serve esse uniforme?

Cary começou a dirigir.

— Brancos são de verão. Para cerimônias. Para visitar a mãe.

— No inverno não se usa branco?

— Para o inverno, usamos azul. Você já viu.

— Você é como uma boneca, com o próprio guarda-roupa.

Ele parou em um sinal vermelho. Cary se inclinou para beijar a bochecha de Shiloh.

— Eu sabia que você ia tirar sarro de mim.

— Não estou brincando. É sincero. Vou começar a solicitar visitas uniformizadas também.

Ele sorriu para ela. Porque ela estava insinuando visitas futuras e um futuro. Porque eles estavam supostamente noivos.

Eles *estavam* noivos.

Mais ou menos.

Tudo havia acontecido rápido demais para Shiloh processar. Cary havia dito que a amava — e ela ainda não tinha digerido isso.

Ela ainda não havia superado o choque inicial de vê-lo novamente. Tê-lo aqui. Tocá-lo de maneiras tão sutis. Pensar em estar noiva ou apaixonada a fazia balançar a cabeça em negativa.

Ela balançou a cabeça em negativa. Esfregou a coxa dele.

— Isso é poliéster? Acho que homens e mulheres do Exército merecem algo melhor.

Cary pegou a mão dela e a apertou.

Quando saíram do carro, Cary mostrou um chapéu muito impressionante. Branco, com uma aba preta e uma grande âncora dourada.

— Você parece um capitão de navio de cruzeiro!

— Não, eles que se parecem comigo.

— Como o capitão Stubing.

— Não.

As enfermeiras e os idosos de fato amavam Cary. Se alguma vez ele estivesse com a autoestima baixa, poderia se vestir e ir para uma casa de repouso. Ele estava de pé, com o chapéu na mão. Demorou uma eternidade para chegar ao quarto de Lois.

Assim que Cary bateu à porta, Shiloh percebeu que eles não tinham combinado o que diriam. Ela havia se deslumbrado demais com todo aquele poliéster branco. O que a mãe dele sabia... sobre Shiloh?

Lois abriu a porta, de pé atrás de um andador, e, imediatamente, soltou-o para bater palmas.

— Cary! Você trouxe meu anjo da guarda!

Shiloh sorriu.

— Oi, Lois.

Cary se inclinou para beijar a bochecha da mãe.

— Você também, Shiloh — disse Lois. — Vamos lá.

Shiloh lhe deu um abraço frouxo e gentil, tomando cuidado com o tubo de oxigênio e o andador. Lois parecia muito melhor do que no hospital. Ela já estava de pé e andando. O cabelo parecia recém-pintado. Mas ela parecia frágil em comparação ao dia em que foram ao banco. Ela havia perdido peso.

Lois deu um tapinha nas costas de Shiloh.

— Você ainda é tão alta… Entre e conheça meu apartamento chique. Tenho tudo o que preciso aqui.

Shiloh olhou ao redor. Eles estavam em uma pequena sala de estar com móveis discretos e de cores neutras. Parte da coleção de anjos de Lois havia sido colocada nas prateleiras e mesas. Havia uma TV encostada em uma das paredes; Lois estava assistindo a um programa de tribunal. De um lado da sala havia uma cozinha compacta, com uma geladeira de tamanho médio, um micro-ondas e um balcão independente.

— Sente-se, Shiloh. Fiz um chá gelado. E tenho esses biscoitos que você me trouxe, Cary. Pegue um chá gelado e biscoitos para Shiloh.

Cary apoiou o quepe no sofá e foi fazer o que lhe foi pedido. Shiloh se sentou ao lado do chapéu.

— Eu tenho minha própria cozinha — disse Lois, acomodando-se cuidadosamente em uma cadeira. — Às vezes faço ovos para mim mesma, com a chapa quente, mas há uma sala de jantar no andar de baixo, então tenho ficado preguiçosa.

— Isso não é preguiça — comentou Shiloh. — É inteligência. Esse quarto é muito bonito. Fico feliz que tenha trazido seus anjos.

Lois olhou para a mesa de centro.

— Ah! Isso não é nem metade deles. Angel, meu anjo, diz que é demais para as senhoras tirar o pó, então tive que escolher meus favoritos. Você sabia que alguém faz a limpeza para mim? É como se eu estivesse de férias. Vou sentir falta de tudo isso quando voltar para casa.

— Estou muito feliz por você ter encontrado este lugar. Parece ser uma ótima opção.

— Ah, você sabe, Cary que encontrou.

Cary estava voltando para a sala com dois copos de chá gelado.

— Lá vem ele — disse Lois. — Ele não é lindo? Esse é o meu bebê. Pegue alguns biscoitos para Shiloh, Cary.

— Não sei onde estão… — Ele pegou o controle remoto e desligou a TV.

— Estão na geladeira. Assim o chocolate não derrete.

Ele foi pegar os biscoitos.

Sua mãe levantou a voz.

— Eliza, na recepção, viu seu uniforme?

— Acho que sim.

— Temos que dizer oi para ela antes de você ir. O filho dela está no Exército. — Lois olhou para Shiloh. — Os uniformes deles não são tão bonitos.

Cary estava de volta com um pacote de biscoitos e outro copo de chá gelado para ele. Ele parou para abrir as cortinas. Shiloh nem tinha se dado conta da penumbra que estava ali dentro.

— Esse sol vai esquentar o quarto — reclamou a mãe dele.

Cary se sentou ao lado de Shiloh no sofá.

— Você tem ar-condicionado.

— Não gosto dele.

Cary franziu a testa.

— Por favor, use. — Ele se levantou para verificar o termostato.

— Sente *aqui* — disse a mãe. — Ele é assim, Shiloh.

— Eu sei — respondeu Shiloh. — Ele lavou minha louça ontem à noite.

Lois fez um muxoxo.

— Como está o seu quadril? — perguntou Shiloh.

Cary se sentou ao lado dela novamente.

— Ah, está bom, bem melhor — disse Lois. — Faço fisioterapia aqui mesmo. Você viu Kathy lá embaixo, Cary?

— Não tenho certeza.

— Ela é muito bonita. Loira. É fisioterapeuta. Falei sobre você com ela.

— Mamãe.

— Shiloh, conte a ele — disse Lois. — Não é bom ficar sozinho.

Shiloh se virou para Cary.

— Não é bom ficar sozinho.

Cary estreitou os olhos.

— Você deveria estar me dando netos — comentou Lois.

— Você tem muitos netos — respondeu ele.

— Não tão doces quanto você, Cary.

Eles comeram os biscoitos sem açúcar de Lois e tomaram chá gelado. Lois não parava de pensar em coisas para Cary fazer, mas depois continuava dizendo para ele se sentar.

Eles assistiram a um episódio de *Judge Judy*.

Depois, Lois quis levar Cary até o andar de baixo para conhecer seus amigos. Cary avisou que Shiloh poderia ficar no quarto se quisesse. Ela ficou. Ela assistiu a outro episódio de *Judge Judy*.

Quando Cary e sua mãe voltaram, Lois parecia exausta. Ele a ajudou a se sentar em uma cadeira.

— Acho que vou fazer um jantar para mim mesma hoje à noite — disse ela.

— Vou pegar algo para você e trago aqui — avisou Cary.

— Não. Vou ficar bem.

— Se você não comer, pode comer amanhã. — Ele já estava se dirigindo para a porta.

— Cary…

Ele se foi.

Lois suspirou e se sentou. A blusa prendeu no braço da cadeira. Ela se debateu com isso por um segundo. Shiloh se inclinou para ajudá-la.

— Obrigada, Shiloh. Você é uma querida.

— Viu seus amigos lá embaixo?

— Ah, sim. Fiz questão de que todos conhecessem Cary. Tenho contado tudo sobre ele. Ele não fica lindo de uniforme?

— Fica.

— Ele se parece com o pai.

Shiloh pensou na genética por um segundo e achou que era possível.

— Estou impressionada com a quantidade de amigos que você fez. Acho que eu me esconderia no quarto.

— Há algumas garotas boas aqui. Vou sentir falta delas. — Lois franziu a testa.

— Quer mais chá gelado?

— Quero, sim, obrigada.

Shiloh lhe entregou o chá.

— Cary disse que eu poderia ficar aqui — comentou Lois. — Mas para isso eu precisaria vender minha casa para pagar pelo lugar.

— Hum… — murmurou Shiloh, ouvindo.

— Mas e se eu precisasse ir para casa? E se… Bem, nunca se sabe quando alguém vai precisar de um lugar para ficar.

Shiloh assentiu.

— *Você* sabe como é — disse Lois. — Você mora com sua mãe. A família se cuida.

— Acho que Cary quer cuidar de *você* — comentou Shiloh, esperando não estar falando fora de hora.

— Ele é um bom menino.

— Ele é um bom homem. Você deveria estar orgulhosa de si mesma por ter criado um filho assim. E deveria me contar seu segredo: meu filho é um *pestinha*.

Lois riu.

— Não. Ele é um garoto doce. Shiloh, você pode fechar essas cortinas?

Shiloh se levantou.

— Você acha que, se eu vendesse minha casa, poderia ficar aqui? — perguntou Lois.

— Não sei — respondeu Shiloh, fechando as persianas. — Mas confio no Cary.

***

Cary colocou o quepe durante a curta caminhada até o carro.

— Desculpa — disse ele. — Foi uma visita longa.

— Foi uma visita boa — respondeu Shiloh. — Detesto quando as pessoas visitam idosos e ficam só um pouquinho. Sempre fizemos assim com a minha bisavó. E com o avô do Ryan.

Eles entraram no carro. Cary deixou o quepe no banco de trás.

— Tudo bem se eu trocar de roupa antes de sairmos?

— É contra as regras você sair de uniforme?

— Não. É que chama a atenção.

— Todos esses suspiros irritam você?

Ele ergueu as sobrancelhas por um segundo, como se dissesse *algo assim*.

— Podemos pedir comida para viagem — comentou Shiloh. — Não tem ninguém na minha casa para ver você.

Eles pararam em uma churrascaria do outro lado do parque. Todas as refeições vinham com purê de batatas e uma pequena salada com molho italiano cremoso, tudo embalado em recipientes de isopor.

Quando chegaram à casa dela, Shiloh colocou a comida em pratos de verdade, o que Cary disse ser uma bobagem já que ela odiava tanto lavar louça. Ela disse a ele que se sentasse — parecia a mãe dele. Ela colocou o prato dele no forno e encontrou alguns castiçais para a mesa. Pegou o isqueiro Zippo que ele havia lhe enviado para acender as velas. Cary riu disso.

Quando Shiloh trouxe o frango com parmesão, franziu a testa para a camisa branca dele.

— Por que você pediu molho vermelho?

— Eu vou ficar bem.

— Vou pegar um babador para você.

— Não preciso de um *babador*.

— Pelo menos tire essa camisa.

Ele tirou a camisa do uniforme e a pendurou em uma das cadeiras vazias. Ficou com a camiseta de gola V que vestia por baixo. Ela lhe deu um pano de prato grande para amarrar no pescoço, mas ele o colocou no colo.

Quando Shiloh foi pegar o próprio prato, ela tirou o anel de noivado do colar e o colocou no dedo.

Cary percebeu na hora, levantou uma sobrancelha e sorriu.

— Sua mãe acha que vai voltar para casa — disse ela.

— É. — Ele pegou a salada. — Mas ela também não quer sair de lá. Estou fazendo progressos com ela. E acho que estou conseguindo falar com Angel. Sentei com ela e mostrei os extratos bancários. A verdade é que minha mãe não vai manter aquela casa se eu parar de ajudar com a hipoteca. E eu não vou subsidiar uma situação ruim e insegura.

— Você está pagando a casa de repouso *e* ajudando com a hipoteca?

Ele deu uma garfada na comida e cobriu a boca.

— No momento.

— Angel vai para onde?

Cary engoliu. Seu rosto ficou sério.

— Isso não pode ser problema meu. Não posso deixar que *todos* eles sejam problema meu. Isso nunca acaba, e nada muda.

— Eu sinto muito. Não sei a história toda — comentou Shiloh, tocando o antebraço dele.

— Não tem problema. Quero dizer, estou disposto a contar toda a história… é só uma grande confusão. — Ele deu outra garfada. — Você sabe que nasci sem um tostão.

— Cary. — Ela tocou seu braço novamente e o apertou. — Eu cresci a alguns quarteirões de você e ainda moro aqui. Com minha *mãe*. "Ich bin ein Berliner", como dizem.

— Não é a mesma coisa, e você sabe disso.

Ela fez que não com a cabeça.

— Não penso em você dessa forma. Nunca pensei.

— Sua mãe pensa.

— Isso seria o sujo falando do mal lavado. Além disso… — Shiloh cutucou o ombro dele. — Ela gosta de você. Ela está tentando me convencer a ficar com você desde que eu tinha dezesseis anos. Se eu disser a ela que estamos noivos, ela vai estourar uma garrafa de champanhe.

— "Se", hein?

Shiloh sentiu o rosto ficar sério.

— Quando.

Cary voltou o olhar para a comida. As bochechas e o pescoço dele estavam corados.

— Posso tirar uma foto sua? — perguntou ela.

— Agora?

— Assim mesmo.

— Vou colocar minha camiseta de volta.

— Não. A menos que você esteja quebrando alguma regra da Marinha. — Shiloh já estava de pé. A câmera estava na sala de estar. Ela verificou se havia filme, depois ficou em pé ao lado de sua cadeira. — Volte a comer.

— Não.

— É só segurar o garfo. Pareça natural.

Ele pegou o garfo. Baixou as sobrancelhas.

— Você está muito bonito — disse ela. — Cheio de vida.

Ele sorriu um pouco, e ela tirou uma foto.

— Tire uma de nós dois juntos — pediu ele.

— Como?

— Senta no meu colo.

— Sou muito alta para sentar no seu colo.

— Não, você não é.

Shiloh se aproximou dele, e ele a puxou com os braços em volta da cintura dela.

Ela se sentou no colo de Cary e inclinou a cabeça sobre a dele, segurando a câmera de frente para eles. Às vezes, ela tirava fotos com as crianças dessa forma. Considerava isso uma habilidade de pais solteiros.

— Vou tirar muitas, porque há grandes chances de não ficarem boas.

Quando Shiloh terminou e se levantou, as mãos de Cary a seguiram. Ela voltou a se sentar na cadeira, só que mais próxima dele.

— Acho que minha mãe pensa que você ainda é casada — disse ele. — Caso contrário, ela estaria de olho em você.

— Ah, tenho certeza de que ela preferiria que você se casasse com alguém que ainda não tivesse filhos.

— Isso seria hipócrita da parte dela.

— As mães são inerentemente hipócritas. "Faça o que eu digo", somos todas assim. — Shiloh deu uma mordida no frango e sorriu para ele. — Ainda não consigo acreditar na sorte que tive em ver você de uniforme. Posso experimentar seu quepe?

Cary parecia estar se divertindo.

— Por que as garotas sempre querem experimentar o quepe?

— Que garotas?

— Garotas em bares. Elas acham que é sexy.

— É *mesmo*?

As covinhas de Cary apareceram quando ele respondeu:

— Às vezes.

— Garotas em *bares*... — repetiu Shiloh, garfando a salada. — Não importa. Eu nunca vou experimentar seu chapéu.

— Isso se chama quepe.

— Hum... — respondeu ela, ainda pensando em Cary em um bar, parecendo o Tom Cruise em *Top Gun*.

Cary cutucou o joelho dela com o seu.

— Por que você nunca diz nada de ruim sobre a Marinha?

Ela levantou os olhos da mesa.

— O quê?

— Você não disse nada negativo. Nenhum comentário passivo-agressivo. Nenhuma crítica direta.

— Por que eu faria isso? Seria desrespeitoso.

Cary lhe lançou um olhar.

— Desde quando você se importa em ser desrespeitosa?

— Não sei — disse Shiloh com sinceridade. — Mas deve ter começado em algum momento...

— Você não precisa ser respeitosa comigo.

— Cary, você é uma das únicas pessoas no mundo que eu *realmente* respeito.

— Shiloh...

Ele se inclinou sobre o frango. Ela afastou o prato do peito dele.

— *Sei* que você odeia o fato de eu estar na Marinha. Sempre odiou. Quer financiar as escolas e fazer com que os militares façam uma venda de bolos.

— Você está citando um adesivo de para-choque que eu tinha no meu livro de matemática?

Ele assentiu.

— Estou.

— Bem... — Ela deu de ombros e levantou o garfo. — *Para começar*, eu era uma idiota. Pergunte a qualquer pessoa, literalmente. — Ela fez que não com a cabeça. — Em segundo lugar, continuei uma idiota. Não havia pensado seriamente nas realidades geopolíticas. Estava apenas falando alto e adotando a postura que combinava com minhas roupas.

Cary estava ouvindo atentamente. Uma linha surgiu entre suas sobrancelhas.

Shiloh largou o garfo.

— Não sei... A vida militar me parecia horrível. Eu não conseguia entender por que alguém optaria por isso... por que *você* optaria, sendo tão inteligente e gentil. Você podia fazer outras coisas. Eu não queria que morresse no Kuwait.

— Poucos americanos morreram no Kuwait — disse ele.

Ela revirou os olhos.

— Bem, também não quero que você morra no Iraque ou no Afeganistão. Ou em qualquer lugar, por qualquer motivo que não seja a velhice extrema. Então, acho que esse é um sentimento que compartilho com o meu medo de dezessete anos.

Shiloh podia ouvir sua voz ficando mais alta.

— Não gosto do fato de você estar na Marinha porque é *perigoso*. E porque significa... Bem, não sei o que significa para nós, na verdade, porque não conversamos sobre isso. Mas sei que só tenho mais quinze dias antes de você partir novamente. Então, odeio isso.

A mão direita de Cary estava sobre a mesa. Shiloh a segurou com a esquerda, a que tinha o anel.

— Mas eu não *odeio* o fato de você estar na Marinha, Cary. Não posso. É tão evidente quem você é agora. Está enraizado... praticamente bordado. E eu respeito *você*. Sou grata por você, agradeço pelo seu serviço.

O rosto de Cary se enrugou. Era quase uma risada.

— Primeira vez que escuto esse agradecimento de você.

— Me deixa ser sincera — disse ela.

O sorriso dele desvaneceu.

— Desculpe. — Ele virou a palma da mão para cima, para poder segurar a mão dela. — Então... você não tem objeções morais e éticas?

Shiloh soprou ar. Deixou a cabeça pender um pouco para trás na cadeira.

— Sinto que estou decepcionando você... Espero que não tenha se apaixonado por meus princípios de adolescente. Eles não foram bem elaborados.

Ela levantou a cabeça e suspirou.

— Acho que teria que ler muito para saber se tenho objeções éticas em relação às forças armadas, além dos sentimentos mais comuns sobre tortura e bombardeio de civis. Quero dizer... — Ela deu de ombros. — Tenho uma forte convicção de que deveríamos fechar Guantánamo. Isso significa alguma coisa?

Cary riu.

Shiloh franziu a testa.

— Eu me *oponho* moralmente a você rindo sobre Guantánamo...

— Não é por isso que estou rindo. Estou apenas surpreso. Com você.

— Eu não mudei muito, Cary... não sou, tipo, a favor da guerra.

— Ninguém nas forças armadas é a favor da guerra.

— Eu não acredito em você, mas tudo bem.

Cary ainda estava sorrindo, ouvindo.

Shiloh mordeu os lábios por um segundo e depois cantarolou.

— Não quero que pense que eu ainda sou como era no ensino médio. — Ela fez que não com a cabeça algumas vezes. — Eu tinha tanta *certeza* sobre tudo. Parecia que poderia classificar o mundo inteiro em bom e ruim, certo e errado. Agora estou... — Ela puxou a mão dele para perto de si. — Nunca tenho certeza de *nada*. Tudo é complicado. Todo mundo tem defeitos. A maioria das coisas é uma escolha.

Ela apertou a mão dele.

— Você *quer* que eu seja mais veemente em relação às coisas? Você gostava disso em mim?

— Eu amo *você* — disse ele.

Essa foi a segunda vez que ele disse isso, ou a terceira? Ela balançou a cabeça em negativa novamente.

— Shiloh, eu amo você.

Ela olhou nos olhos dele até não poder mais, depois encarou o prato.

Cary acariciou a mão dela com o polegar.

— Eu ficaria preocupado se nenhuma das suas opiniões tivesse mudado desde o ensino médio. E fico aliviado em saber que você não odeia a *ideia* da Marinha...

— O que eu odeio é a ideia de ser uma esposa da Marinha! — Shiloh deixou escapar. Ela soltou a mão dele e acenou com a própria mão. — Eu vi na internet, e há blogs e grupos de apoio. É uma coisa intensa, Cary... Não sei se consigo fazer isso!

Ele riu alto.

— Você não precisa entrar em um grupo.

— Essas mulheres... — Ela cobriu o rosto com uma das mãos. — Elas são muito bonitas e dedicadas. Dizem coisas como "meu marinheiro". Fazem camisetas.

— Shiloh, você não precisa fazer nada disso. Essas pessoas... escreveriam em blogs e fariam camisetas, independentemente de onde estivessem na vida.

— Você não sabe. Você não viu os blogs.

— Já conheci muitas esposas e maridos da Marinha. Você não precisa fazer nada de especial.

Shiloh suspirou.

Ele pegou a mão dela novamente.

— Você tem pesquisado suas preocupações no Google?

— Eu fiz algumas pesquisas no Google nos últimos seis meses — confessou ela, um pouco na defensiva. — As esposas de marinheiros têm muito a dizer sobre enviar pacotes para as embarcações.

Cary puxou o braço dela.

— Vamos conversar sobre isso — disse ele, franzindo as sobrancelhas. — Considerações essenciais: você está pronta para isso?

Shiloh gemeu.

— Não sei... é muita coisa para assimilar.

— Eu sei, mas...

— Eu sei, eu sei. — Ela afastou a mão. — Você tem quinze dias para consertar toda a sua vida. — Shiloh começou a comer novamente. Com muita determinação. — Fale comigo, Cary. Qual é o plano? Adoro uma proposta de casamento que começa com "não posso lhe dar a vida que você merece", então vamos ouvir a proposta.

Cary também deu uma garfada na comida.

— Está bem — disse ele, mastigando por alguns segundos. — Estou na Marinha há quinze anos. Vou para a reserva daqui a cinco anos.

— Tipo, se aposentar mesmo?

— Sim.

— Aos trinta e oito anos?

— Trinta e nove, mas, sim.

— Mas não pode sair antes disso?

— Posso, mas aí perderia benefícios militares. É quase metade do meu salário, além do plano de saúde. Mesmo que eu consiga outro emprego.

— Uau... isso parece inteligente, Cary. Você deveria fazer isso.

— Mas isso significa que vou para onde a Marinha me mandar nos próximos cinco anos.

Shiloh franziu a testa.

— Sim.

— Vou ficar em San Diego por mais um ano ou mais. E depois terei novas ordens… uma nova missão. Acho que você não pode se afastar do seu ex…

Shiloh fez que não com a cabeça.

— Está tudo bem, isso é bom.

— Isso é bom?

Cary inclinou a cabeça.

— Bem, para as crianças, certo?

— Sim — concordou Shiloh.

— Tudo bem, então… — Ele estava sentado bem reto, o queixo perfeitamente nivelado. — Isso significa um ano de longa distância, no mínimo. Mas você pode vir me ver em San Diego, talvez um fim de semana por mês? Dois? Quando não estiver de plantão? Estou esgotando meus dias de licença no momento, mas posso voltar em alguns fins de semana, aqui e ali. — Ele estava sendo muito profissional. Como se tivesse elaborado uma planilha. — E posso falar pelo telefone. Você já ouviu falar do Skype? Poderíamos usar o Skype.

Shiloh assentiu.

— Podemos usar o Skype.

Cary deu mais uma garfada.

— Posso listar as preferências para meu próximo posto de trabalho, isso significa apenas onde eles me colocam. E há empregos aqui, na STRATCOM.

— Em Bellevue? — Havia uma base militar nos subúrbios de Omaha, a quinze minutos de distância. — Não é uma base da Força Aérea?

— É um comando estratégico. É um pouco de todo mundo. E as pessoas não estão se atropelando para ficar em Omaha, há uma boa chance de meu pedido ser atendido.

— Há alguma chance de você ficar *aqui*? — Shiloh estava chorando de repente.

— Ei… — disse Cary gentilmente. — Venha cá.

Ele a puxou de volta para seu colo. Shiloh se sentou de lado, ainda assustada.

Ela colocou as mãos nas bochechas dele.

— Eu não sabia que isso era possível.

— Bem, nós não tínhamos conversado sobre isso.

— Nós não conversamos sobre *nada*, Cary! Você me pediu em casamento antes mesmo de sairmos juntos! Isso é *loucura*!

— Eu sei, me desculpe. Eu só quero ficar com você. — Ele a beijou. — Estou cansado de não estarmos juntos. — Ele a beijou novamente. — Estou exausto. Preciso virar minha vela contra o vento. — Ele a beijou até ela se afastar.

— Então você pode morar *aqui*? — perguntou ela.

— Sim. Talvez.

— Comigo? — A voz dela estava embargada.

— Com você. Vou tentar.

Cary limpou os olhos dela com o polegar. Suas mãos cheiravam a marinara.

— Bem, isso seria ótimo — disse Shiloh.

Ele riu.

— Concordo. Mas... na pior das hipóteses, cinco anos de fins de semana. Trinta dias de licença por ano. Talvez outra missão de seis a nove meses no mar. Quero dizer... — Ele a beijou rapidamente. — Na pior das hipóteses, se não estiver funcionando, eu largo a Marinha.

— Isso seria burrice, certo?

Ele deu de ombros.

— Bem, sim, mas... vamos aceitar o que vier. É isso que estou propondo.

— E em cinco anos?

— Eu me mudo para casa. Não para cá. Tenho que ser honesto, não quero que você more aqui. Este bairro me deprime muito.

— Você também está colocando minha casa à venda?

— Ah, eu tenho ideias...

— E você diz que sou manipuladora.

— Podemos morar onde você quiser — disse Cary. — Para o resto de nossas vidas.

Shiloh passou as mãos pelo cabelo.

— E você vai deixar seu cabelo crescer para eu fazer tranças.

— Não.

— Talvez — disse Shiloh. — Você vai ficar me devendo *muito*.

— O que você acha do meu plano? — perguntou ele com uma voz suave.

Ela tocou suas orelhas, suas bochechas, suas sobrancelhas.

— Eu ainda não sei como é estar com você — sussurrou ela. — E não sei como vou descobrir.

— Sinto muito.

— Acho que... se vamos nos casar e viver separados, você vai ter que começar a me contar seus planos mais *cedo*.

Ele encostou a testa no queixo dela.

— Você tem razão, me desculpe.

Shiloh apoiou o rosto no topo da cabeça dele.

— É um bom plano, Cary.

Ele olhou para ela.

— É?

Ela acenou com a cabeça.

Cary estendeu a mão para pegar o quepe e o colocou em Shiloh.

Ela gritou e tentou, tarde demais, cobrir a cabeça, derrubando o chapéu.

— Eu não sou uma de suas garotas!

Cary a abraçou.

— Sim, você é. Você é a minha número um.

SESSENTA E SETE

— SEU CABELO NÃO TEM mais cheiro de maçã...

A voz de Shiloh estava abafada. O rosto dela estava pressionado contra o topo da cabeça de Cary.

Ela havia derrubado o quepe dele no chão em algum lugar... Cary o deixou lá. Finalmente, Shiloh estava de volta em seu colo, e, dessa vez, ele não a deixaria ir embora. Ele precisava dos dois braços para segurá-la.

— Isso porque o shampoo mais barato era o de maçã verde — disse ele.

Shiloh suspirou.

— Era tão bom.

Cary passou uma mão pela coxa dela, por baixo do vestido. Ela estava usando jeans.

— Não é bom agora?

Ela beijou o topo da cabeça dele.

— Ainda é muito bom, Cary.

Como estava sentada no colo dele, o rosto de Cary ficou um pouco abaixo dos ombros dela. Ele podia sentir a plaqueta de identificação na própria bochecha, sob o vestido de Shiloh. Desejou ter uma mão livre para desabotoá-lo. Ele segurou a coxa dela com um braço e, com a outra mão, abriu o botão.

Ele se sentia ávido. Ela o *deixava* ávido. Cada vez mais. Era difícil ser racional quando eles estavam tão próximos, era difícil fazer sentido.

— Quer que eu saia do seu colo?

Cary quase riu.

Ele fez que não com a cabeça, engoliu em seco e inclinou o rosto para trás, tentando olhá-la melhor. Sentada no colo dele, Shiloh ficava uma cabeça mais alta do que ele. Fora de alcance.

— Me beija — disse ele.

Shiloh esperou um segundo. Seus olhos percorreram o rosto dele. O que ela poderia estar medindo... quanto ele queria? Se ele merecia?

Ela o beijou.

Cary ergueu o queixo para encontrá-la. Moveu uma mão da cintura dela para a parte de trás da cabeça e a segurou ali.

Cary se considerava uma pessoa com muito autocontrole, mesmo antes da Marinha, até aquele momento. Ele estava acabado. *Queria* Shiloh. Ele não queria mais *esperar*. Intensificou o beijo. Tentou não pressionar seu pau contra a coxa dela.

As mãos de Shiloh estavam no cabelo dele, como se ela tentasse encontrar o suficiente para se segurar.

Ele pensou em todos os dias e noites em que estiveram sentados lado a lado no banco da frente do carro dele, com o cotovelo dela nas costas dele e a mão dela se movendo como uma borboleta ansiosa sobre a perna dele.

Todas as vezes que ela se sentou ao lado dele na sala escura, brincando com seu cabelo.

Shiloh no dormitório, o aceitando.

Shiloh na noite do casamento de Mikey, com as mãos no pescoço dele. Levando-o para o andar de cima. A cama desfeita.

Cary sentiu como se tivesse passado a vida inteira tentando abraçá-la, sem nunca conseguir. Mesmo naquele momento… ele a tinha em seu colo, eles estavam noivos, e ele ainda não se sentia seguro.

Ele estava *lá*?

Os dois estavam finalmente lá? No início de alguma coisa?

Será que ele poderia parar de tentar ter Shiloh e simplesmente *tê-la*? Estar com ela. Planejar em torno dela. Saber que ela era dele, mesmo a dez mil quilômetros de distância.

Cary queria se sentir tranquilo. Queria se sentir seguro.

Shiloh era uma luz ao longe. Ela era uma dor que ele sentia desde os treze anos. Uma coceira. Ela era um dedo enganchado em cada costura rasgada, puxando… e Cary era feito de rasgos, um ser humano mal costurado. Ele só sabia como desejar Shiloh, nunca como tê-la.

Será que…

Será que ele poderia finalmente…

Relaxar?

Ele poderia empurrar Shiloh para baixo e segurar seus pulsos? Poderia colocar alianças em todos os seus dedos? Poderia escrever o nome dele no corpo dela inteiro, onde quer que coubesse?

Ele poderia ter uma vida aqui? Ser um marido e algum tipo de pai? Se estabelecer entre as pernas de Shiloh e em sua mesa, e de joelhos se fosse isso que ela quisesse? Ele poderia descansar? Será que poderia finalmente *descansar*?

Shiloh segurou o rosto dele para que pudesse afastar a boca.

— Você quer subir? — sussurrou ela.

Cary quase riu, quase chorou.

— Quero.

SESSENTA E OITO

O QUARTO DELA ESTAVA MAIS limpo do que Cary esperava, mas ainda tinha um cheiro forte, como se precisasse ser arejado. O quarto de Shiloh cheirava a incenso, roupa suja e perfume de loja de produtos naturais. Ela usava óleo de patchouli no ensino médio; Cary odiava na época. Agora era uma das centenas de coisas que o deixavam excitado.

Ele a empurrou para a cama. Subiu sobre ela. Apoiou-se com as mãos na altura das orelhas dela, beijando Shiloh até que a cabeça dela estivesse apoiada no lençol. (Será que ela já arrumou a cama *algum* dia?)

Ele se apoiou em um dos antebraços e desabotoou o vestido até ver a plaqueta de identificação. Uma coisa tão idiota. Juvenil. Ele esfregou a pele por baixo e ao redor da plaquinha. Shiloh tinha uma pele perfeita. Ele deixou o vestido bem aberto. Beijou a clavícula dela.

Cary sempre fazia o melhor que pôde com o próprio corpo. Ele o construiu a partir de peças sobressalentes e sabia disso. Teve verrugas e eczema. Passou dezoito anos sem comer um vegetal fresco e depois passou muito tempo ao sol. Fisicamente, ele era o que a Marinha havia feito dele.

Shiloh era algo mais refinado.

Alta. Larga. Cabelo com fios tão grossos que não dava para ver o couro cabeludo. Pele que não tinha sardas nem queimaduras. O nariz era longo e perfeitamente reto. Os cílios eram tão escuros que sempre parecia que ela ainda não tinha tirado a maquiagem do teatro. A única coisa errada eram os dentes tortos, e Cary queria tocá-los. Ele queria beijá-los. Queria enfiar o pau na boca dela e se cortar neles.

(Ele já havia construído um muro em torno desses sentimentos, mas agora ele havia desaparecido. Desmoronado, junto a todas as razões pelas quais ele e Shiloh não podiam ficar juntos.)

Ele a beijou. De novo e de novo. As mãos dela estavam em seu pescoço.

— Fiz os testes — disse Cary.

Shiloh pareceu confusa por um segundo.

— No meu último check-up — continuou ele. — Só para ter certeza.

— Ah... — A expressão dela se suavizou. — Tudo bem. Eu fiz muitos testes.

Isso foi estranho; ele deixou passar.

— Eu também tenho camisinha.

Ela sorriu.

— Na sua carteira?

— É — respondeu ele. — Que nem um babaca. E ainda tenho mais no carro.

Shiloh riu e tocou a bochecha dele.

— Você está muito preparado.

— Eu passei seis meses pensando nisso.

— Era só disso que você precisava para consertar tudo… seis meses no mar?

Ele assentiu. Literalmente, era a verdade. Ele poderia tomar qualquer decisão com seis meses de foco. Ele a beijou de novo.

— Estamos bem — disse ela.

Ele a beijou.

— Você está bem, Cary.

Ele arregalou os olhos, não sabia bem por quê. Ele a beijou mais uma vez. Ainda não confiava em si mesmo para enfiar a língua nos dentes dela. Desabotoou o vestido dela até a cintura, depois se ajoelhou para tirá-lo. Para puxá-lo por cima da cabeça dela. Ele foi direto para a braguilha da calça jeans dela e a tirou também. As pernas de Shiloh eram muito bonitas. Ele queria fodê-las. Não sabia como. Pensou em abri-las e mover a calcinha para o lado, para que pudesse penetrá-la.

Ele a beijou até a cabeça dela voltar a se apoiar no colchão, depois se sentou para tirar a roupa de baixo.

Ela tinha quilômetros de comprimento.

O cabelo entre as pernas era escuro.

Ela era o centro de tudo.

Cary dizia a si mesmo que era errado pensar dessa forma sobre uma amiga. Usá-la em sua imaginação. Ela o deixava louco… Pressionada contra ele no carro. Sobre sua mesa. Sentada entre suas pernas uma vez em uma montanha-russa.

Ele costumava se perguntar se o fato de amá-la tornava tudo melhor ou pior.

Cary estava tão duro que estava vendo estrelas. Estava alucinando. Estava pensando demais. Era apenas sexo. (Ele nunca acreditou nisso.)

Ele se levantou. Quase havia se esquecido de que estava de uniforme. Desejou que fosse um melhor… deveria ter usado o azul. Tirou a camiseta. Livrou-se da calça branca. Decidiu tirar a cueca boxer também. Ele não queria ficar de pé novamente.

Shiloh havia se apoiado nos cotovelos. O cabelo ainda estava preso em um rabo de cavalo. Os olhos eram grandes e brilhantes. Ele colocou um joelho na cama e se inclinou sobre ela, abrindo o sutiã. Em um segundo, ele veria sua plaqueta de identificação pendurada entre os seios perfeitos dela. Em duas semanas, ele estaria voando de volta para San Diego. Quantos meses faltariam para que ele pudesse se casar com ela?

Quando eles fizeram aquilo aos dezenove anos, Cary pensou que nunca mais conseguiria parar, que não conseguiria viver sem. Como ele conseguiu *viver*?

— Shiloh — disse ele, tirando o sutiã.

Os seios dela eram mais pesados do que ele se lembrava. Havia estrias em sua barriga. Seus dentes inferiores eram tortos, e ele queria fodê-los de alguma maneira.

— Cary... — sussurrou ela.

Shiloh tocou o pescoço dele.

Cary a empurrou para trás com o peso do próprio corpo. Moveu-se metade para cima dela. Uma das mãos em sua cintura. O pênis dele no quadril dela.

Shiloh tocou o ombro, o nariz dele. Ela se arrepiou. Ele tentou beijá-la, mas ela virou a cabeça. Então, ele beijou seu pescoço. Passou a mão pelo quadril nu dela e gemeu. Ela era tão bonita... Ele deveria encontrar uma maneira de dizer isso a ela.

Ele se afastou para beijar sua boca. Shiloh virou a cabeça para o outro lado. Ele beijou o outro lado de seu pescoço. Os ombros e a cabeça dela tremeram. Suas mãos se fixaram no pescoço dele novamente e o apertaram.

Cary largou mais o peso do corpo, ficando mais em cima dela. Tentou beijá-la, mas ela abaixou a cabeça e beijou o pescoço dele. Os ombros pareciam rígidos. As mãos dela estavam muito apertadas no pescoço dele.

— Ei — disse ele. — Você está bem?

Shiloh assentiu. O rosto dela ainda estava sob o queixo dele. Cary tentou se afastar um pouco para vê-la, mas ela se agarrou a ele, apertando seu pescoço.

Ele afastou uma das mãos dela.

— Shiloh.

Ela não olhava para cima. Ela fez que não com a cabeça como se ainda estivesse tremendo.

— Está tudo bem.

— Você não parece bem.

— Você sabe como eu sou... como você chama isso, convulsional e implacável? Eu fico ansiosa.

Cary torceu a parte superior do corpo para poder tirar a outra mão dela do pescoço dele.

— Você não fica ansiosa *comigo*.

Shiloh estava deitada de costas. A cabeça estava virada para longe dele. Os olhos estavam fechados.

— Fico *menos* ansiosa com você.

SESSENTA E NOVE

SHILOH SENTIU CARY SE AFASTAR, tirando o pênis de perto dela.

Era um pau muito bonito (não que ela fosse uma especialista), grosso e ligeiramente curvado. Ela havia se esquecido disso até vê-lo novamente.

Cary tinha pintas espalhadas pelo peito e uma tatuagem nas costelas — Shiloh não sabia da tatuagem nem o que significava. Ele estava se movendo muito rápido. Havia muita coisa para processar. Era *muita* coisa, em geral. Sexo. E beijos. E, aparentemente, eles estavam se casando.

— Você pode continuar — disse ela. — Eu alcanço você.

Cary riu, mas parecia frustrado. Shiloh decidiu não abrir os olhos.

— Chegue para lá — pediu ele. — Coloque a cabeça no travesseiro.

Eles estavam deitados em um ângulo estranho. Os pés de Shiloh estavam pendurados na cama. Ela se inclinou. Sentou-se. Cary puxou o lençol sobre eles. Ela sentiu a mão dele em sua cintura novamente, rolando-a de modo que seu corpo ficasse de frente para ele. Ela concordou com isso.

— Shiloh.

Os olhos estavam abertos, mas ela ainda estava olhando para baixo.

— *Shiloh.*

Ela olhou para cima. Os olhos captaram os de Cary por um segundo, depois desceram para o meio do nariz dele.

— Você está bem?

Ela assentiu.

— Eu só fico sobrecarregada.

— Está bem.

— É mais fácil se você me ignorar...

— Eu não vou ignorar você.

— Só por um tempinho.

— Não.

Shiloh encostou a testa na bochecha dele. Estava com vontade de chorar.

Cary levou a mão às costas dela e esfregou. Ele suspirou.

— Do que você precisa? — perguntou ele.

— Não sei.

— O que está passando pela sua cabeça?

Ela fechou os olhos. Cerrou os dentes. Cary continuou esfregando suas costas.

— Quero incendiar você — disse ela.

— Literal ou metaforicamente?

— Literalmente, acho.

— Por quê?

— Para que eu possa me lembrar de você.

— Hum... — Ele não pareceu alarmado.

Ela tentou novamente.

— Eu não sei o que fazer quando você chega perto assim.

— O que você *quer* fazer?

Shiloh tocou a bochecha dele. Tocou o peito dele e se arrepiou. Era peludo. Tocou onde estava a tatuagem. Cutucou a barriga dele. Ele se encolheu.

— Você vai mesmo voltar para cá? — perguntou ela.

— Olhe para mim.

Shiloh tentou olhar para ele.

Cary estava sério, bonito. Ela estava pensando nas linhas em suas bochechas e na linha de bronzeado no pescoço dele e no fato de que ele havia parado para comprar preservativos, e uma garrafa de vinho da outra vez... e uma Pringles e uma Cherry Coke. Cary nunca estava de mãos vazias.

— Vou tentar — disse ele. — Vou fazer tudo o que puder para estar com você.

Ela se arrepiou.

— Você está com frio?

— Não. — Shiloh negou com a cabeça. Ela não estava com frio, estava estranha. Era como estar em uma corrente de 220V sendo 110V. — Acho que vamos nos casar, então.

— Só se você quiser.

— Eu quero — sussurrou ela. Ela encontrou a orelha dele. — Cary, eu quero você.

A mão dele apertou a cintura dela.

— Eu sempre quero você, Shiloh.

— Você já disse isso antes.

— Porque é verdade... *Olhe para mim.*

Shiloh tentou olhar para ele.

Ele estava bonito. Parecia preocupado.

— Eu amo você — disse ele. (Essa foi a terceira vez?)

Ela tremeu.

— Do que você precisa? — perguntou ele, mais uma vez.

Shiloh não sabia do que precisava, e só sabia mais ou menos o que queria. Ela não queria que isso acabasse. Ela não queria que Cary fosse embora, desistisse ou mudasse de ideia.

Ela tocou a costela dele.

— Posso cutucar você?

Cary assentiu.

— Pode.

— Posso beliscar você?

— Pode. — Ele não piscou.

— Posso morder você?

Suas bochechas pulsaram.

— Pode.

Shiloh pressionou o rosto com força contra o ombro dele. Cary. Esse era Cary. Ele estava nu. Os dois estavam nus, o que a distraía e a tornava ainda mais intensa. Ela teve vontade de gritar. Tinha vontade de derrubar alguma coisa. Estava feliz, mas muito cheia. Feliz de uma forma que arranhava. Ela não podia absorver tudo isso de uma vez. Precisava aumentar sua tolerância. Precisava de uma abordagem circular.

Ela mordeu o músculo na lateral do pescoço dele — com força suficiente para ser forte demais. Isso fez os ossos dela vibrarem. Cary respirou fundo entre os dentes.

Shiloh moveu a boca para baixo e o mordeu novamente; todo o seu corpo estremeceu, e Cary exalou com um aperto na garganta.

Ela moveu a boca sobre o ombro dele e mordeu de novo. Com mais força. Todos os músculos dela se contraíram até ela soltar — foram apenas alguns segundos. Depois, ela arqueou o pescoço para trás e apertou as omoplatas. Tremendo, tremendo.

Quando ela olhou para Cary, o rosto dele havia se desanuviado. Ele a beijou.

Shiloh se agarrou aos ombros dele. Ela sentiu como se alguém tivesse tirado sua camada superior de estática. Permaneceu dentro do beijo. Sorriu. Cary percebeu. Ele beijou o canto da boca dela.

— Aí está você — murmurou ele.

Ela olhou nos olhos dele.

— Aí está você.

O lado bom de fazer sexo com Ryan era...

Bem, havia muitas coisas boas em fazer sexo com Ryan. (Basta perguntar ao departamento de teatro da Southwest High School!)

Mas uma delas era o fato de ele ser egoísta.

Você poderia dizer: "Preciso que isso não seja sobre mim", e Ryan ouviria.

Ele estava feliz com o fato de ser sobre ele.

Quando Shiloh lhe dizia: "Eu alcanço você", Ryan ia em frente. E algumas vezes ela ia mesmo, outras vezes, não. Às vezes, ela simplesmente dormia.

Quando eles começaram a fazer sexo, o nervosismo dela sempre atrapalhava. Ela não conseguia iniciar. Só conseguia gozar se estivesse um pouco bêbada e Ryan fosse muito paciente. (E, às vezes, se ela fingisse que estava acontecendo com outra pessoa?)

Então Shiloh estava grávida e amamentando, e parou de *querer* sexo. Ela ainda fazia. Geralmente gostava quando começava. Mas o desejo parecia estar enterrado sob um pesado manto de neve. (O clitóris dela era uma marmota que ocasionalmente colocava a cabeça para fora, bocejava e decidia voltar para a cama.)

Então Shiloh descobriu que o marido havia dormido com uma dezena de mulheres enquanto estavam juntos. Desde a época da faculdade! Duas pessoas do elenco daquela peça de verão no parque — a mocinha inocente! A diretora de palco!

O que isso fazia de Shiloh, além de uma tola? (Isso fazia dela uma corna? Bom, ela poderia dizer que tinha alguns chifres na cabeça ...)

Uma tola. Uma ingênua. Uma incubadora.

Neurótica. Quase não tem orgasmo.

Desperdiçada — igual um recurso sendo desperdiçado. Como uma torneira aberta. Ou um alimento que apodrece antes de ser consumido. Algo esquecido na pia da cozinha.

O que o corpo de Shiloh tinha de bom para oferecer?

O que lhe restava de bom?

Afinal, o que era sexo?

Ela havia dito a Cary uma vez que não era algo mágico. Mas isso acabou não sendo verdade. O sexo era uma magia que Shiloh não dominava.

Ele saberia um pouco disso — ela teria lhe contado! — se tivesse tirado *cinco minutos* para conversar com ela sobre isso antes de pedi-la em casamento.

Eles deveriam ter feito sexo primeiro, e então Cary poderia ter decidido. Ela teria lhe dado uma saída.

Ela ainda lhe daria uma saída.

Havia marcas de dentes no ombro de Cary, mas Shiloh não havia rompido a pele. Ela as esfregou com o polegar.

Ryan tinha se recusado a mordidas.

Onde Cary se recusaria?

Shiloh ainda se sentia desestabilizada. Simplificada, como uma fração. Cary a estava beijando com o rosto sério. A boca de um cara forte. Shiloh se sentiu arrastada por ele. Ela queria ser arrastada por ele.

Cary se afastou e beijou a bochecha dela.

— Prometo que melhorei nisso — disse ele.

— Acho que eu não — retrucou ela, aproveitando a chance de ser honesta.

— Não precisa fazer nada além do que faz você se sentir bem. — Cary beijou a orelha dela, depois o pescoço. Depois, o ombro. Apertou o quadril dela. — Pode me dizer do que você gosta.

— Eu não quero — disse ela.

— Por que não?

— Porque você vai fazer.

Ele beijou o ombro dela novamente.

— Certo...

— E é só isso. Nunca vou descobrir do que *mais* gosto.

Ele se afastou para olhar o rosto dela.

— Acho que há muitas coisas de que *posso* gostar... — Shiloh ainda estava tentando ser honesta. — Que eu nem sei quais são.

Ele assentiu. A língua esfregando o interior da bochecha. Pensativo, não irritado.

— Sinto que não conheço *nada* — continuou ela.

— Não fique nervosa — sussurrou ele.

Ela tocou o queixo dele.

— Deveríamos fazer isso algumas vezes e depois revisar as informações essenciais. Você não sabe no que está se metendo.

— Shiloh, posso fazer uma pergunta?

— Pode.

Cary parecia muito solene. Como se estivesse se preparando.

— Você se sente atraída por homens?

— Em geral?

— Isso.

— Não — respondeu ela.

Ele começou a se sentar.

— Mas também não me sinto atraída por mulheres!

Cary estava apoiado em um braço, olhando para ela.

— Há apenas você, Cary.

— E Val Kilmer.

— Só na teoria.

Ele se apoiou no cotovelo.

— Na prática — disse Shiloh —, não consigo pensar em ninguém além de você.

Cary colocou a mão em volta do rosto dela. Ele suspirou, com as sobrancelhas para cima.

— Não vamos voltar a falar de informações essenciais. Não por minha causa.

— Talvez eu seja ruim de cama...

— Eu sei que você não é.

— Esse era o meu antigo eu, o meu eu virgem.

— Eu rejeito isso em nível conceitual.

— Que conceito?

Cary franziu a testa. Seus olhos percorreram o rosto dela e voltaram a descer.

— Posso beijar você enquanto faz isso?

— Pode.

Ele beijou o pescoço dela novamente.

— O que você rejeita? — perguntou ela.

— A ideia de que você é ruim de cama... a ideia de que qualquer pessoa pode ser essencialmente ruim na cama, especialmente as mulheres.

Shiloh levantou a cabeça do travesseiro.

— *Especialmente* as mulheres?

Ele voltou a colocar o braço em volta da cintura dela.

— Especialmente as mulheres.

— Isso faz parecer que você não acha que as mulheres têm algum poder de ação no sexo...

— Acabei de dizer que sua única tarefa é se sentir bem.

— Isso é *extremamente* sexista, Cary.

Ele levou a mão à bunda dela. Ele não havia parado de beijá-la.

— Você quer *outra* tarefa, Shiloh?

— Por que *você* deveria me dar uma tarefa? Porque você é homem?

— Porque eu sou a pessoa com quem você está fazendo sexo.

Ela acariciou o cabelo dele. Estava longo o suficiente para que ela perdesse os dedos nele.

— Tudo bem, esse é um bom motivo. Vá em frente.

— Sua tarefa é me dizer para parar — disse ele.

— Quando?

— Quando quiser que eu pare. — Ele puxou a parte de trás da coxa dela, de modo que o joelho dela ficou sobre o quadril dele.

Shiloh respirou fundo.

— Entendido.

— Você também deve me dar instruções se eu precisar delas.

— Como vou saber quando você precisa delas?

— Você vai saber. — Ele chupou o pescoço dela.

Shiloh fechou os olhos. Coçou o couro cabeludo dele.

— Parece que minha tarefa é conversar com você enquanto você faz todo o trabalho.

Ele pressionou o pênis contra a barriga dela.

— Isso é fácil.

Ela respirou fundo mais uma vez.

— Não é fácil. Você vai ver. Comigo, tudo é difícil — disse Shiloh.

— Eu sei no que estou me metendo.

Shiloh abriu os olhos, segurou as bochechas dele e afastou o rosto dele para enxergá-lo melhor.

— Você *quer*, Cary?

O rosto de Cary estava corado. Quase não havia dourado em seus olhos.

— Quando foi que você já foi demais para mim?

Shiloh o beijou. Segurou a parte de trás da cabeça dele. Estava chorando. Ela nem precisou mordê-lo novamente — já se sentia livre de estática.

Cary parou de segurá-la. Ele colocou a mão entre seus corpos e deslizou os dedos entre as pernas dela.

Shiloh estava muito molhada. Pelo menos, isso não seria um problema.

Ela continuou a beijá-lo enquanto ele colocava os dedos dentro dela. Ele gemeu. Isso a fez sorrir; parecia tão pouco característico de Cary.

Ele rolou sobre ela, abrindo as pernas de Shiloh.

— Cary? — sussurrou ela.

— O que foi, Shy?

— Será que minha tarefa pode ser não sentir nada?

A boca de Cary estava aberta. Seus olhos estavam quase fechados.

— Dê mais detalhes.

— Minha tarefa poderia ser apenas sentir o que estou sentindo?

A mão dele estava na parte interna da coxa dela.

— Podemos concordar em "bom" como uma direção geral?

— Podemos. — Ela assentiu e pôs a mão na lateral do pescoço dele.

Cary tocou a vagina dela novamente. Ela estava relaxada e muito molhada... Dava até para ouvir. Ele empurrou o pau para dentro dela.

Shiloh envolveu os ombros dele com os braços.

— Está bom? — perguntou ele.

Ela assentiu.

— Está bom. — Ela assentiu mais uma vez. — Está bom.

— Está tão bom, Shiloh.

Cary havia se tornado melhor no sexo. Shiloh tentou não pensar nos detalhes.

Se ela pensasse muito sobre os últimos catorze anos, choraria. Ela já estava chorando. Chorava muito durante o sexo. Ryan nunca se importou, porque aprovava demonstrações públicas de emoção.

Cary a manteve deitada de costas. Ele continuava a se inclinar sobre ela para beijar as bochechas e a testa dela, a esfregar sua pelves contra o clitóris dela. Ela continuava assentindo para ele. Era quase o suficiente. Foi o suficiente para fazê-la alcançar o rosto dele e dizer repetidamente que o amava. Ele a deixava descuidada.

Cary gozou dentro dela, e ela percebeu isso porque ele fechou os olhos com força e gemeu. Ela conseguiu senti-lo pulsar. A cabeça dele caiu como se o pescoço tivesse sido quebrado.

Ele afastou os quadris e caiu ao lado de Shiloh, imediatamente enfiando a mão direita na bagunça que era ela.

Ele parecia grogue. Ela queria beijá-lo enquanto ele estava assim e o beijou. A boca dele estava quente e solta. Ele passou a língua pelos lábios dela e esfregou os dentes dela. Esfregou o clitóris dela. Quando ela se retraiu, ele a esfregou de outra forma. Ela estava quase lá, mas "quase" era relativo.

— Isso pode levar uma eternidade — sussurrou Shiloh.

— Tenho quinze dias — disse ele.

Ela riu. Fechou os olhos.

— Eu amo muito você, Cary.

— Eu também amo você, Shiloh.

— Essa é a quarta vez que você diz isso.

— Eu já disse mais do que isso.

— Não, não disse.

Ele beijou o pescoço dela e se mexeu para ficar mais confortável.

— Eu vou dizer mais vezes.

— Você deveria dizer tudo mais vezes. Adoro sua voz.

— É mesmo?

Ela assentiu e inclinou os quadris para trás.

— Assim está bom? — perguntou ele.

Shiloh assentiu.

— Você faz sotaques muito bons.

Ele riu.

— Você quer que eu faça sotaques na cama?

— Não. Só estou dizendo... Estava pensando... — Ela esticou o pescoço. — *Assim é bom.*

— Assim? — Ele continuou a esfregar.

— *Isso.*

— Também gosto da sua voz, Shiloh.

— Obrigada.

— Você vai me ligar quando eu voltar?

— Vou. — Ela estava respirando com dificuldade. — Vou ligar para você. *Cary, assim está bom.*

— Senti muito a sua falta, eu te amo.

— Cary, você não gosta de seios?

— O quê? — Ele levantou a cabeça, mas não perdeu o ritmo.

— Você não tocou nos meus seios.

— Ainda não confio em mim mesmo — respondeu ele. — Eles são bonitos demais. Às vezes, não confio em mim mesmo para tocar em você.

Shiloh começou a gozar. Ela esticou muito o pescoço e se agarrou ao lençol.

Cary se aproximou dela.

— Você é tão boa nisso — comentou, baixinho.

SETENTA

CARY ESTAVA TENTANDO ABRIR A JANELA. Vestiu a cueca boxer branca.

Shiloh tinha levantado para beber água. Depois, ela voltou para a cama. Estava usando uma camiseta que dizia: "Vamos dar um show!".

— Essa janela está travada? — perguntou ele.

— Não sei, nunca consegui abrir.

Ele grunhiu algumas vezes, empurrando a vidraça.

— Isso pode ser um problema em caso de incêndio.

— Deixa isso pra lá. Está quente lá fora.

— Estou tentando respirar um pouco de ar puro. — Ele grunhiu novamente, e a janela se abriu. — Arrá! — Ele a abriu ainda mais. — Você precisa de uma tela nova. Tem um ventilador?

— Talvez no armário do corredor?

Cary saiu pela porta do quarto.

— Cary!

Ela o ouviu abrir o armário.

— O que você está fazendo? — perguntou.

— Estou pegando o ventilador! — respondeu ele. — Este armário é enorme, Shiloh!

— Volte para a cama!

Ele voltou com o ventilador.

— Você precisa manter as crianças longe disso; ele tem lâminas de metal.

— É por isso que estava no armário.

Ele ligou o ventilador e o instalou na moldura da janela. Emitia o som de helicóptero agitado. O ar soprou do lado de fora, fresco e doce.

Cary voltou para a cama de Shiloh.

— Isso é bom — admitiu ela.

Ele se deitou de costas e a puxou contra si. Sua testa estava cheia de linhas de expressão. Shiloh bateu na cabeça e simulou estar tirando algo da orelha.

— O que é isso? — perguntou ele, franzindo a testa para ela.

— É uma lista. Ela diz: conserte a janela de Shiloh, conserte a tela, compre um ventilador novo. — Ela soprou a lista imaginária de sua mão.

— Vou fazer todas essas coisas.

— Você tem coisas mais importantes com que se preocupar, meu amigo.

Ele a segurou perto de si e fechou os olhos, cantarolando.

— Deveríamos nos casar agora.

— Isso não é possível...

Ele abriu os olhos.

— É possível. E você receberia benefícios para o cônjuge.

— Eu já tenho plano de saúde.

Ele começou a dizer algo, mas ela tapou a boca dele.

— Cary. Você está conseguindo o que quer. Seja feliz por um minuto.

Os olhos dele estavam focados nela. Eles se suavizaram.

Ela manteve a mão sobre a boca dele.

— Mikey diz que somos muito parecidos. Que nós dois temos que estar no controle. Isso vai nos trazer problemas?

Cary fez que não com a cabeça. Depois de um segundo, afastou a mão dela.

— Nós só vamos discutir muito.

Ela riu.

— E está tudo bem?

— Por mim, tudo bem. Deite-se.

— Não. — Ela se sentou, lembrando-se de algo. — Preciso ver sua tatuagem.

Cary gemeu.

Ela levantou o braço dele. A tatuagem estava na área das costelas. Desbotada, mas ainda nítida. Uma pequena âncora e letras maiúsculas, tudo em preto:

HONRA.

CORAGEM.

COMPROMISSO.

— São os valores fundamentais da Marinha. — O antebraço dele estava apoiado na cabeça. Os olhos estavam fechados de novo.

Shiloh acariciou a tatuagem com a palma da mão e depois com o polegar. Ela era lisa, exceto por um pequeno vergão ao longo da âncora.

— Eu nunca pensei em você como uma pessoa tatuada.

— Eu tinha acabado de sair do campo de treinamento e estava cheio de autoestima.

— Você tem mais?

— Não. Eu me arrependi dessa.

— Por quê?

Ele deu de ombros.

— Já é o suficiente viver isso.

Shiloh acariciou as costelas dele.

— Símbolos são legais.

Ele abriu os olhos. Enfiou a mão na gola da camiseta dela e tirou a plaqueta de identificação.

— Quando foi que você colocou isso em uma corrente?

— No primeiro ano da faculdade. Depois que você foi embora.

Ele a puxou. Parecia triste. Depois, envergonhado.

— Não precisa, mas você vai continuar usando?

— Vou usar até você voltar para casa — disse ela. — Vou deixar você tirar quando chegar.

Cary fechou a mão em punho sobre a corrente. Depois fechou os olhos.

— Não sei por que gosto tanto dessa ideia. Ela me faz sentir um adolescente.

Shiloh se aproximou mais dele e o beijou.

— Sinta-se como um adolescente, Cary.

Shiloh esquentou o jantar e o levou para o quarto.

— Você está sujando seus lençóis com molho — disse Cary.

— Você acha que eu não ia trocar os lençóis?

Quando terminaram de comer, ela empilhou os pratos embaixo da mesa de cabeceira.

Cary queria que ela dormisse sem camisa. Ele queria abraçá-la.

Shiloh queria tocar a tatuagem dele com a língua para ver se conseguia sentir as linhas.

— A Marinha criou os valores fundamentais depois de conhecer você?

— Shiloh... — A voz de Cary estava séria. — Mikey me disse uma coisa, e isso está me incomodando...

Ela o estava lambendo.

— O quê?

— Você realmente votou em Ralph Nader?

Ela enterrou o rosto sob o braço dele.

— Por que ele disse isso pra você?

— No que você estava *pensando*?

— Na época, fazia sentido! Me desculpe, tá? — Shiloh cutucou a barriga de Cary. — Você votou no W?

Ele baixou os braços ao redor dela. Ele estava rindo.

— Não. Votei em Al Gore. Como qualquer pessoa sã.

SETENTA E UM

CARY ESTAVA ACOSTUMADO A ACORDAR cedo e tomar café.

A cafeteira de Shiloh era bastante simples. Ele ficou de pé ao lado dela, esfregando os olhos. Estava usando novamente a calça do uniforme e a camiseta. Precisava de duas duchas.

Ele ouviu Shiloh na sala de estar.

— Estou fazendo café — disse ele.

— Obrigada.

Ele levantou o olhar. A mãe de Shiloh estava parada na porta da cozinha, vestindo um roupão.

— Bom dia, Gloria.

Ela estava sorrindo. Até os olhos dela estavam rindo.

— Bom dia, Cary.

Cary observou o café ser preparado. As orelhas e o pescoço ardiam.

Ele serviu a primeira xícara para Gloria.

SETENTA E DOIS

SHILOH ENVIOU UM E-MAIL PARA seu advogado e, na segunda-feira de manhã, recebeu uma resposta:

Ryan não quer alterar o acordo de pernoite.

Por que não?, respondeu Shiloh.

Ele não precisa dizer o motivo. Você pode tentar conversar com ele. Mas, por enquanto, não são permitidos hóspedes durante a noite, a menos que você esteja noiva. (Acho que isso era algo que você queria, Shiloh.)

Shiloh queria usar o anel de diamante, mas ela *não* queria ter que explicar o que ele significava para Junie. Ela explicaria tudo (por partes) depois que Cary fosse embora e, enquanto isso, esperava que eles pudessem continuar desfrutando do entusiasmo e da boa vontade habituais de Junie.

Cary queria esperar e contar à mãe sobre o noivado depois de vender a casa. Ele não queria que as irmãs soubessem e complicassem as coisas. Shiloh se perguntava se as irmãs dele seriam convidadas para o casamento. Ela se perguntava se ela e Cary se casariam mesmo. Ainda não havia acontecido um bom momento para falar sobre isso.

Cary havia levado o ventilador de metal com ele quando saiu no sábado de manhã. (Ele levou quinze minutos para fechar a janela.) Voltou naquela noite com um ventilador de plástico e algumas mudas de roupa, que ainda estavam dobradas em uma pilha organizada em cima da cômoda de Shiloh.

As crianças estavam em casa na segunda-feira à noite, e Cary foi para jantar. Depois que Shiloh colocou as crianças na cama, ela se sentou na varanda com ele, e eles ficaram juntos por duas horas. Shiloh levou nove picadas de mosquito. Cary ficou com um hematoma no formato dos dentes dela. (Não era nada sexual, ela só queria mordê-lo.)

— Que porra está acontecendo entre você e Cary? — perguntou Gloria assim que teve a chance.

Era terça-feira de manhã, na cozinha, enquanto as crianças estavam na sala comendo ovos mexidos.

— Eu não sei — sussurrou Shiloh. — Não *sei* mesmo porra nenhuma. — Ela estava lavando alguns pratos.

A mãe dela se apoiou no balcão ao lado da pia com os braços cruzados.

— Você está transando com ele *platonicamente*?

— Não. — Shiloh tirou o anel de baixo do vestido e fez uma careta. — *Não*.

Gloria arregalou os olhos. Ela segurou o anel e se inclinou para perto.

— Puta merda.

— Eu *sei*. — Shiloh encolheu as mãos. — Foi repentino. — Ela estava sujando a frente do vestido com água da louça.

— Eu não diria que foi *repentino*... — retrucou Gloria. Ela ainda estava olhando para o anel. — Como isso vai funcionar?

— Não vai ser fácil. Não quero que as crianças saibam ainda. Ou Ryan.

A mãe dela assentiu.

— É um anel bonito.

— É mesmo...

Ela soltou o anel e olhou para Shiloh.

— Você está feliz?

Shiloh assentiu. Ela colocou a própria mão sobre o anel.

— Quando parece real, fico muito feliz.

Sua mãe sorriu um pouco.

— Não vai ser fácil com ninguém... pode muito bem ser "não fácil" com alguém que você ama.

— Eu amo o Cary.

— Você sempre amou, Shiloh.

Shiloh finalmente contou a Tom.

Ele respondeu se levantando, colocando um pé na cadeira do escritório e uma mão sobre o coração, e cantando o refrão de "Carrie", do Europe.

— "*Caaa-arr-rie, Caaa-arr-rie, things they change, my friend.*"

SETENTA E TRÊS

Antes

NO ÚLTIMO ANO, SEMPRE QUE Shiloh ficava entediada, ela olhava para Cary do outro lado da sala de jornalismo, ou do outro lado do pátio onde ele a encontrava depois da aula, ou do outro lado do banco da frente do carro dele e cantava "Carrie", do Europe. Cary *odiava* aquela música e odiava quando Shiloh fazia aquelas cenas sem sentido. Shiloh não tinha uma boa voz, mas era barulhenta.

— *"Caaa-arr-rie! Caaa-arr-rie!"*

Cary revirava os olhos. Às vezes, ele gritava:

— Chega!

Shiloh adorava constrangê-lo. *Nunca* era o suficiente.

Certa vez, na aula de jornalismo, Cary se cansou e pulou da cadeira, apontando para ela.

— *"Young child with dreams…"*

Shiloh gritou de alegria.

Cary continuou cantando. Era "Shilo", do Neil Diamond — o nome de Shiloh tinha vindo dessa música. Cary sabia toda a letra.

Ele a encostou em um canto, contra a escrivaninha.

— *"Held my hand out, and I let her take me…"*

— Isso não está funcionando — retrucou ela. — Isso não me incomoda… eu adoro.

Cary continuou cantando. As sobrancelhas estavam baixas. Ele fez uma ótima imitação de Neil Diamond.

Shiloh gritou. Estava envergonhada, não importava o que dissesse. Estava envergonhada e em êxtase.

— Ok, pare! Pare! Eu amo demais!

— *"Shilo, when I was young…"*

SETENTA E QUATRO

ELE QUERIA QUE A FAMÍLIA chegasse sozinha àquela conclusão: que vissem que esse era o melhor caminho para a mãe deles.

Mas todos eram muito egocêntricos e viviam muito perto do limite. Pessoas desesperadas não são generosas. Ou atenciosas.

Angel era a mais razoável deles, embora fosse a que mais tinha a perder. Ela morava na casa de Lois com os três filhos; o mais novo era um pouco mais velho que Gus, o mais velho tinha uns oito anos.

Ela ainda estava com o pai das crianças, mas ele só aparecia de vez em quando. Cary estava meio preocupado que ele fosse aparecer com uma arma. O marido de Jackie já havia ameaçado dar um chute no traseiro de Cary. "Você pode tentar", Cary havia gritado para ele, "mas isso não vai pagar a hipoteca!" (Eles estavam no próprio jardim; Cary não estava quebrando sua promessa a Gloria.)

Nada ia pagar a hipoteca.

A mãe de Cary não poderia pagar sem a ajuda dele. Isso ficou claro assim que ela lhe deu acesso à conta bancária. Ela poderia perder a casa para o banco ou poderia vendê-la.

Era isso. Não havia outra opção.

Cary estava preparando a casa para ser vendida.

Naquele dia, estava arrumando as roupas da mãe. Todas as roupas que lhe serviam e de que mais gostava já estavam com ela no novo apartamento, mas ele havia prometido deixá-la separar o restante.

Jackie ficou com os cães depois de Cary ameaçar chamar uma ONG de proteção aos animais. Ele era o velho malvado, o senhorio, o linha dura.

Estava quente no quarto que era de Lois. Mesmo com a janela aberta.

Havia uma caçamba de lixo na entrada da garagem, e Cary havia passado a semana jogando fora tudo o que encontrava na casa que ainda estava em uma sacola plástica de brechó ou em uma caixa.

— Algumas dessas coisas valem dinheiro! — Angel ficou na varanda e gritou com ele. — Ela tem um olho bom para antiguidades!

— Angel, tudo isso cheira a cachorro e cigarro.

— A cerâmica, não!

Jackie e Don acabaram aparecendo, irritados e provavelmente bêbados, e subiram na lixeira para salvar algumas coisas. Cary não os impediu.

Nenhuma coisa dele estava na casa. Não de uma forma que ele pudesse encontrar. Seu quarto no porão tinha inundado há anos. Felizmente, ele buscou as medalhas do colégio e os anuários quando comprou o primeiro apartamento. O sabre havia desaparecido há muito tempo. Um de seus meio-irmãos deve ter matado alguém com ele.

Cary prometeu à mãe que separaria as fotos de família e todas as joias dela — os colares de plástico e os brincos de vidro.

Ela queria os xales de crochê e as xícaras de café. E uma gaveta cheia de coisas que haviam pertencido ao pai de Cary: uma placa que ele ganhou quando se aposentou da ferrovia, um isqueiro Zippo, uma abotoadura.

Angel tinha uma pilha de coisas no quarto que queria levar para si mesma e outra pilha para a mãe de Cary. Ela sempre ligava para a Lois a fim de saber se ela queria algo que Cary estava prestes a jogar fora. Ela sempre dizia que sim.

Os filhos de Angel ficaram sentados na sala assistindo à TV enquanto Cary esvaziava a casa. (Enquanto a mãe deles guardava as coisas. Enquanto a avó deles rastejava em torno de uma lixeira e a bisavó assistia a *Judge Judy*, a oito quilômetros de distância, com as cortinas fechadas.)

Cary se sentou na cama da mãe e segurou a cabeça. Estava exausto e imundo. Ainda lhe restavam sete dias de licença e, mesmo que conseguisse limpar a casa, ele não tinha certeza de como conseguiria colocá-la à venda.

O colchão da mãe estava podre. Ele conseguia sentir as molas. Deveria jogá-lo fora — faria isso.

Ele não se preocupou em arrumar a cama. Empurrou o colchão para fora do estrado. Deixou de pé. Empurrou pela porta do quarto. Era muito grande para Cary levar sozinho. Teve que empurrar e arrastar. Ficou preso na escada. Cary teria que forçá-lo. Ele se espremeu entre o colchão e a parede, tentando sentir onde ele estava preso.

— Cary? — chamou Angel. — Tem alguém aqui para ver você.

— Quem é?

— Sou eu! — gritou Shiloh.

Cary se abaixou, o máximo que pôde, para ver a escada. Shiloh estava lá, segurando Gus. Ela também estava com Junie. Ele deveria encontrá-los para jantar mais tarde. Que *horas* eram?

— Oi — disse Shiloh.

— Oi.

— Você precisa de ajuda?

— Não.

Shiloh apontou.

— Acho que ele está preso nesta saliência. Os cachorros estão por aqui?

— Eles foram embora.

Ela colocou Gus no chão e empurrou o colchão em um ângulo para longe de uma das paredes, para que se soltasse.

— Dê um passo para trás — pediu Cary.

Ela se afastou.

Ele empurrou o colchão para a frente.

Shiloh se inclinou quando ele ficou preso novamente. Ela levantou a parte inferior.

— Para onde isso vai?

— Para a lixeira.

— Vou abrir a porta — disse Junie.

— Juniper — disse Cary, com severidade —, fique onde está.

Ela arregalou os olhos e se afastou.

— Deixe isso aí — disse Cary a Shiloh, largando sua ponta. — Eu vou de costas.

Eles trocaram de lugar. Ela apertou o braço dele quando eles se encontraram na escada. Cary abriu a porta, e os dois carregaram o colchão pelo quintal e o jogaram na lixeira.

— Obrigado — disse ele, olhando-a com atenção.

Shiloh estava usando um vestido de verão verde-claro e calça corsário. Parecia fresca, feliz em vê-lo.

Cary passou as mãos na calça.

— Perdi o jantar?

— Não. Só fiquei com saudade. — Shiloh já estava caminhando em direção à casa. — Queria dar um oi. — Ela olhou de volta para ele. — Tudo bem?

Ele a seguiu.

— Sim. Claro que sim.

Quando entraram na sala, Junie e Gus estavam de pé ao lado do sofá, assistindo à TV com os filhos de Angel. Junie olhou para Cary e depois para baixo.

Cary tocou o ombro dela.

— Desculpa por ter falado daquele jeito.

Ela voltou a olhar para ele.

— Cary, você quer tomar sorvete? Nós vamos tomar sorvete. Porque está uma linda tarde de sábado.

— Não sei. Acho que ainda tenho trabalho a fazer.

Shiloh estava de pé ao lado dele. Angel estava dobrando roupas no sofá.

— Angel, você se lembra da minha amiga Shiloh? Estes são Juniper e Gus. — Ele estendeu a mão para Angel. — Esta é minha sobrinha, Angel. E seus filhos, Bailey, Renny e Rex.

— Eu me lembro de você — comentou Angel, olhando para Shiloh. — Do hospital.

— Eu fui sua babá uma vez — disse Shiloh. — Você se lembra disso?

Angel assentiu.

— Você ainda tem um cabelo loiro incrível — disse Shiloh.

— Obrigada.

Cary se voltou para Shiloh.

— Aonde vocês vão tomar sorvete?

— A gente ia andando até o Kone Korner.

Ele olhou para Angel.

— Quer que eu leve as crianças?

Ela parecia tensa. Cary não deveria tê-la colocado em uma situação difícil como aquela. Era difícil dizer não na frente deles.

— Você pode vir — sugeriu ele.

Angel continuou séria.

— Pode levá-los. — Ela olhou para as crianças. Todos os três estavam olhando para ela. Três pares de olhos castanho-amarelados. Eles se levantaram. — Bailey, segure a mão do Rex ao atravessar a rua Trinta.

— Vamos descer para atravessar no semáforo — disse Shiloh.

Ele nunca tinha visto Shiloh caminhar até o semáforo.

— Vão pegar seus sapatos — disse Angel para as crianças.

Eram cerca de oito ou nove quarteirões até a sorveteria. Cary acabou carregando Rex para atravessar a rua. Ele era um garoto agitado. Deixava Cary nervoso.

Mesmo que Cary e Shiloh nunca tivessem caminhado até a faixa de pedestres antes, um *déjà vu* o atingiu ao atravessar aquela rua.

Quantas vezes eles já haviam atravessado aquela rua juntos? Muitas vezes para lembrar em detalhes. Tantas vezes que as lembranças eram como uma parede batendo contra ele.

Ele comprou sorvete para todas as crianças. Deixou que todas se sujassem. Ultimamente, Cary estava pagando por tudo. Ele nunca foi um homem solteiro com um salário da Marinha: sempre teve dependentes. Sempre havia alguma coisa. Sempre alguém.

Ele não podia tocar Shiloh da maneira que queria naquele momento, mas ela se encostou nele enquanto esperavam pelos sorvetes.

— Desculpe por ter desviado você do seu trabalho — disse ela.

— Aí eu ainda estaria preso naquela escada. Angel nunca teria me ajudado.

Cary queria voltar logo, mas Shiloh disse que as crianças deixariam o sorvete cair — e era provável que ela estivesse certa.

As crianças ocuparam todos os espaços da única mesa de piquenique no estacionamento. Shiloh e Cary ficaram atrás deles, observando um ao outro. Ela estava comendo um sorvete com cobertura de cereja. Ele queria pedi-la em casamento novamente. Queria ir direto para o centro da cidade, dormir nos degraus do tribunal e se casar com ela às oito horas da manhã de segunda-feira.

Todos terminaram o sorvete e passaram primeiro pela casa de Shiloh. Cary prometeu que viria jantar mais tarde. Depois, caminhou de volta para a casa com os filhos de Angel. Ele carregou Rex nas costas — Cary achava que ele poderia aprontar alguma coisa no caminho.

Quando entraram em casa, Angel deu uma olhada em Cary e foi para a cozinha.

Ele soltou Rex e a seguiu. Quase tudo na cozinha já estava empacotado ou havia desaparecido.

— Está chateada por eu ter levado as crianças na sorveteria?

Angel se virou para ele. Estava com as mãos nos quadris. Por um instante, ela se pareceu com a mãe, embora elas não se parecessem.

— Eu não sou sua *sobrinha*, Cary!

Cary estremeceu. Ele se viu virando para a porta, como se sua mãe pudesse ouvir, embora ela não estivesse naquela casa há meses.

— O quê?

— Não ouse mentir para mim agora!

— Eu não vou mentir... Eu só... — Ele olhou para a porta novamente, depois voltou o olhar para Angel. — Eu não sabia que você *sabia*...

— Eu não sou uma *idiota*!

— *Está bem.* — Cary estava com uma das mãos no quadril. Ele esfregou a testa. — Desculpe. Não sei como lidar com isso... ninguém nunca fala sobre isso.

— Talvez eu *queira* falar sobre isso! Talvez eu esteja cansada de fingir!

— Tudo bem. — Ele ergueu as palmas das mãos. — Angel, tudo bem. Você não é minha sobrinha, você é minha irmã.

Angel cruzou os braços. O queixo estava apontado para cima.

— Somos parecidos e não nos parecemos com mais ninguém.

— Eu sei — disse Cary. Ele sabia.

— Você é meu único irmão de parte de mãe e pai — disse ela, que tinha meio-irmãos. E irmãos adotivos.

— Eu sei — disse ele.

— E o Rex é igualzinho às suas fotos de bebê.

Cary esfregou a testa mais um pouco.

— Não sei por que você parece tão irritada com isso... eu não estava escondendo isso de você intencionalmente.

— Porque você me trata como se eu não fosse nada para você, Cary! Eu estou tentando *ajudar* de verdade... Somos as únicas pessoas sãs nesta família!

Cary assentiu, e fez isso por muito tempo.

— Sinto muito — disse ele.

Angel começou a chorar. Ele não sabia como reagir. Não era como ver a mãe chorar. Ou Shiloh.

— Sinto muito — repetiu ele.

Ela enxugou o rosto na manga da camisa.

— Eu sempre admirei você... Mas você não me enxerga de jeito nenhum.

***

Cary não precisava de outra irmã.

Ele não precisava de mais família.

Ele já estava sobrecarregado.

Ele se sentou à mesa da cozinha e conversou com Angel. Ele escutou, principalmente. Ela queria lhe contar como havia descoberto. (*"E então a vovó me contou que fez uma histerectomia quando tinha trinta e cinco anos…"*) Ela queria lhe contar sobre o pai deles — e os filhos do pai deles. Um deles aparentemente se parecia com Cary. De repente, o mundo estava cheio de pessoas com os olhos dele.

Cary tentou se concentrar nesta única pessoa, sentada à sua frente.

Pela primeira vez, ele perguntou a Angel qual era o plano dela, para onde ela iria depois dali.

Ela disse que estava indo morar com a mãe e Don. Não tinha escolha. Ela estava em uma lista de espera para receber auxílio-moradia, o que levaria alguns meses. Ela podia pagar aluguel, mas todos os lugares exigiam um depósito de dois meses.

Não posso aguentar isso, Cary queria dizer a ela. *Não posso aceitar você. Não posso ficar preso a esta casa e a todos que já viveram aqui pelo resto da minha vida. Irmãos, tias, primos, vizinhos, cachorros, ex-maridos.*

Mas ele ouviu.

Ele não podia negar que foi Angel quem convenceu a mãe dele a ficar na clínica… Era Angel quem estava fazendo as coisas acontecerem de uma forma que Cary não conseguia. Ela *era* a única outra pessoa razoavelmente sã da família. E tinha três filhos.

Ele não parava de pensar em Bailey, Renny e Rex.

E em Junie e Gus.

Cary estava tão sobrecarregado que sentia que todos podiam ver através dele.

Ele disse à Angel que ela poderia ficar com o carro de Lois. E a TV. (Ele ia se certificar de que ela ficasse com isso.) E que pagaria o depósito para o aluguel — ela não precisava devolver o dinheiro. Era melhor não tentasse. Era melhor que não contasse à mãe dela sobre isso.

Então, ele concordou em conversar com Angel sobre seus planos a partir dali. Para traçar estratégias com ela, com relação à mãe dele. A avó dela. (Lois.)

— Você acha que a vovó não sabe que você sabe? — Angel parecia quase sentir pena de Cary. — Eu tinha certeza de que ela havia contado para você há muito tempo.

Ele fez que não com a cabeça.

— Acho que ela vem me chamando de filho há tanto tempo que começou a acreditar… Uma vez ela me disse que fui sua gravidez mais fácil.

Isso fez Angel dar uma risada.

— Bem, acho que isso é verdade!

Cary também riu. Um pouco. Ele estava ansioso.

— Não quero tirar nada dela. Especialmente agora.

— Não vou dizer nada à vovó. Nunca contei. Nunca nem perguntei à minha mãe sobre você. Não sei se Don sabe...

Cary assentiu.

— Minha mãe tem uma foto sua ainda bebê na carteira — disse Angel. Com muita má vontade.

Cary não sabia o que responder.

— Eu nunca vi uma foto minha de quando eu era bebê — completou ela.

— Você era fofa — comentou ele. — Tinha muito cabelo e era bem claro. Você se parecia com Renny. A todo lugar que íamos, as pessoas diziam que você parecia uma boneca.

Angel sorriu para ele. Depois, olhou para baixo.

— Não vou tornar isso um problema com a vovó — repetiu ela. — Mas quando estivermos só nós dois... Ou da próxima vez que você me apresentar a uma namorada...

— Não haverá uma próxima vez — respondeu Cary. — Só existe a Shiloh. E ela já sabe que você é minha irmã.

Angel olhou para ele. Limpou o nariz com a parte de trás do pulso.

— Achei que você fosse mentir para mim. Ou tentar negar.

— Não vou mentir para você — disse ele.

Shiloh estava com as crianças naquela noite, então Cary não pôde dormir lá.

Ele esperou que ela os colocasse na cama — depois caiu sobre ela, empurrando-a de volta para o sofá.

Ela não perguntou a ele o que havia de errado. Apenas passou os dedos pelo seu cabelo.

O dia seguinte era domingo, e Shiloh foi até a casa de Lois para ajudar por algumas horas. Ela deixou as crianças com Gloria. Levou Mikey.

O namorado da Angel também foi. Ele era um verdadeiro canalha, mas tirou toda a merda de cachorro do quintal até o meio-dia, o que já era alguma coisa.

SETENTA E CINCO

A VELHA COZINHA DE LOIS estava quase vazia. Shiloh examinou os armários em busca de algo que pudesse preparar para o almoço de todos. Havia pão branco, atum em lata e alguns picles na geladeira. Ela correu para casa para pegar maionese, um pão melhor, batatinhas e melancia.

Ela alimentou os filhos de Angel primeiro, depois Angel e o namorado. Em seguida, foi atrás de Mikey e Cary.

Eles haviam passado a maior parte da manhã limpando a varanda dos fundos. Quando Shiloh chegou, Mikey estava tentando fazer com que Cary fosse para o porão com ele.

— Eu dei uma olhada — disse Mikey. — É um trabalho para dois homens. Tem todo esse maquinário e coisas gordurosas... Maldito território de vilões do Batman. Como o Batman do Alan Moore, sabe?

— Sei... — Cary estava franzindo a testa. Ele esfregou o rosto com a camiseta. Havia uma foto de um porta-aviões na frente. — Não sei... Talvez não hoje.

— Mas hoje eu posso ajudar — disse Mikey, estendendo os braços.

— Eu sei... — Cary fez que não com a cabeça. A mandíbula estava travada, e suas sobrancelhas estavam tensas. Ele não estava olhando para nada.

— Mikey, por que *você* não começa a trabalhar no porão? — sugeriu Shiloh. — Eu ajudo quando terminar na cozinha.

— Não — disse Cary a Shiloh. — Você fica aqui em cima.

Mikey estava olhando para os dois.

— Vou começar agora... ainda não estou com fome. Vou abrir um caminho.

Shiloh segurou a mão de Cary.

— Você, venha lavar as mãos. Quero ver você comer.

— Você não confia em mim para comer? — Ele a seguiu até a pia.

— Eu confio em você. Eu só gosto muito de *observar* você.

Cary lavou as mãos. Shiloh também lavou as dela novamente.

— Você vai comer o de salada de atum? — perguntou ela.

— Vou.

Ela lhe entregou o prato com o maior sanduíche e muitas batatinhas. Ele pegou o sanduíche e deu uma mordida.

Shiloh o observou. Ela gostava de fazer aquilo.

— Deixe Mikey cuidar do porão — sussurrou ela.

Cary olhou nos olhos dela. Ele ainda estava mastigando. Ele assentiu.

SETENTA E SEIS

SHILOH E MIKEY VOLTARAM NA segunda-feira de manhã para ajudar, e Cary decidiu não ser contrário à ideia. Mikey foi direto para o maldito porão, e Cary nem se preocupou, nem olhou para a escada.

Shiloh havia tirado o dia de folga do trabalho. Estava no pátio da frente, ajudando Angel a carregar um caminhão que o namorado de Angel havia emprestado para que eles pudessem guardar algumas coisas. (Cary temia que eles não tivessem dinheiro para tirá-las de lá.)

Jackie também estava lá fora, mexendo em todas as coisas novas na lixeira, que tinham vindo do porão.

Mikey despejava mais e mais. Nada ali era pessoal; eram todas as coisas que Lois havia jogado lá embaixo para abrir espaço. Ou coisas que as pessoas haviam deixado na casa e nunca mais voltaram para buscar. Máquinas de lavar velhas. Caixas de roupas infantis mofadas. Vidros quebrados.

Mikey disse que isso iria inspirar uma arte sombria e bela.

Cary estava remendando a parede de gesso na sala de estar.

Shiloh entrou, deixando a porta de tela bater atrás de si, e disse que ia fazer sanduíches. Ela estava alimentando todo mundo há dois dias.

Cary deixou de lado a espátula para drywall e a seguiu até a cozinha.

— Você não precisa fazer isso — comentou ele, empurrando-a gentilmente contra a geladeira.

— Pensei que você tivesse me pedido em casamento.

— Ainda não estamos casados.

Havia um buraco na camiseta de Cary. Ela cutucou a barriga dele por ali.

— Você está louco se acha que vou deixar você fazer isso sozinho. Eu não deixaria, mesmo que fôssemos apenas amigos.

— Estou em dívida com você — disse ele.

Shiloh puxou a camiseta dele, aumentando o buraco.

— Quantas vezes você vai me fazer dizer isso...

— Ei, Cary? — Era a voz de Jackie.

Ele cerrou os dentes e se afastou de Shiloh.

Jackie entrou na cozinha, segurando o sabre de Carry.

— Isso não é seu?

SETENTA E SETE

SHILOH SENTIA COMO SE OS dias com Cary estivessem voando. Eles só tinham mais cinco.

Ela queria passar cada minuto com ele — ela *realmente* passava cada minuto pensando nele. Ela era um zumbi no trabalho; vivia se desculpando com Tom.

— Não se preocupe — disse Tom. — Um dia, você chegará e vou ser o diretor sênior de educação e você vai ser a diretora assistente de educação. E isso não vai ser um problema. Você pode até ficar com o seu lado da mesa.

— Parece justo — retrucou Shiloh.

Nos dias em que ela ficava com as crianças, Cary vinha jantar.

— É melhor colocarmos um prato para Cary — disse Junie uma noite, revirando os olhos. — Ele praticamente mora aqui.

— Ele é meu melhor amigo — respondeu Shiloh — e vai embora logo, para voltar ao trabalho.

— Pro mar?

— Praticamente.

Será que Cary voltaria para essa casa? Será que ele gostaria de passar mais uma noite em North Omaha? A casa de Lois era *demais*. Quando Shiloh começou a ajudar lá, Cary já estava limpando há uma semana, e ainda havia um rio de lixo sendo despejado na lixeira. Ele sempre tinha que ligar para a empresa para esvaziá-la.

Shiloh chegou em casa do trabalho na terça-feira e passou uma hora limpando a própria sala. Ela estava perto da janela quando o carro alugado de Cary entrou na garagem. Ela o viu sair do carro e subir os degraus. Ele usava calça cargo verde-oliva, camiseta branca e um boné com o nome de seu navio na frente. Bateu na porta, depois a abriu e entrou.

— Ei — disse ele, tirando o boné. — Por que está sorrindo?

Shiloh fez que não com a cabeça.

— Oi.

— Você deveria trancar sua porta.

— Eu sabia que você estava vindo.

Cary se aproximou de Shiloh e a empurrou para o sofá, caindo em cima dela. Ele tirou o colar da camiseta dela e seu rosto ficou abatido.

— Você perdeu o anel?

— Estou usando — disse ela.

Ele procurou o dedo anelar dela e o beijou.

— Por que está usando?

— Não sei, senti vontade de ficar noiva.
Ele beijou a mão dela novamente.
— Asterisco.
— *Pfff* — disse ela. — Não existe asterisco.
Cary olhou para ela, com uma sobrancelha levantada.
— Sem asterisco?
— Cale a boca — retrucou ela. — Você sabe que não existe mais asterisco.
Ele sorriu tanto que suas bochechas se transformaram em origami.
— Você não acha mais que sou uma má ideia?
— Nunca achei que você fosse uma má ideia.
— Você sabe o que quero dizer. — Cary estava olhando nos olhos dela.
Shiloh se esforçou para não desviar o olhar. Para ficar no momento.
— É mais como se eu tivesse deixado de ser racional em relação a você.
Ele parecia sério.
— Deveríamos nos casar antes de eu partir.
— Não — disse ela —, *para*. Eu quero um noivado. E um casamento.
Cary beijou a palma de sua mão. Depois, a parte interna do dedo anelar.
— Sim, mas e se algo acontecer comigo?
— Em San Diego?
— Não sei, em qualquer lugar. Na rua. Quero que você receba minha pensão.
— Eu nem sou sua esposa e você já está me deixando viúva.
— As crianças estão com o pai?
— Estão.
— E sua mãe está no trabalho?
— Ela acabou de sair.
Cary começou a levantar a saia de Shiloh.
— O que está fazendo?
Ele estava desabotoando a calça jeans dela.
— Se você não quer se casar comigo, podemos pelo menos transar nesse sofá.
— Eu disse que me casaria com você! Sem asterisco!
Cary estava tirando o jeans dela, mas a calça ficou presa no quadril.
— Case comigo amanhã.
— Não!
Ele parou, com todos os oito dedos enrolados na cintura do jeans dela.
— Quer transar no sofá?
Shiloh deu uma risadinha.
— Quero.
— Sem asterisco?
Ela o chutou.

— Vai logo.

— *Vai logo* — zombou ele. — Nós nem somos casados e você já está cansada de mim.

— Por que você está de tão bom humor? — perguntou ela, com sinceridade.

Cary pegou a mão esquerda dela e a beijou.

Cary se sentou no sofá com Shiloh no colo. (Ele se sentou na camiseta, o que ela achou engraçado e também cuidadoso.) Eles estavam transando com tanta frequência (sempre que estavam sozinhos) que Shiloh não tinha tempo para carregar sua ansiedade nos intervalos. Ela se sentia meio que seminua o tempo todo. Só meio ansiosa.

Ela se inclinou para a frente sobre o pênis de Cary e se arqueou para trás, com os dedos entrelaçados, balançando.

— Sinto que estou com muito trabalho — disse ela.

— Está gostoso?

— *Aham.*

— Então ainda é sua única obrigação.

— Cary... — Ela estava sem fôlego. Porque *era* muito trabalho. Porque estava quente. Porque a sensação era muito boa.

— Sim. — Cary estava suando.

— Sinto muito que minha casa esteja uma bagunça.

Ele se encolheu ainda mais no sofá, empurrando os quadris para cima.

— Está tudo bem.

— Isso incomoda você?

— Não.

— Você vai ficar incomodado se morar aqui?

— Eu não vou morar aqui.

Shiloh se inclinou para a frente. Ela colocou as mãos nos ombros dele. Cary segurou os quadris dela.

— Mas eu sempre vou ser assim — disse ela.

Ele olhou para ela.

— Assim como?

— Bagunçada. Desorganizada. Como a sua mãe.

— Shilohhh. — Ele gemeu de uma maneira ruim. — Não fala sobre a minha mãe.

— Desculpa. — Ela se balançou. — Desculpa.

Cary a levantou. Ele foi gentil.

— O que foi?

— Eu sou tipo uma acumuladora — disse Shiloh.

O rosto dele ainda estava vermelho.

— Você não é como a minha mãe.

— Me dê tempo.

Cary apertou os quadris dela.

— Gosto da sua casa. Gosto de ser *sua*... Todas essas almofadas e pôsteres antigos. É confortável.

— E se você gostar dela *porque* ela lembra a sua mãe, e depois passar a odiar tudo?

Cary gemeu novamente. Ele deixou a cabeça cair para trás no sofá. Shiloh ajustou os quadris para não esmagá-lo.

— Tudo bem, sabe de uma coisa? Sua casa me lembra um pouco a casa da minha mãe. Isso me *deixa* um pouco louco. Mas eu também gosto dela. Eu me sinto em casa aqui.

Shiloh o sacudiu algumas vezes pelos ombros.

— Você tem alguma fantasia de que será diferente quando morarmos juntos?

Ele olhou para ela.

— Sim. Porque teremos uma casa com janelas que se abrem e telas decentes. E eu vou lavar a louça.

— Provavelmente vamos discutir sobre isso...

— Provavelmente. Mas não por um tempo.

Ela franziu a testa.

— Você continua agindo como se isso fosse uma coisa ruim... — disse Cary. — Mas, toda vez que me diz que teremos problemas no futuro, tudo o que penso é na sorte que tenho de ter um futuro com você. Finalmente.

Shiloh olhou para ele. Estava mordendo o lábio inferior. Tirou o vestido.

Cary assentiu.

— Jogue isso em qualquer lugar.

Eles tomaram banho juntos, e Cary perguntou se as crianças tinham algum brinquedo que *não* estivesse na banheira.

A verdadeira razão pelo bom humor dele era que ele tinha a documentação necessária para colocar a casa da mãe à venda. Cary ia pedir a Lois que assinasse uma procuração para que ele pudesse cuidar da venda, mas não tinha certeza se ela aceitaria. Ele queria ir até lá para conversar com ela. Shiloh disse que iria junto.

Ela colocou o vestido de volta, escovou o cabelo e prendeu a frente para o lado com uma presilha.

Eles pararam para comprar o jantar no restaurante mexicano favorito da mãe dele; o que encantou Lois. Ela bateu palmas quando abriu a porta e viu as sacolas. Não tinha uma mesa na cozinha, então os três comeram na sala de estar enquanto Cary explicava a papelada para ela. O apartamento estava mais cheio do que da última vez que Shiloh estivera aqui. Lois queria guardar muitas coisas da antiga casa. Havia caixas empilhadas na sala de estar e no quarto. Shiloh percebeu que aquilo irritou Cary.

Shiloh limpou tudo depois do jantar. Lois colocou os óculos para dar uma olhada mais de perto no contrato.

— Eu não sei… — disse ela.

Cary se sentou perto dela no sofá.

— Mãe, o que você não sabe?

— Bem, querido, você sabe que adoro estar aqui, e você faz tudo parecer tão bom. Mas você vai voltar para sua base. E eu tenho que fazer isso funcionar com as pessoas que estão aqui.

— O que isso significa?

— E se eu tiver que voltar para casa?

— Você não vai precisar, eu já expliquei.

— Mas quem vai cuidar de mim? Jackie não tem espaço na casa dela.

— Mãe, eu prometo. — Ele estava segurando a mão dela. — Isso não vai acontecer.

— Cary, eu te amo. Mas você nunca mais vai voltar para casa.

— Ele vai voltar, sim — disse Shiloh da cozinha. Ela estava de pé atrás do pequeno balcão. Cary e a mãe olharam para ela. Shiloh olhou para Cary. Ele não pediu a ela que parasse.

— Vamos nos casar — contou Shiloh.

Lois deixou os papéis caírem. Ela tirou os óculos e olhou para Cary.

— Isso é verdade?

— Sim, senhora.

— Shiloh, e o seu marido?

Shiloh voltou para a sala.

— Sou divorciada, Lois. Sou divorciada há muito tempo.

— O quê?! — exclamou Lois, sem fôlego. — Isso é verdade? — Ela tocou o rosto de Cary. — Você está me dando dois netos?

Ele assentiu. Parecia emocionado.

— Shiloh, venha cá! Não consigo me levantar tão rápido!

Shiloh foi até ela. Lois lhe deu um grande abraço, depois abraçou Cary. Ela estava chorando.

— Finalmente, meu filhinho. Ah, estou tão feliz.

Shiloh estendeu a mão esquerda para dar uma prova a Lois.

Lois pegou sua mão e fez mais barulhos de alegria.

— Que lindo! Isso é uma antiguidade, não é? É de ouro branco?

— Sim — disse Cary.

Lois apertou a mão de Shiloh.

— Quando será o casamento? Vai ser em Omaha?

— Com certeza será em Omaha — respondeu Shiloh.

— Estou voltando, mãe — disse Cary. — Estou voltando para casa.

* * *

Lois assinou os papéis.

Ela conversou com Shiloh sobre o casamento.

Fez com que Cary fosse comprar uma sobremesa de verdade para comemorar. Ele voltou com pudim de banana e depois ajudou Lois a testar seus níveis de açúcar.

No caminho para o carro, Cary disse a Shiloh que, dali em diante, ela poderia fazer o que quisesse, sempre que quisesse. Ela havia conquistado isso.

No caminho para a casa dela, eles discutiram sobre esperar para se casar.

SETENTA E OITO

CARY IA EMBORA NA SEXTA-FEIRA. Não havia motivo para levá-lo ao aeroporto, já que ele tinha que devolver o carro alugado.

Eles jantaram com Mikey e Janine na noite anterior.

Mikey estava feliz com o noivado deles. Com Cary voltando para Omaha. Shiloh e Cary eram os personagens coadjuvantes de Mikey, e ele estava satisfeito por tê-los onde queria. Ou quase.

Cary foi para casa com Shiloh depois do jantar. Ele levou sua bagagem. Ele a manteve acordada, fazendo planos.

Quando chegou a hora de ele partir na manhã seguinte, eles se despediram com um beijo na varanda da casa.

SETENTA E NOVE

O OCEANO ERA GRANDE E AZUL e se parecia exatamente com as fotos.
 Cary disse que ela não estava romantizando o assunto.
 Shiloh disse que queria conhecer uma lanchonete ali perto.

Primeiro, Shiloh disse a Junie que Cary era seu namorado.
 Junie não gostou. Ela fugia em vez de dizer oi para Cary pelo Skype. Na primeira vez que ele voltou a Omaha, ela subiu correndo a escada e bateu a porta do quarto.
 Isso incomodou Cary.
 Shiloh foi perspicaz: a única maneira de passar por isso era passando.
 Ela fez a sobremesa favorita de Junie naquela noite (torta de morango), e ela acabou descendo para comer um pouco.
 Cary ainda parecia hesitante com as crianças, o noivado não havia mudado isso. Shiloh gostou. Ele não precisava seduzi-la seduzindo-os primeiro.
 Ele acabou conquistando Gus brincando de caminhão com ele durante horas no sofá. Cary confessou a Shiloh que estava pensando em outra coisa o tempo todo, e ela imediatamente o tranquilizou:
 — No que você deveria estar pensando? *Caminhões?*

A casa de Lois foi vendida, e Cary ficou tão feliz que mandou flores para Shiloh e Lois.
 A mãe de Shiloh não estava feliz com todas as mudanças planejadas por Shiloh. Cary disse que eles poderiam encontrar uma casa com uma edícula para a sogra, e Gloria disse que ela se recusava a ser transportada como um móvel.
 Os três discutiram sobre isso em uma noite pelo Skype.
 — Mãe... — Shiloh tentou ser a voz da razão. — Você sabe que a Junie e o Gus não podem dividir o mesmo quarto para sempre.
 — Nós íamos terminar o porão e colocar um quarto lá embaixo para Gus — disse a mãe dela.
 — Você não vai colocar o garoto no porão — objetou Cary na tela.
 — Eu não estava falando com você, Cary!
 — Mãe, ele tem razão. Nunca foi uma boa solução.
 — Gloria, podemos arranjar um lugar onde você tenha sua própria cozinha.

Gloria fechou o laptop.

— Não preciso receber ordens desse homem. Não vou me casar com ele e nunca entrei para a Marinha.

Shiloh riu.

— Então, o que você quer fazer?

— Quero ficar aqui.

— Eu não posso ficar aqui, mãe.

Gloria suspirou.

— Eu sei.

Gloria começou a procurar apartamentos para aposentados. Quanto mais ela procurava, mais entusiasmada parecia. *"Nunca mais corte grama. Nunca mais limpe uma calha."*

Ela também estava cansada da vizinhança. Todos estavam prontos para algo um pouco mais fácil.

OITENTA

SHILOH NÃO TINHA SE IMPRESSIONADO com o oceano, mas Cary pensou que talvez ele a tivesse assustado.

Seu apartamento em San Diego nunca tinha parecido tão vazio quanto quando ele o mostrou a ela pela primeira vez.

Ela lhe trouxe a foto dela sentada no colo dele emoldurada.

— Para você ter uma foto nossa.

Cary já tinha uma foto deles da faculdade — quando ele tinha acabado de sair do campo de treinamento — colada na moldura do espelho de seu quarto.

Ele estava progredindo com Juniper e Gus. Com o tempo, iria ficando mais difícil; Shiloh disse que a única saída era passar por isso. Ele não disse a ela quanto ainda não queria ser chamado de padrasto de ninguém. Ele já amava aquelas crianças e não queria ser a pessoa que elas mais odiavam.

Shiloh finalmente contou a ele sobre o divórcio durante uma visita a San Diego. Ela se sentiu humilhada. Ele não tinha certeza se a atitude mais gentil a tomar era desviar o olhar enquanto ela falava, ou mostrar que ainda podia olhar para ela.

O ex-marido dela era um sociopata. Cary não queria conhecê-lo, não queria ver aquele cara em Junie e Gus.

Ele não sabia o que dizer. Não podia dizer a ela que nunca havia traído ninguém; ele havia traído uma vez, anos atrás, embora as circunstâncias fossem complicadas. Ele nem sempre tinha sido honrado.

Shiloh não perguntou.

Eles estavam sentados no sofá preto de Cary. Ele manteve o braço em volta dela.

— Sinto muito — disse ele. — Não sei como você conseguiu passar pelo primeiro ano, com Gus bebê.

— Eu também não sei. Minha mãe ajudou muito.

— É por isso que você fez laqueadura?

Shiloh olhou para ele, surpresa.

— Não, fiz quando Gus nasceu. Ryan e eu planejamos. Estávamos cansados da pílula, e eu tinha pavor de engravidar acidentalmente de novo. Dois já era muito.

— Então, você nunca vai querer *três*... — disse Cary.

Shiloh parecia sem palavras.

— Minhas trompas estão cauterizadas, Cary.

Ele deu de ombros.

— Os médicos não tentam mais reverter as ligaduras de trompas. Eles sugerem *in vitro*.

Ela o encarou.

— Você tem pesquisado sobre *isso* no Google.

— Não. — Cary fez que não com a cabeça. — Estou me informando.

Shiloh estava mordendo o lábio.

— Isso é uma coisa importante para você?

— Se fosse importante para mim, eu teria falado sobre isso mais cedo.

Ela assentiu.

— Ótimo.

— Estou apenas colocando o assunto na mesa para discussão.

Ela estava chateada.

— Eu não sabia que você queria ter filhos.

— Eu já vou ter filhos.

— Você sabe o que quero dizer — disse ela.

Cary esfregou o ombro dela, recusando-se a recuar.

— Se está perguntando se eu gostaria da experiência de ter um filho com você, sim, acho que sim. Mas já estou conseguindo o que quero, Shiloh. Eu quero você.

— Gostaria de deixar essa questão de lado.

— Está bem.

— Eu gostaria de pensar melhor nisso. É uma coisa importante.

— Está bem.

— E você não fala sobre isso. Eu falo.

— Sim, sim.

— Não seja bobo, estou falando sério.

— "Sim, sim" é sério. Significa "entendido e aceito".

— E o que eu respondo?

— Você não responde nada. Você é quem manda.

Ela tocou no assunto dois meses depois. Disse que três era possível, mas não de uma forma que Cary deveria planejar ou mesmo esperar. Três não era *im*possível, afirmou Shiloh.

Cary teria que convidar suas irmãs para o casamento.

***

Ele colocou a STRATCOM no topo de sua folha de preferências para ser o seu próximo posto.

Ele queria morar perto de Mikey. Nas colinas. Entre as árvores. Ele queria Shiloh lá, não importava o que acontecesse.

OITENTA E UM

SHILOH SE PEGOU AGINDO COMO seu eu adolescente perto de Cary. Soando como aquela pessoa. Voltando facilmente para piadas e provocações antigas.

Havia um tipo de alegria que Shiloh só conseguia com Cary e Mikey, e ela estava vivendo dentro dessa dinâmica novamente.

Ela percebeu que havia um tom de voz — mais profundo, mais redondo — que ela nunca usava com Ryan, mas que usava o tempo todo com Cary.

E fazia piadas que nunca teria feito com Ryan, embora Ryan *gostasse* de piadas. Ele era genuinamente engraçado.

Cary e Mikey eram *terrivelmente* engraçados — não havia nada de que eles não rissem — e a deixavam terrível também. Havia um riso que ela só ria com eles, gutural e muito engraçado. Essa risada estava de volta em sua vida e a surpreendia.

Cary fez com que Shiloh sentisse que era a mesma pessoa que sempre foi. Mas ele *também* a fazia sentir que ela poderia ser alguém novo. Apesar de todas as maneiras pelas quais eles se conheciam, muitas coisas entre eles não tinham precedentes — tudo romântico ou sexual.

Shiloh poderia começar de novo.

Ela poderia ser um tipo diferente de amante com Cary e, em breve, um tipo diferente de esposa.

Com Ryan, ela pensou que tinha sorte de ter alguém que não precisava olhar em seus olhos. Ela percebeu tarde demais que ele não *conseguia*.

Com Cary, Shiloh queria superar o próprio desconforto. Superar a si mesma. Olhar diretamente para o sol.

OITENTA E DOIS

SHILOH LEVOU AS CRIANÇAS PARA a Califórnia por cinco dias. Cary se preocupou com o fato de não ter camas para eles. Ele comprou dois colchões de ar. Comprou leite integral, pão e outras coisas que tinha visto na geladeira de Shiloh. Geleia de morango. Uvas.

Comprou brinquedos de areia e toalhas de praia.

Ele se preocupava com o fato de seu apartamento parecer menos pessoal do que um quarto de hotel — e muito menos acolhedor.

As crianças estavam cansadas quando chegaram lá. Era a primeira vez que andavam de avião.

Juniper estava excepcionalmente tímida, agarrada a Shiloh.

— Mamãe — disse ela, levantando o meio das sobrancelhas —, é *aqui* que vamos morar quando você se casar?

— Não, querida, você sabe disso: Cary vai morar conosco em Omaha quando não estiver trabalhando.

— Onde vamos *dormir*? — Junie se preocupou.

Essa foi a primeira noite em que Cary dormiu com Shiloh sob o mesmo teto que os filhos dela. Ele não dormiu bem. Ela ficava se levantando para ver como eles estavam.

O dia seguinte foi melhor. Juniper viu que Cary havia emoldurado um de seus desenhos, o primeiro. E Gus ficou mais tranquilo com o Disney Channel.

Cary os levou para a praia e para o zoológico.

Shiloh nunca tinha ido à Disneylândia, o que significava que as crianças nunca tinham ido à Disneylândia, o que significava que Cary poderia levá-las pela primeira vez. Ele se sentiu como um rei na Terra.

Devido à forma como os passeios funcionavam, era sempre Cary em um carrinho com uma criança e Shiloh no carrinho com outra criança. Ou, às vezes, Shiloh e as duas crianças em um carrinho, e Cary sozinho.

Eles passaram o dia inteiro em brinquedos e navios piratas separados.

— Sinto muito — disse Shiloh, entre filas e passeios, enquanto estavam todos comendo pipoca e esperando por um desfile. Ela lançou um sorriso triste para ele.

— Por quê?

— Sei que não é justo para você passar tanto tempo da sua vida cuidando dos filhos de outra pessoa.

Cary lambeu o lábio inferior. Seus olhos estavam muito estreitos.

— Preciso que você pare de chamá-los assim comigo, mesmo que seja verdade.

— Desculpa. — Shiloh deslizou a mão para trás e enfiou a mão em um dos bolsos da calça dele. Era um novo hábito.

— Estou muito feliz — disse Cary. A frase saiu séria. Solene. Ele não a culparia se ela não acreditasse nele.

Shiloh o olhou nos olhos.

— Sério?

Ele assentiu.

— Não me recuse esta vida.

OITENTA E TRÊS

HAVIA UM UNIFORME MUITO CHIQUE que Cary poderia usar no casamento. Um paletó branco e calça escura. Lois queria que ele usasse. Shiloh havia concordado no começo, mas depois mudou de ideia.

Naquele dia, ela não queria pensar na Marinha. Ela queria pensar no homem.

Portanto, Cary estava usando o terno azul-marinho que havia comprado para o casamento de Mikey. (Afinal, Janine tinha razão, ele o *estava* usando mais uma vez.) Na lapela, ele colocou um arranjo de rosas brancas. Cary havia deixado o cabelo crescer o máximo que a Marinha permitia. Era longo o suficiente para parecer loiro novamente sob a luz direta do sol. Shiloh não se cansava dele.

Ela estava usando um vestido de noiva branco de renda, estilo anos 1950. Era volumoso e com modelagem mídi. Ela o combinou com luvas brancas e um casaquinho. Shiloh encomendou tudo com uma figurinista. (Não com Kate.)

Junie pôde escolher a cor de seu vestido de daminha. Ela escolheu cor-de-rosa. Gus usou bermuda azul-marinho e suspensórios, com uma gravata-borboleta rosa. Ele queria jogar flores com Junie em vez de carregar as alianças.

Shiloh e Cary se casaram no Miller Park e fizeram a recepção no final da rua, no salão de luta para jovens. (Janine ainda tinha todo o tule e as luzes em sua garagem. Shiloh os pegou emprestados.)

Shiloh não queria uma dança nupcial. Ela não queria dançar com todo mundo olhando para ela — isso lhe dava arrepios.

— Mas você é atriz — argumentou Cary. — As pessoas ficam olhando para você o tempo todo.

— Não quero que fiquem olhando para mim quando estou sendo eu mesma.

Isso significava que a primeira dança da noite seria a de Cary e sua mãe. Lois não tinha nenhum problema com o fato de todos olharem para ela. Ela estava usando um vestido novo. Rosa, como o de Junie. Ela deixou o andador na mesa, e Cary a apoiou.

Shiloh observava da lateral da pista de dança, segurando Gus no colo, embora ele fosse grande demais para isso.

Cary ficou olhando para Shiloh. Ela nunca o tinha visto tão feliz. As marcas de expressão em suas bochechas não haviam desaparecido durante o dia inteiro, de tanto que ele sorria.

Lois quem tinha escolhido a música que dançaria com o filho: "Landslide", do Fleetwood Mac — algo que Shiloh não esperava. (Ela teria apostado em algo country.) A música fez a noiva chorar. Ela se balançava ao som da música com Gus-Gus. Junie estava encostada na saia de Shiloh, que colocou uma mão em sua cabeça.

Quando a música já estava na metade, Mikey correu até a mãe de Shiloh e a arrastou para a pista de dança também. Isso fez com que as lágrimas escorressem pelo rosto de Shiloh. Ela esperava que Lois não se importasse em compartilhar os holofotes, e estava certa: Lois estava sorrindo. Todos estavam sorrindo, menos Shiloh.

— Mamãe, você está bem? — perguntou Junie.

— São lágrimas de felicidade — disse Shiloh.

— Mamãe, você está bem? — disse Gus.

— Eu estou bem.

— Não chore.

— Ok, Gus-Gus, não vou chorar.

Cary não queria bebidas alcoólicas na recepção, não com todas as suas irmãs presentes e os filhos adultos. Shiloh temia que isso significasse que ninguém dançaria. Mas seus amigos do teatro não precisavam de bebida para fazer uma cena.

Depois da primeira dança, Cary quis dar uma volta e agradecer pessoalmente a cada um por ter vindo. Shiloh quis ficar sentada no lado escuro da sala, fofocando com Tom e Daniel e deixando Gus comer mais bolo.

Ela colocou na playlist músicas com o nome de Cary, "Carrie" e "Carey". Além de "Voices Carry" e "Carry On Wayward Son". Toda vez que uma delas tocava, Cary encontrava Shiloh do outro lado da sala e sorria para ela.

Aquele era o marido dela. (Ele era legalmente o marido dela há meses. Cary era implacável — eles tinham ido ao cartório duas semanas depois de ele ter lhe pedido em casamento.)

Três dos amigos de Cary dos primeiros dias na Marinha tinham vindo de avião para o casamento. Ele estava aproveitando a oportunidade para conversar com eles. Era o único deles que não estava de uniforme.

Shiloh ficou de olho nele.

Gus e ela comeram muito bolo. Junie dançou como uma pequena maníaca.

A festa estava terminando quando Cary foi até a mesa de Shiloh.

— Você tem que dançar comigo — disse ele. — É o meu casamento.

— Ele apresenta um caso convincente — disse Tom, que gostava de Cary. Ele gostava de qualquer pessoa que pudesse de safar rapidamente de situações difíceis.

Cary pegou a mão de Shiloh. Ela gemeu.

Junie correu até a mesa deles.

— Mamãe, quer dançar comigo, *por favor*? Fiquei esperando a noite toda!

— Ela apresenta um caso convincente — disse Cary.

Shiloh se levantou. Entregou Gus a Cary e pegou a mão de Junie. Os quatro foram para a pista de dança.

A música era "Babe", do Styx. Shiloh sempre gostou do Styx. Mesmo sendo uma banda de metal.

Shiloh segurou as mãos de Junie e cantou para ela.

Cary mergulhou Gus para trás e o balançou de um lado para o outro. Gus adorou — até que não adorou mais.

— Gus quer dançar com a mamãe!

— *Eu* quero dançar com a mamãe — corrigiu Shiloh.

Shiloh pegou Gus, e Cary pegou Junie. Os quatro dançaram. Cary também cantou.

— Isso não conta — disse ele a Shiloh durante um intervalo instrumental.

Antes que a música terminasse, ele acenou para Gloria buscar as crianças. Shiloh deixou Gus ir.

Cary colocou um braço em volta da cintura dela e pegou sua mão. A música do Styx começou do início.

Shiloh riu. Ela colocou uma mão no ombro dele.

— Ah, uau, essa é a *sua* dança nupcial?

— Sim. Esperei até que as pessoas começassem a sair. Ninguém está olhando para você.

— Você está.

Cary assentiu, lançando um olhar sério para ela

— Estou.

Shiloh sustentou o olhar o máximo que pôde, depois estremeceu e deu um passo à frente, pressionando sua bochecha contra a dele.

Cary apertou um pouco mais o abraço.

— Você está bem?

Ela assentiu.

— Estou feliz.

Ele soltou a mão dela e a abraçou com os dois braços em volta da cintura.

Shiloh passou os braços em volta do pescoço dele.

— Sinto muito por ter demorado tanto, Cary.

— Eu também, Shy.

Ela fechou os olhos com força e mordeu o lábio. Ela se imaginou segurando-o em todos os momentos, como um alfinete com ponta de pérola preso no tempo e no espaço.

— Quero me lembrar deste dia — sussurrou ela. — Mas também quero ter tantos dias bons que este se perca no meio deles. Cary, quero fazer você tão feliz que todas as suas lembranças felizes se juntem. Quero que o resto da sua vida seja uma faixa dourada brilhante.

Ele se afastou e franziu as sobrancelhas.

— Shiloh, não vou me esquecer do dia do nosso casamento.

— Espero que não esqueça mesmo — disse ela com firmeza. — Vou fazer você se sentir tão consistentemente bem que os dias perderão a especificidade.

— Isso é uma ameaça?

— Sim. Vou obliterar sua memória. Tudo o que você vai lembrar no final é um borrão de leite e mel.

Cary piscou, seus olhos estavam brilhando.

— Você deveria ter colocado isso nos votos.

— Eu sempre estive indo na sua direção, Cary.

Ele a beijou. Era uma forma de fazê-la parar de falar.

— Eu sei, Shiloh. Você chegou bem a tempo.

OITENTA E QUATRO

Antes

SHILOH TINHA ENCONTRADO UM CHAPÉU de abas largas no brechó. Era velho, não só feito para parecer velho, e tinha um laço preto translúcido.

Ela o usou um dia na escola, embora não pudesse usá-lo *na* escola. Ela o carregou o dia inteiro. Mikey achou legal, mas Cary achou ridículo.

Alguns alunos ficaram até tarde naquele dia para trabalhar no anuário, e, quando saíram pela porta da frente, Shiloh colocou o chapéu.

O vento o arrancou de sua cabeça.

Ele rolou pela calçada, voou para o ar e depois tocou o chão novamente.

Shiloh ficou chocada demais para reagir até que já estivesse longe demais para ser perseguido.

Cary foi atrás dele.

Ele correu até a rua e dobrou a esquina.

Tanya e Becky riram.

— Ele nunca vai alcançar — disse Tanya. Depois de alguns minutos, as duas foram para os seus carros.

Isso deixou Mikey e Shiloh sozinhos. Mikey olhou para ela, com uma sobrancelha levantada.

Shiloh o ignorou e continuou olhando para a rua.

Depois de mais alguns minutos, Mikey disse:

— Devemos ir atrás dele?

Shiloh olhou para baixo. Estava mais frio do que ela esperava. Ela não estava usando casaco.

Eles continuaram esperando.

— Puta merda — disse Mikey.

Shiloh olhou para cima.

Cary estava subindo a ladeira do estacionamento, ofegante e segurando o chapéu de Shiloh.

— Olha só o seu homem — disse Mikey.

AGRADECIMENTOS

EU NÃO PODERIA TER ESCRITO este livro sem Troy e Bethany Gronberg. Obrigada a ambos por serem tão generosos com seu tempo e suas lembranças. Adorei ter uma desculpa para conversar com vocês.

Obrigada a Joy DeLyria, que resgatou essa ideia da pilha de sucata e me ajudou a vê-la de uma nova maneira.

Os olhos e o cérebro afiados de Ashley Christy fortaleceram meus livros. Obrigado, Ashley, por garantir que eu faça sentido e por compartilhar seus ótimos instintos.

Obrigada a Elena Yip por compartilhar seu gosto impecável. A Leigh Bardugo por compartilhar suas avaliações impecáveis. E a Nicola Barr e Kassie Evashevski por nunca terem dado meus livros como certos.

Tenho dois filhos e costumava agradecer a eles por me darem apoio, mas agora é algo mais. Eles são pacientes e perspicazes. Eles escutam. Laddie e Rosey, agradeço muito a vocês e confio no julgamento de vocês.

Escrevo o nome de Christopher Schelling nesta página no final de cada livro. Ele é meu agente e, a essa altura, já espera por isso. Mas, Christopher, parece sempre que é a primeira vez, e sou profundamente grata a você em todas elas.

Por fim, agradeço à minha incomparável editora, Jennifer Brehl, e à equipe da William Morrow, que se dedicaram de corpo e alma a dar vida a este livro e ao mundo. Sou muito grata.

Impressão e Acabamento:
GRÁFICA GRAFILAR